1928

LADY CHATTERLEY'S LOVER

查泰萊夫人的情人

D. H. Laurence　D・H・勞倫斯

楊士堤——譯

推薦序　只有愛能跨越一切

作家　東燁

還記得許多年前，第一次在圖書館遇見《查泰萊夫人的情人》，乍看就能料想得到，那應該會是發生在歐洲某位爵士的妻子身上的一樁外遇故事，或許淒厲慘烈，也可能只是一則風流韻事，又或者是與我想像截然不同的什麼內容。總之，那當年我連第一頁都沒能好好翻完，就為了太難記的人名與太陌生的場景描寫給擊退。而從書本上堆積的灰塵看來，相信與我有同樣挫敗感的年輕人肯定不在少數。

是的，對許多開始嘗試閱讀的年輕人而言，外國翻譯小說總有一定的困難，而冠以「經典」二字的翻譯小說尤甚。一般的翻譯小說，常讓讀者困擾之處，在於翻譯後的人名過長而不便記憶，且因為國情不同、文化不同，導致思維觀念也不同，所以不容易產生共鳴；而當「經典」二字再套上去後，則又因為經典的時代性，使故事內容更像另一個星球上所發生的事。

年輕人害怕經典，而我也年輕過，我也曾這樣畏懼著。這種現象，一直到了很後來的後來才慢慢改善，但改善的原因，並非徒然只是因為年紀增長而有開竅。事實上，我只學會了一件事，就是坐下來，給自己一點點沉靜的時間好進入故事而已。

是的，你不需要畏懼經典的翻譯文學，你只是還沒準備好要接受它。

一則愛情故事的主軸當然是愛情，而一則好的愛情故事則不該只描寫愛情，這是我們都明白的道理，但我們更必須了解一件事：一則能被稱為「經典」的愛情故事，其中的愛情觀、人性觀或生命觀，一定能相當程度去反映該時代的特色，而許多箇中的要義，則更能跨越時代，彰顯出它不變的價值。你在書中看到的，那些上個世紀初的人們所堅信不移的信念，在這個世紀初依舊貼切而能感同身受。這是「經典」之所以經典的所在，同時也是「經典」最具魅力的所在。

愛情之所以迷人，在於它從不受階級、身分與其他社會地位的干擾，但愛情的模樣，卻會隨著每個人的生活環境、經濟狀況與思維方式的不同，而發展出迥異的面貌，鮮少有一部愛情小說能夠在有限的篇幅中，大量包含各種人對於愛情的諸般看法或觀點。在《查泰萊夫人的情人》當中，最有趣的地方之一，是作者描述的愛情觀，不僅只聚焦在封建貴族上，同時也包含了市井小民，而那又涵蓋了幫傭者、礦工及其妻子們，甚至連撐船的年輕人也在其內。除此之外，還有遊走在封建與市井之間，到處鑽營的中間分子等等，而這些為數眾多的「素材」，甚至還可以再更細分成老一輩的，以及年輕世代的差別等等，每個人都有屬於自己對於「愛」與「現實」的拉扯，同時又懷抱著嚮往，並互相交織、影響，或者帶來啟發。

我們常以小說的創意、架構及文筆來論述一篇作品的優劣，在這個角度下，閱讀往往是冷酷且具批判性的，但《查泰萊夫人的情人》因為這些人物不同的思維或行為而產生的辯證，則正好一巴掌拍散了你原本可能具備的審視眼光，不由自主地，你便墜入了康妮與守林人的糾葛之中，你會對拉格比莊園的一切感到荒謬，更咋舌於莊園主人克利福德那矛盾與撕扯的內心世界，然後，你知道夫人需要一個出口。外遇是一切環境壓迫下不得不合理化的際遇，但偏偏最美的愛情，正是萌生在道德高牆的裂痕下，而一個未來的美善或悲劇，則有賴作者終究不肯剝奪，而願意施加在人物身上的勇氣與決心；並在最後，你發現了自己早已享受著閱讀的樂趣，你會脫離人名難記的問題，也跳脫了國情不同而產生的文化差距。事實上，這還是一部以愛情為主要描述方向的小說不是？

我不能在一篇推薦中言簡意賅談論過多劇情，一來勞倫斯的小說從也不是千百字可以介紹得完，企圖在這麼簡單的說明中囊括一部經典也顯得褻瀆；再者，終於能夠又一次重溫經典的興奮與熱情還洋溢在我心裡，可能也無法太簡明扼要去解釋更多關於作品的美好之處，但我想把它推薦給你們，並且提示一句話，相信讀完這故事後，你們都會有與我相同的理解——美好的愛情是可以跨越一切的，包括階級與時空；而，能有「愛」的感覺真好。

目錄

第一章

基本上，我們的時代是一場悲劇。災難已經降臨，我們活在這個日漸崩壞的世界裡，只能樂觀以對，懷抱一線希望開始建立自己的小天地。儘管未來的道路變得崎嶇不平，就算世界即將毀滅，生活還是得繼續，我們只能想盡辦法排除萬難。

康斯坦絲．查泰萊的處境大致就是如此。戰爭讓她的生活籠罩著愁雲慘霧，但她也因此了解人必須在生活中學習成長。

一九一七年，克利福德．查泰萊向軍隊請了一個月的假，返家迎娶康斯坦絲，並於婚假結束後返回法蘭德斯[1]。可是六個月後，他被送回英國時卻已經變得不成人形。當時，克利福德二十九歲，他的妻子康斯坦絲二十三歲。

克利福德奇蹟似的活了下來，並在醫生的診治下逐漸康復。但兩年後，醫生宣布他已經痊癒時，卻也同時表示他的下半身將會永遠癱瘓。

一九二〇年，克利福德帶著康斯坦絲回到他的家族「封地」拉格比莊園時，他的父親已經過世。他繼承了父親的從男爵爵位成為克利福德爵士，康斯坦絲則是成了查泰萊爵士夫人。他的大哥已經戰死沙

1 傳統意義的法蘭德斯（Flanders）包括法國北部和荷蘭南部的一部分，這裡也是一次世界大戰最慘烈的戰場。

場，一個離家在外的姊姊成了他在世上的唯一近親。如今的查泰萊家變得頗為冷清，這對夫妻還得設法以窘迫的收入維持這座莊園，以及他們的婚姻生活。但克利福德在下半身癱瘓後，就曉得自己不會有後代，因此決定在有生之年回到煙霧瀰漫的英格蘭中部[2]維護查泰萊家的聲望。

克利福德沒有變得意氣消沉，他還可以用輪椅代步。他為了想獨自悠哉地在庭院漫遊、進入那座清幽的園林，甚至在一台巴斯輪椅[3]上裝了小馬達。他對擁有這座雅緻的園林感到十分驕傲，卻刻意表現得滿不在乎。

就某方面而言，受盡折磨的克利福德對於苦難的忍受力已經大不如前，但他依舊表現出拘謹、開朗和樂觀的一面。他那健康紅潤的臉色，炯炯有神的淡藍色雙眸甚至讓人感覺生氣蓬勃。他的胸膛寬闊結實，他的雙手強勁有力。他總是穿著名貴的衣服，打上龐德街[4]買來的領帶，但他的臉上卻有著殘疾人那種防備的表情，以及略顯空洞的眼神。

自從在鬼門關走了一回，克利福德變得十分珍惜自己的生命，他炯然的目光更透露出對自己大難不死的得意。然而，太多的苦難卻也讓他內心的某個角落崩解成一處死氣沉沉的沙漠地帶。

他的妻子康斯坦絲有著一頭柔順的棕髮和緊實的身材，舉止從容，有著過人的活力。她的外表樸素、膚色健康紅潤，再加上一雙好奇的大眼和輕柔的嗓音，看起來就像個剛離開家鄉的鄉下女孩。但事實並非如此，以前她父親老馬爾科姆．里德爵士是知名皇家藝術學會[5]的會員，她母親則是高貴優雅的費邊社[6]社員。當時，英國社會正處於費邊主義蓬勃發展的時期，藝術上則是屬於前拉斐爾派時代。在藝術家父親和優雅的社會主義母親的薰陶下，康斯坦絲和姊姊希爾達等同接受了最先進的美學教育。她們隨著父母前往巴黎、佛羅倫斯和羅馬感受那裡的藝術氣息，前往海牙和柏林參與社會主義者的盛會；

儘管會議中充斥各種不同意見，但所有人都表現出文明與包容的談吐。

姊妹倆從小就接觸藝術與政治理想主義，這兩者已經如同她們日常呼吸的空氣。她們既是世界主義者也是地方主義者，既具有世界地方主義的藝術觀，又懷抱著純潔的社會理想。

康斯坦絲十五歲時，父母把她們姊妹倆送到德勒斯登學習音樂等學科，她們在那裡度過一段既快樂又自由自在的校園生活。她們時常與男同學辯論有關哲學、社會學和藝術問題，她們的表現就跟那些男同學一樣出色；但她們是女人，因此她們的表現可說是比那些男人優秀。她們會和精力充沛的年輕人一起前往森林遠足，一邊彈吉他一邊唱「漂鳥運動」[7]的歌曲。「自由」，多麼美妙的字眼，如今的她們正處於這樣的狀態；在曠野，在陽光普照的森林，她們和那群生氣勃勃、歌喉動人的年輕人，無拘無束地從事自己喜愛的活動，而更重要的是他們可以暢所欲言；對姊妹倆來說，愛情只是副產物，最重要的是淋漓盡致的對話。

無論是希爾達或康斯坦絲，兩人在十八歲前都已談過戀愛。男孩們和姊妹倆去森林裡露營時，總會

2 英格蘭中部（Midlands），或譯成米德蘭茲，是英國的重工業地區。

3 巴斯輪椅（Bath-chair），外形類似人力三輪車，並附有摺疊式蔽篷的躺椅。

4 龐德街（Bond Street）是英國倫敦市中心的一條著名購物街，南起皮卡迪利（Piccadilly），北至牛津街（Oxford Street）。

5 皇家藝術學會（Royal Academy of Arts）是位於英國倫敦的著名藝術機構。

6 費邊社（Fabian Society）是英國的一個社會主義派別，成立於一八八四年的倫敦，成員是一群具有社會理想的青年知識分子。

7 漂鳥運動（Wandervogel）起源於一八九六年的德國，運動的目的是鼓勵青年擺脫社會束縛回歸自然。

縱情歌唱，熱烈交談。在這樣的自由氛圍下，他們自然想要與姊妹倆發展進一步的關係。她們最初感到猶豫，但在男孩們不斷提起後，她們不得不開始思考這件事或許真的很重要。而且，男孩們又是如此低聲下氣地懇求她們，這使得她們開始思考：為什麼女孩不能像女王施恩般把自己當成禮物送給男孩？

於是，她們把自己當成禮物，各自送給曾與她們有過最親密對話的男孩。對她們來說，討論和對話才是重點，做愛只是一種返祖現象，甚至有點索然無味。做愛後，女孩對男孩的愛意反而會減少，甚至討厭起男孩，因為女孩會覺得自己彷彿被男孩侵犯了隱私與心靈的自由。對女人來說，她的所有尊嚴與生命的意義就在於獲得自由，而這種自由必得絕對而完整、純粹而高貴。畢竟，女人一生的意義除此以外還有什麼？生命的意義對女人來說，就是擺脫這種古老可鄙的交合與從屬關係。

無論人們如何美化性愛，性這回事依舊是一種古老的、汙穢的交合與從屬關係。歌頌性愛的詩人多是男性，女人則始終曉得這世上存在更美好和更崇高的事物。如今，這樣的信念變得更明確了；相較於性愛，純粹的自由帶給女人更美好的感覺。可惜的是，男人還是像狗一樣無法擺脫性慾，這使得他們很難獲得像女人一樣的自由。

發情的男人就像任性的小孩，一旦得不到他們要的東西就會翻臉走人，所以女人只能選擇妥協。但那些喜歡談論性愛的詩人與評論家卻似乎不曾思考過，女人妥協的同時仍然保有內在的自由。女人有能力在做愛時把持自我，自然也就能在性愛上與男人抗衡。女人甚至可以把男人玩弄於股掌，壓抑自己的反應直到男人丟盔卸甲。這時，女人不僅可以延長自己的性愉悅也能夠獲得最後的高潮，男人則反倒成了女人的洩慾工具。

一戰爆發前，姊妹倆在父母催促下返回家裡時，兩人都已有過戀愛的經驗。她們的交往對象都是彼此有過親密對話的年輕男子，而這也代表只有那些喜歡**談心**的男人才能虜獲她們的芳心。當她們與那些聰穎的年輕人經歷數小時、數天甚至數月的深入交談時，她們的心情始終處於一種既神奇又微妙的亢奮狀態。儘管她們一直渴望遇見可以與自己傾心交談的男人，卻還不了解什麼是神的應許，也不曾向主吐露心聲，但上帝依然賜予她們這種美好的體驗。

倘若男女經歷親暱的心靈交流後，做愛成為一種必然的過程，那不妨順其自然。性愛替心靈交流的戲碼落幕的同時，也開啟了自己的激情戲。最終，一種發自內在的狂喜會轉成一陣宣告落幕的抽搐、一串中止文章段落的星號、一枚結束主旋律的休止符。

一九一三年的暑假，姊妹倆返家時，父親一眼便看出二十歲的希爾達和十八歲的康妮都已有過戀愛的經驗。

正如某人所說，愛情已經來過。但他也是過來人，因此決定袖手旁觀。至於生命只剩下幾個月的母親在神經衰弱下，只希望女兒們可以「自由自在地過著自己想要的生活」。她始終無法找到自我，她的人生早已背棄她。但天曉得原因是什麼，畢竟她擁有自己的收入和自由意志，卻無法擺脫老舊的權威思想，並怪罪丈夫。但這其實與老馬爾科姆爵士扯不上關係，因為他總是我行我素，也從不干涉他那脾氣暴躁、咄咄逼人又有點神經質的妻子。

姊妹倆回到德勒斯登繼續「自由地」擁抱她們的音樂、大學生活和年輕男人。兩人都很喜歡各自的情人，她們的情人也全心全意地愛著她們。那些年輕人想的、說的、寫的，全環繞著姊妹倆的美好。康妮的戀人主修音樂，希爾達的戀人主修工科，他們的心思卻全放在姊妹倆身上。因此，在某些方面他們的表現有點失敗，只是他們自己並不曉得。

很明顯的，愛情也在他們身上留下印記，而這自然是指一種生理上的體驗。對男女雙方的身體，愛情都會帶來一種微妙卻顯而易見的改變：女人的輪廓會變得更柔和、容光煥發，少女的稜角會被磨平，表情時而焦慮時而欣喜；男人會變得更安靜內斂，肩膀和臀部的線條會變得比較柔和，不再那麼剛硬。

姊妹倆在體驗過性愛的真實快感後，幾乎屈服於這種奇特的男性力量。但她們很快恢復冷靜，並把這種快感視同一種知覺，繼續保有自己的自由。然而，男人們卻因為感激女人帶來的性體驗，而把他們的靈魂交給女人。隨後，他們發覺自己似乎有點得不償失時，康妮的男人變得有點不高興，希爾達的男人則開始發牢騷。不過，男人就是這副德行！不知好歹、貪得無厭。妳不給他，他會恨妳；妳給他，他還是會因為某些原因而恨妳。即使毫無理由，男人還是會像要糖的小孩，不斷吵鬧來向女人需索更多。

五月時，姊妹倆曾返家參加母親的葬禮。戰爭爆發後，她們在父親的催促下再度返回家裡。一九一四年的耶誕節前，兩人的德國情人便已相繼殞命。姊妹倆聽到兩人的死訊時都大哭了一場，畢竟她們深愛過那些年輕人。但在她們的心底，年輕人的身影已經變得模糊，甚至化為烏有。

她們搬進父親位於肯辛頓的房子，但這房子其實是她們母親的遺產，屋裡還住了一些年輕的劍橋學生。這些具有良好教養的學生穿著法蘭絨長褲和法蘭絨襯衫，主張「自由」、傾向無政府主義，言談與舉止都帶著十足的感性。總之，希爾達突然嫁給一位大她十歲的男人。男人也是這個劍橋團體的老成員，會寫哲學文章，家境殷實，家人都在政府機關工作。希爾達搬進他位於西敏市的一間小房子後，加入屬於政府人員的優質社交團體。雖然這些人算不上是社會的菁英，卻很可能是這個國家的真正智囊團；他們了解自己在說什麼，或者至少有辦法說得頭頭是道。

戰時，康妮從事一份輕鬆的工作，與那些總是穿著法蘭絨長褲、固執己見又愛嘲諷一切時事的劍橋學生來往，「男友」是名叫克利福德．查泰萊的二十二歲年輕人。克利福德返家前在波昂學習採礦的技術細節，更早之前也在劍橋讀了兩年。如今，他已經是一個菁英軍團的中尉，穿著軍服的他更有資格嘲諷一切時事。

克利福德的社會地位高於康妮，康妮出身富裕的知識分子家庭，克利福德卻是出身貴族[8]。他父親是從男爵，母親是子爵之女。查泰萊家儘管算不上名門，也還是貴族階級。

他的出身和教養都優於康妮，不過也更保守、優柔寡斷。他可以自在地融入「上層社會」的狹隘地主鄉紳集團，但面對廣大中低階層民眾和外國人時卻顯得緊張和畏縮。事實上，他的確有點害怕那些中低階層的人民以及不屬於上層階級的外國人。儘管他享有各種明顯受到保護的特權，卻自覺而顯得有如驚弓之鳥。這種現象雖然古怪，倒也真實存在我們這個時代。

康妮獨特的從容與自信之所以令他如此著迷，原因就在於同樣處於亂世，康妮表現得比他輕鬆自在多了。

然而，克利福德也是個反叛者，他甚至背叛了自己的階級。但背叛的字眼或許過於強烈，甚至是一種誤解，他只是被捲入年輕人普遍反傳統與反權威的潮流。所有父親都很荒謬，尤其是他那位冥頑不靈的父親；所有政府都很荒謬，特別是採取姑息政策的英國政府；所有軍隊和糊塗的老將軍們都很荒謬，

---

8 康妮的父親是老馬爾科姆．里德爵士（Sir Malcolm Reid）。在英國，爵士是對騎士（knight）的正確稱呼，地位在貴族之下。一般而言，要取得「爵士」頭銜，必須為英國公民，而且要獲授一項爵級騎士勳章。

紅臉基奇納[9]更是格外荒謬。另外，一戰雖然也很荒謬，倒的確害死了一大堆人。

事實上，世事多少有點荒謬，有些甚至荒謬至極。一切的荒謬都讓人聯想到威權體制，只要關係到軍隊、政府和大學，事情就會顯得極度荒謬。只要統治階級仍然試圖主張自己的統治權，他們也會顯得荒謬。克利福德的父親傑弗里爵士更是荒謬到了極點。高喊愛國的他砍光家中的樹木後，把自家礦場的工人全推上前線，他本人卻是躲在安全的後方。不過，他對國家的捐獻倒也確實多於國家給他的回饋。

查泰萊家的小姐艾瑪從英格蘭中部前往倫敦從事醫療工作前，暗中調侃了傑弗里爵士和他堅貞的愛國情操。儘管那些砍倒的樹木全被拿去修築戰壕，身為繼承人的長兄赫伯特卻是放聲大笑，克利福德則是尷尬地笑了一下。世事果然荒謬，但當這種荒謬發生在自己身旁，一個人是否也會因此變得荒謬？至少如同康妮這種不同階層的人們還是嚴肅地看待某些事情，擁有某種信念。

他們相當關心前線的英國士兵、徵兵危機、孩子們的食糖和乳糖供應短缺。在這些問題上，當局確實犯了一些荒謬的錯誤。不過，克利福德並不把這些事放在心上。對他而言，這個政府**原本**就很荒謬，而不是因為乳糖或士兵的問題。

政府終於感到荒謬，並採取了一些相當荒謬的應對方式，這使得整個局勢陷入一陣混亂。直到前方戰事開始吃緊，勞合．喬治[10]在後方上台嘗試挽救局勢後，再怎麼饒舌的年輕人也笑不出來了。

一九一六年，赫伯特．查泰萊陣亡，克利福德成了繼承人，但這卻造成他的恐慌。他知道身為傑弗里爵士之子和拉格比後裔具有何等重大的意義，這些稱呼將會徹底烙印在他身上。他也知道在不滿的廣大世人眼中，他所獲得的這一切本身就是一種荒謬。如今的他成了繼承人，還得擔負起拉格比的責任，這難道不足以讓人感到害怕？美好，或者荒謬至極？

但傑弗里爵士沒有感到絲毫的荒謬，而是臉色蒼白、神情緊繃地陷入自己的世界，並且一直固執地想要拯救他的國家和他的地位。然而，他與英國社會有著隔閡，甚至已經脫離了真實的英國。他不在乎執政者是勞合．喬治或任何人，甚至愚蠢到認為霍雷肖．博頓利[11]是個好人。如同他的祖先擁護英國與聖喬治[12]，傑弗里爵士也擁護英國和勞合．喬治，只是他始終分不清這兩者的差別。因此，傑弗里爵士才會砍樹支持勞合．喬治與英國、英國與勞合．喬治。

他要求克利福德娶妻生子，克利福德卻覺得父親是個無可救藥的老古板。但克利福德只會對這荒謬的一切與他荒謬的地位皺起眉頭，除此以外，他和父親沒有什麼差別。不論願不願意，他終究以最嚴肅的態度繼承了從男爵爵位與拉格比莊園。

戰爭初期的亢奮在慘烈的傷亡下已經蕩然無存。一個男人需要支持與撫慰，需要駛進一處平靜的避風港，需要一個妻子。

儘管查泰萊家有著深厚的人脈，傑弗里爵士的兩個兒子和一個女兒卻都過著封閉的生活。儘管他們擁有爵位和土地，卻也察覺自身地位的虛浮與危殆，而感覺遭到孤立更強化了他們的家族紐帶。他們與

---

9 赫伯特．基奇納（Herbert Kitchener, 1850-1916），生於愛爾蘭，英國陸軍元帥，第一次世界大戰早期的核心人物，一九一六年前往俄國途中遇溺身亡。

10 大衛．勞合．喬治（David Lloyd George, 1863-1945），一九一六年六月接替遇溺身亡的基奇納擔任陸軍大臣，並於十二月繼任首相領導大英帝國在第一次世界大戰中擊敗德國及其盟友。

11 霍雷肖．博頓利（Horatio William Bottomley, 1860-1933），英國金融家、報紙發行人、政治騙子、下議院院員。

12 聖喬治（St. George），天主教的著名烈士、聖人，英格蘭的守護聖者。

同階層的人群也不相往來，這全拜他們那位性格陰鬱倔強、沉默寡言的父親所賜。不過，他們雖然把父親當成奚落的對象，卻又很怕他。

兄妹三人曾發誓要永遠住在一起，但如今赫伯特已離開人世，傑弗里爵士更要求克利福德娶妻。傑弗里爵士原本就不多話，也鮮少提起此事，可是他的沉默與固執還是強硬得讓克利福德無力反抗。

然而，艾瑪跳出來表示反對！比克利福德年長十歲的她認為，弟弟一旦結婚就等於放棄與背叛兄妹三人的往日承諾。

無論如何，克利福德還是娶了康妮，度了蜜月。一九一七年的情勢很糟糕，兩人的愛情卻有著同舟共濟似的甜蜜。克利福德結婚時還是處男，他本人也不是很在乎性愛。儘管如此，兩人的感情還是如膠似漆。康妮甚至有點喜歡上這種超越性愛的親密關係，而且克利福德也不像許多男人一樣只熱中於自己的「滿足」。相較於性愛，這種親密關係帶給人的感受更深刻，也更獨特。性愛只是一種既奇特又古老的拙劣生理反應，一種情人們不需要的意外事件與副產物。但康妮確實想要孩子，她想藉此鞏固自己在大嫂艾瑪眼中的地位。

可是一九一八年初，克利福德被送回家時已經成了廢人。康妮想要生子的希望隨之破滅，傑弗里爵士也因此抑鬱而終。

第二章

一九二〇年冬天，康妮隨克利福德返回拉格比莊園時，艾瑪已經離家。艾瑪在對弟弟的背叛依舊忿忿不平下，搬進了倫敦的一間小公寓。

拉格比莊園建於十八世紀中葉時，只是一排用褐色岩石搭蓋的低矮長形房屋，後來才逐漸擴建成一座有如迷宮的建築群。它坐落於一處高地，周圍有著優美的老橡樹林。可惜的是，從這裡可以看見特弗沙爾煤礦場的煙囪，以及它所排出的一股股蒸氣與煙霧。特弗沙爾村位於更遠處的山坡上，幾乎與園林的大門接壤並綿延長達一英里。一排排骯髒簡陋的低矮磚房、黑色石板瓦屋頂和尖銳的稜角構成一幅陰鬱而淒涼的風景。

康妮看慣了肯辛頓、蘇格蘭高地和薩塞克斯丘陵，這才是她認知裡的英國。她第一次來到盛產煤鐵的英格蘭中部時，幾乎無法相信英國竟然有如此醜陋又死氣沉沉的地方。她以年輕人的剛強意志瞄了一眼，從此把自己對這裡的想像全拋到腦後。從拉格比莊園的陰暗房間可以聽見煤礦場篩煤機的咯噹聲、捲揚機的噗噗聲、火車轉軌的鏗鏘聲和運煤火車頭的汽笛聲。一座已經燃燒了好幾年的煤渣山，在得花一大筆錢才能把火撲滅下，只能放任它繼續焚燒。拉格比莊園正好位於這座煤渣山的下風處，屋子裡時常飄散一股煤渣燃燒時產生的臭硫磺味。即使無風的日子，空氣中依舊充斥混雜著鐵、煤和硫磺的酸土味。就連聖誕玫瑰的花葉也全被鍍上黑色斑點，如同遭逢一場來自上天的劫難。

事實就是如此，一切都是命中注定！眼前的景象的確駭人，但何必抗拒？人對於自己無法反抗的事實，只能學著接受。生活就是如此！夜晚，一簇簇紅光在黑色雲團的底層燃燒、烘染、膨脹、收縮和嗚咽，彷彿一處處讓人疼痛的灼傷，這些景象全來自煤礦場的高爐。最初，康妮感覺這裡就像一處地底世界，生活在恐懼之中，但最終還是習慣了。到了早晨，天空下起雨來。

相較於倫敦，克利福德聲稱自己比較喜歡拉格比。這個地區具有獨樹一幟的頑強意志，居民也都有著剛毅的性格。康妮懷疑除此以外還有什麼，因為這些人顯然與眼光和頭腦沾不上邊。他們臉色憔悴，外表平庸，如同這個鄉村一樣的陰沉和冷漠，下班後成群結隊地穿著平頭釘鞋踩過柏油路，並從喉嚨的深處湧出那種既可怕又神祕的含糊方言。

這對年輕地主夫婦返家時，沒有慶祝和迎接，也沒有獻花。汽車穿過溼冷陰暗的樹林，駛上放牧著一群溼漉漉灰色綿羊的山坡，來到位於山丘上的一棟深褐色建築物。女管家和她的丈夫神情緊張地在屋前來回踱步，看來就像兩名忐忑不安的房客正準備迎接屋主的歸來。

拉格比莊園和特弗沙爾村沒有交集，也沒有往來。村民們碰見這對夫妻時，男人不會行脫帽禮，女人不會行屈膝禮。礦工們只會瞪著這對夫妻，店主們則會禮貌性地朝康妮抬抬帽沿，並對克利福德尷尬地點點頭。彼此交集頂多如此，雙方隔著一道無法逾越的鴻溝，相互憎恨對方。最初，康妮一直對村民們的排擠感到難過，後來也習慣了，並把它當成是一種激勵，一種自己必須忍受的待遇。礦工們並不是討厭康妮與克利福德，而是單純因為彼此屬於不同階層。或許在特倫特河[1]以南的地區不存在這種階級之間的溝通問題，但在英格蘭中部和北部的工業地區，階級之間依舊存在無法跨越的鴻溝和難以理解的裂痕。一種對普遍人性的冷漠否定：你走你的陽關道，我過我的獨木橋！

不過大體上，村民們還是能夠諒解克利福德與康妮的處境，只是一旦碰了面，他們還是會表現出不理不睬的態度。

教區長是個六十歲左右的老好人，但在村民們普遍對人愛理不理的冷漠下，幾乎變成一個可有可無的人物。儘管礦工的妻子們幾乎全是衛理公會的教徒，礦工們卻是什麼教也不信。但穿上牧師袍還是足以讓這位牧師掩飾他是個普通人的事實，變成會自動為人們講道和祈禱的阿什比牧師。

村民們總會對康妮展現固執的本能反應：就算妳**是**查泰萊夫人，看來也沒什麼特別的地方！起初，康妮對此困惑不解；她主動向礦工的妻子們打招呼時，她們總會回以一種好奇、懷疑又帶點虛假的親密。她們諂媚中帶點挑釁的聲音彷彿暗示：天啊，我現在可**是**個大人物了！查泰萊夫人竟然主動與我攀談！不過，她可別想在我面前表現出一副了不起的樣子！這種事根本無法避免，這些村民全是一群無可救藥又令人反感的非國教徒[2]。

克利福德從不搭理村民，康妮也依樣畫葫蘆。她開始對村民視若無睹，村民則把她視同一座會走動的蠟像。克利福德不得不與村民打交道時，總是表現得既傲慢又輕蔑；這時，表現友善並非明智的選擇。事實上，他對所有與他不同階級的人都表現出不屑一顧的傲慢。他十分堅持自己的立場，從沒想過要與村民們和睦共處。村民們對他也沒有所謂的喜不喜歡，他只是如同煤渣山和拉格比莊園一樣存在這個地區。

---

1 特倫特河（Trent）流經英格蘭中部與烏茲河匯流形成亨伯河，最終在赫爾河畔京士頓和伊明赫姆間注入北海。

2 非國教徒（nonconformist）也可譯成新教徒；當時英國國教聖公會偏好向上層階級傳福音，衛理公會則專門向窮苦的下層勞工階級傳福音。這個詞也被引申為不遵循傳統的離經叛道者。

但克利福德殘廢以後，開始變得極為畏縮與敏感。他得坐在輪椅或巴斯輪椅上，因此除了家中的僕人，他不願見到其他人。然而他還是像以前一樣慎重地穿著高檔訂製服，打上龐德街領帶。從上半身看來，他依舊和以前一樣氣宇軒昂。克利福德原本就不像時下那些娘娘腔的年輕人，他的臉色紅潤、肩膀寬厚，甚至會讓人覺得他是個莊稼漢。但他含蓄與猶豫的聲音，混雜著果敢與畏縮、自信與不安的眼神，卻又顯露了他的本性。他的舉止有時傲慢得令人難以忍受，有時又謙恭到讓人感覺卑怯。

如同現代人一樣，康妮和丈夫維持著冷漠又彼此依附的關係。克利福德是個受傷的人，殘廢的沉重打擊讓他失去過往的隨和與健談，但康妮依舊對他一往情深。

然而，康妮覺得丈夫與人們的關係實在太過疏離。就某種意義而言，那些礦工可以算是他的人；但在他眼中，那些礦工卻比較像是附屬於煤礦場的財產，而不是活生生的人；或者說，他們全是一些粗魯的原始生物，而不是與他同種的人類。他有點懼怕他們，無法忍受他們看見自己殘廢的樣子，以及他們那種如同刺蝟般詭異的野蠻生活。

他幾乎對這個世界失去興趣，彷彿得透過顯微鏡或望遠鏡才能發現世界的存在一般。除了拉格比的傳統紐帶，以及艾瑪的血親關係，克利福德已經失去和現實世界的所有連結，就連康妮也無法走進他的內心；或許這世上再沒有任何事情可以引起他的關注，他的存在也正是對人際交流的一種否定。

但克利福德卻徹底地依賴著康妮，時時刻刻需要康妮陪在他身邊。他雖然高大結實，卻又顯得孤單無助。他可以獨自推著輪椅行動，也可以駕駛裝有馬達的巴斯輪椅緩緩地在自己的園林裡兜風。可是一旦獨處，他就會像隻迷途的羔羊，這時只有康妮的陪伴才能讓他感覺到自己的存在。

依舊懷有雄心壯志的克利福德寫起了小說，描述自己熟悉的奇特人物故事。他的文字俏皮而辛辣，顯示出一種敏銳的獨特觀點，只是他的人物似乎都過著與世隔絕的生活，以至於缺乏與真實世界的連結以及觸動人心的描述。然而，現代人基本上就是生活在一處人造舞台，因此他的小說倒是以一種奇特的方式真實呈現了現代人的心理。

克利福德對人們對自己小說的評價敏感到幾近病態的地步，他甚至希望所有人都認為他的作品很出色，是文學的**經典**。但他的小說都發表在一些時尚雜誌，得到的評價自然也是毀譽參半。可是對克利福德來說，他的生命彷彿已經與小說合而為一，因此那些批評總會讓他感覺有如受到鞭刑似的痛苦。

克利福德會一次又一次地反覆告訴康妮小說的所有細節，每次康妮都會竭盡所能地積極回應。她感覺自己的身體、心靈與性意識似乎都甦醒了，並且徹底融入這些小說的主題。她的生命因此振奮，也深深為之著迷。

物質層面上，他們的生活顯得乏善可陳。女管家已經老態龍鍾，但依舊是這個家中說話最有分量的女性，更何況她還服侍了傑弗里爵士長達四十年。因此，即使康妮得管理家務，也不可能把她當成女侍來使喚。更糟糕的是，就連最年輕的女佣也不年輕了！這種狀況任誰遇到都只能兩手一攤！更別提這裡還有眾多無人使用的空房間、數不清的英格蘭中部風俗習慣、僵化的清潔事務和行事規律！克利福德增聘了一位在倫敦服侍他的女廚師，除此以外，這個地方似乎處於一種自動化的無政府狀態；所有事務都井然有序，各個角落都一塵不染，每件日常行事也準時完成。但對康妮來說，這種無政府狀態下的有條不紊卻少了溫暖的人情味，使得這棟房子感覺有如一條廢棄的街道。除了兩手一攤，她還能做什麼？因此，她選擇順其自然。查泰萊小姐有時會前來拉格比，當她發覺一切事物依舊保持原樣，那貴族般的瘦削臉龐便會流露一絲得意。她永遠不會原諒康妮切斷了她與弟弟的情感紐帶，而且這些新創的查泰萊小說原本就存在**他們**查泰萊家族，因此這些小說的作者應該是她、艾瑪與克利福德。查泰萊小說不僅具有原創性，新穎的概念與表現手法更是前所未有，堪稱是當代唯一典範。

但康妮的父親前來拉格比探望女兒時，曾私下表示：克利福德的小說雖然很俏皮卻很**空洞**，不可能長久流傳。康妮看著這位一輩子都很成功的魁梧蘇格蘭騎士，她那藍色大眼的視線開始變得模糊。她好奇地想著，父親為什麼會形容克利福德的作品很空洞？評論家都對他的作品推崇備至，他也幾乎躋身知名作家，甚至開始賺到錢了……但父親卻說克利福德的作品很空洞？寫作除此以外，還得追求什麼？

康妮會這麼想是因為她接受了年輕一代的生活準則：人只能擁有當下，而連續不斷的當下不必然具有關聯。

她在拉格比度過第二個冬天時，父親告訴她：「康妮，我希望妳不會被迫守活寡。」

「守活寡！」康妮神情恍惚地說：「怎麼了？為什麼你會這麼說？」

「如果妳喜歡的話，當然沒什麼不對！」她父親急忙解釋。他也對克利福德表達了相同的看法：

「我認為康妮不適合守活寡。」

「守活寡！」克利福德重複並思考片刻後，在感覺被冒犯與憤怒下，臉色突然漲紅。

「你為什麼覺得她不適合？」他僵硬地問。

「她變瘦了……那種模樣不適合她。她不是那種沙丁魚似的纖細女孩，而是應該像蘇格蘭鱒魚一樣健美的女人。」

「當然，而且是沒有斑點的那種！」克利福德說。

他原本打算找康妮談這件事，卻始終說不出口。他和康妮的關係雖然十分親密卻又不夠親密，兩人在心靈上水乳交融，肉體上卻毫無交集。在親密卻缺乏身體接觸的情況下，彼此都沒有勇氣去提起這種難堪的事。

康妮看出克利福德有心事，也猜到父親肯定對他說了什麼。她知道只要不讓克利福德發現或撞個正著，克利福德不會在意她是守活寡或紅杏出牆。俗話說眼見為憑，至於那些沒看到的，自然也就可以不當一回事。

兩人已經搬進拉格比莊園將近兩年，雙方都把所有精力全投注在克利福德的創作。他們分享相同的興趣、彼此交換意見，同心協力投入艱辛的創作過程。對他們來說，這些虛構的故事彷彿確實存在，甚至正在進行。

他們始終生活在這個虛構的世界，除此以外別無其他。在他們眼中，拉格比莊園和那些僕人反倒如同鬼魅般虛幻。康妮會前往園林或園林外的樹林裡散步，踢踩秋天的褐色落葉、摘取春天的報春花。但這一切就像是一場夢，或是一幕現實的假象。橡葉彷彿在鏡中搖曳，她則化身書中人物撿拾那些如同一抹影子、一段回憶或一串句子的報春花。這一切與她都毫無意義……飄渺、疏離！只剩下與克利福德不斷編織故事的片段意識。然而，馬爾康姆爵士卻形容這些故事空洞，不會長久流傳。為什麼非得言之有物？為什麼非得長久流傳？不需杞人憂天，只需把握真實的當下。

克利福德交友廣闊，但都只是點頭之交。為了推銷作品，他邀請各式各樣的人前來拉格比，其中包括評論家與作家。這些客人都很高興自己受到邀請，自然滿口好話。康妮對此心知肚明，更認為這只是鏡花水月的人生一幕，沒什麼不好。不是嗎？

身為女主人，她得招待這些大多是男人的來賓，以及一些偶爾拜訪克利福德的貴族朋友。康妮的長相如同鄉下女孩般帶著點雀斑、臉色紅潤，性情溫順。她還有一雙藍色大眼、褐色鬈髮、柔和嗓音和緊實的腰身，這使得有些人認為她的外表雖然有「女人味」卻不夠現代。她不是那種有如男孩般平胸窄臀的沙丁魚女孩，過度女性化也讓她少了點當代的美感。

會對她獻殷勤的男人大多是上了年紀的男人，但康妮知道自己的任何輕佻表現都會讓可憐的克利福德備受煎熬，所以她從不去招惹男人。她的舉止沉穩得體，從不與男人發生肢體接觸。她謹守婦道，克利福德更以擁有這樣的妻子為榮。

克利福德的親戚對她十分友善，但這也代表他們不怕她。康妮知道如果人們不怕你，他們就不會尊重你。但同樣的，她覺得自己與這些人毫無關聯。她任由他們表現出友善與輕蔑，讓他們感覺自己可以放下警戒。她與他們根本毫無交集。

時光荏苒，過去種種似乎都不曾發生，因為她已經與這個世界徹底失去連結。她和克利福德都依靠信念與作品而活。她款待客人……屋子裡總是有一堆人。時光飛逝，歲月如梭。

第三章

康妮愈來愈容易心神不寧。她與世隔絕，那股不安的情緒卻纏上了她。她想要躺著休息，身體卻總會不自主地抖動。這種顫慄來自她的體內、子宮或某個地方，她甚至感覺自己得跳進水裡游泳才能冷靜下來。這種瘋狂的躁動讓她日漸消瘦，時常無緣無故心跳加速。

這股不安讓她想拋下克利福德，跑出園林，躲進歐洲蕨叢，擺脫拉格比……她得擺脫拉格比和所有人。樹林是一處避難所，她的聖殿。

但樹林也算不上是真正的避難所和聖殿，因為她與這裡毫無關聯。樹林只是一處可以讓她逃離一切的場所。至於森林精靈……如果真有這麼荒誕的東西，她也從沒碰見過。

她隱約察覺自己即將崩潰。她隱約察覺自己的與世隔絕：她與充滿活力的真實世界已經毫無交集，只剩下克利福德和他的小說，但它們卻不存在……空洞！她隱約察覺自己只是在虛度光陰，她的人生除了空虛，還是空虛。

她父親再次建議：「康妮，妳何不替自己找個情人？這對妳有很大的好處。」

那年冬天，米凱利斯來拉格比住了幾天。這個愛爾蘭青年靠著寫劇本在美國賺了一大筆錢，更在倫敦的上流社會紅極一時。但等到那些社交名流發覺，這位來自都柏林的小混混竟在他所創作的上流社會劇中嘲諷他們時，情勢瞬間翻轉，米凱利斯成了下流與粗鄙的代名詞。他甚至被揭發出有反英情結，而這等於觸犯了英國上流社會的大忌。從此，他開始遭到社交名流的排擠，他的作品也被丟進了垃圾筒。

然而，米凱利斯在梅費爾區*擁有一棟公寓，他還是像個紳士般走在龐德街上。畢竟只要有錢，身分再怎麼低賤也可以擁有最好的裁縫師。

當這個三十歲的年輕人正處於事業低潮，克利福德向他發出邀請。對此，克利福德沒有半點猶豫。米凱利斯可能擁有數百萬聽眾，卻唯獨遭到上流社會排擠。這種時刻，他肯定樂於接受拉格比的邀約。這個年輕人在感激下，一定會「幫助」克利福德拓展他在美國的聲望。太棒了！無論是怎樣的聲望，尤其是「那裡」，只要找到正確的宣傳管道就可以聲名大噪。克利福德將會成為明日之星，他推銷自己的強烈慾望讓人印象深刻。最後，米凱利斯的確很大方地讓他在一部劇作中登場，他也如願成為眾所皆知的人物。但直到他聽說觀眾的反應後，才曉得自己成了米凱利斯嘲弄的對象。

克利福德一味急著想成為知名的當代一流作家，這讓康妮有點訝異，因為成名代表他將進入那個總讓他感覺不自在與恐懼的陌生浩瀚世界。從誠懇直率又卓有聲譽的老馬爾康姆爵士身上，康妮學到藝術家的確會推銷自己來讓大眾進一步認識他們的作品。但如同其他皇家藝術協會的成員，她父親只會使用傳統的宣傳管道，克利福德卻開拓了各式各樣的全新宣傳手法。他決心要迅速成為文壇大家，因此只要有助於推廣他的聲望又不至於折損他的地位，任何行業的人士都會收到他的邀請。

米凱利斯在一名私人司機和一位隨從的陪伴下，搭著豪華轎車準時抵達拉格比莊園。他一身龐德街的打扮！但克利福德一眼就看出米凱利斯是個華而不實的名流，他身上有著一種上流人士無法接受的特質。不過，這個男人的確有著驚人的成就，因此儘管克利福德對米凱利斯懷有定見卻還是表現得十分客氣。米凱利斯有點謙卑又有點自大，他身邊還有一位名叫「成功」的婊子女神，正張牙舞爪地擺出防衛的姿態。克利福德對成功充滿敬畏，只要有機會，他也想把靈魂出賣給這位墮落的女神。

即使把倫敦最好的裁縫、帽匠、理髮師和鞋匠全找來，也無法把米凱利斯打扮得像個英國人。不，他顯然不像個英國人，無論是蒼白扁平的臉孔或是不恰當的抱怨；一個人如此公開地宣洩自己的忿恨不平，只會讓所有道地的英國紳士感到輕蔑。可憐的米凱利斯遭受了太多排擠，直到如今，他看來依舊有點垂頭喪氣。他憑著堅強的意志與不擇手段，把自己的作品推上舞台並成為箇中翹楚。他的作品受到大眾喜愛，這讓他以為上流社會不會再將他拒於門外。但事實並非如此……他們對待他的態度一如以往。就某方面而言，米凱利斯是自討苦吃。他渴望躋身英國上流社會……但他原本就不屬於這個階層。他們總是想盡辦法貶抑他，他也始終痛恨他們！

儘管如此，這個都柏林雜種還是帶著他的隨從，乘著他的豪華轎車招搖過市。

米凱利斯有些優點深得康妮青睞。他從不自吹自擂，頗有自知之明。對於克利福德想要知道的一切，他的答覆條理分明、簡短實在、不誇大其辭或得意忘形。他曉得克利福德看中的是他的利用價值，因此他始終保持客觀立場，表現得像個精明的商人，甚至是冷漠的大亨。

「金錢！」他說：「金錢是種本能。賺錢是人類與生俱來的天性，而不是因為你做了什麼或耍了什麼花招。在我看來，這種人性的附屬品一旦湧現，你就會開始不斷地賺錢，直到你擁有一定的財富。」

「但事情總得有個開始吧？」克利福德問。

「沒錯！你得先找到**門路**，沒有門路就不可能發財，所以你得先找到你的門路。一旦你找到了，你

＊梅費爾（Mayfair）是倫敦西部的高級住宅區。

想不發財都難。」

「除了寫劇本，你還有其他的賺錢管道嗎？」克利福德問。

「沒有吧！不管我是不是個好作家，我確實寫了一些劇本，也喜歡創作。」

「你始終相信自己可以寫出大受好評的劇本？」康妮問。

「妳說到重點了！」米凱利斯突然睜大雙眼看著康妮。「能不能寫出大受好評的劇本根本沒什麼！真要說的話，我的劇本能不能受到歡迎以及我有沒有成名都沒什麼。事實上，我的劇本也沒什麼特別的地方……至少到目前為止，這只是一時的運氣。」

一度萬念俱灰讓米凱利斯的渾圓大眼變得呆滯。當這對充滿絕望的眼神緩緩轉向康妮，她微微顫抖了一下。無止境的幻滅有如無數的岩層壓在米凱利斯身上，他變得無比蒼老的同時，又像個孤立無助的小孩；但在某種意義上，他也像個遭到驅趕的老鼠展現出無比的勇氣。

「至少在你這樣的年紀，擁有這樣的成就很了不起。」克利福德若有所思地說。

「是啊，我現在才三十歲！」米凱利斯的聲音尖銳，嘴角浮現一絲既得意又空虛的苦笑。

「你還是單身嗎？」康妮問。

「這得看單身的定義是什麼？如果妳問的是，我是否獨居？我有個僕人。他自稱來自希臘。他的辦事能力很差，不過我還是把他留在身邊。另外，我有打算結婚。是啊，我確實得結婚了。」

「又不是要你去割扁桃腺，」康妮笑著說：「結婚有這麼難嗎？」

他看著康妮，一臉豔羨。「怎麼說呢，查泰萊夫人。事實上，確實有點難！我發現……對不起……我發現自己不能娶英國女人，甚至也不能娶愛爾蘭女人……」

「那就試試美國人。」克利福德說。

「美國人！」他乾笑了一下。「不了，我已經請我的僕人幫我找個土耳其人……或者是其他比較有東方風情的女人。」

康妮百思不解，為何這個男人明明成就非凡，卻還是一副悶悶不樂的樣子；據說單在美國，他就賺了五萬英鎊。有時，他看來挺英俊的；當他側著臉或低下頭，他的臉孔在光線下有如象牙雕刻的黑人面具，呈現出肅穆而不朽的美。那雙渾圓的大眼、線條剛硬的濃眉和緊閉的雙唇，彷彿瞬間揭示了佛陀所追求的永恆。有時，黑人會不經意地流露出這樣的神態，那是一種極古老、聽天由命的民族特質，而這顯然不同於我們白人的個人反抗。千百年來，黑人如同一群老鼠游過黑暗的河道，康妮突然感到一陣憐憫；這種感覺混雜著同情與厭惡，甚至近乎愛情。他們稱他為外來者！無賴！但克利福德比他更粗俗、自大和愚蠢！

米凱利斯很快就察覺康妮對他的好感，他那雙渾圓又有點凸出的淡褐色雙眼轉向康妮，打量著自己在她心中的好感度。對英國人來說，他永遠是外來者，即使愛情也改變不了這一點。不過，有些女人還是會愛上他……其中也包括英國女人。

米凱利斯很清楚克利福德對自己的看法。他們是兩隻陌生的狗，原本應該互吠，卻不得已把手言歡。但如果對象換成這個女人，他就沒有把握了。

§

早上，每個人都在各自的臥室用餐，克利福德得等到午餐時間才會出現。餐廳有點冷清，米凱利斯原本就是個坐不住的人，因此他在喝完咖啡後便開始想著要去哪裡走走。那是十一月的一個晴朗日子，至少拉格比的天氣還不錯。他看向那片陰鬱的園林。天啊！這地方真大！

他打算開車前往謝菲爾德，但先派了個僕人詢問查泰萊夫人，是否有什麼可以效勞的地方。僕人回覆，請他前往夫人的起居室。

康妮的起居室位於這棟屋子頂樓的三樓中央，克利福德的房間自然是在一樓。查泰萊夫人邀請前往私人會客室讓米凱利斯受寵若驚，他一路恍恍惚惚地跟著僕人，完全沒有注意周遭的環境與擺飾。進到康妮的房間後，他才環視了一眼房裡布置的雷諾瓦與塞尚的精美德國複製畫。

「這裡給人的感覺很舒服，」他露出古怪的笑容，彷彿微笑讓他感到痛苦。「住在頂樓是個明智的選擇。」

「我也這麼認為。」她說。

整棟屋子只有她的房間呈現鮮明的色彩，流露現代氣息，這裡也是整個拉格比唯一能表現她個人特質的地方。克利福德從沒到過這個房間，她也很少請人上來做客。

此刻，她和米凱利斯各自坐在壁爐的兩側聊天。康妮詢問他的父母兄弟以及他的事……她一向對別人的事感到好奇，而她的同情心一旦被喚醒，階級意識也就消失了。米凱利斯開誠布公地談起自己，毫無隱瞞也不做作，徹底裸露他那既苦澀又麻木的喪家犬心境；在談到他的成功時，他則是表現出一種復仇似的得意。

「但你為什麼像隻孤鳥？」康妮問。他再次以那雙淡褐色的大眼打量著康妮。

「有些鳥**天性**如此，」接著，他又改成那種調侃的語氣。「別說我了，那妳呢？妳不也是一隻孤鳥？」康妮有點驚訝，想了片刻後才回答：「我只是有一點，但不像你那麼徹底。」

「我是一隻徹底的孤鳥？」他反問時，臉上的古怪笑容彷彿牙疼似的。他的眼神還是那麼憂鬱，但也可能是冷漠，失望或恐懼。

「怎麼？」康妮看向他，呼吸變得有點急促。「難道不是嗎？」她感覺米凱利斯身上似乎正散發著一種強烈的魅力，幾乎令她暈眩。

「妳說得對！」他把頭轉向一旁看著地上，進入那種罕見的古民族凝神狀態，康妮則是情不自禁地盯著他。

他抬頭看向她時，一眼便看見了一切、也看清了一切，他的心底同時響起一陣嬰兒在夜裡的哭聲。就某種意義而言，這陣哭聲打動了康妮的心坎。

「謝謝妳這麼為我著想。」他冷淡地說。

「我關心你有什麼不對？」她驚呼，差點喘不過氣。

他表情僵硬地笑了一下。

「那麼……妳可以讓我握一下妳的手嗎？」他突然問，兩眼帶著一種近乎催眠的力量，他的請求則彷彿直接打進康妮的子宮。

康妮望著米凱利斯，一時間愣住了。米凱利斯走到她的身旁，抱著她的兩腳，把臉埋進她的大腿，靜靜地趴著。康妮有點訝異地低頭看著他細嫩的後頸，感覺他的臉龐緊貼著自己的大腿，但她的腦袋卻是一片空白。她感到驚恐，卻還是不由自主地伸出手，輕柔而愛憐地撫摸米凱利斯裸露的後頸。

米凱利斯顫抖了一下，抬頭看著康妮，他那雙渾圓明亮的大眼向康妮傳達出強烈的懇求。他的眼神讓康妮難以招架，她的心底湧現對他的強烈渴望；她得把自己的一切全交給他，毫無保留。

米凱利斯是個既溫柔又懂得憐香惜玉的情人。儘管他會情不自禁地顫抖，卻始終冷靜地注意著房外的一切動靜。

但康妮不在乎這些，她只想把自己交給他。米凱利斯停止顫抖後，靜靜地躺著，一動也不動。康妮緩緩地伸出手，輕撫他躺在自己胸口的頭。

米凱利斯起身後，親吻了康妮的雙手和穿著麂皮拖鞋的雙腳。隨後，他靜靜地走到房間的另一頭，背對康妮。他沉默地站了幾分鐘，接著走向坐在壁爐旁的康妮。

「我想，妳一定會恨我！」米凱利斯的聲音帶著平靜與堅定的口氣。康妮抬頭看著他。

「為什麼？」她問。

「女人總是這樣，」接著，他補充說：「我的意思是……女人多半會這樣。」

「我就算會恨你也不會在這個時候。」康妮生氣地說。

「沒錯，你說得對！你對我**太**好了……」他痛苦地說。

康妮不懂米凱利斯為何會流露出痛苦的表情。「你要不要再坐一會兒？」她說。米凱利斯看了門口一眼。

「克利福德爵士，」他說：「他會不會……會不會……」

康妮想了一下。「或許吧！」她看著米凱利斯。「我不想讓克利福德知道，甚至不想讓他懷疑，這**會**讓他受到很大的傷害。可是我不覺得我們這樣有什麼不對，你說呢？」

「當然！天啊，妳只是對我太好了……好到我幾乎承擔不起。」

米凱利斯轉過身，康妮看出他幾乎快哽咽了。

「但我們不需要讓克利福德知道，不是嗎？」她懇求。「這只會帶給他傷害。如果他永遠不知道，不懷疑，就不會有人受到傷害。」

「沒錯！」他急切地說：「我絕不會透露一字一句！我怎麼會自找麻煩！哈！哈！」他的言談中帶著一絲揶揄，並發出幾聲冷笑。康妮好奇地看著他後，他說：「我離開前可以親吻一下妳的手嗎？我打算前往謝菲爾德，並在那裡吃午餐。如果來得及，我會趕回來喝下午茶。需不需要我替妳帶點什麼？妳真的不恨我？我想聽妳親口說，妳不恨我！」他的語氣最終還是有點悲觀。

「不，我不恨你，」康妮說：「我覺得你是個好人。」

「啊！」他激動地說：「對我而言，這句話比我愛你還要有意義……那麼下午見。在這之前，我有好多事得想一想。」米凱利斯恭恭敬敬地吻了康妮的手後，轉身離去。

§

「我有點受不了那個年輕人。」克利福德吃午飯時說。

「怎麼了？」康妮問。

「除了外表光鮮，他根本就是個小人……未來我們很可能會遭到他的暗算。」

「我想大家對他的看法都太刻薄了。」康妮說。

「妳不懂嗎？難道妳以為他會拿自己的寶貴時間做善事？」

「我覺得他還挺大方的。」

「對誰？」

「我不知道。」

「妳當然不知道。我想妳大概是把他的厚顏無恥當成是大方了。」

康妮無言以對。是嗎？的確有可能。但米凱利斯的厚顏無恥對康妮很有吸引力。他早已功成名就，克利福德卻才剛起步。他以自己的方式征服了這個世界，而這正是克利福德想要達成的目標。至於方法和手段……米凱利斯會比克利福德卑劣嗎？克利福德想藉由自我宣傳獲取名望，這個可憐的外來者則是靠著走後門力爭上游。相較而言，米凱利斯就比較下流嗎？這隻名叫成功的母狗，身旁總有成千上萬隻對牠垂涎三尺並且伸長舌頭的公狗。如果用成功來衡量，那麼只有最先得到牠的公狗才是真正的贏家，因此米凱利斯大可趾高氣揚。

但奇怪的是，他沒有。將近下午茶時間，米凱利斯捧著一大束紫羅蘭和百合回到拉格比，他臉上依舊掛著那副卑躬屈膝的表情。康妮有時懷疑，這是不是米凱利斯用來讓別人對他卸下心防的面具，因為他的表情實在太過僵硬。他果真是條喪家犬嗎？

整晚，米凱利斯一直是那副卑躬屈膝的模樣。透過這副面具，克利福德看到的是厚顏無恥，康妮卻不是。或許這副面具不會直接呈現在女人面前，而是專門拿來對付男人和他們的專橫跋扈。這個瘦子一貫的厚顏無恥正是男人如此輕視他的原因，無論他表現得再怎麼斯文得體，他的出現都會讓上流人士覺得自己受到侮辱。

康妮愛上米凱利斯了，但她故作鎮定地坐在一旁刺繡，不參與男人們的聊天。米凱利斯的表現更是無懈可擊，眼前的他依舊是昨晚那個憂鬱專注而又冷漠的青年。他和男女主人保持距離，適度的阿諛奉承，卻不至於逾越了自己的身分。康妮覺得他一定把早上的事給忘了，但其實他沒有。他只是很清楚自己的地位……像所有天生的外來者一樣，他仍然被上流社會排除在外。他沒有把上午的做愛與他個人混為一談，他還是一條流浪狗，即使所有人都妒嫉他的金項圈，他也不會變成一隻擁有安逸生活的貴族狗。

無論他打扮得再怎麼光鮮亮麗，他的靈魂深處**依舊是**個反社會的外來者，他本人也早已接受這個不爭的事實。他了解自己的孤立是一種必須，就如同他必須藉由時髦的打扮才能混入上流社會。

但可以帶來慰藉的露水情緣是一樁美事，而他並非不懂得感激的人。相反的，這種真誠表露的友好幾乎讓他感激涕零。在他那蒼白頹喪的冷漠外表下，那顆赤子之心讓他由衷感激這個女人。他迫不及待想要再次親近康妮，但他那顆流浪之心卻也明白自己應該和康妮保持距離。

藉著在走廊點蠟燭的機會，他問康妮：「我可以去找妳嗎？」

「還是我去找你吧。」她說。

「好！」

他等了很久……她終於來了。

他是個很容易興奮的情人，他的高潮總是一下子就來了。結束後，他赤裸的身體看來就像個毫無防禦能力的小孩。他的防禦來自他的聰明與狡黠，但一旦這兩者都無從發揮，他就會變得更加赤裸，像個脆弱、無助而又不成熟的小孩。

他讓康妮不由自主地萌生出憐愛與渴望，以及一種無法壓抑的強烈肉體慾望。在肉體慾望上，他並沒有滿足康妮；他總是來得快，去得也快。完事後，他便蜷縮在康妮的胸口，回復那種輕佻的模樣。康妮則是躺在那兒，既失望又惘然。

但康妮很快就學會掌控他的方法。當他的高潮結束，他依舊顯得碩大而堅挺。康妮讓他繼續留在體內，並且採取主動……她變得既狂野又熱情，直到她的高潮來臨。米凱利斯察覺康妮達到極致的高潮時，更對自己的堅挺配合感到驕傲與滿足。

「啊，好舒服！」康妮顫抖著說完後，靜靜地抱著他。他不發一語，但感到一種莫名的自豪。

這次，他只待了三天。他對克利福德的態度始終如同第一晚，對康妮也是如此，他的表面功夫可算是無懈可擊。

他寫信給康妮，口吻一如往常的哀怨與憂鬱。有時，他會說幾句俏皮話，表現出一種不帶有情慾的古怪愛慕；兩人的關係在他的眼裡似乎是一種無望的愛慕，一種不得不然的疏離。在他的內心深處，他始終不抱任何期望。他不但喜歡這樣，甚至討厭懷抱希望。他曾經讀到這麼一句：「人間充滿希望。」對此，他的評論是：「懷抱希望只會讓我們忽略了其他值得珍惜的事物。」

康妮從未真正了解他，只是一味以自己的方式愛著他。從頭到尾，米凱利斯的絕望一直影響著她。康妮無法在毫無希望的情況下，全心全意愛著一個人，而已經絕望的米凱利斯也不曾愛上任何人。

有一陣子，他們持續通信，並偶爾在倫敦約會。雖然康妮得等到米凱利斯很快地獲得高潮後，再主動追求自己的快感，但她依舊渴望這樣的肉體關係。只要米凱利斯願意給她，這便足以維繫兩人的關係。

這種露水情緣帶給康妮一種既盲目又有點驕傲的微妙自信，她開始對自己的力量產生一種莫名的信心，並且變得朝氣蓬勃。

她在拉格比的生活變得春風滿面，她把自己在性愛上獲得的愉悅與滿足都拿來激勵克利福德。這段期間，克利福德寫出了他最好的作品，並且感受到一種不明就理的奇特幸福。康妮從米凱利斯的被動堅挺中獲得滿足，克利福德也得到了好處。不過，克利福德始終不曉得這件事，否則他就不可能對康妮說謝謝！

然而，當這種妙不可言的歡樂與刺激的日子一去不返，康妮變得意志消沉、脾氣暴躁。克利福德多麼期望回到那段美好的日子！如果他知道真相，或許他甚至會讓康妮和米凱利斯重溫舊夢。

第四章

米克，人們總是這麼稱呼米凱利斯。康妮始終知道這段婚外情不會有結果，但她看不上其他男人，又深愛克利福德。克利福德想從她身上獲得大量活力，她滿足了他的需求。她也想從男人身上獲得大量活力，克利福德卻沒有滿足她，也無法滿足她。米克偶爾會帶給她一些活力，可是她早有預感，兩人的關係總有一天會走到終點。米克無法持久，這是他的天性。他得切斷一切牽絆，重新成為自由自在、獨來獨往與徹底孤單的狗。這是他最大的渴望，然而他卻老是說：我被她甩了！

照理說，這個世界充滿機會，只是這些機會都集中在少數人身上。大海裡應該有著非常多的優良魚種，但大多數似乎都是鯖魚或鯡魚；如果你既不是鯖魚也不是鯡魚，你或許會覺得大海裡沒什麼好魚。

克利福德逐漸名利雙收，許多人慕名而來。康妮幾乎天天都得招待客人，但這些人要不是鯖魚就是鯡魚，偶爾還會出現鯰魚或海鰻。

有幾位常客是克利福德讀劍橋時的同學，其中一位還在部隊擔任旅長，名叫湯米．杜克斯。「從軍讓我有時間思考，不必面對生活的考驗。」他說。

一位叫查爾斯．梅的愛爾蘭人，專寫些有關星球的科學文章。還有一位叫哈蒙德，也是個作家。他們和克利福德年紀相仿，都是當代青年才俊，也都崇尚性靈生活。除了性靈生活，其他全是無關緊要的私事；這些事就像上廁所一樣，其他人根本不會過問。

大多數的日常生活，包括你如何賺錢、愛不愛妻子和有沒有外遇等，全是如同上廁所的私事，其他人根本沒興趣知道。

「性問題的意義在於，」身材高瘦的哈蒙德說。他有妻子和兩個小孩，但他和家人的感情還不及他和一名打字員來得親密。「根本沒有意義。嚴格來說，根本沒有這種問題。我們不會跟著一個男人進廁所，既然如此我們為什麼要去關注他和女人上床？這就是問題所在。如果我們能將兩者同等看待，就不會有這種問題。人們只是把好奇心用錯了地方，這麼做不但愚蠢也毫無意義。」

「沒錯，哈蒙德，你說得對！不過，如果有人調戲茱莉亞，你就會七竅生煙；如果他得寸進尺，你一定馬上抓狂。」茱莉亞是哈蒙德的妻子。

「那當然！如果他在我家客廳的角落撒尿，我也會發火。做這種事總得看地方吧。」

「你的意思是，如果他想和茱莉亞亂搞，只要別在你面前，你就不介意？」

梅語中帶刺，因為有一次他稍微調戲了一下茱莉亞，哈蒙德就大動肝火。

「我當然介意，性是我和茱莉亞之間的私事。我當然不想讓其他人插一腳。」

「老實說，」杜克斯說。他身材瘦削、一臉雀斑，外表看來比蒼白肥胖的梅更像愛爾蘭人。「哈蒙德，你有很強的占有慾和表現慾，而且渴望成功。自從加入軍隊，我就已經脫離了這個世界。這時，我才發現男人有多麼渴望表現與成功。這種渴望強大到不可思議，所有人都在追求表現與成功。像你這樣的男人自然會認為，女人可以幫助你邁向成功。因此，你才會表現得如此嫉妒，而這就是性對你的意義……性是一台不可或缺的小發電機，你需要倚靠它來維繫和茱莉亞的關係以便邁向成功。一旦遭遇挫折，你就會像不怎麼成功的查爾斯一樣，開始調戲女人。像你和茱莉亞這種已婚人士，身上都貼有標籤，就像旅行者的行李箱。茱莉亞的標籤是**『亞諾．哈蒙德太太』**……如同火車上某人拖運的皮箱。你身上的標籤則是『由亞諾．哈蒙德太太轉交亞諾．哈蒙德』。嗯，沒錯，你說得對！想過性靈生活得要有舒適的住處、像樣的飲食，甚至擁有後代，但對成功的渴望才是驅動這一切的關鍵與軸心。」

哈蒙德顯得相當不高興。他向來很自傲於自己的正直與不投機取巧，然而他確實渴望成功。

「這是事實，沒錢無法生活。」梅說：「你得擁有一筆錢才能過日子……就連想要有思考的自由也需要有一筆錢，不然你的肚子就會跟你唱反調。不過依我看，你大可撕下性的標籤。既然我們可以隨意跟任何人說話，為什麼我們不能跟自己喜歡的女人做愛？」

「好色的凱爾特人說話了。」克利福德說。

「好色！哈，有何不可？比起和女人跳舞或談論天氣，我不覺得做愛會帶給女人更大的傷害。這只不過是以感官的交流取代理念的交流，有什麼不可以？」

「像兔子一樣濫交！」哈蒙德說。

「那又怎樣？兔子有什麼不好？不管怎樣，牠們也不會比神經兮兮、愛搞革命又滿腦仇恨的人類還糟糕。」

「但我們終究不是兔子。」哈蒙德說。

「沒錯！我們有腦袋。我得推算一些無比緊要的天文問題，但消化不良經常造成我工作上的困擾。飢餓時，就更慘了。同樣的，慾求不滿也會影響我。但那又如何？」

「我想，你最大的問題應該是縱慾過度。」哈蒙德挖苦。

「胡說八道！我從不暴飲暴食，也不會過度縱慾。人可以控制自己的食量，但終究會有性的需求。」

「不會！你可以結婚。」

「你怎麼知道我可以結婚？結婚或許不太適合我的心智，我的思考能力有可能因此變得呆滯。我不太適合婚姻生活……就因為這樣，我就得像個和尚似的把自己鎖在狗窩裡？兄弟，這全是鬼話。我得生活，也得繼續我的天文演算。有時，我會想要女人。我不想把事情搞得太複雜，也不想聽到別人的道德指責或勸說。假使有個女人如同貼著地址和火車站名的行李箱，掛著我的名牌在街上行走，這只會讓我感到丟臉。」

這兩個男人仍然對那次的調情耿耿於懷。

「查理，你的看法很有意思。」杜克斯說：「做愛是另一種形式的溝通，我們只是用行動代替語言。我想這種觀點確實有道理。我們會和女人分享感覺和情緒，就如同和她們聊天氣一樣。做愛或許只是男人和女人之間一種很平常的身體對話。若不是氣味相投，你就不會和一個女人對話；即使對話，也會表現得興趣缺缺。同樣的，若不是和一個女人情投意合，你就不會和她上床。但如果你已經……」

「如果你**已經**和一個女人情投意合，你**就應該**和她上床。」梅說：「這是你唯一該做的事。就像你和某人聊得很投機時，你唯一該做的事就是暢所欲言。你不會故作矜持，而會把你想說的話全說出來。上床也是如此。」

「不對，」哈蒙德說：「這種說法並不正確。就拿你來說吧。梅，你把大半的精力花在女人身上。你頭腦這麼好，卻從沒有發揮在正確的用途，這全是因為女人已經占去你大部分的心思。」

「或許吧……不過老兄，無論結婚與否，你在這方面都不夠用心。你可以保持純潔與正直，可是你的心靈會變得枯燥。依我看，你那顆純潔的心早晚會變得像根乾枯的稻草。你的說法只是想貶低做愛的重要性。」

杜克斯放聲大笑。

「別爭了，兩位大思想家！」他說：「看看我……我從事的不是什麼高尚純潔的思想工作，只是簡單記錄一些自己的想法。然而，我既沒有結婚，也沒有追求女人。我完全認同查理的觀點，即使他想追女人也不需太猴急，而且我也不反對他去追女人。至於哈蒙德，他有占有慾，自然適合走那條筆直的道路和那道窄門。等著瞧吧，有朝一日他會躋身英國大文豪的行列，從頭到腳散發著書卷氣。至於我嘛，我只是個不值一提的小角色。克利福德，你呢？你認為性愛是可以推動男人邁向成功的發電機嗎？」

每逢這種場合，克利福德總是很少開口。他從不會侃侃而談，他的思緒太混亂也太情緒化，而他的觀點也確實不怎麼高明。眼前，他的臉漲得通紅，表情很是尷尬。

「我嘛！」他說：「我已經殘廢了，所以對於這件事我實在沒什麼好說的。」

「沒這回事，」杜克斯說：「你的上半身可是完好無缺，而且你已經擁有了完整的性靈生活。所以，你還是可以跟我們分享一下你的看法。」

「呃，」克利福德吞吞吐吐地說：「儘管如此，我還是沒有太多的看法……或許『完成人生大事』就足以說明我的想法。不過，對於一對相愛的男女來說，那件事自然很重要。」

「怎麼說？」湯米問。

「呃……它可以拉近彼此的情感。」克利福德在談到這類話題時，忸怩得像個女人。

「嗯，查理和我都認為做愛和談話一樣，是一種溝通的方式。如果有女人和我聊到性的話題，只要時機成熟，我自然會和她上床。不幸的是，根本沒有女人想和我聊這個話題，因此我只好獨守空床。不過，這也沒什麼不好……希望如此。總之，我幹嘛知道這個？反正我不需要煩惱宇宙的問題，也沒想過要寫出不朽的名著，我只是個窩在軍隊裡的人……」

四人全陷入沉默，抽著菸。康妮坐在一旁繼續刺繡……沒錯，她就坐在那兒！她必須像隻老鼠一樣安安靜靜地坐著，以免打擾這群充滿智慧的紳士進行重要的思想交流。但她又不能不在場，少了她，這群紳士的討論便無法順利進行，他們的腦袋也會打結。康妮不在場時，克利福德會變得更加拘謹和焦慮，這場談話很快就會因為他的坐立不安而宣告結束。杜克斯的表現最凸出，可見得康妮激發了他的思考。她不怎麼喜歡哈蒙德，這個人似乎很自私。至於查爾斯，康妮欣賞他某些地方，但他雖然研究星球卻似乎缺乏品味又邋里邋遢。

無數個夜晚，康妮就坐在那裡聽著這四個男人高談闊論。偶爾，會有其他一、兩人加入。他們永遠談不出什麼結論，但康妮不以為意。她喜歡聽他們說些心底的話，尤其是杜克斯。這真的很有趣，男人不親妳，不碰妳，卻向妳吐露心聲。這實在太有趣了，不過他們的心真的很冷酷！

另外，康妮有點討厭的是，她很敬重米凱利斯，但這些人卻極盡汙蔑之能事，把他斥為爭名逐利的小雜種、最沒教養的下流胚。不管他是不是小雜種或下流胚，他好歹搬得出一套自己的論調，不會漫無邊際地炫耀自己的性靈生活。

康妮十分喜歡精神生活，也從這樣的思想交流獲得極大樂趣，可是她真的覺得這些人過分了點。這群老友，她私下這麼稱呼他們。她喜歡置身他們的晚間聚會，嗅聞那股菸草味。若她缺席，他們甚至談不下去，這讓她感到十分有趣，也頗為得意。她十分尊重人們的想法……這些男人至少嘗試著誠實地思考，只是康妮總覺得他們的思想交流有點像在一條死巷子裡打轉。無論他們想要傳達的是什麼，她始終摸不著頭腦，米克也是如此。

但米克並不想嘗試了解，而是選擇走自己的路，並以彼之道還施彼身。他確實具有反社會傾向，這正是克利福德與他的老友們無法接納他的原因。克利福德和他的老友們不但沒有反社會傾向，甚至想要拯救人類或至少扮演教化的角色。

§

星期天晚上，他們進行了一場精采的對話，主題再次回到愛情。

「保佑那連接我們心靈的紐帶。」杜克斯說：「我倒想知道那條紐帶究竟是什麼……此刻，連結我們的那條紐帶正造成人與人之間精神上的衝突。除此以外，我們之間幾乎毫無連結。如同世上所有該死的知識分子一樣，我們由於意見分歧而相互攻訐。在這點上，每個人都該死，全是一丘之貉。我們即使沒有互相指謫，也只是以虛情假意來掩飾我們內心的憎恨。有趣的是，這種難以理解又深不可測的憎恨似乎滋養了我們的精神生活，而且一向如此！看看柏拉圖筆下的蘇格拉底和他周遭那幫人；這些人全是一群惡毒的傢伙，總是喜歡把別人批評得體無完膚，譬如……普羅泰戈拉[1]！還有阿爾西比亞德斯[2]，以及他門下的那些小嘍囉！相較而言，在菩提樹下靜坐的釋迦牟尼和向門徒布道的耶穌，感覺起來和善多了，也不會有意氣之爭。基本上，我們的精神生活確實出了點問題。這個問題源自我們的憎恨與嫉妒、嫉妒與憎恨。正所謂觀其果而知其樹。」

「我不認為我們有這麼惡毒。」克利福德反駁。

「親愛的克利福德，你回想一下我們互相批評的樣子吧。我自己就是說話最惡毒的那個，因為我寧可遭到惡毒謾罵，也不想要虛情假意。虛情假意**是**一種毒藥，一旦我開始誇獎克利福德很善良或其他類似的話，那表示克利福德已經淪落到值得憐憫的地步。看在上帝的分上，你們可以儘量說我的壞話，這樣我才知道我在諸位心中還有點分量。要是你們只對我說好話，那就表示我完了。」

「是嗎？可是我確實覺得我們的感情還不錯。」哈蒙德說。

「但事實上……我們都會在背後說彼此的壞話，而我是最惡毒的那個！」

「我想你一定是把精神生活和批判現實混為一談了。你說得對，蘇格拉底開創了批判之風，但他的成就不只如此。」查爾斯一本正經地說。這群表面謙恭的老友雖然語氣委婉，但其實每個人都自視甚高地認為自己的話就是**真理**。

杜克斯不想再扯蘇格拉底了。

「的確，批判和知識是兩回事。」哈蒙德說。

「我也這麼認為。」一位褐髮的靦腆年輕人附和。年輕人名叫貝里，專程來找杜克斯，並準備在這過夜。

所有人全瞪著他，彷彿聽見一頭驢子開口了。

「我說的不是知識……而是精神生活。」杜克斯笑了笑。「真正的知識來自人們的整體知覺，來自你的腦袋和思想，也來自你的腹部和陽物。思想只會引導出分析與推理，假使我們打算在思想與理性的

1 普羅泰戈拉（Protagoras, 490-420 BC）是古希臘哲學家，被柏拉圖認為是詭辯學派的一員。
2 阿爾西比亞德斯（Alcibiades, 450-404 BC）是雅典政治家、演說家和將軍。

引導下生活，批判與征服自是理所當然。這一點十分重要，我指的是我們**別無選擇**。天啊！現代社會真的太需要批判了……而且是毫不留情的批判。所以，讓我們擁護精神生活，以我們的惡毒為榮，並且革除那種噁心的客套。不過我得強調的是，就某方面而言，人的生命是以一種有機的方式與這個世界形成連結。一旦你**展開**精神生活，就好比摘下了蘋果，切斷了蘋果與樹之間的有機連結。如果**除了**精神生活，你一無所有，那麼你就成了一顆被摘掉的蘋果……你已經脫離了那棵樹。這時，你自然會心懷怨恨，就像落地的蘋果必然會腐爛一樣。」

克利福德認為這類談話根本毫無意義，因此開始發呆了起來，康妮則是坐在一旁偷笑。

「這麼說來，我們全成了被摘掉的蘋果。」哈蒙德的語氣帶著嘲弄與不悅。

「那我們就把自己釀成蘋果酒。」查理說。

「你們對布爾什維克主義[3]有什麼看法？」貝里插話，彷彿聊到這個話題只是勢所必然。

「這個好！」查理叫道。「你們對布爾什維克主義有什麼看法？」

「好啊！趁這個機會，我們就來談談布爾什維克主義。」杜克斯說。

「這個題目恐怕有點複雜。」哈蒙德搖著頭嚴肅地說。

「依我看，」查理說：「布爾什維克主義者對他們口中的資產階級恨之入骨，卻又沒有清楚定義資產階級。資產階級擁有的不只是資本，也包括了感覺和情緒，因此他們得創造出不具有這一切的人。此外，個人也是資產階級，尤其是具有**私人意識**的人，這樣的人應該受到壓抑。你必須融入更偉大的事物，也就是蘇維埃社會。就連有機體也是資產階級，所以完美的典型必須是無意識的。這時，唯一符合的典型只能是一種無機的整體，一種由各式各樣具有同等重要性的零件所組成的機器。每個人都是這部機器的零件，而這部機器的動力是仇恨……對資產階級的仇恨。這就是我眼中的布爾什維克主義。」

「我同意！」杜克斯說：「而且，我認為這也完整說明了整個工業的理想。簡單地說，這就是工廠老闆們的理想。儘管他們會否認工廠的驅動力來自仇恨，但對於生命本身的仇恨始終存在。看看這些中部人就曉得……不過，這也是精神生活的一部分，它的演變是有道理的。」

「我不認為布爾什維克主義合乎邏輯，它否定了大部分的前提。」哈蒙德說。

「老兄，但它承認物質前提，也完全認同純粹的精神。」

「無論如何，布爾什維克主義已經走進死胡同了。」查理說。

「死胡同！等著看吧！很快的，這些布爾什維克分子就會擁有世界上最精良的軍隊，以及最頂尖的機械化裝備。」

「可是這種仇恨的狀態不可能持續……一定會引起反彈……」哈蒙德說。

「反正，我們已經等了好些年了……我們可以繼續等。當我們被迫根據某些信念改變自己最深層的本能與情感，如同其他事物一樣，仇恨必然會不斷滋長。當我們如同機器一樣用公式驅動自己，假裝自己是在邏輯思維下行動，反而會變得滿懷仇恨。我們全是布爾什維克主義者，只不過我們假裝不是，俄國人則是毫不掩飾他們是布爾什維克主義者。」

「其實除了蘇維埃制度外，」哈蒙德說：「還有許多其他的選擇。布爾什維克分子算不上聰明。」

---

3 布爾什維克（Bolsheviks）是俄國社會民主工黨的一個派別，其領袖是列寧。布爾什維克主義是一九〇三至一九一七年間，布爾什維克派所提出的一套奪取政權和建立無產階級專政的策略，而布派也就是日後的俄國共產黨。

「他們的確不怎麼聰明，但如果你想達到目的，裝傻往往是最聰明的選擇。我個人認為布爾什維克主義很蠢，不過西方社會生活也是如此。我甚至認為我們聲名遠播的精神生活也很蠢。我們全像白痴一樣冷漠，像傻瓜一樣無情。我們全是布爾什維克主義分子，只不過我們改了名稱。我們自以為是神……近似神的人類！這和布爾什維克主義如出一轍。一個人如果不想當神或布爾什維克分子，就必須有人性、有一顆心和一根陽具……因為這兩者都美好得不切實際。」

在一片不以為然的靜默中，貝里不安地問：「湯米，你相信愛情吧？」

「你這可愛的小伙子！」湯米說：「不，我的小天使。我幾乎不相信愛情。愛情只是另一齣愚蠢的現代鬧劇。你口中的愛情是指那種很會扭腰的小伙子，搞上那種屁股扁平得像兩顆領釦的小爵士女郎？還是指那種同舟共濟似的丈夫和妻子？不，好兄弟，我一點也不相信這個！」

「那你相信什麼？」

「我？理智上，我相信心地要善良、陰莖要堅挺、腦子要靈光，還要有在女士面前說『狗屎』的勇氣。」

「哦，這些你全做到啦！」貝里說。

杜克斯大笑。「你這小子的嘴巴真甜！要真是如此就好了！可惜，我的心跟馬鈴薯一樣麻木不仁，我的陽具老是欲振乏力。我寧可把自己閹了，也不敢在我母親或我姨媽面前說『狗屎』……我得強調，她們可都是正經八百的淑女。而且，我也不夠聰明，頂多只能算是個『有思想的人』。擁有智慧想必很美好，不管是我們剛才已經聊到或不方便聊到的事，聰明人在這些方面一定表現活躍。聰明人的陽具可以抬頭挺胸對任何真正的聰明人打招呼。雷諾瓦說他會拿自己的陽具作畫……這是真的，他的畫也確實很棒！我真後悔自己從不曾拿陽具做點什麼。天啊！男人如果只剩一張嘴，那簡直生不如死！蘇格拉底就是這種事的始作俑者。」

「但這世上還是有好女人。」康妮終於抬起頭說話了。

這讓男人們感到氣憤……她應該要裝聾作啞才對。他們不喜歡她坦承自己一直在聆聽他們的談話。

「天啊！」

如果他們對我不好，我又何必在乎他們有多好？

「不可能！我就是沒辦法和女人產生共鳴。沒有女人曾經讓我心動，我也不打算勉強自己……老天爺啊！我寧願保持自我，繼續過我的精神生活。這是我唯一可以真心面對的事。我喜歡和女人**交談**，但我的思想非常純潔，心中沒有半點邪念！希爾德布蘭[4]，我的兄弟，你的看法呢？」

「人如果潔身自愛，生活就會單純多了。」貝里說。

「沒錯，生活就是這麼簡單！」

---

4 希爾德布蘭（Dietrich von Hildebrand, 1889-1977），德國哲學家與神學家。

第五章

二月裡一個寒冷的早上，天空露出一點陽光，克利福德和康妮穿過花園，走進樹林裡散步。克利福德駕著他的馬達輪椅，康妮則是走在他的身旁。

冷冽的空氣依舊帶有硫磺味，不過兩人都習慣了。不遠處的地平線籠罩著一片乳白色薄霧，上方露出一小塊藍天，他們就像是走在一間牢籠裡。在這間牢籠，生活就像一場夢或一種幻想。

遍地枯草的崎嶇田野傳來羊群的喘氣聲，草叢上凝結著一層藍白色薄霜。一條有如粉紅色緞帶的小徑穿過花園直抵一道木門。克利福德最近才叫人鋪上一層從煤渣山篩選的礫石。這些來自地底的岩石和廢渣經過烘烤，不但去除了硫磺味，在乾燥的日子裡還會呈現明亮的蝦紅色，在潮溼的日子裡則會轉成暗沉的蟹紅色。眼前，這些礫石呈現淡淺的蝦紅色，上頭覆蓋著一層藍白色薄霜。每當康妮走在這條亮粉的礫石小徑，她的心情總會變得輕鬆愉快。正所謂天生萬物必有其用。

克利福德小心翼翼地駛下拉格比莊園前的小山坡，康妮則是始終抓著輪椅走在他的身旁。樹林就在前方，近處是榛樹林，遠處是茂密的淡紫色橡樹林。幾隻兔子在樹林的邊緣四處蹦跳、啃著青草。一群禿鼻鴉突然飛出樹林，聚集成黑色縱隊消失在那一小塊藍天。

康妮推開木門，克利福德緩緩地從門外的大路駛上斜坡。大路兩旁是修剪整齊的榛樹林。當年，羅賓漢曾經在這片樹林打獵，這條大路在很久很久以前還發揮過聯繫鄉村的功能，如今則只是穿過私人園林的一條大路。這條大路從曼斯菲爾德來到這裡繞了個彎後轉向北方。

整片樹林彷彿在空氣中凝結，地上的枯葉帶著一層薄霜。一隻松鴉發出刺耳的叫聲後，驚動許多小鳥飛來飛去。但這裡已經沒有獵物，也沒有野雞。這些動物在戰時被殺光了，這片林子也一直沒人看守。直到最近，克利福德才找來一位守林人。

克利福德喜愛這片樹林和那些老橡樹，並且認為這些全是祖先留下來的遺產。他想要讓這片土地不受侵擾、與世隔絕。

輪椅緩緩駛上斜坡，在結冰的地面上顛簸。陡然間，右側出現一片死氣沉沉的空地。空地上布滿枯死的歐洲蕨、幾株東倒西歪的幼樹、一塊塊只剩下根部依舊盤結地面的巨大樹墩，以及幾處伐木工人焚燒樹枝與垃圾形成的焦地。

戰時，傑弗里爵士支援前線修築戰壕的木材，部分就是出自這裡。大路右側是景象異常荒涼的緩坡，坡頂原本是橡樹林，如今卻是一片光禿。站在坡頂可以越過樹林看見運煤鐵道和史塔克斯門的新礦廠，這裡也是這片與世隔絕的樹林唯一與外界連結的缺口。康妮曾經站在這裡遠眺，只是她沒有向克利福德提過這件事。

這塊荒地總會讓克利福德感到莫名的憤怒。他經歷過戰火，知道戰爭意味著什麼。但直到目睹這座禿山，他才真正動了氣。他已經派人重新植樹，但這塊荒地還是讓他對傑弗里爵士產生不滿。

克利福德板著臉坐在輪椅上緩緩爬坡。兩人來到坡頂後停了下來，克利福德不打算冒險駛下那段漫長崎嶇的下坡路。他看著這條翠綠的大路穿過下方的歐洲蕨和橡樹林，轉個彎消失在坡底。大路有著和緩的迷人曲線，很適合騎士和貴婦們用來騎馬通行。

「我認為這裡是英格蘭的中心。」克利福德在二月的微弱陽光下對康妮說。

「是嗎？」康妮說。她穿著一件藍色針織連衣裙坐在路旁的樹墩。

「當然！這裡是古英格蘭的中心，而且我打算讓它一直保有現在的風貌。」

「我贊成！」康妮說完後，聽見史塔克斯門礦場響起十一點鐘的汽笛聲，但克利福德對此早已習以為常。

「我要保持這片樹林的完整……不受干擾，也不讓任何人闖入。」克利福德說。他的聲音透著幾分悲壯。傑弗里爵士的砍伐一度重創這片森林，但這裡依然保有古英格蘭那種原始神祕感。無數枝椏在風中招展，結實的灰色樹幹矗立在褐色的歐洲蕨叢！鳥兒安心地在林間穿梭！這裡還有過野鹿和弓箭手出沒，有僧人騎驢經過。這個地方依舊保有這些記憶，不曾遺忘。

微弱的陽光照著克利福德的柔順金髮，以及他那流露謎樣表情的紅潤臉龐。

「每次來到這裡，我總會更加遺憾於自己沒有兒子。」他說。

「但這片森林的歷史比你的家族還要悠久。」康妮輕聲說。

「妳說得對！」克利福德說：「然而是我們把它保存下來。要不是我們，這片森林也許……會像其他森林一樣消失得無影無蹤。我們必須保存一些古英格蘭的事物！」

「是嗎？」康妮說：「我知道這很傷感，但即使古英格蘭和新英格蘭發生衝突，我們還是得保存古英格蘭嗎？」

「如果我們沒有留下一些古英格蘭的事物，就不會有新英格蘭。」克利福德說：「所以我們這些擁有這類事物，並對其懷有感情的人必須保存它。」

一陣感傷的沉默。「是啊，多保留一段時間。」康妮說。

「多保留一段時間！我們能做的也只有這樣。我們只能盡自己的本分。自從我的家族擁有這片土地以來，每個人都盡了自己的本分。人可以反抗習俗，卻必須維護傳統。」兩人再次陷入沉默。

「什麼傳統？」康妮問。

「古英格蘭的傳統！這裡的傳統！」

「嗯。」她緩緩回應。

「這就是擁有兒子的作用。每個人都只是一道鎖鏈上的一環。」他說。

康妮對鎖鏈不感興趣，不過她沒說什麼，而是想著丈夫在表達想要兒子時的那種異常冷漠。

「可惜我們無法擁有一個兒子。」她說。

他那雙渾圓的淡藍色眼眸冷靜地看著康妮。

「也許讓你和別的男人生個孩子是個好主意。」他說：「只要我們在拉格比將它養育成人，它就會屬於我們，屬於這片土地。我不是很在乎父子之間的血緣，只要我們養育這個孩子，它就會屬於我們，成為我們的繼承人。妳不覺得這件事值得考慮？」

康妮抬起頭看他。這個孩子，她的孩子，在他口中只是個「它」。它……它……它！

「那另一個男人怎麼辦？」她問。

「這件事重要嗎？這會帶給我們很大的影響嗎？你在德國時曾經有個情人……如今呢？那段過去幾乎沒有留下什麼。對我來說，這些生命中的小情小愛根本算不了什麼。如同去年下的一場雪……這些事一旦過去，就過去了……重要的是那些可以持續一輩子的事。我只重視自己的生活，因為它具有長久的延續性與發展性。但那些偶然的人際關係呢？尤其是偶然的性關係！如果人們沒有過度誇大，這種關係其實就像鳥類交配一樣短暫。我們何必這麼在意？重要的是一輩子的伴侶關係、日復一日的共同生活，而不是一、兩次的上床。不管發生什麼事，我們還是了解對方習性的夫妻。在我看來，習慣比偶然的激情重要多了。我們的生活依靠的是……這種長久、緩慢而又可以持續的東西……而不是任何偶然的激情。婚姻的祕訣在於夫妻共同生活的點滴累積，直到兩人形成巧妙互動的共同體，而不是性愛；至少人們不會單純為了性愛而結婚。既然命運帶給我們這種肉體上的打擊，只要可以堅守彼此的婚姻，我們可以像是去看牙醫一樣處理這種性問題。」

康妮坐在一旁聆聽，內心夾雜著疑惑與恐懼。她不知道克利福德的說法是對或錯。她告訴自己，她愛過米凱利斯，但那種愛情有點像一場短暫脫離婚姻的度假；而她與克利福德的婚姻則是經過長年累月，緩慢形成的親密習慣。或許人類的心靈需要度假，而這是不容否認的事實。但重點是，你在度假後還是會回家。

「你不在乎我生的是誰的孩子？」她問。

「不，康妮。我相信妳的正直和選人的眼光。妳絕不會讓不適當的人接近妳。」

康妮想到米凱利斯！他絕對是克利福德口中那種不適當的人。

「可是對於什麼是不適當的人，男人和女人或許會有不同的看法。」她說。

「不，」他說：「妳會在意我的感受。我不相信妳會選擇一個我很討厭的人。妳的良心不會允許妳這麼做。」

康妮沉默了一會兒。邏輯上她無法回答這個問題，因為克利福德的看法顯然不對。

「你會希望我告訴你嗎？」康妮偷偷看了他一眼。

「不，我最好不知道……不過，妳是真的認同我的想法吧？妳不覺得相較於長久的共同生活，偶然發生的魚水之歡實在不算什麼？妳不認為一個人可以為了長遠的生活，而把性愛放在比較次要的位置？既然我們需要性愛，那我們就去做就是了。畢竟，這種短暫的刺激也沒有那麼重要吧？生命的整個問題難道不是在歲月的長河中，逐漸建立完整的人格以及擁有完整的人生？破碎的人生毫無意義。如果缺乏性愛會讓你感到缺憾，那就出去風流一下。如果沒有孩子會讓你感覺不圓滿，那就設法生個孩子。但你做這些事的前提必須是，這麼做可以讓你長久地擁有一個完整又和諧的生活。妳不覺得……我們可以攜手完成這個目標嗎？……也許我們可以去適應這種需要，讓它融入我們的日常生活。妳覺得呢？」

這席話讓康妮有些不知所措。從理論上來看，她知道克利福德說得沒錯。但當她想到和克利福德一起度過的平靜生活……她猶豫了。她的下半輩子是否注定得融入克利福德的人生？沒有別的選擇？

她的人生只能這樣？她應該滿足於和克利福德共同編織的人生，而這塊人生的布料上也許會偶爾織上幾朵冒險之花。但她怎麼知道明年自己會怎麼想？人怎能預知未來？又怎能肯定自己年復一年都「願意」？這簡短的「願意」太容易說出口！人為何得受到這種輕如蝴蝶的字眼所束縛？這個字眼一說出口就會像蝴蝶般飄走，隨之而來的將是其他的「願意」與「不願意」，就像是滿天飛舞的蝴蝶。

「克利福德，我想你是對的。到目前為止，我同意你的說法。可是，人生有可能出現巨大變化。」

「但在出現這種變化之前，妳同意我的說法？」

「是的，我想我同意！」

她看見一條棕色獵犬從岔路上跑出來，抬頭盯著他們輕吠了一聲。隨後，一個背著槍的男人以輕盈的步伐快速地走向他們。原本看似要展開攻擊的男人突然停下腳步，行了個舉手禮後轉身向山下走去。男人是新來的守林人，但康妮著實嚇了一跳，因為他看來就像個猛然竄出的凶神惡煞。這就是康妮最初對他的看法，一個突如其來的危險人物。

他穿著墨綠色棉絨長褲、長筒橡膠靴……打扮老派，臉泛紅光，留著紅色八字鬍，目光冷漠。此刻，他正快步朝山下走去。

「梅勒斯！」克利福德喊。

男人迅速轉身，又俐落地行了個舉手禮。一個軍人！

「你能不能幫我把輪椅轉回頭，再推它一把？這樣我會輕鬆多了。」克利福德說。

男人立刻把槍扛在肩上，以同樣敏捷的速度走向前，他的動作依舊輕巧，像是不想引人注目。他的身材精瘦，中等身高，沉默寡言。他看都不看康妮一眼，目光始終盯著輪椅。

「康妮，這位是新來的守林人梅勒斯。梅勒斯，你還沒跟夫人打過招呼吧？」

「還沒，爵士！」男人的語氣既乾脆又冷淡。

他站在那裡摘下帽子，露出一頭濃密偏金黃色的頭髮。男人毫不畏懼地直視康妮，他那冷漠的目光彷彿想看穿康妮。他讓康妮感到不好意思。康妮害羞地點點頭。他把帽子換到左手，像個紳士般彎腰行禮後，不發一語地拿著帽子站在那裡。

「你來這裡有一段時間了吧？」康妮問。

「八個月了，太太……夫人。」他從容地改口。

「喜歡這裡嗎？」康妮盯著他的雙眼。他的眼睛瞇了起來，像是嘲諷也像是傲慢。

「呃，喜歡，謝謝妳，夫人！我是在這裡長大的……」

他再次略微鞠躬，轉身戴上帽子，邁向前抓住輪椅。他說最後幾個字時帶著濃重的地方腔……似乎故意嘲弄，因為他原本沒有表現出這樣的地方腔。他幾乎算是個紳士，但也是個身手敏捷、獨來獨往卻又充滿自信的怪人。

克利福德發動引擎，男人小心翼翼地把輪椅轉頭，朝向通往幽暗榛樹林的彎曲下坡路。

「克利福德爵士，還有別的事嗎？」男人問。

「沒了，不過你最好跟著我們，免得這輪椅卡住。這引擎在爬坡時實在有點不夠力。」男人回頭看了他的狗一眼……眼神流露關懷。獵犬看著他微微甩動尾巴。男人露出一絲溫和但帶點逗弄與取笑的眼神，隨後又立刻變得面無表情。一行人下坡的速度很快，男人伸出一隻手抓著輪椅，保持它的平穩。相較於一名僕人，他看來比較像是一名自由的軍人，而且他身上有某些特質讓康妮聯想到杜克斯。

三人走到榛樹林時，康妮突然跑向前打開園門。她扶著門站在那兒，兩個男人通過時都盯著她。克里福德的眼神帶著指責，那男人則是好奇而漠然地看著她，彷彿想要看清她的模樣。康妮發現他的藍色眼眸流露出悲苦與冷淡的眼神，但也帶著一絲的溫暖。可是，他為何會表現得如此冷漠與疏離？

一過園門，克利福德停下輪椅，男人立即恭謹地快步走回去關門。

「妳為什麼要跑去開門？」克利福德低聲問。他的語氣雖然平靜，卻透著幾許不悅。「梅勒斯自然會去做這件事。」

「我想這樣你們就不用停下來。」康妮說。

「那不就得讓妳在後面追我們？」克利福德說。

「沒關係，偶爾跑一下也不錯！」

梅勒斯再度抓著輪椅，看來似乎完全沒聽到兩人的談話，但康妮知道這一席話他全聽在耳裡。他推著輪椅走上那座坡度有點陡的小丘時，開始張口喘氣。康妮憑著女人的直覺知道，他其實相當虛弱。奇怪的是，儘管他有點虛弱、抑鬱，卻又顯得精神抖擻。

康妮放緩腳步，任由輪椅繼續前進。天色變得陰沉，那一小塊原本垂在濃霧邊緣的藍天，在濃霧合攏後消失了。空氣中帶著一股凜冽的寒意，眼看著就要下雪了。四周一片陰暗，陰暗！這個世界似乎就要崩解了。

輪椅在粉紅小徑的盡頭停下。克利福德回頭望著康妮。

「妳累了嗎？」他問。

「還好！」她說。

然而，她是累了。她的體內開始萌生出一種奇特的渴望與不滿。克利福德沒有察覺，他一向不會去注意這種事，但那陌生人看出來了。對康妮來說，她的世界和人生似乎就要崩解，她的不滿由來已久。

他們來到屋前，繞到沒有台階的後門。克利福德的雙臂靈活有力，因此自行翻身挪到另一輛比較低矮的室內輪椅。接著，康妮把他那兩條沉重的殘腿搬過去。

守林人站在一旁等著克利福德打發他走時，仔細地觀察眼前的一切。當他看見康妮把那雙毫無知覺的腿搬到另一張輪椅，克利福德順勢轉身坐好時，他的臉色因為某種恐懼變得蒼白。他嚇到了。

「梅勒斯，謝謝你的幫忙。」克利福德漫不經心地說完，轉動輪椅駛向通往傭人房的走廊。

「爵爺，沒別的事了嗎？」守門人漠然的聲音聽來如同夢中的囈語。

「沒了，再見！」

「再見，爵爺。」

「再見！謝謝你幫忙把輪椅推上來……希望你不會覺得太吃力。」康妮回頭對著門外的守林人說。

守林人彷彿大夢初醒似的迎向康妮的目光。這時，他才注意到康妮在向他道謝。

「不，不吃力！」他急忙說。接著，他的口音又回復那種濃重的地方腔：「再見，夫人！」

「你那位守林人叫什麼？」午餐時康妮問。

「梅勒斯！妳看過他。」克利福德說。

「我記得，他是哪裡人？」

「就這裡！他在特弗沙爾村長大……我想，他應該是礦工的兒子。」

「他也是礦工嗎？」

「他在煤渣山打鐵，我想他應該是礦區的鐵匠。不過，他在戰前曾經在這裡當了兩年的守林人……直到入伍。我父親對他的評價很高，因此他回來後去礦區應徵鐵匠時，我就讓他來這裡當守林人。我很高興找到他……這附近很難找到合適的守林人……這個人得要很熟悉附近的居民才行。」

「他結婚了嗎？」

「他結過婚，只是太太跟別人跑了……他太太跟過好幾個男人，最後跟著一個史塔克斯門的礦工。我想，她現在應該還住在那裡。」

「所以，他現在是單身？」

「可以這麼說！我想，他母親應該住在村裡……還有個孩子。」

克利福德看著康妮，他那雙微凸的淡藍色眼睛變得矇矓。他外表看似清醒，內心卻像英格蘭中部的空氣一樣迷茫。這片霧靄似乎正在向外擴散，因此當他以獨有的方式注視康妮，並簡明扼要地答覆她的問題時，康妮總感覺他的心底充滿迷惘和空虛。這讓康妮覺得恐懼，他似乎變得冷漠到幾近痴呆。

她隱約理解到人類心靈的一條重要法則：人的肉體和心靈一旦同時遭受重創，儘管心靈似乎會隨著肉體康復，但這只是表象，也是人的習慣在無意識下再次發揮作用。然而，受過傷的心靈會逐漸地、緩慢地出現痛覺，就像一處逐漸擴散的瘀傷，緩緩地把那種劇烈疼痛填滿我們心底的每個角落。直到我們自以為康復了、遺忘了，最可怕的後遺症就會在這時出現。

這正是克利福德的情況。他一「痊癒」便回到拉格比投入小說創作，重拾生活的信心。他似乎把過去全拋到腦後，找回了原有的平靜。但幾年後，康妮逐漸察覺憂慮與恐懼的瘀傷已經復發，並逐漸在他體內蔓延。那創傷埋得太深以至於讓人誤以為它已經消失。如今，那傷痕隨著恐懼的擴散而變得明顯，幾乎讓他癱瘓。精神上他依舊清醒，但那種癱瘓和沉重的瘀傷卻逐漸侵入他的心靈。

當那傷痕在克利福德的體內擴散，康妮也感覺到它在自己的體內蔓延。她的內心逐漸感到恐懼與空虛，對一切事物反應冷淡。克利福德興起時會講得頭頭是道，彷彿掌握了未來。就像那天，他在樹林裡談到要她找個男人為拉格比生下一名繼承人。但到了隔天，那些真知灼見便如同落地的枯葉，乾癟碎裂隨風而逝。這些話不是生機盎然的語言，不是一叢生機盎然的綠葉，而是一堆已經了無生氣的落葉。

在康妮的眼裡，這種情形隨處可見。特弗沙爾的礦工們又再討論罷工，但她並不認為這是一種活力的展現，而是原本受到壓抑的戰爭瘀傷逐漸浮出表面；對於戰爭的不安帶來巨大的痛苦，對於戰爭的不滿導致人們的茫然。這瘀傷埋得很深，很深，很深……這瘀傷來自這場錯誤而不人道的戰爭。這得要耗去幾代人的鮮血和許多年的歲月，才能化去人們身心深處的黑色瘀血。而且，人們需要一個新的希望。

可憐的康妮！年復一年，她擔心著自己的人生會變得毫無意義。克利福德和她的精神生活開始變得乏味。克利福德口中的，他們的婚姻和他們以親密習慣為基礎的和諧生活，早已變得空洞貧乏。全是語言，太多的語言。這唯一真實的空白生活，充斥著一串串虛偽的語言。

§

克利福德成功了；他贏得婊子女神的青睞！這是真的，他幾乎成名了。他的著作替他賺進一千英鎊，他的照片隨處可見。有間藝廊擺放著他的半身塑像，還有兩間擺放著他的肖像畫。他儼然成了最能展現當代風格的當代人物。四、五年內，他憑著拙劣的怪異宣傳本領成為年輕「知識分子」中的佼佼者。不過，康妮卻看不出他有什麼才智。克利福德確實很擅長以詼諧的口吻分析人物與主題，所有事情在他口中總會變得一無是處。這種行為跟小狗喜歡把沙發墊扯爛沒什麼兩樣，差別只在於克利福德並非年輕貪玩，而是老氣橫秋。這種行為既奇怪又沒有意義。這就是康妮心裡揮之不去的感覺：克利福德的創作只是一種對於虛無的精采表現，同時也是一種炫耀。炫耀！炫耀！炫耀！

米凱利斯把克利福德塑造成一部戲的主角。他已經勾勒出故事大綱，完成第一幕的創作。對於虛無的表現，米凱利斯比克利福德技高一籌。這兩人只剩下最後一丁點熱情：表現的熱情。性方面，他們缺乏熱情，甚至死氣沉沉。如今，米凱利斯追求的已不是財富。克利福德一開始並非為了賺錢，但他也從不放過賺錢的機會，因為財富就是成功的象徵。兩人的目標都是成功，以及達成一種真正的表現……一場自我的完美演出，並且在某段時間裡獲得大眾的注目。

這真是一件怪事……把靈魂出賣給婊子女神。對康妮來說，成功這種事不僅和她無關，也無法帶給她興奮感，頂多只是另一件毫無意義的事。她甚至認為男人們追求成功毫無意義，僅管他們為了追求成功而不斷出賣靈魂，她還是認為成功只是一種虛無。

米凱利斯寫信向克利福德提及這齣戲，康妮自然知道這件事。克利福德再次感到欣喜若狂，他又有表現的機會了，而且還是假他人之手。克利福德邀請米凱利斯帶著第一幕劇本來拉格比做客。

米凱利斯來了。那是夏天，他穿著一套淺色西裝，戴著白色麂皮手套，送給康妮一盆非常迷人的淡紫色蘭花。劇本的第一幕寫得十分精采，就連康妮也興奮不已……那股興奮蔓延至她的四肢百骸。米凱利斯為自己的魅力興奮時，康妮眼中的他更是顯得出類拔萃……光彩奪目。從他身上，康妮看見古老民族那種永恆的靜謐感。或許，極度的沉淪就是一種純潔，因此米凱利斯把靈魂徹底出賣給婊子女神後反而顯得純潔。如同一副純潔的非洲象牙面具，那乳白色的曲線與平面總能夠美化所有的罪惡。

米凱利斯與查泰萊夫婦的相處極為融洽，兩人都為他傾倒，這段日子堪稱是他最精采的人生歲月之一。他成功了，夫妻倆都被他迷得神魂顛倒。就連克利福德也一度愛上他……如果可以這麼形容。

所以隔天早上，米克變得比平時更不自在，坐立不安，焦躁得不停搓揉插在褲袋裡的雙手。康妮昨夜沒來找他……而他根本不知道上哪找她。耍心機！在他得意的時候。

早上，他前往她的起居室。她知道他會來，他心浮氣躁的樣子太明顯了。他問她對那劇本的看法……欣賞嗎？他非得聽到別人的讚美，這點讚美帶給他的快感甚至超過性愛的高潮。她眉開眼笑地誇獎那部劇本，但心底卻始終明白那部作品根本一無是處。

「聽我說！」最後，他突然說：「我們何不把事情公開？然後結婚？」

「可是我已經結婚了。」康妮的語氣顯得驚訝，內心卻毫無感覺。

「這個嘛……他一定會跟妳離婚……我們結婚吧！我想結婚。我知道這對我是最好的選擇……結婚，過著正常的生活。我現在的生活糟透了，簡直把自己搞得一塌糊塗。妳知道嗎？我們是天生一對……就像手和手套那麼相配。我們沒有理由不結婚，妳不覺得嗎？」

康妮驚訝地看著他，但依舊無動於衷。這些男人都是同一副德性，什麼都不考慮。他們簡直像爆竹一樣說炸就炸，還指望憑他們那根細細的棒子就能把妳帶上天堂。

「可是我已經結婚了，」她說：「我不能離開克利福德，這你是知道的。」

「為什麼？這有什麼關係？」他叫道。「半年後，他就會忘了妳。除了他自己，他根本不在乎任何人。就我看來，這男人對妳一點用處也沒有，他的心裡只有他自己。」

康妮知道米克說得對，但這些話卻也同時顯露了米克的自私。

「男人不都如此？」她問。

「嗯，或多或少吧！男人想成功就得如此。不過，這不是重點，重點在於男人能給女人什麼樣的生活？他能不能帶給女人幸福？如果他做不到，就沒有權利擁有女人……」他停頓了一下，那雙淡褐色大眼以一種近似催眠的眼神注視著康妮。「我可以保證，現在的我能讓女人得到她想要的幸福。」

「什麼樣的幸福？」康妮問。她看著他，臉上依然帶著驚喜的表情，內心卻是異常平靜。

「完整的幸福。媽的，妳想要什麼就有什麼！妳可以擁有一大堆衣服和珠寶，去任何一間妳喜歡的夜總會，認識妳想認識的人，過著悠閒的生活……像個貴婦四處旅行……他媽的，這才是一種完整的幸福。」

他說得眉飛色舞，康妮雖然心往神馳，內心卻如同槁木死灰。以往，如此美好的承諾肯定會讓她欣喜若狂，如今竟無法激起她內心的一絲漣漪。她對這種幸福既缺乏興趣，也無法「想像」。儘管她表現得一臉憧憬，內心卻是意興闌珊，只隱約聞到婊子女神那令人反感的惡臭。

米克如坐針氈，身體前傾焦慮地看著她。但誰曉得他這麼急著想聽到她說「好」，是因為虛榮心作祟？還是他害怕聽到她說「好」？

「我得再考慮一下！」她說：「我現在無法決定。你或許覺得不需要考慮克利福德，但我做不到。只要想到他已經殘廢得……」

「這全是屁話！要是一個人可以拿殘廢當藉口，那我也要開始哭訴自己一直以來有多麼孤單，以及一堆有的沒的屁話。他媽的，如果一個人只能靠殘廢來博取同情……」

他轉過身，雙手在褲袋裡不斷地搓揉。

那晚，他對她說：「妳今晚來我房間好嗎？我根本不曉得妳房間在哪。」

「好！」她說。

那晚，他那如同小男孩似的纖細身體顯得比以往更加興奮，但直到他結束，康妮仍然無法獲得高潮。然而，那小男孩似的柔軟身軀卻挑起了她的熱情與渴望；她只能等到他結束後繼續狂野地扭動腰臀，他則是奮勇、慷慨、專注地讓自己繼續在她體內保持堅挺，直到她達到高潮發出奇特的呻吟。

他抽離她的身體時，以一種近似挖苦的尖酸口吻說：「妳就不能和男人同時達到高潮嗎？妳總是得自己來！妳總是得掌握主導權！」

這番話讓康妮一時目瞪口呆，因為他在性愛上分明只能扮演被動的角色。

「你的意思是？」她問。

「妳知道我的意思。我都出來了，妳卻是沒完沒了……我只能咬緊牙關，直到妳達到妳想要的高潮。」

康妮仍沉浸在一種難以言喻的喜悅與對他的愛意，怎麼也想不到他會說出如此殘忍的話。畢竟他和許多現代男人一樣，總是很快就出來了，這逼得女人不得不採取主動。

「可是，你也希望我繼續動，直到獲得滿足吧？」她問。

他冷笑了一下。「是啊！」他說：「妳在我身上扭動的時候，我確實希望自己可以挺住。」

「你不喜歡我這樣？」她追問。

他避不回答。「女人全他媽的同一副德行。」他說：「她們要不是像條死魚……就是得等男人沒勁了，才開始自己來。這時男人就只能硬撐到她們獲得高潮。我還沒碰到過可以和我一起達到高潮的女人。」

他的語氣充斥對康妮的不滿，甚至帶著一種另人難以置信的……殘忍。康妮恍惚地聽著這些新奇的男性知識，覺得自己好無辜。

「但你也想讓我得到滿足吧？」她再次問。

「沒錯！我的確想。但如果女人這種達到高潮的方式是一種對付男人的把戲，那我就慘了……」

這番話是康妮人生中的一次重大打擊，她內心的某種美好被打碎了。原本米凱利斯就不是很吸引她，要不是他主動勾引，她不會想要他。她好像也從沒有真的想要他，但他挑起了她的情慾，她自然想要從他身上獲得滿足。為了他帶給她的滿足，她幾乎愛上他……在那個她幾乎愛上他的夜晚，她甚至想過要嫁給他。

或許他是在察覺她的想法後，才決定演出這場戲來一舉終結這場露水姻緣。她對他，甚至所有男人的情慾都在那晚冰消瓦解。她和他一刀兩斷，就像這個人從不曾在她的生命中出現過。

她繼續過著陰鬱的生活。眼前什麼都沒有了，只剩下克利福德口中的和諧生活；已經習慣同處一個屋簷下的兩個人，彼此守著對方度過漫長、空虛的單調生活。

虛無！人生似乎終究得接受生命的巨大虛無。人們汲汲營營的一切瑣事最終換來的只有虛無！

第六章

「為什麼現在的男人和女人都無法真心喜歡對方？」康妮問杜克斯，他有如她的人生導師。

「哦，誰說的？我倒覺得從有人類以來，男人和女人還不曾像現在這麼喜歡彼此，而且是真心的喜歡！拿我來說，我比較喜歡女人。她們比男人勇敢，和她們相處也比較自在。」

康妮思索這番話。

「嗯，話雖如此，你卻從不和女人打交道！」她說。

「我？我現在不是正認真地和一個女人對話？」

「是啊，對話……」

「如果妳是個男人，我除了和妳認真對話，還能幹嘛？」

「也對，但女人……」

「女人總是想要男人喜歡她、和她說話，並且愛上她、想要她。但對我來說，這根本是兩碼事。」

「但事實並非如此！」

「水原本就具有溼潤的特質，但兩者之間並不能畫上等號。就拿我的例子來說，我喜歡女人，喜歡和她們說話，可是我不愛她們，也不想要她們。對我來說，喜歡和愛是兩回事。」

「但我不這麼認為。」

「好吧，事情的發展往往出人意料，反正這種事和我無關。」

康妮想了一下。「這種說法並不正確，」她說：「為什麼男人可以愛上女人，和女人對話，又可以在**沒有**和女人對話和變得親密以前就愛上女人？」

「這個嘛，」他說：「我不知道。這只是我的個人看法，更何況我只是以我為例。我喜歡女人，但不會想要女人。我喜歡和女人說話，這讓我覺得與她們在某方面變得很親近，卻又完全不會想要和她們親嘴。這就是我的情形！不過，並不是所有人都和我一樣，或許我只是個特例。我是個喜歡女人，卻不愛女人的男人。如果女人強迫我和她們談一場虛偽的戀愛或是對我糾纏不清，我甚至會討厭她們。」

「但你不會覺得遺憾？」

「怎麼可能？一點也不！一想到查理和那些喜歡拈花惹草的男人……我一點也不羨慕他們！如果老天爺賞我一個我想要的女人，那再好不過。只是到目前為止，我還不曾遇到能讓我心動的女人……我想，這大概是因為我太冷漠，又太**執著**於某種特定的女人。」

「你喜歡我嗎？」

「很喜歡！不過，我們之間沒有親嘴的問題，不是嗎？」

「當然沒有！」康妮說：「可是這種事情不是應該要發生？」

「**誰說的**？我喜歡克利福德，但如果我跑去親他，妳會做何感想？」

「這是兩回事吧？」

「就拿妳我來說，差別在哪？我們都是有頭腦的人，男女之事暫且不提。只是暫且不提。假如我現在擺出一副歐陸男人的樣子，開始吹噓我的床上經驗，妳會有什麼感覺？」

「我會感到厭惡。」

「那就對了！我告訴妳，就算我徹底像個男人，我也碰不到和我同類的女人。不過我不會覺得可惜，我對女人僅止於喜歡的程度。有人會強迫我去愛或假裝去愛，並和女人玩起性遊戲嗎？」

「不，我不會。但這樣會不會有點不太正常？」

「妳或許會有這種感覺，但我沒有。」

「沒錯，我覺得男女間是出了點問題。女人對男人不再具有魅力了。」

「男人對女人呢？」

她想了一會兒。

「也沒什麼魅力可言。」她老實回答。

「那就別想那麼多，只要像普通人一樣單純、誠懇地交往就行了。何必去理會那些虛假的性衝動？」

康妮明知他是對的，卻還是感到極度的寂寞與迷惘。如同掉進一灘死水的落葉，她與所有事物的存在究竟具有什麼意義？

反抗的是她的青春。這些男人都顯得如此蒼老和冷漠，世間的一切都顯得如此蒼老和冷漠。米凱利斯傷透了一個女人的心，可見得他不是個值得託付的男人。男人並不想要女人，他們根本不是真的想要女人，米凱利斯也是如此。

至於那些假裝對女人真心並和女人玩起性遊戲的痞子，他們的行徑更是惡劣無比。

這種事儘管令人沮喪，卻也只能忍受。這是事實，男人缺乏可以吸引女人的地方。女人只能欺騙自己他們依然很有魅力，就像康妮想像中的米凱利斯。這時，儘管你還活著，生活卻只是一片空白。她完全了解人們為何熱中於雞尾酒會、爵士和查爾斯頓舞，並且總是要玩到精疲力盡。一個人要不設法度過自己的青春，就只是在浪費自己的青春。這可怕的青春！你覺得自己已經蒼老得如同瑪士撒拉[1]，你的青春卻仍在鼓譟，讓你不得安寧。一種既卑微又無望的人生！她幾乎後悔自己沒跟米克離開，讓她的人生變成一場不斷跳著爵士舞的漫長雞尾酒會。無論如何總好過虛度光陰，白活一場。

§

一天，她在心情鬱悶下獨自走到林中散步。她步履沉重、魂不守舍，甚至沒有注意到自己走到了什麼地方。不遠處突來的一聲槍響，嚇了她一跳也激起她的怒火。

正當她準備走向前，一道聲音讓她猶豫了一下。有人，而她不想撞見人。但她很快察覺那道聲音中夾雜著另一種聲音；那是小孩的抽泣聲。她立即警覺，有人在虐待小孩。她快步走下那條潮溼的車道，氣得眼睛都快噴火並準備大吵一架。

轉過彎，她看見遠處站著兩個人，一個是守林人，另一個是穿著紫色外套和鼴鼠皮帽，正在哭泣的小女孩。

「別哭了，妳這假惺惺的小婊子！」男人怒吼，小女孩哭得更響了。

康妮兩眼冒火，大步向前。男人轉身看到她後，從容地行禮，一張臉卻是氣白了。

「怎麼了？她為什麼哭？」康妮質問，她的口氣儘管強硬卻又帶著點慌張。

男人嘲弄似的微笑了一下。「妳自己問她啊！」他的回答既冷漠又帶著一口濃重的地方腔。

康妮感覺像是挨了一記耳光，氣得臉色都變了。她板起臉看著他，深藍色的眼眸隱約閃現著怒火。

「我問的是**你**！」她喘氣。

男人摘下帽子，以奇特的姿勢朝她略微鞠了一躬。「是的，夫人。」他說。隨後又換成地方腔：「不過我不能告訴妳。」眼前的他變成一名莫測高深的軍人，他的臉色因憤怒而變得鐵青。

康妮轉向那年約九歲或十歲、紅臉蛋、黑頭髮的小女孩。「小妹妹，妳怎麼了？告訴我，妳為什麼哭？」她換上輕柔的口吻。女孩似乎刻意哭得更凶了。康妮的聲音變得更加輕柔。

「好了好了，別哭了！告訴我，是誰欺負妳了？」她的語氣充滿愛憐，一邊說一邊往針織外套的口袋裡摸索，並幸運地找到一枚六便士銀幣。

「聽話，別哭了！」她俯身對孩子說：「妳看我送妳什麼！」

女孩一邊抽抽搭搭，一邊把拳頭挪開滿是淚痕的臉蛋後，黑色眼珠機靈地瞥了那銀幣一眼。接著，又繼續抽泣，不過音量倒是降低了。「乖，告訴我發生什麼事了？」康妮一邊說，一邊把銀幣塞進女孩胖嘟嘟的小手。銀幣一放到女孩手上，女孩隨即闔起手掌。

「那隻……那隻……貓咪！」

隨著減弱的嗚咽聲，女孩顫抖了幾下。

「小妹妹，什麼貓咪？」

一陣安靜後，女孩怯生生地舉起緊握著銀幣的手，指向荊棘叢。

「那裡！」

1 瑪土撒拉（Methuselah），《創世紀》中的人物，據傳享年九百六十九歲。

康妮望過去，果然有一隻大黑貓死狀淒慘地躺在那裡，牠的身上甚至還帶著一點血跡。

「啊！」她在噁心下叫了一聲。

「一隻野貓，夫人。」男人的口氣帶著嘲弄。

她氣沖沖地看了他一眼。「難怪這孩子會哭，」她說：「如果你是當著她的面開槍，難怪她會哭！」

男人直視康妮，儘管他的話不多，卻毫不掩飾他的輕蔑。康妮的臉再次漲紅，她以為自己在和這男人吵架，想不到他根本不甩她。

「妳叫什麼名字？」她逗弄那孩子。「告訴我妳的名字好不好？」

女孩吸了吸鼻子，嗲聲嗲氣地回答：「康妮．梅勒斯！」

「康妮．梅勒斯！啊，妳的名字真好聽！妳是不是跟爸爸一起出來，然後他開槍打死了那隻貓？可是，那是隻壞貓！」

女孩轉動那雙黑白分明的眼珠打量康妮以及她的憐憫。

「我想去找我奶奶。」女孩說。

「哦，那妳奶奶在哪兒？」

孩子舉起手指向車道另一頭。「在石屋。」

「在石屋！妳要去找她嗎？」

頓時，女孩似乎想起了什麼又抽泣了起來。「要！」

「來，我帶妳去，好不好？我帶妳去找奶奶。這樣妳爸爸就可以去做他的事。」她轉向男人。「她是你女兒，對嗎？」

他行個禮，微微點頭。

「我可以送她去石屋嗎？」

「只要夫人願意。」

他再次用那從容的眼神瞄了她一眼，好奇又疏離。一個獨來獨往、我行我素的男人。

「小妹妹，我帶妳去小屋找妳奶奶好不好？」

女孩又偷偷瞧了她一眼。「好！」她嗲聲回答。

康妮不喜歡這個女孩，她被寵壞了，像個矯情的小女人。但康妮還是替女孩擦臉，牽起她的手。守林人向康妮行了個禮，但不發一語。

「再見！」康妮說。

兩人走了約一英里路，等到守林人那間美麗的石屋終於映入眼簾，康妮已經快被小康妮給煩死了。這孩子不但很任性，還像隻小猴子似的古靈精怪。

石屋的大門敞開，屋裡嘎嘎作響。康妮停在門口時，女孩立即掙脫她的手跑進屋裡。

「奶奶！奶奶！」

「喲，妳回來啦！」

這天是星期六早上，祖母正在替爐子塗抹石墨。她繫著粗麻圍裙走到門口，手上抓著一把石墨刷，鼻子上沾著一抹黑漬。一個矮小、乾癟的女人。

「喲，怎麼了？」她看見康妮站在門外，急忙用胳膊把臉抹了一抹。

「早安！」康妮說：「我看到她在哭，所以送她回家。」

奶奶立即轉頭看著孩子。

「妳爸爸呢？」

那孩子搭著她奶奶的裙子傻笑。

「他在那兒，」康妮說：「不過他開槍打死一隻野貓，把孩子給嚇著了。」

「哦，查泰萊夫人，這真是太麻煩妳了。我曉得妳人很好，可是我們實在不應該給妳添麻煩。妳看看！」老婦人轉向小女孩。「妳給好心的查泰萊夫人添了這麼多麻煩！真是的，我們不應該給夫人添麻煩的！」

「不麻煩，只是散個步。」康妮笑著說。

「我得說，妳真是個大好人！原來是她在哭！他們父女倆一出門，我就知道會出問題。這孩子不只很怕他爸爸，簡直把他當成陌生人了。我想，他們父女倆很難處得來，他脾氣古怪得很。」

康妮不知說什麼好。

「奶奶，妳看！」孩子笑著說。

老婦人低頭看著女孩手裡的銀幣。

「六便士！哦，夫人，這怎麼好意思。妳看，查泰萊夫人對妳**多好**！我說，妳今天早上真是走運了！」

她和所有村民一樣，把查泰萊念成查萊。「查萊夫人多疼妳呀！」康妮忍不住看著那老婦人的鼻子。隨後，老婦人又用手背胡亂抹了一把臉，可是沒抹到那處汙漬。

康妮準備轉身離開。「哦，查萊夫人，真是太謝謝妳了！妳啊，快跟查萊夫人說謝謝！」後面這句是對孩子說的。

「謝謝。」那孩子嗲聲說。

「好乖！」康妮微笑了一下，道聲再見後轉身離開。離開這裡對她而言，感覺真是如釋重負。

她疑惑地想著，那個瘦削、高傲的男人，竟有個矮小、精明的母親！

那老婦人等康妮一走，馬上衝到水槽邊的鏡子前照著自己的臉。一看之下，她氣得直跺腳。「真是的，她偏得挑我圍著粗裙，一臉髒兮兮的時候來！這下，她對我的印象可好了！」

康妮慢慢走回拉格比。「家！」……對那座沉悶擁擠的大宅，這是個溫暖的字眼。可惜，那段時光已經過去了，這個字眼也失去了它原有的意義。對康妮而言，所有偉大的字眼到了她這一代都已經失去它們原有的意義。愛情、歡樂、幸福、家庭、母親、父親、丈夫，這些生動的偉大字眼如今全奄奄一息，逐漸死亡。家庭是你生活的地方，愛情是你不會傻到去相信的事，歡樂是大跳查爾斯頓舞，幸福是用來騙人的字眼，父親是只顧自己享樂的人，丈夫是你得強打精神一起生活的人。至於性愛，這個偉大的字眼只是雞尾酒會的用語，它讓你暫時保持興奮的狀態，隨後卻令你變得更加萎靡。耗損！你就像一種廉價材料製成的物品，逐漸消磨殆盡。

最後，人只能咬牙忍耐，而這裡頭也的確具有某種趣味。一步步、**一段段**地體驗人生的虛無，隨之而來的是一種令人厭惡的滿足。總結一句話：就是這樣！家庭、愛情、婚姻、米凱利斯：就是這樣！人臨死前，最後一句話也是：就是這樣！

那麼金錢呢？或許另當別論。人總是貪圖金錢，一輩子都在追求金錢與成功。成功，杜克斯堅持引用亨利．詹姆斯[2]的說法，把成功稱呼為婊子女神。你不能等到花完最後一枚銅板才說：就是**這樣**！

就算你只能再活十分鐘，還是需要幾個銅板來買點這個那個。光是要讓一件事情可以按照計畫運作，你就需要金錢。你必須有錢。金錢是你不能缺少的東西，其他根本無關緊要，就是**這樣**！

當然，活著並不是你的錯。但人只要活著就需要錢，這也是你唯一**絕對不能沒有**的東西，緊要關頭尤其如此。毫無疑問的，就是這樣！

她想到米凱利斯，以及跟他在一起所可能擁有的金錢；即便如此，她還是不會選擇米凱利斯。她比較喜歡自己協助克利福德寫作所賺來的錢，數目雖少卻是她幫忙賺來的。她告訴自己：「克利福德和我可以靠寫作達到年收一千二百英鎊。」賺錢！賺錢！從無到有，平地起高樓！這是人生最終可以引以為傲的功績！其他全是廢話。

於是，她步履蹣跚走回家，回到克利福德身邊，再和他一起憑空杜撰那些可以賺錢的故事。克利福德似乎很在意別人是否把他的小說看成第一流的文學作品，然而這種事康妮一點也沒放在心上。儘管她父親對這些小說的評論是：空洞無物！但僅只去年，這些小說就換來一千二百英鎊的收入就是一種最有力的直接反駁。

如果你是個年輕人，只要你能咬牙苦幹，財富就會從天而降。賺錢關係到力量和意志，只要你發揮微妙的強大意志就可以獲得那種神祕、虛無，卻又象徵金錢的紙張。財富不只具有不可思議的魔力，更是一種成功的象徵。婊子女神！好吧，一個人如果得出賣自己，那就把自己賣給婊子女神吧！這種選擇的好處是，即使你向她賣身，也還是可以蔑視她。

不可否認的是，克利福德還有許多幼稚的忌諱和癖好。他想讓別人覺得他「很優秀」只是毫無意義的自我滿足心理。人生最美好的事其實是搭上那班成功的巴士。如果你很優秀卻沒有搭上巴士，那也是白搭。然而，大多數「很優秀」的男人卻似乎都錯過了巴士。再怎麼說，人只能活一次；錯過巴士，你就會被丟在人行道上和那些失敗者為伍。

康妮打算和克利福德在倫敦度過下一個冬季。既然兩人已經搭上巴士，沒理由不坐到車頂炫耀一番。

但糟糕的是，克利福德開始經常變得恍惚、心不在焉，並陷入茫然的抑鬱狀態。他的心理創傷逐漸浮現，逼得康妮想尖叫。老天，萬一人的大腦出了問題，那該如何是好？管他的，人只能盡力而為！上天總不會把人**逼上絕路**吧？

有時，她會哭得很傷心。即使這種時候，她還是會告訴自己，傻瓜，把手帕都弄溼了！哭有什麼用！

自從和米凱利斯分手，她便決心放棄一切想望。這似乎是最簡單的解決方法。她只要眼前擁有的一切，克利福德、小說、拉格比、查泰萊夫人的地位、金錢與名聲……等。她想要保有這一切。至於愛和性這種事，就像一盤刨冰！吃完，就該忘了。只要不把它當一回事，它就無足輕重。尤其是性愛……根本不值一提，只要心一橫就能解決這個問題。做愛的時間長度和效果，也不過相當於喝下一杯雞尾酒。

可是生下一個孩子，一個寶寶！這件事依舊讓她心動。她打算小心翼翼地嘗試這項冒險，剩下的

---

2 亨利・詹姆斯（Henry James, 1843-1916）是美國作家、二十世紀意識流小說的先驅。

只有對象的問題。但奇怪的是，這世上沒有她中意的對象。米克的孩子？噁心！還不如生隻兔崽子！杜克斯？這個人很好，但你就是無法把他和孩子或下一代聯想在一起。杜克斯無法讓人產生其他聯想。至於克利福德那一大群泛泛之交，她根本不屑考慮。不過，有幾位倒是可以當成情人，其中也包括米克。但要讓他們在妳身上播種！呃，這只會讓人感到受辱和倒胃口。

就是這樣！

儘管如此，康妮對生孩子的事還是念念不忘。等待！等待！她打算從各種時代的男人中仔細篩選，看看能否找到合適的對象。「前往耶路撒冷的大街小巷，看看能否找到一個**男子漢**。」[3]先知之城耶路撒冷有成千上萬的男人，卻還是找不到一個**男子漢**，可見得男人和男子漢是**兩碼事**！

她心想，這個人得是個外國人，不能是英國人，更不能是愛爾蘭人，而得是個貨真價實的外國人。

等待！等待！下一個冬季，她打算帶克利福德前往倫敦。再下一個冬季，她會帶他去法國南部和義大利。等待！她並不急著生孩子。在她微妙的女性心裡，這是一件必須慎重看待的私事。她不打算冒險，這不是她的作風！女人要找情人很容易，但要找個可以和她生下孩子的男人……等待！等待！性愛和生子是兩回事。「走遍耶路撒冷的大街小巷……」這無關於愛情，而得看對方是不是個**男子漢**。妳甚至可以討厭他，但只要他是妳要的男子漢，個人的厭惡又算得了什麼？這事關係到自我的另一面。

§

今天像往常一樣，又下雨了。外面的路太泥濘，不適合克利福德乘著輪椅出門，康妮則是照樣外出。現在，她每天都會獨自外出，而且大多前往樹林。那是個她可以獨處的地方，不會有外人干擾。

這天，克利福德要傳個話給守林人，但家裡的小廝卻感冒臥病在床。拉格比似乎經常有人感冒。康妮說，她可以順道前往小屋。

空氣潮溼凝滯，整個世界彷彿都在緩緩死去。灰濛濛、溼答答又靜悄悄，就連礦坑也渺無聲息。礦坑的工時已經縮短，今天甚至全部停工。一切的末日！

林中萬籟俱寂，只聽見大顆水滴從光禿枝椏落在地上的沉悶聲響。除了無比深邃的灰暗，只有一片死寂和虛無。

康妮心神恍惚地走著。相較於冷酷的世界，這片老樹林所散發的古老陰鬱總能撫慰她的心靈。她喜歡這片殘林的**靈氣**，以及這些老樹的靜默與內斂。它們似乎是一股沉默的力量，卻又至關重要。它們也在等待，這種執拗、堅忍的等待透著一股沉默的魅力。或許，它們只是在等待末日，等待被砍倒和清除。對它們來說，森林的末日就是一切的末日。也或許，這種強健樹木的沉默不只是一種堅忍高貴的沉默，更具有別種意義。

她從北邊走出林子，守林人的石屋隨即映入眼簾。那是一座暗褐色的石砌建築，有著山形牆和漂亮的煙囪。孤伶伶的小屋寂靜得有如無人居住，但煙囪正在冒煙，屋前圍著柵欄的小菜園已經翻過土，而且打理得很整齊。屋門關著。

她想到男人那古怪而銳利的目光，不禁有點羞怯。她不喜歡和他說話，甚至想要轉身離開。她輕輕

3 這段話改編自《舊約·耶利米書》。

地敲門，沒有回應。她又敲了一次，但還是輕輕的。依舊沒有回應。她往窗口窺視，看到一間陰暗的小房間，以及裡頭那種近乎邪惡而且禁止侵犯的隱私。

她佇足聆聽，屋後似乎傳來一些聲響。沒人來應門，她不甘作罷，決心找到人。她繞過屋側，地勢陡然隆起，圍著一道矮石牆的後院反倒成了一處凹地。她一轉過屋角便停下腳步，男人正在離她兩步遠的小院子裡洗澡，絲毫沒有察覺她到來。他上半身赤裸，棉絨馬褲褪到窄腰下方，弓著白皙削瘦的背俯向一大盆肥皂水。男人把頭鑽進水裡，以一種奇怪而敏捷的動作甩甩頭，抬起修長的白皙手臂壓住耳朵，把水擠出來。一連串動作既輕巧又靈敏，就像一隻正在獨自玩水的鼬鼠。康妮退離屋角，跑向林子。她怎麼也想不到，自己竟然會讓男人洗澡的畫面給嚇一跳。這種事情很平常，天曉得為什麼！

然而不知怎麼回事，那畫面觸動她的幻想，激起她體內的某種反應。當她看見那條粗劣的馬褲滑落他純淨、細緻、白皙的腰間，以及那截裸露的髖骨，一種徹底孤獨的生命所散發的孤獨感震撼了她。那是一個離群索居、內心孤獨的人，所擁有的完美、白淨、伶仃的裸體，以及某種生命的純淨美感。既不是物質的美，也不是肉體的美，而是一道溫暖的光芒，一簇單身者的白色火焰，一具呈現出輪廓並且可以讓人觸摸的肉體！

康妮感覺這景象帶來的震撼直達她的子宮，在她體內扎根，但她心底卻對此嗤之以鼻。一個男人在後院洗澡！毫無疑問，他用的是那種黃色臭肥皂！她感到十分懊惱，為什麼自己會撞見這種不雅的私事？

她把這個景象甩到腦後，但過了一會兒，又心亂如麻地坐在一座樹墩上。儘管思緒混亂，她還是決定要向這傢伙傳口信。她不會因此退縮，只是她得給他點時間穿衣服。但時間不能太長，以免他走掉。他看來似乎正準備外出。

所以她慢慢地踱回去，邊走邊聽。當她走近小屋，一切依舊維持原樣。一隻狗叫了起來，她敲門時心臟不禁怦怦亂跳。

她聽見男人走下樓的輕快腳步聲，但還是被他忽然打開門的動作給嚇了一跳。他的表情原本不太自在，然而隨即擠出笑臉。

「查泰萊夫人！」他說：「請進！」

他舉止大方得體，她邁過門檻進入那間頗為陰沉的小屋。

「我只是來替克利福德爵士傳個口信。」她的聲音輕柔，呼吸急促。

在男人那對銳利的藍色眼眸注視下，康妮不由得略微別過臉。他覺得她害羞的樣子很迷人，甚至稱得上是個美人。他立刻採取主動。

「妳要坐一會兒嗎？」他問，心想她不會坐。門還敞開著。

「不了，謝謝！克利福德爵士想請你……」她傳達了口信，不自覺地再次看向他的眼眸。他的目光顯得溫暖親切，尤其女人更容易感覺這種溫暖、親切與自在。

「好的，夫人，我馬上照辦。」

他一接下命令，整個人就變了，他的目光開始顯得冷漠疏離。康妮猶豫著，她該走了。但她還是打量起這整潔、乾淨，卻有點冷清的小客廳，並露出有點驚訝的表情。

「你一個人住在這兒？」她問。

「是的，夫人。」

「妳母親呢？」

「她在村子裡有一棟自己的房子。」

「小孩子住在她那兒？」康妮問。

「是的！」

他那張長相平凡又頗為憔悴的臉上，露出一絲難以形容的嘲弄神情。這是一張隨時都在變化的臉，令人無從捉摸。

「不過，」他發現康妮迷惑的神情後，說：「我母親每週六都會過來幫我打掃房子，其他時間我就得自己來。」

康妮再次看向他。他的藍色眼眸再次浮現笑意，儘管流露一絲嘲弄，卻顯得溫暖親切。她打量著他的長褲、法蘭絨襯衫、灰領帶，以及柔軟溼潤的頭髮和蒼白憔悴的臉孔。當那對眼睛停止微笑，康妮感覺他就像一個歷經滄桑卻依然保有熱情的人。但他身上那種蒼茫的孤獨卻又讓康妮感覺，他的目光並沒有真的看向她。

她有好些話想說，卻又隻字不提，只是再次抬頭看著他說：「希望我沒有打擾到你？」

他微笑了一下，瞇細的眼神帶著一絲揶揄。

「我剛在梳頭，希望妳別介意。很抱歉我沒來得及穿外套。我剛才根本不曉得是誰在敲門。這裡沒人會敲門，突然聽到敲門聲，我還以為出了什麼事。」

他引導她走過花園的小徑，並替她開門。康妮發覺只穿著襯衫的他，在少了那件厚重的棉絨外套遮掩下，看來確實過於削瘦，甚至有點駝背。然而，她走過他身邊時，他的金髮和銳利的眼神又似乎散發著青春與活力。他的年紀大概三十七、八歲。

她緩緩走進樹林，知道他一直盯著她。他讓她方寸大亂，無法自持。

他則是在走進屋裡時，想著：「她人很好，很真誠！只是她不知道自己有多好。」

她對他充滿好奇；他看來不像守林人，也不像工人；儘管他和本地人有一些共通點，卻也有些與眾不同之處。

「那個守林人梅勒斯，是個很奇怪的人。」她對克利福德說：「他幾乎像個紳士。」

「是嗎？」克利福德說：「我沒有這種感覺。」

「可是，你不覺得他這個人有點特別？」康妮追問。

「我想，他的確是個滿能幹的傢伙，不過我對他不是很了解。他去年才退伍，還不到一年。我猜，他是從印度回來的。他可能在那裡跟了某位軍官，學了點本事並且受到重用。有些人也有過和他一樣的經歷。不過，這對他們沒什麼好處，因為一旦他們回國後還是得回復原來的身分。」

康妮若有所思地看著克利福德。她知道像他這種出身的人，都十分排斥有可能往上爬的下等人。

「但你不覺得他身上有某些特別的地方？」她問。

「坦白說，沒有！我不覺得他這個人有什麼特別的地方。」

他看著她的眼神透著好奇、疑惑與不安，她則是覺得他沒有說實話；事實上，他也沒對自己說實話。他不喜歡聽別人說，有人比他出色；別人的水準只能與他相當，或比他差勁。

康妮再次感受到她這一代男人的自私與狹隘。他們是如此的狹隘，對人生充滿畏懼！

第七章

康妮上樓回到自己房間後，做了件她久未嘗試的事；她脫光衣服，站在大鏡子前端詳自己的裸體。她不知道自己究竟在尋找什麼或者在看什麼，只是移動檯燈讓光線灑向全身。

她一如往常地想著，人的身體在赤裸下看來竟是如此柔弱不堪，既脆弱又可悲，似乎少了點什麼！以過去的眼光來看，她擁有一副很棒的身材，只是現在不流行這樣的身材；她的身材太女性化，不像個男孩。她個子不高，看來有點像嬌小的蘇格蘭女人；然而如果依照以前的審美觀，她其實有著相當曼妙的體態。她有著小麥色肌膚、修長的四肢和凹凸有致的豐滿體型，卻少了點什麼。

她的身體不但沒有隨著時間變得更加豐盈，反而削瘦到有點不堪入目；它彷彿在缺乏日光和溫暖下，略顯乾枯和憔悴。

這副肉體在女人的生活上遭遇挫敗，沒有變得像少年般纖細輕盈，而是變得形容枯槁。她的乳房很小，形狀像已經下垂卻依然有點青澀的梨子，毫無意義地懸在那兒。年輕時，她的肉體曾讓一位德國男孩為之神魂顛倒，然而她的腹部已經失去原有的圓潤與光澤；當年，她的肉體充滿了青春與活力，如今卻變得鬆弛，既纖細又有點扁平，一種鬆弛的扁平。她的大腿也失去了以往的渾圓、彈性與光澤，變得既乾癟又鬆弛，失去存在的意義。

她的身體逐漸失去存在的意義，充斥無數毫無意義的物質，變得既晦暗又陰沉，讓她感到無比的壓抑與沮喪。還有什麼希望？她老了，才二十七歲就老了，她的肉體失去光澤與活力；因為它受到輕忽和否定，沒錯，就是否定。時髦的女人總是勤於保養身體，即使內心空無一物，外表卻光鮮亮麗得有如一尊精美的瓷器。然而，她甚至失去了光鮮的外表。精神生活！她突然萌生一股激憤，感覺這是場騙局！

她從另一面鏡子看著自己的背脊、腰線和臀部。她變瘦了，但這種體型不適合她。過去，每當她扭身觀看自己的後腰，總覺得那曲線讓人賞心悅目，如今卻感到有點沮喪。從她的腰部延伸至臀部的這道曲線，已經失去它的圓潤與光澤。消失了！愛過它的只有那德國男孩，然而他都去世快十年了。時間過得真快！他死了十年，她也才二十七歲。當初，她總是嘲弄那個健壯的男孩，性慾如此旺盛卻又如此笨拙！但時下的男人哪還有這樣的性慾？如同米凱利斯，他們的早洩只是可悲的高潮，而不是那種會讓人熱血沸騰、通體舒暢的美好性愛。

她依然認為，她身上最美的部位是位於腰線下段的弧形，以及令人迷醉的渾圓雙臀。在阿拉伯人的口中，這是一對有著長坡的柔軟沙丘，也是生命得以繼續保有希望的地點。可是，她就連這個部位也消瘦了，像是又退回尚未發育的階段。

但讓她感覺悲慘的是她的身體正面，在它真正活過以前就開始乾癟鬆垮，邁向衰老。她想到自己也許會有個孩子，但這樣的身體還行嗎？

她套上睡衣，躺在床上難過地哽咽了起來。她內心湧出一股對克利福德和他的作品、論調，以及所有他這類男人的憤怒；他們不只欺騙女人的感情，也愚弄女人的肉體。

不公平！不公平！身體受到嚴重不公的對待讓她懷著滿腔怒火。

然而隔天一早，她還是一如往常在七點起床，下樓服侍克利福德。她必須梳洗更衣，因為他沒有男僕，又不肯讓女傭做這些事。女管家的丈夫看著他長大，會幫他做些粗重工作。康妮則負責照料他的私務，不過她倒也心甘情願。這是他的要求，而她確實也想盡力幫忙。

所以她很少離家，即使離家也不超過一、兩天。她不在時，女管家貝茨太太會照顧他。日子一久，他逐漸把這一切視為理所當然，而他會有這種想法似乎也無可厚非。

但康妮的內心深處卻開始醞釀一種不平和受騙的感覺。人一旦感覺肉體受到不公對待卻沒有獲得宣洩，這個人就會被這種感覺所吞噬。可憐的克利福德，這件事不能怪到他頭上。他才是最不幸的受害者，但他的不幸卻只是這整場災難的冰山一角。

然而，克利福德沒有半點責任？冷淡，缺乏簡單溫暖的肢體接觸，難道他不該受到指責？他從不是熱情的人，甚至連和善也談不上。他對康妮體貼、殷勤，卻是以一種有教養的、冷冰冰的方式，始終缺乏男人對女人應有的那種熱情；就這點而言，他甚至比不上康妮的父親。老馬爾科姆爵士也是個追求成功並獲得成功的男人，但他還是有能力拿出一點男人的熱情撫慰女人。

可是克利福德不是這樣，他們這種人都不是這樣。他們全都冷酷疏離，認為熱情只會顯得庸俗。如果你和他們屬於同一階級、同一種人，當你冷酷地獲得成功並保持成功，這樣的人生倒也不錯。這時，你的冷酷可以讓你贏得人們的敬重，你的成功則會為你帶來滿足。不過，假使你是另一階級、另一種人，保持成功和自以為屬於統治階級就無法帶給你任何樂趣。倘若連最氣派的貴族也過著毫無意義的人生，他們的統治就成了一場鬧劇，毫無威信可言。這樣的統治意義何在？這樣的統治有什麼道理？這一切都顯得如此荒謬。

康妮的心底醞釀著不滿的情緒。這一切有什麼意義？她為什麼要犧牲自己，把人生奉獻給克利福德？而且，她服侍的又是一個什麼樣的人？克利福德的冷酷與虛榮使得他缺乏對人的熱情，如同那些出身卑微的猶太人一樣腐敗，渴望賣身給婊子女神換取成功。儘管克利福德的冷酷與高傲已經足以證明他屬於統治階級，然而在追求成功之際，他也是一臉的貪婪。在這方面，米凱利斯就顯得比較有格調，成就也遠勝克利福德。真的，你要是仔細觀看，就會發現克利福德是個小丑，而小丑其實是比無賴更丟臉的稱呼。

對康妮來說，米凱利斯的用處遠大於克利福德。相較於克利福德那雙只要找個看護就可以照顧好的跛腿，米凱利斯也比較需要康妮。至於努力的決心上，米凱利斯就像英勇的老鼠，克利福德則是愛炫耀的貴賓犬。

§

莊園裡住了幾位客人，其中一位是克利福德的姑媽伊娃．本納利夫人。她是個六十幾歲的寡婦，削瘦，紅鼻子，在某種程度上可以算是個貴婦。她出身名門，舉手投足皆具大家風範。康妮還滿喜歡她的，因為只要她願意坦白，她會表現得相當單純直率，待人處事也很和善。她很擅長拉抬自己的身分，其他人在她眼裡總是低她一等。但她並非勢利眼，只是過於自信，而她高明的社交手腕也確實讓別人對她畢恭畢敬。

她對康妮很和氣，總是以她敏銳的上流觀察力探試康妮的內心世界。

「我覺得妳真的很了不起，」她告訴康妮。「妳在克利福德身上創造了奇蹟。我第一次目睹一位天才的崛起，而且他的作品還獲得許多好評。」克利福德的成功為這個家族增光，讓伊娃姑媽沾沾自喜！

只是她並不喜歡他的作品，但這種事重要嗎？

「哦，我不覺得那是我的功勞。」康妮回答。

「當然是！沒別人了。在我看來，妳並沒有得到應有的回報。」

「怎麼說？」

「妳看妳一直把自己關在這裡。我告訴克利福德，如果這孩子哪天造反了，你只能怪你自己！」

「可是克利福德從沒限制我的行動。」康妮說。

「聽我說，好孩子，」本納利夫人把她細瘦的手搭著康妮的胳膊。「女人要是沒有自己的生活，將來一定會後悔。相信我！」她又啜了一口白蘭地，或許這就是她表達後悔的方式。

「可是我現在過的就是我想要的生活，不是嗎？」

「我看不是！克利福德應該帶妳去倫敦，讓妳出去透透氣。他有一群談得來的朋友，但妳呢？我要是妳，我會覺得這樣的生活很糟糕。妳在浪費妳的青春，到了老年甚至中年，妳就會開始後悔。」

在白蘭地的撫慰下，老夫人陷入沉思。

但康妮不想去倫敦，也不想進入本納利夫人的時尚圈。她不認為那個圈子時髦、有趣，反而覺得那裡透著一股異常凜冽的寒氣；就像拉布拉多[1]的土地，地表生長著豔麗的小花，一英尺以下卻是凍土。

杜克斯也在拉格比，還有哈利．溫特史露、傑克．史川吉威和他太太奧莉芙。這場談話比起只有一群老友時要不著邊際許多，每個人都覺得有點無聊。但因為天氣不佳，一夥人也只能待在屋子裡打撞球，或者隨著自動鋼琴的音樂跳舞。

奧莉芙在讀一本有關未來世界的書，這時的女人可以「免育」，因為人們已經開始在管子裡培育孩子。

「這真是太棒了！」她說：「這麼一來，女人就可以過自己的生活了。」史川吉威想要孩子，但她不想。

「妳想要免育？」溫特史露帶著詭異的笑容問。

「我當然想，」她說：「將來的世界一定會變得更合乎情理，女人也不必再受到這種職責的束縛。」

「或許女人還能飛上太空呢！」杜克斯說。

「我認為文明的進步應該消除許多人類身體上的缺陷，」克利福德說：「只要我們可以在管子裡培育嬰兒，那麼性愛這種事自然也就能免則免。」

「不會！」奧莉芙說：「這只會讓人們把更多的心力投注在享樂上。」

「我想，」本納利夫人若有所思地說，「如果沒了性愛，勢必會有別的事情取而代之。說不定是嗎啡。只要在空氣中加點嗎啡，肯定能讓所有人感到神清氣爽。」

「每逢週六，政府就往空氣中施放一點乙醚，讓大家過個快樂的週末！」傑克說：「這個主意好是好，不過星期三以前我們又該去哪兒？」

「一個人只要能忘記自己的肉體自然就會感到快樂。」本納利夫人說：「當你意識到肉體的那一刻，你就會陷入痛苦的狀態。文明如果可以為我們帶來好處，那就是幫我們忘記我們的肉體。這麼一

1 拉布拉多（Labrador）是加拿大東部的半島。

來，我們就可以在不了解痛苦的情況下過著快樂的生活。」

「希望文明可以幫助我們徹底擺脫肉體。」溫特史露說：「人類也該提升自己的素質，尤其是在肉體上。」

「也許我們可以變得像菸霧那麼輕盈。」康妮說。

「不可能，」杜克斯說：「人類的老把戲會垮台，文明會崩潰，陷入無底深淵。相信我，橫跨深淵的唯一橋梁將會是陽具！」

「哦，你別胡說八道了，將軍！」奧莉芙大叫。

「我相信我們的文明將會走向毀滅。」伊娃姑媽說。

「然後呢？」克利福德問。

「我不知道，不過一切都會變得不一樣吧！」老夫人說。

「康妮說人類會化成一縷縷的輕煙，奧莉芙說會出現免育的女人和在管子裡培育的嬰兒，杜克斯說陽具會成為橋梁。我很好奇未來的世界究竟會變成什麼樣子？」克利福德說。

「別想了！還是把握現在比較實際。」奧莉芙說：「不過倒是可以快點開發出培育嬰兒的管子，好讓我們這些可憐的女人獲得解脫。」

「也許下一個階段就會出現真正的男人。」湯米說：「聰明、健全、真正的男人，以及健全的好女人！對我們而言，這不就是一種巨大的改變？**我們**不是男人，女人也不是女人。我們只是思想的替代品，機械與智力的實驗。說不定未來文明的主導者將會是一群真正的男人和女人，而不再是我們這種自以為聰明，但智商卻只有七歲的人類。這比菸霧般的人類或試管中的嬰兒要神奇多了。」

「天啊，一談到真正的女人，我就沒轍了。」奧莉芙說。

「毫無疑問，我們身上唯一可貴的東西就是心靈。」溫特史露說。

「心靈！」傑克說完，喝著他的威士忌加蘇打。

「你這麼認為？我比較想要肉體的復活！」杜克斯說。

「只要我們稍微移動一下理性之石、金錢以及其他桎梏，我們自然可以達成溝通式民主，而不是封閉式民主。」

康妮萌生莫名的感動。「給我溝通式民主，讓我的肉體復活！」她並不完全了解這是什麼意思，但就像一些毫無意義卻會讓人感覺舒坦的事，這些話也帶給她同樣的效果。

歸根究柢，這一切都極其愚蠢，不管是克利福德、伊娃姑媽、奧莉芙、傑克、溫特史露，甚至是杜克斯都讓她感到無比的厭煩。講，講，講！喋喋不休，這到底算什麼！

這些人全離開後，情況沒有好轉。她繼續晃來晃去，憤怒與煩躁卻像束縛著她雙腳的枷鎖。她繼續在時間中痛苦掙扎，生活依舊平淡無奇。她變得更加削瘦，連管家都問她怎麼了。杜克斯堅持她病了，她回答沒事卻開始害怕起那滿山遍野的白色墓碑。特弗沙爾教堂下方的山坡上，布滿白得讓人不自在的卡拉拉[2]大理石。康妮從園林眺望這片山坡時，這一大叢有如假牙般噁心的墓碑，總會帶給她痛苦與恐懼的感覺；再過不久，她也會葬身這骯髒的英格蘭中部，埋進這一大片可怕的墓碑與紀念碑底下。

---

2 卡拉拉（Carrara）是義大利托斯卡尼的一個城市，以開採白色或藍灰色大理石著稱。

她清楚自己需要幫忙，所以寫了封信給姊姊希爾達。「不知道為什麼，我最近感覺不太舒服。」

§

三月，已經搬到蘇格蘭的希爾達，急忙駕著一輛輕巧的雙座轎車南下。她開過車道，一路按著喇叭駛上斜坡，繞過長著兩株高大的野生山毛櫸的橢圓形草坪，停在屋前的平地上。

康妮奔下台階。希爾達停好車，走下來親吻妹妹。

「康妮，妳怎麼了？」她大叫。

「沒什麼！」康妮害羞地說。但她知道相較於希爾達，她的氣色差多了。姊妹倆原本都擁有琥珀色的肌膚、棕色秀髮與天生健美的體格，但如今的康妮卻顯得面黃肌瘦，露在毛衣外的脖子更是有如一截枯木。

「親愛的，妳生病了！」希爾達的嗓音細柔，似乎有點透不過氣，姊妹倆在這點上極為類似。她比康妮大將近兩歲。

「不，我沒有生病，可能是太悶了。」康妮的語氣有點哀怨。

希爾達的臉上閃過一抹要去與人搏鬥的神情。她外表看似溫柔嫻靜，本質上卻是那種不打算與男人和平相處的古亞馬遜女戰士[3]。

「這鬼地方！」她看著老舊的拉格比大宅輕聲說，眼神中充滿厭惡。儘管她和善熱情得像是一枚熟透的梨子，骨子裡還是道地的古亞馬遜人。

她臉色平靜地走進屋裡找克利福德。她颯爽的英姿讓克利福德在心裡喝了聲采，卻也起了提防。他妻子的家人不甩他那套禮數和規矩，因此他總是把他們當成圈外人，可一旦他們闖進他的生活，他也只能盡力討好他們。

克利福德正襟危坐，金髮亮麗，臉色紅潤，藍色眼珠微凸無神，表情莫測高深，看來似乎很有教養。不過，希爾達卻認為他看來既陰鬱又愚蠢。他好整以暇地等著希爾達，但希爾達根本不在乎他擺出什麼樣的架勢，即使他是教宗或皇帝也無法澆熄她的滿腔怒火。

「康妮的樣子看來很糟糕。」她輕聲細語，一對美麗的灰眼睛凝視著他。她看上去和康妮一樣溫順，但他很清楚她們都有著蘇格蘭人的執拗個性。

「她是瘦了點。」他回答。

「你沒有想想辦法嗎？」

「有必要嗎？」他的語氣文雅、堅定，在英格蘭人身上這兩者通常並行不悖。

希爾達不發一語地瞪著他，唇槍舌劍不是她的專長，康妮也是如此。所以她只是一味地瞪著克利福德，而這比說點什麼還讓他感到不舒服。

「我帶她去看醫生，」希爾達終於開口。「這附近有沒有好醫生？」

「我不太清楚。」

「那我帶她去倫敦，那兒有我們信得過的醫生。」

---

3 亞馬遜人（Amazon）是希臘神話中一個居住在土耳其北部的純女性部族，傳說中她們總是以勇猛無畏的女戰士形象出現。

克利福德怒不可遏，但還是不發一語。

「我想我今晚最好在這裡過夜，」希爾達摘下手套。「明天再開車載她進城。」

克利福德氣得臉色發黃，到了傍晚連眼白也變得有點黃，簡直是怒火攻心。然而，希爾達卻始終表現得端莊、溫順。

「你應該找個護士或什麼的，來當你的貼身看護。你早就該找個男僕。」希爾達說。他們剛吃完晚餐，悠閒地喝著咖啡。她的語氣柔和，說話方式委婉，但克利福德卻感覺有如吃了一記悶棍。

「妳這麼覺得？」他冷冷地問。

「沒錯！我覺得有必要。否則，父親和我就會把康妮帶走幾個月，這情況不能再拖下去。」

「什麼不能再拖下去？」

「難道妳沒看到康妮的樣子？」希爾達瞪著他問。這時的他看來就像隻煮過的大螯蝦，至少她這麼認為。

「康妮和我會再談談。」他說。

「我已經和她談過了。」希爾達說。

克利福德曾長期接受護士照料，他討厭那種毫無個人隱私的感覺。至於男僕！……他受不了有個男人成天待在他身旁。任何女人都好過男僕，但為何不能是康妮？

早上，姊妹倆開車離開。康妮坐在駕駛的希爾達身旁，看來就像隻瘦小的復活節羔羊。馬爾科姆爵士不在家，但肯辛頓的房子可以供她們入住。

醫生替康妮做了詳細檢查，詢問她的生活狀況。「我在報紙上看過幾次妳和克利福德爵士的照片。

妳們幾乎算是名人了，不是嗎？一個乖巧的小女孩就這麼長大了。不過，即使妳的照片登上了報紙，妳也還是個乖巧的小女孩。沒事，沒事，妳的身體沒什麼問題，只是妳不能再這樣繼續下去！告訴克利福德爵士，他得帶妳進城，或者到國外散散心，找點樂子！妳太虛弱了，毫無元氣，毫無元氣。心臟神經有點異常，哦，沒什麼，只是神經衰弱。只要妳去坎城或比亞里茨玩一個月，保證妳會感覺好多了。別拖下去了，**千萬**別拖，否則後果我不敢擔保。妳現在只是在消磨妳的生命，卻沒有讓它獲得休養。妳需要一點娛樂，適當、健康的娛樂。妳不能光是消耗妳的元氣，卻不補充妳的精力。妳得知道，妳不能再繼續這樣的生活。憂鬱！不要讓自己變得憂鬱！」

希爾達繃緊眉頭，這意味她做了某種決定。

米凱利斯一聽說她們進了城，便捧著玫瑰跑來了。「哎呀，妳怎麼了？」他大叫。「妳看看妳瘦成什麼樣子了！為什麼瞞著我？跟我去尼斯！去西西里！走，跟我去西西里吧！現在那兒氣候正好。妳需要陽光！妳需要活力！妳為什麼要浪費自己的生命？跟我走吧！我們去非洲！該死的克利福德爵士！甩了他，來跟我。他一和妳離婚，我就娶妳。跟我一起過著全新的生活！上帝啊！拉格比那種鬼地方會悶死人的。糟透了！臭死了！那不是人住的地方！跟我去享受陽光！妳需要的是陽光，以及正常一點的生活。」

可是康妮一想到要扔下克利福德，她的心情就變得無比沉重。她不能這麼做。不行……不行！她就是做不到。她得回拉格比。

米凱利斯惱了。希爾達不喜歡米凱利斯，但比起克利福德，她**寧可**選擇米凱利斯。姊妹倆回到英格蘭中部。

兩人一回到拉格比，希爾達立刻找克利福德談話。克利福德依舊眼白泛黃，他和康妮都顯得過度憔悴。但他還是得聽完希爾達說的每一句話以及醫生的吩咐，不過其中自然不包括米凱利斯說的那些。他聽著最後通牒，從頭到尾默不作聲。

「這是一個男僕的地址，他本來在照顧那位醫生一名行動不便的病人。不過，那個病人在上個月去世了。他很優秀，而且肯定願意來這裡。」

「但我並沒有行動不便，也不要什麼男僕。」克利福德說。這可憐的傢伙。

「這裡還有兩個女人的地址，其中一個我見過，她一定能勝任。這女人差不多五十歲，滿安靜的，人很壯，個性好，還算挺有教養……」

克利福德悶悶不樂地拒絕回答。

「好，克利福德，如果我們明天還無法達成共識，我就打電報給父親。我們會把康妮帶走。」

「康妮要走嗎？」克利福德問。

「她不想走，但她知道自己非走不可。我母親就是因為焦慮才會死於癌症。我們不想再冒任何風險。」

因此第二天，克利福德就指名要聘用特弗沙爾教區的護士博爾頓太太。這個人選顯然是管家貝茨太太建議的。博爾頓太太即將退休，並打算從事私人看護工作。克利福德對陌生人的照顧有種莫名的恐懼，不過博爾頓太太曾經在他得猩紅熱時照顧他，因此算是認識的人。

兩姊妹馬上去拜訪博爾頓太太。她的房子夾在一排簇新的房子中間，這排房子在特弗沙爾村可以算是比較高級的住宅。她們看到一位相貌不錯的四十幾歲婦人，正穿著白色襯衫和圍裙在狹小又塞滿東西的小客廳裡泡茶。

博爾頓太太十分殷勤有禮，看來人很隨和，說話雖然有點含糊不清，卻是一口標準的英語。由於長年負責照顧生病的礦工，使得她自視甚高也很有自信。總之，她也是村裡的統治階級，儘管地位不高卻很受村民敬重。

「沒錯，查泰萊夫人的氣色看來的確不太好！她以前多麼迷人，不是嗎？只一個冬天就瘦成這樣！唉，日子難過，真的難過。可憐的克利福德爵士！這都是那場戰爭造成的後果。」

只要夏德洛醫師肯放人，博爾頓太太可以立刻前來拉格比。照理說，她還得在教區當兩星期的護士，不過大夥都曉得，他們或許可以找到替代的人選。

希爾達馬上去找夏德洛醫師。星期天，博爾頓太太便提著兩只箱子，乘著馬車抵達拉格比。希爾達和她聊了起來。博爾頓太太十分健談，而且看起來非常年輕！聊到起勁時，她蒼白的臉頰就會泛紅。她四十七歲。

她丈夫泰德．博爾頓在二十二年前死在礦坑。二十二年前的那個耶誕節，她丈夫留下她和兩個孩子，其中一個還在襁褓之年。如今，那個嬰兒已經嫁人了。她名叫伊迪斯，嫁給了在謝菲爾德的布茨凱什藥局工作的年輕人。另一個女兒在切斯特菲爾德任教，週末如果沒有約會就會回家。現在的年輕人懂得享樂，不像她艾薇．博爾頓年輕時那樣。

泰德在二十八歲時死於礦坑爆炸事故。當時他們一行四人，走在前頭的夥伴大喊趴下時，其他人都及時趴到地上，只有泰德來不及趴下當場殞命。事故調查時，雇方說泰德太過驚慌，沒有聽從命令並試圖逃跑。由於過失主要在他，因此他的賠償金只有三百英鎊。而且，因為過失主要在他，他們在支付撫恤金時表現得有如那是一筆贈款，而不是法定賠償。她想要開一間小店，但他們不讓她領出那筆錢。他們說，她一定會亂花錢，或者拿去喝酒！最後，她只得每星期去領三十先令。是的，她每星期一早上都得去公司排隊等著領錢，一站就是好幾個小時。沒錯，她就這樣每星期去一次，花了將近四年才領完那筆錢。有兩個小孩要撫養，她又能怎麼樣？幸好泰德的母親對她很好。小女兒會走路以後，白天時婆婆會替她照顧兩個孩子，她則是前往謝菲爾德學習救護課程。到了第四年，她甚至學了護理課程並取得護士執照。她決定靠自己的力量帶大兩個孩子，因此她先在烏斯維特的一間小醫院做了一段時間的助理護士。依照她自己的猜想，後來特弗沙爾煤礦公司，或者說是傑弗里爵士，發覺她已經有能力獨立作業後，為了幫助她而好心地讓她擔任教區護士。從那時起，她就一直從事這份工作，但如今已經有點力不從心。教區護士得要四處奔波，她需要轉換輕鬆一點的工作。

「沒錯，我總是告訴別人，公司一直對我很好，可是我永遠忘不了他們是怎麼說泰德的。他是最勇敢沉著的礦工，但他們的說法卻等同把他形容成懦夫。反正他死了，也沒辦法替自己申辯。」

博爾頓太太的談話流露出一種複雜的情感。她喜歡這群自己照顧了許多年的礦工，卻又覺得自己比他們優越。她認為自己幾乎可以算是上流人士，卻又對統治階級心懷不滿。雇主！雇主與工人發生糾紛時，她總是挺工人。但當雙方相安無事，她又會開始渴望成為上流階級的成員。對她這種熱中於追求優越的英格蘭人，上流階級始終具有無法抗拒的魅力。不管是前來拉格比或和查泰萊夫人談話，兩者都讓她感到興奮不已。她總是說，我發誓，查泰萊夫人真的不同於那些礦工的妻子！然而她的談話卻又隱約透露對查泰萊家族的嫉恨，或者是對雇主階級的嫉恨。

「嗯，毫無疑問的，查泰萊夫人遲早會累垮！幸好她有個很照顧她的姊姊。無論是上層或下層階級的男人都一樣，他們從不替女人著想。在男人眼裡，女人做的一切只是她們的分內工作。哦，我時常勸告那些礦工要關心自己的太太，可是對克利福德爵士就不好這麼說。你知道的，他自己都殘廢成那個樣子了。他們一家人都很高傲，也很冷漠，彷彿他們天生高人一等。想不到最後竟落得如此！查泰萊夫人也很辛苦，或許比任何人都還要辛苦。她失去的東西太多了！我跟泰德雖然只做了三年的夫妻，但我發誓他是個會讓我永遠銘記在心的丈夫。他是個萬中選一的丈夫，而且我們的生活每天都很開心。誰能想到他竟然會死於意外？直到今天我還是無法相信。即使他的遺體是我親手擦洗，我還是不相信這是真的。對我來說，他始終活著。我從不相信他死了。」

§

博爾頓太太為拉格比帶來不一樣的聲音，也帶給康妮不一樣的感受，這挑起了康妮對她的興趣。可是只過了約一星期，她原本的自信與高調作風就不見了，變得既沉默又緊張。在克利福德面前，她顯得安靜羞澀，甚至膽怯。克利福德喜歡這樣，也很快就恢復他原本的鎮定。即使在她打理他的貼身事務時，他也對她視若無睹。

「她是個滿管用的小人物！」他說。康妮訝異地睜大雙眼，但沒有反駁。兩人對博爾頓太太的印象竟有如此大的差異！

他很快就開始表現出優越感，對博爾頓太太頤指氣使。她早就有這樣的心理準備，他則是在不知不覺中配合演出。我們多麼容易變成別人期待中的樣子！當她替那些礦工包紮、治療，他們總會像個小孩似的向她訴苦，告訴她是什麼弄傷了他們。在她的工作領域，他們讓她感覺自己很了不起，甚至像個超人。她在克利福德面前卻渺小得像個傭人，但她溫順地接受並調整自己迎合上流階級。

她低垂著那張秀麗的長臉，靜悄悄地走進來服侍他，恭敬地詢問：「克利福德爵士，我現在做這個好嗎？還是做那個？」

「不，待會兒，等一下再做。」

「好的，克利福德爵士。」

「妳半小時後再進來。」

「好的，克利福德爵士。」

「還有，把那些舊報紙拿出去。」

「好的，克利福德爵士。」

她輕手輕腳地退出房間，半小時後又輕手輕腳地走進房間。她被克利福德呼來喚去，可是她不在乎，她正在體驗上流階級。她並不討厭或怨恨克利福德，克利福德的表現只是上流社會的一種現象，而她才剛開始認識這個階級的人士。她和查泰萊夫人相處時比較自在，畢竟一個家裡最重要的還是女主人。

晚上，博爾頓太太侍候克利福德上床後，會前往走廊對面的房間就寢，以便在他搖鈴時可以立刻過去。早上，她還得服侍他起床，更換全身衣物，甚至用女性那種輕柔謹慎的手法替他刮鬍子。她很能幹也很稱職，很快就找到掌控他的方法。總之，只要在他下巴抹上肥皀泡沫，輕輕摩挲他的鬍鬚，他和那些礦工沒有多大的差別。她不介意他的冷漠和陰沉，反倒覺得自己得到一種新體驗。

然而在克利福德的心裡，他始終無法原諒康妮不願意親自照顧他，還把他丟給一個陌生女人。他告訴自己，這扼殺了兩人如同花朵一般美好的親密關係。但康妮不在乎，這種親密之花在她眼裡就像是寄生在她生命之樹上的蘭花，只會開出寒磣的花朵。

如今，她擁有比較多自己的時間。她可以待在房裡悠閒地彈琴、唱歌：「不要碰蕁麻，愛的糾葛總是難解。」一直到最近，她才了解愛的糾葛有多麼難解。但謝天謝地，她總算掙脫了這些束縛！她很享受獨處的時光，不必時時刻刻和他說話。克利福德獨處時總是沒完沒了地不斷打字，一旦他不「工作」而她又在他身旁，他就會對她說個不停。他總是在分析那些瑣碎的人物、性格、動機和結果，但如今她聽膩了。她曾經喜歡聆聽克利福德的分析，但經過這些年她突然覺得自己聽得夠多了。夠了，她很享受現在的獨處。

兩人的思想有如糾纏成一團的千絲萬縷，動彈不得，死氣沉沉。在耐心與厭煩中，她悄悄釐清彼此的思想，緩緩解開彼此的糾結。但這種愛的糾葛最是難解，而博爾頓太太的到來確實幫了大忙。

克利福德仍然想保留晚間與康妮聊天的習慣：談話或大聲閱讀。不過，她現在可以安排博爾頓太太在十點進來打斷談話。然後，她就可以放心把克利福德交給博爾頓太太照顧，上樓享受獨處的時光。

博爾頓太太和貝茨太太為人都很和善，因此兩人總是一起在管家房裡用餐。奇怪，現在傭人住的地方竟然離主人這麼近；以前，他們住的地方離主人的房間遠多了，如今卻是住到了主人的書房對面。有時，當康妮和克利福德待在起居室，而貝茨太太又剛好來找博爾頓太太串門子，康妮總會聽見對面房間傳來的竊竊細語；這讓她隱約感覺，來自勞動階級的強烈震動已經波及她的生活。僅僅是博爾頓太太的到來就帶給拉格比如此巨大的改變。

康妮感覺自己解脫了，彷彿來到另一個世界，就連呼吸也和以前不一樣。可是她依舊擔心，自己和克利福德之間究竟還有多少糾葛，而且這些糾葛或許永遠也解不開。即便如此，她終究得到了更多的自由。她即將展開人生的另一個階段。

第八章

從女性和專業照護的角度，博爾頓太太覺得自己也得扮演照顧康妮的角色。她總是勸夫人出門走走，或開車到烏斯維特透透氣。康妮幾乎足不出戶，總是呆坐在壁爐旁假裝看書，或懶洋洋地編織衣物。

希爾達離開後不久的一個有風的日子，博爾頓太太說：「妳怎麼不到林中走走，順便去看看那片生長在守林人小屋後的仙花？那裡有這一帶最美麗的風景。妳可以摘一些回來擺在房裡，這會讓妳感覺心情愉快一點。」

康妮認為博爾頓太太的建議是出於一番好意，也接受她把水仙花簡稱為仙花。野水仙！無論如何，人總不能折磨自己。春天回來了……「四季更迭，卻與我無關，就連那歡樂的日子、那甜美的黃昏與清晨。」[1]

守林人那削瘦白皙的身軀就像一根伶仃的花蕊，包裹在不顯眼的花朵裡。在那些極度消沉的日子，她忘了他。然而，她現在想起……「隱身在大門與走廊後的蒼白」[2]……她該做的就是穿過走廊與大門。

她現在比較結實，走路穩健多了，而且樹林裡的風勢也不像園林裡那樣強勁累人。她想忘記這個

---

1 引自英國詩人密爾頓（John Milton, 1608-1674）的長篇史詩《失樂園》。

2 引自英國詩人斯溫伯恩（Algernon Charles Swinburne, 1837-1909）的詩作《普洛塞庇涅的花園》。

世界，忘記那些行屍走肉般的人們。「你必須重生！我相信肉體的復活！一粒麥子如果沒有埋進土裡死去，就不可能再生。番紅花綻放時，我必復出，迎向太陽！」[3]迎著三月的風，一行行詩句掠過她的腦海。

異常絢爛的陽光穿過榛樹枝椏，灑落一地的金黃，照亮樹林邊緣的白屈菜。寧靜的森林顯得更加死氣沉沉，唯有破碎的陽光在林間跳動。第一批銀蓮花已經綻放，整片森林彷彿被這遍地搖曳的小花給染得一片蒼白。「世界隨著你的呼吸變得蒼白。」[4]這是珀耳塞福涅[5]的呼吸，她在這寒冷的早上走出地獄。冷風襲來，卻如同押沙龍[6]被頭頂的樹枝纏住，怒吼並試圖掙脫。那些銀蓮花有如穿著綠色裙襬，露出雪白肩膀瑟瑟抖動忍耐著寒風。路邊還有少許嬌小泛白的報春花，綻開黃色的花蕾。

冷風在上空盤旋嘶吼，陣陣寒意向下襲來。康妮感到莫名興奮，她的兩頰泛起紅暈，雙眸散發藍光。她放慢腳步，採了一些報春花和早開的紫羅蘭。那些花朵氣味芳香卻又透著一股寒氣，既溫柔又冷漠。她沒有注意自己走到哪裡，只是隨意漫步。

直到她抵達森林盡頭，看見那塊空地和那棟青苔斑駁的石屋。小屋的石頭在一陣陽光的照射下透出暖意，甚至泛出類似蕈褶部位般的玫瑰色光澤。門旁種植一株亮麗的黃茉莉，但大門關著，沒有聲音，沒有炊煙，沒有狗吠。

她躡手躡腳繞到屋後那塊隆起的土丘，並替自己找了個藉口：她來這裡是為了看水仙。

就在那兒，一片短梗的花朵在風中沙沙作響，搖曳抖動。它們隨風舞動，卻始終藏不住臉孔。

那些水仙彷彿在風中辛苦地晃動它們那張明亮鮮豔的小臉，但也或許它們就喜歡這樣，或許它們就喜歡在風中搖擺。

康妮倚著一棵小松樹坐下時，樹幹的震動傳來一股堅韌、強大，而且生氣勃勃的奇特生命力。這充滿活力的生命正堅挺地迎向太陽！陽光下，那片水仙逐漸轉成金黃色，她的雙手雙腳也變得暖和，她甚至持續聞到一股淡淡的花香。在一片寂靜下，她彷彿陷入命運的洪流。過去，她始終像是一艘被繩索拴綁在碼頭的船，只能隨著海浪起伏擺盪，如今她卻能自由地在海上漂流。

她有點僵硬地起身，摘了幾朵水仙後，走下土丘。她不喜歡損壞花朵，卻想帶一、兩朵回去。她得返回拉格比，進入重重的圍牆。但她開始討厭那座莊園，尤其是那些厚厚的圍牆。牆！到處都是牆！但在這種寒風下，人們卻需要這些牆。

到家時，克利福德問她：「妳剛才去了哪兒？」

「我走到森林的另一頭！你看，這些水仙是不是很漂亮？想不到它們竟然是生長自泥土！」

「它們生長也需要空氣和陽光。」他說。

「但卻是在泥土中孕育成形。」她有點驚訝於自己竟會立即反駁克利福德。

隔天下午，她再次前往樹林，沿著蜿蜒而上的大路，穿過落葉松林來到一處名為「約翰井」的山泉旁。這處山坡的氣溫很冷，幽暗的松林裡沒有任何花朵。一小塊鋪滿淡紅色潔淨卵石的坡地上，緩緩湧

---

3 引自《新約．約翰福音》。

4 引自英國詩人斯溫伯恩的詩作《普洛塞庇涅的讚歌》。

5 珀耳塞福涅（Persephone）是希臘神話中冥界的王后，羅馬人稱她為普洛塞庇涅（Proserpine）。

6《聖經》中，大衛王的第三個兒子押沙龍（Absalom）起兵造反，企圖奪取王位。但他在騎著騾子通過樹林時，頭髮被樹枝纏住懸吊半空，最後被大衛王的將領殺死。

出一道涓細冰涼的山泉。泉水如此冰涼、清澈！太棒了！一定是新來的守林人替這口井鋪上潔淨的卵石。涓細的山泉流下山坡，發出細微淙琤的流水聲。寒風穿過葉片落盡的松林，窸窸窣窣的聲響迴蕩在灰濛濛的山坡。即便如此，她還是可以聽見那細微的流水聲。

這地方又溼又冷，有點陰森。人們來到這口井喝水應該有數百年的歷史，但如今這一小塊空地卻是雜草叢生，滿目荒涼。

她起身緩緩步行回家的半途，聽見右側傳來一陣細微的敲擊聲。她停下腳步聆聽，猜想這聲音是來自人類或啄木鳥。顯然是有人在敲打什麼東西。

她尋聲前進，發現一條位於新生冷杉林裡的小徑，但小徑看似一條死路。不過，她覺得這條小徑應該有人在使用，便大膽走進這片濃密的新生冷杉林。不久，周圍的冷杉變成了老橡樹。她繼續沿著小徑前進，敲打聲也愈來愈近。儘管風聲呼呼作響，林間依舊充滿靜謐的氛圍。

眼前出現一塊隱祕的小空地，以及一棟用圓木搭成的隱祕小屋。她不曾來過這裡！但她看出這個安靜的地方是用來飼養雉雞的地點。穿著襯衫的守林人正跪在地上敲打東西，狗兒跑上前發出一陣短促而尖銳的吠聲。守林人猛地抬頭發現是她時，臉上流露出詫異的神情。

他起身行禮後，默不作聲地看著她有氣無力地走向前。他討厭不速之客；他珍惜自己的孤獨，因為這是他生活中唯一享有自由的時刻。

「我剛在想怎麼會有敲打聲！」她說。在他的直視下，她感到渾身無力，氣喘吁吁，甚至有點畏懼。

「我在替這些小雞搭個籠子。」他帶著濃厚的地方腔解釋。

她不知道該說什麼，而且感覺有點疲累。「我想坐下來休息一會兒。」她說。

「進來屋裡坐吧！」他說完，趕在她前面走進小屋，挪開一些木柴和雜物，拉來一把榛木製成的粗糙椅子。

「要不要替妳生個火？」他的方言流露一種奇特的質樸。

「不用了。」她回答。

然而他看了看她的手，發覺那雙手都發紫了。於是，他立即往角落裡的小磚爐塞了些杉枝。過了一會兒，黃色火焰開始往煙囪上竄。他在爐邊清出一處空位。

「到這兒坐一下，暖暖身子。」他說。

她照他的話做。他身上散發一種莫名的安全感，讓她很快地聽從他的指令。她坐下來烘手、添柴，他則又回到外面繼續敲敲打打。她其實不想坐在爐邊撥弄爐火，而想走到門邊觀望。不過她受到他的照顧，只好聽令行事。

小屋相當溫暖舒適，四周牆壁用樸素的冷杉板搭蓋。她的椅子旁有一張粗糙的小桌子、一把矮凳、一些新的木板和釘子。牆上掛著長柄斧、短柄斧、捕獸器、裝著東西的袋子和他的外套。小屋沒有窗戶，光線來自敞開的大門。這裡雖然凌亂，卻也是某種小避難所。

她聽著男人的敲打聲，聲音並不怎麼快活。他感到壓抑，他的隱私遭到侵犯，而且入侵者是個危險人物。一個女人！如今在這世上，他唯一想要的就是孤獨，然而他卻無力保護自己的隱私；他是個工人，這些人是他的雇主。

他尤其不想再和女人扯上關係。他怕了，過去的經驗帶給他沉重的傷痛。他覺得，如果他無法獲得孤獨，或別人不讓他獲得孤獨，他都會死。他已經徹底遠離外面的世界，這片樹林是他最後的避難所，也是他的藏身處！

康妮逐漸暖和起來，但她把火生得太旺了，反而開始感到悶熱。她走到門邊，坐在板凳上看著男人工作。他看似沒有注意，但其實曉得她正在看著自己。不過，他還是繼續專心工作，那條棕狗則是坐在他旁邊打量著這個虛幻的世界。

這個身材修長、安靜而敏捷的男人做好雞籠後，把它翻過來檢查滑門。隨後，他把雞籠放到一旁，起身去拿了一只舊雞籠，並把它放到他工作的樹墩上。他蹲下來檢查木條，有幾根一扯就斷了。他拔完釘子，把雞籠翻過來端詳，看似完全忘了身旁有個女人。

因此康妮一直看著他。儘管他現在穿著衣服，身上依舊散發裸體時的那種孤獨感。孤獨，專注，像一頭獨自活動的野獸，也像一名為了沉思而離群索居的人類。就連這時，他也是耐著性子不動聲色地避開她。這個急躁熱情的男人，所表現的沉穩和無限的耐心打動了康妮。從他低垂的頭、俐落輕巧的動作、靈活彎曲的緊細腰身，康妮察覺他的耐性與閃躲。她覺得他的人生歷練肯定比自己來得豐富，乃至痛徹心腑。這讓她鬆了口氣，幾乎了無牽掛。

所以她心神恍惚地坐在門口，絲毫沒有察覺時間的流逝和環境的突兀。他瞥了她一眼，發現她有如靈魂出竅，臉上流露安靜等待的神情。對他而言，那是一種滿懷期待的表情。他的腰間、胯下燃起一團微弱的火苗，心底發出呻吟。他害怕任何親密的人際接觸，甚至恐懼到了極點。他只盼望她快點離開，讓他返回獨居的生活。他害怕她的意志，那種女性的意志，那種現代女性的頑強。他更害怕她的冷漠，以及上流社會那種我行我素的傲慢。畢竟他只是個工人。他討厭她的出現。

康妮忽然回神後，尷尬地起身。時間已從下午轉成黃昏，然而她仍不願離開。她走向那個筆直站立的男人。他則是繃緊憔悴的臉龐，面無表情地看著她。

「這地方真好，很安靜。」她說：「我以前從沒來過這裡。」

「是嗎？」

「我想我以後應該會偶爾來這裡坐坐。」

「哦！」

「你不在時，會把小屋的門鎖上嗎？」

「我會鎖上，夫人。」

「你可以給我一把鑰匙嗎？這樣我就可以偶爾來這裡坐坐。你有兩把鑰匙嗎？」

「據我所知，鑰匙只有一把。」

他改用地方腔回答。康妮猶豫了一下，男人顯然不打算配合。但這畢竟不是他的小屋，不是嗎？

「不能再打一把嗎？」她輕柔地詢問，流露女人那種堅決的語調。

「再打一把？」他瞥了她一眼，聲音中帶著嘲弄，眼神中閃過一絲怒火。

「沒錯，再打一把。」她說話時臉頰泛紅。

「也許克利福德爵士那裡還有一把。」他推拖。

「也對，」她說：「說不定他還有一把。要是沒有，我們就拿你的再去打一把。我想這只需要一、兩天，這段時間你可以先不用鑰匙。」

「我不確定是不是可以這麼做，夫人！而且據我所知，這附近並沒有鎖匠。」

康妮氣得滿臉通紅。

「沒關係！」她說：「我自己想辦法。」

「好的，夫人。」

兩人對望。在厭惡與輕蔑下，他的臉色變得既冷漠又帶有敵意，也不在乎自己這麼做的後果。她則是遭到拒絕，氣得面紅耳赤。

她看出當自己和他作對時，他有多麼討厭她。她變得沮喪，也察覺他的堅決。

「再見！」

「再見，夫人！」他行禮後，掉頭就走。任性的女人總令他火冒三丈，如今這長久壓抑的怒火再度被挑起。但他清楚自己的軟弱無力和無可奈何。他很清楚這點！

她則是氣憤於這個任性的男人。不過是個僕人！她憤憤不平地走回家。

她在那株巨大的山毛櫸底下遇見正在尋找她的博爾頓太太。

「夫人，我正在想妳大概快回來了。」那女人開心地說。

「我回來晚了嗎？」康妮問。

「呃……只是克利福德爵士正在等著喝茶。」

「妳怎麼不先替他泡茶？」

「夫人，我覺得我不太適合做這件事，而且克利福德爵士也不會喜歡我去做這件事。」

「我倒不覺得有什麼不可以。」康妮說。

康妮走進克利福德的書房時，老舊的銅茶壺正在托盤上冒著蒸氣。

「克利福德，我回來晚了嗎？」她穿著帽子和圍巾走到托盤前，把手上的水仙放到一旁，拿起茶罐。「對不起！你怎麼不叫博爾頓太太來泡茶？」

「我沒想過這種事，」他尖酸地說：「也不認為她可以勝任泡茶的工作。」

「哦，這不過就是一只銀茶壺。」康妮說。

他詫異地看了她一眼。

「妳整個下午都在做什麼？」他問。

「散步和在一個遮蔽處坐了一會兒。你知不知道，那棵大冬青樹上還有一些果實？」

她解下圍巾，但沒有摘掉帽子，便坐下來沏茶。烤麵包肯定變得難以咀嚼了。她在茶壺上套上保溫罩，起身去拿一只小玻璃瓶放置她帶回來的紫蘿蘭。這些可憐的花朵已經變得垂頭喪氣。

「它們會活過來的！」她邊說，邊把玻璃瓶端到他面前讓他聞。

「比茱諾的眼瞼還要美。」他引用古語。[7]

「我看不出這句話跟真實的紫蘿蘭有什麼關係。」她說：「伊莉莎白時代的人實在很浮華。」

她替他倒茶。

「你想約翰井附近的那間小屋是不是有另一把鑰匙？就那間飼養雉雞的小屋。」她說。

「可能有。怎麼了？」

「以前，我一直沒有注意到那個地方，直到今天偶然間走到那裡。我覺得那裡挺好的，也許我可以

---

7 這句話引自莎士比亞的劇作《冬天的故事》。

偶爾去那裡坐坐，你說好嗎？」

「梅勒斯在那裡嗎？」

「在！我就是聽到他敲打的聲音，才會走到那裡。他好像很不喜歡我去那裡。事實上，當我問他有沒有第二把鑰匙，他的態度簡直是沒有禮貌。」

「他說了什麼？」

「哦，沒說什麼，只不過他的態度不好。而且，他說不知道有沒有第二把鑰匙。」

「父親書房裡可能還有一把，鑰匙全收在那兒。貝茨知道它們放在哪兒。我會叫他去找找看。」

「太好了！」她說。

「妳說梅勒斯對妳很沒有禮貌？」

「哦，其實也還好啦！我想他不希望我隨意去那間小屋。」

「我想也是。」

「可是我不懂，他幹嘛那麼介意。畢竟那不是他家！也不是他的房子。如果我想到那裡坐，沒道理不讓我去。」

「的確！」克利福德說：「那傢伙太自以為是了。」

「你覺得他自以為是？」

「絕對是！他自認為有點與眾不同。妳知道的，他有個相處不來的太太，所以才會在一九一五年從軍。我記得，他後來被派去了印度。總之，他有一段時間在埃及的騎兵隊擔任鐵匠。他總是從事一些和馬有關的工作，而他在這方面也確實有兩把刷子。後來他被某位派駐印度的上校看中，晉升為中尉。是的，他們授予他軍銜。我想，他回到印度後，就是跟著那位中尉前往西北邊疆。他因為生病獲得撫恤，直到去年才從軍中退伍。我想，像他這種人要回到原本的階級肯定不容易。他肯定有過一番掙扎。不過就我來說，他工作還算賣力，只是我可不想看到他擺出梅勒斯中尉的架子。」

「他滿口濃重的德比郡地方腔，他們怎麼會讓他當軍官？」

「他平常說話沒什麼口音……只是偶爾會出現一些地方腔。以他的出身來說，他的英語算是相當道地了。我想他自己應該很清楚，如果他得再和那些市井小民打交道，那他最好還是講和他們一樣的話。」

「你以前怎麼從沒跟我提過他的事？」

「哦，我可沒耐性去扯那些冒險故事。這類故事只會摧毀一切秩序。它們根本就不該發生。」

康妮認同克利福德的說法。這些無法融入現實生活又心懷不滿的人，對這個世界有什麼好處？

§

接連的好天氣讓克利福德也想到樹林裡走走。寒風不至於刺骨，溫暖的陽光則是充滿了生命力。

「太神奇了，」康妮說：「風和日麗時，人的感覺也完全不同。平常的空氣總是死氣沉沉，都是人類破壞了好空氣。」

「妳覺得人類正在破壞空氣？」

「沒錯，我認為人類所發洩的厭煩、不滿和憤怒的氣息，正是破壞空氣活力的元凶。」

「或許是某種大氣的狀況抑制了人類的活力？」他說。

「不，是人類在破壞這個世界。」她說得斬釘截鐵。

「自毀家園。」克利福德說。

輪椅緩緩前進。榛林中一串串淡黃色的柔荑花懸掛枝頭，銀蓮花在豔陽下盛放。眼前美景一如往日，這些花朵依然與人類一起歌頌著生命的喜悅，散發出淡淡的蘋果花香。康妮為克利福德摘了幾朵。

他接過花，仔細端詳。

「妳這未遭摧殘的溫婉新娘，」他引用古語[8]。「相較於希臘的古甕，這句話更適合用來形容鮮花。」

「摧殘的字眼太可怕了吧！」她說：「只有人類才會摧殘植物。」

「很難說……蝸牛這一類生物也會。」他說。

「蝸牛只會啃食植物，蜜蜂更不會摧殘植物。」

她討厭他喜歡咬文嚼字。紫羅蘭是茱諾的眼瞼，銀蓮花成了未遭摧殘的新娘。她厭惡這些時常干預她生活的文字。如果她的生活遭到摧殘，那麼文字就是元凶。這些陳腔濫調扼殺了所有生命的活力。

這次散步並不愉快，克利福德和康妮之間存在一種緊繃的氣氛。兩人都假裝沒有發覺，但它確實存在。突然間，她以女性本能的所有力量，推開他。她想要擺脫他，尤其是他的意識和文字，那充滿自我又無休無止的枯燥意識與文字。

又是雨天。等了一、兩天，她在雨中出門前往樹林。一進入樹林，她便走向小木屋。天空下著雨，但氣溫不算太冷。樹林在灰濛濛的雨絲籠罩下，顯得寂靜、飄渺。

她走到空地。不見人影！木屋鎖著。她坐在前廊的圓木台階上，蜷縮著身體保持溫暖。她看著雨，聆聽各種寧靜的雨聲。當風彷彿停止，樹梢便會傳來淅淅颯颯的風聲。老橡樹環繞四周，渾圓粗壯的灰色樹幹在雨水浸潤下變得暗沉，並且活力充沛地恣意向天空伸展它的枝椏。地面上幾乎看不到灌木的身影，只見零星分布的銀蓮花、一、兩株接骨木或歐洲莢蒾，以及一叢紫色的荊棘。赤褐色的老歐洲蕨幾乎被銀蓮花的綠葉所淹沒。或許這裡就是尚未遭到摧殘的淨土。整個世界都遭到了人類的摧殘，除了這裡！

有些東西無法摧殘。你不能摧殘一罐沙丁魚，許多女人、男人也是如此。但這世界……！

雨勢減弱，樹林不再顯得那麼陰暗。康妮想走了，卻又兀自坐在那兒。她覺得愈來愈冷，但一股強烈的怨恨麻痺了她的四肢，讓她只能癱坐在那兒。

摧殘！缺乏肌膚之親竟會帶給人們如此嚴重的摧殘。呆板的文字令人反感，呆板的觀念更有如強迫症。

一隻溼淋淋的棕狗跑了過來，翹著溼尾巴，沒有吠叫。跟在後方的守林人，一身打溼的黑色防水外套，臉頰有點紅潤，看上去像是個私人司機。他快步前進，直到看見她才猛地放慢速度。她從前廊下那一小片沒被雨淋溼的台階上起身，他則是不發一語地行個禮後緩緩走近。她舉步離開。

「我正要走。」她說。

「妳是不是在等著進屋子？」他的眼睛看著木屋，而不是她。

8 引自英國詩人濟慈的詩作〈希臘古甕頌〉。

「不是，我是為了躲雨才會在這裡坐了一會兒。」她的語氣既冷靜又嚴肅。

他看著她。她似乎很冷。

「克利福德爵士沒有備用鑰匙？」他問。

「沒有，不過沒關係。我只要坐在前廊就不會淋到雨。再見！」她討厭他滿口的地方腔。

她離開時，他的視線一直盯著她。隨後他拉高外套，把手伸進褲袋掏出木屋的鑰匙。

「妳最好留著這把鑰匙，我再另外找地方養雞。」

她看著他。

「你這話是什麼意思？」她問。

「我是說，我可以另外找地方養雞。妳來這裡的時候，肯定不會想受到我的打擾。」

她看著他，試著從他那一口地方腔中聽懂他的意思。

「你為什麼不說普通英語？」她冷冷地問。

「我？我以為我說的就是普通英語。」

她氣得一時說不出話。

「妳想要鑰匙的話，我可以現在就給妳。要不然，我先把裡頭的東西搬走好了。等明天我再把鑰匙拿去給妳，妳說這樣好嗎？」

她更氣了。

「我不要你的鑰匙，」她說：「也沒有要你把東西搬走。我從沒想過要把你趕出木屋。謝謝！我只是想偶爾來這裡坐坐，像今天這樣。不過，我覺得坐在前廊也很好，所以別再提這件事了。」

他再次用那雙狡黠的藍眼睛看著她。

「呃，」他再度用那種濃厚的地方腔緩緩地說：「對這木屋、鑰匙和這裡的一切，夫人就像聖誕老人一樣的受歡迎。只是每年的這個時候，母雞會孵出小雞，我則是會在這裡忙著照顧牠們。入冬以後，我就很少來這裡。可是一旦進入春天，克利福德爵士就會指示我開始養雞……我想，夫人來這裡的時候，應該不會想看到我在這裡晃來晃去。」

她對他的話感到不解。

「為什麼我要介意你在這裡？」她問。

他好奇地看著她。

「我覺得這樣很麻煩！」他的回答很簡潔，卻意有所指。她的臉頰泛起紅暈。「好吧！」她勉強開口。「我不會來煩你。但我得說，我並不討厭看著你做那些事。事實上，我還滿喜歡坐在這裡看你飼養那些雉雞。不過，既然你嫌我礙事，我就不打擾你。你不必在意我的想法，反正你是克利福德爵士的守林人，不是我的。」

不知為什麼，她覺得這些話聽起來怪怪的，但她沒有再多想。

「不，夫人，這是妳的木屋。妳高興什麼時候來就什麼時候來，也可以提前一週通知我離開這裡。只不過……」

「只不過什麼？」她疑惑地問。

他用一種滑稽的古怪動作把帽子往後推。

「只不過妳來的時候應該會想要獨處，而我在這裡只會打擾到妳。」

「怎麼說？」她生氣地說：「你不是個文明人嗎？你覺得我應該要怕你？為什麼我必須注意你在不在這兒？這種事重要嗎？」

他露出詭異的笑容看著她。

「不重要，夫人。這種事一點也不重要。」他說。

「那到底是為什麼？」她問。

「夫人需要我再替妳打一把鑰匙嗎？」

「不必了，謝謝！我不要了。」

「無論如何，我還是會再打一把。這地方最好有兩把鑰匙。」

「我覺得你這個人很沒有禮貌。」康妮的臉頰漲紅，有點喘不過氣。

「不是，」他連忙解釋。「我想妳誤會我的意思了！我沒有別的意思。我只是想到，如果妳要來這裡，我就得先清理這間木屋，另外找個地方養雞，而這得花費一番功夫。不過，既然夫人說不會注意到我，那麼……這是克利福德爵士的木屋，夫人高興怎麼樣就怎麼樣。只要我在這裡工作的時候，夫人不會注意到我就行了。」

康妮懵懵懂懂地離開木屋。她不確定自己是不是受到了侮辱或冒犯，或許這個男人的想法很單純；他確實以為她希望他離遠一點。他似乎認為她是這麼希望，甚至自以為他這個愚蠢的傢伙在不在那裡很重要！

她渾渾噩噩地走回家，不明白自己在想什麼或感覺到了什麼。

第九章

康妮驚訝於自己對克利福德的反感，甚至覺得自己似乎從不曾喜歡他。這種感覺不是憎恨，因為裡頭缺少了熱情，而是一種肉體上的厭惡。她甚至認為，自己會嫁給他就是源自這種神祕的肉體層面上的厭惡。但事實上，她是在心理層面上受到他的吸引和啟發才嫁給他。就某方面而言，他是個比她聰明的導師。

如今那種心靈上的啟發已經耗竭、瓦解，只剩下肉體上的反感。這種感覺萌生自她的身體深處，而且正不斷地吞食她的生命。

她在感覺自己的渺小與無助下，期盼著外界的救援，但這個世界卻背棄她。社會之所以可怕就在於它的荒謬，而荒謬也就是文明社會的代名詞。金錢與所謂的愛情是文明社會的兩大目標，其中尤以金錢最是讓人痴迷。每個人都在瘋狂地追求金錢與愛情。看看米凱利斯！他的人生與所作所為都很荒謬，就連他的愛情也很荒謬。

克利福德也是如此。無論是他的談話、寫作和對於成名的急迫渴望，全都顯得很荒謬！而且，情況愈來愈糟，幾乎近於瘋狂。恐懼讓康妮變得麻木，幸好克利福德已經把他的注意力逐漸轉移到博爾頓太太身上。但克利福德並沒有察覺這點。如同許多瘋狂的人，從克利福德**沒有**察覺自我意識裡的大片空白，便可以看出他的瘋狂程度。

博爾頓太太有許多讓人讚賞的地方，卻也有著古怪的固執性格。她總是堅持己見，這也是現代婦女的荒謬特質之一。她認為自己的個性十分溫順，一輩子都在為別人而活。她崇拜克利福德，因為他似乎擁有比她高明的天賦，懂得如何以更高明和巧妙的方式堅持自我的主張；她幾乎無法反抗他的任何意志，而這正是他令她著迷的地方。

或許，這也是過去他令康妮著迷的地方。

「今天的天氣真好！」博爾頓太太的聲音聽來極為親切動人。「我想你應該會喜歡坐著輪椅去外頭逛逛。戶外的陽光真的讓人感覺很舒服。」

「哦？請妳把那本書拿給我……那邊，黃色那本。另外，我想麻煩妳把那些風信子拿出去。」

「為什麼？這些花這麼漂亮！」她在「漂亮」兩字上加強了語氣。「而且它們的香味這麼迷人。」

「但我就是討厭那種香味，」他說：「聞到那種味道會讓我聯想到葬禮。」

「是喔！」她的語氣流露驚訝和一絲挫折，卻也表現出對他的欽佩。她捧著風信子走出房間，他的極度講究讓她留下深刻印象。

「今天早上需不需要我幫你刮鬍子？還是你想要自己來？」她的語氣總是在溫柔、婉約和恭敬中，透著一點固執的味道。

「我不知道，妳讓我再想一下。等我想好了，我再按鈴叫妳。」

「好的，克利福德爵士！」她以輕柔恭順的聲音回答，接著安靜地退出房間。然而，每一次的回絕都讓她的意志變得更加堅強。

過了一會兒，他一按鈴，她立即出現。隨後，他說：

「我想，今天還是讓妳來替我刮鬍子吧。」

她的心跳略微加速，並用更加溫柔的語氣回答：

「好的，克利福德爵士！」

她刮鬍子的技巧純熟，動作舒緩，並且伴隨著一種輕柔的撫觸。最初，他討厭她總是輕柔地觸摸他的臉，如今卻逐漸喜歡上這樣的撫觸，甚至幾乎天天讓她刮鬍子。她總是貼近他，仔細檢視自己的工作成果。她的指尖逐漸摸透他的臉頰、雙唇、下巴和喉嚨。他養尊處優，他的臉孔和頸部都十分俊美，而且是位紳士。

她同樣擁有俊美的外貌，皮膚白皙，鵝蛋臉。她的眼神既堅定又明亮，但卻讓人看不清她的想法。在無盡的溫柔乃至近乎充滿愛的照護下，她逐漸處於優勢，並且支配了他的行動。

她幾乎幫他打理了一切，她謙卑的照護不再讓他感覺困窘；相較於康妮，他甚至覺得博爾頓太太讓他更加輕鬆自在。她喜歡照顧他，甚至是以一種謙卑的態度愛護著他的身體。某天，她告訴康妮：「一旦妳摸透男人的底細，妳就會發現男人全是小孩。我照顧過一些非常強悍的病人，其中也包括了特弗沙爾礦場的礦工。這些人一旦遭遇病痛，需要別人的照顧，就會變得像個大男孩。唉，男人全是這副德行！」

原本，博爾頓太太以為只要是真正的紳士，比如像克利福德爵士這樣**真正**的紳士，應該會不同於其他男人。因此剛開始，克利福德占了上風。可是等到她慢慢摸清他的底細，套句她的說法，克利福德也只是個長得像大人的小孩。不過，這個小孩脾氣古怪，舉止優雅，手握權柄，擁有各種她無法想像的奇怪知識。單憑這幾點，他還是可以嚇唬她。

有時，康妮真想告訴他：

「天哪，你知不知道自己正受到那個女人的擺布？」不過她終究沒有說出口，因為她發覺自己並沒有那麼關心他。

每天晚上十點前，兩人依舊保持著相聚的習慣。他們通常會利用這段時間聊天、閱讀或討論克利福德的手稿。但興奮感已經蕩然無存，她厭倦了他的稿子。儘管她還是盡責地替他打字，但這份工作遲早也會轉交到博爾頓太太手上。

因為康妮已經向博爾頓太太提過，她應該要學習使用打字機。機靈的博爾頓太太自然立刻開始練習，而且看來十分勤奮。從此，克利福德也會偶爾請她幫忙打出由他口述的信件。她打字的速度雖然緩慢，卻是一字不誤。克利福德總會耐心替她拼出困難的字母以及偶爾出現的法語。她表現得十分興奮，因此克利福德幾乎把教導她當成一種樂趣。

如今，康妮有時會在用過晚飯後，藉口頭痛返回自己的房間。

「也許你可以找博爾頓太太陪你玩皮克牌[1]。」她告訴克利福德。

「哦，親愛的，我一個人沒問題的，妳先回房間休息吧！」

但康妮一上樓，他馬上找博爾頓太太陪他打皮克牌、比齊克牌[2]，或下西洋棋。克利福德已經傳授博爾頓太太這些遊戲。當博爾頓太太像個猶豫不決的小女孩，戰戰兢兢地抓起皇后或騎士又放下時，她臉上的羞怯表情讓康妮感到莫名的反感。然而克利福德卻會面露微笑，以調侃似的口吻告訴她：

「妳得聲明妳在擺正棋子。」[3]

她看著他，明亮的雙眸流露一絲驚恐，接著一臉羞澀輕聲說：

「我擺正棋子！」

沒錯，他在教導她，而且樂在其中。這讓他感覺擁有權威，她則是感到興奮。除了金錢，她正逐漸擁有上流人士的知識。這不只帶給她興奮感，也令他喜歡她的陪伴。對他而言，她樸拙的興奮表現是一種莫大的恭維。

對康妮來說，克利福德似乎正在露出他的真面目；他不但有點粗鄙、平庸，還是個單調乏味的胖男人。艾薇．博爾頓那套把戲和謙卑外表下的固執實在太過明顯。她很好奇這個女人到底是為了什麼。如果說她愛上他，應該是一種錯誤的解讀。克利福德出身上層階級，是個擁有頭銜的紳士。他懂得舞文弄墨，而且他的照片還曾經刊登在許多的報紙上。她對於自己能親近這樣一個男人感到興奮，這種興奮更轉化成一種奇特的熱情。相較於愛情，他的「教導」讓她感到更加興奮，她的反應也更加積極。事實上，正因為兩人之間不可能發生愛情，這種對於**知識**的獨特熱情才會讓她感到如此興奮，渴望於獲得他所擁有的知識。

無論我們如何定義愛情，就某方面而言，這個女人確實愛上了克利福德。她看來既年輕又漂亮，灰色的雙眸有時還顯得閃閃動人。她臉上隱約流露的那種滿足神情，幾乎是一種洋洋得意下的自我滿足。哦，那種自我滿足，康妮已經厭煩了！

1 皮克牌（piquet），一種兩人玩的紙牌遊戲。
2 比齊克牌（bezique），一種兩人或四人玩的紙牌遊戲。
3 西洋棋有摸子必動的遊戲規則，任何一方只要觸摸了自己的棋子，就必須移動該棋子。如果需要擺正棋子的位置，要說「j'adoube」或「I adjust」等向對方示意。

也難怪克利福德會被那個女人迷住！她對他的崇拜始終如一，更盡心竭力服侍他、討好他。難怪他志得意滿！

康妮聽過這兩人的長談，但與其說他們在對話，倒不如說一直是博爾頓太太在說話。她告訴他一大堆泰弗沙爾村的八卦，這可比一般的八卦精采多了。她的八卦融合了蓋斯凱爾夫人、喬治．艾略特和米特福德小姐[4]的敘事風格，甚至加油添醋。只要一聊起人生百態，博爾頓太太總能描述得比任何一本書都要精采。她不但十分了解八卦，更熱愛談論八卦。要不是聽她談論這種事有點丟臉，這些八卦的內容倒的確精采。照她的說法，她原本不太敢向克利福德提起這些「特弗沙爾村的八卦」，但只要她一開口，嘴巴總是停不下來。克利福德把這些八卦當成寫作的「題材」，它們也確實提供他豐富的靈感。康妮這才發覺，原來他口中的天才只不過是一種能夠超然而聰明地利用他人閒聊內容的天賦。博爾頓太太聊起這些八卦時，總是十分興奮，甚至投入。這些八卦有著不可思議的情節，而且令人不解的是，她是如何得知這些數量多到可以寫成幾十部小說的八卦。

康妮喜歡聽博爾頓太太聊八卦，但每次聽完又總會感到有點羞愧。她不該對這些八卦懷抱如此強烈的好奇。畢竟一個人要聆聽別人隱私的前提是，他必須擁有能夠明辨是非的同情心，以及尊重在痛苦中掙扎的靈魂。只要如此，就連諷刺也是一種同情的表現形式。真正影響我們人生的，正是我們展現與收回同情心的方式。對小說而言，妥當的處理同情心具有極大的重要性。一部構思良好的小說可以喚醒我們的同情心，引導我們關注新事物，讓我們從一些已經僵化的事物上收回自己的同情心。一部構思良好的小說之所以能揭露人生最隱祕的事情，便是因為它蘊育自人生的隱私與情慾，而人類的感覺與意識也需要疏通、淨化與更新。

但小說如同八卦會導致虛偽的同情，使人心變得退縮、呆板和麻木。只要符合**傳統定義**的「純潔」，即使是最造作的感情，小說也會大肆吹捧。這時，小說會變得像八卦一樣惡毒；而且小說總是佯裝站在正義的一方，這使得小說顯得比八卦還要惡毒許多。閒聊時，博爾頓太太總會站在正義的一方。「她是個**好**女人，那個男人卻是**壞**透了。」但光從博爾頓太太的描述，康妮便可以聽出那女人口是心非，那男人則是個性情剛烈的老實人。但在博爾頓太太既惡毒又傳統的同情心編排下，性情剛烈的老實男人成了「壞男人」，口是心非的女人則成了「好女人」。

因此，八卦很可恥，大多數小說，尤其是那些通俗小說也同樣可恥，然而如今卻只有這種不道德行為才能引起大眾的關注。

儘管如此，博爾頓太太的談話確實讓人對特弗沙爾村有了全新的認識。那裡似乎不像表面上的平淡無奇，而是充斥著既可怕又醜陋的男女。博爾頓太太提及的村民，克利福德大多看過，康妮則只認識其中一、兩位。但她口中的村莊聽來不像個英國村莊，倒比較像非洲中部的一處叢林。

「我想，你應該聽說過奧爾索普小姐在上星期出嫁了！真想不到啊！奧爾索普小姐就是那個老鞋匠詹姆斯．奧爾索普的女兒。他們在派農場蓋了棟房子。那老頭子去年摔死了。他八十三歲了，手腳卻還是俐落得像個年輕人。去年冬天，那些年輕人在貝斯特伍德山丘搭了一座滑梯，而他就是在滑梯上摔

4 蓋斯凱爾夫人是伊莉莎白．蓋斯凱爾（Elizabeth Cleghorn Gaskell, 1810-1865）的簡稱，維多利亞時代的英國小說家。喬治．艾略特（George Eliot, 1819-1880），英國小說家。米特福德小姐是瑪麗．米特福德的簡稱（Mary Russell Mitford, 1787-1855），英國作家和劇作家。

斷大腿才送了性命。可憐的老頭，這種事說起來還滿丟臉的。總之，他把所有錢全留給泰蒂，其他兒子連一毛錢也沒分到。據我所知，泰蒂比我大五歲……所以去年秋天，她應該是五十三歲。你知道嗎？他們可都是虔誠的教徒，真不敢相信！她教了三十五年的主日學，直到她父親去世為止。接著，她便開始和一個來自金布魯克的傢伙交往。不曉得你認不認識這個人？他叫威爾科克，在哈里森貯木場工作，鼻子紅紅的，總是打扮得很時髦的一個老頭。雖然他已經六十五歲，不過，你要是看到這兩人手牽手在大門口接吻的畫面，肯定會以為他們是一對年輕的斑鳩[5]。而且，你要是經過派農場路，還可以看到她毫不避諱地坐在威爾科克的大腿上，兩人一起坐在他們家的窗台上。威爾科克那幾個兒子都四十幾歲了，他太太則是在兩年前去世。老詹姆斯生前對女兒的管教很嚴格，如果人死可以復活，他一定會氣得從墳墓裡爬出來。現在，這兩人已經結婚，搬去金布魯克了。據說，她總是成天穿著睡袍走來走去，真是難以想像。我覺得這兩個老人的行為真的很糟糕！他們的行為不但比年輕人更不檢點，甚至讓人感覺噁心。我想，他們一定是受到電影的影響。可是，我們又不能禁止別人去看電影。我總是告訴別人，要看些有教育價值的好電影，而不是那些肥皂劇和愛情片。總之，千萬別讓孩子們看電影！否則就會變成現在這樣，大人比小孩糟糕，而且最糟糕的就是那些老人。

「根本沒有人在乎道德問題！人們總是為所欲為，也確實因此獲得不少好處。只是這些人如今得當心了，礦場的經營變得相當困難，他們又沒有什麼存款。他們的嘮叨真的很可怕，尤其是那些女人。男人倒還不錯，挺有耐性的！真可憐，他們肯定覺得很茫然吧！不過，那些女人卻還是老樣子！她們四處招搖，捐款給瑪麗公主[6]買結婚禮物。等到她們發覺，原來瑪麗公主收到那麼多貴重的贈禮，便開始咆哮：她憑什麼收到那麼多禮物！為什麼史旺埃德加百貨連**一件**毛皮大衣也不送我，卻一次送她六件。

我真後悔捐了那十先令！我倒想知道，她能給我什麼好處？我爸的工作賺不了什麼錢，我連一件春季大衣都買不起，她卻有一卡車禮物。這些有錢人的好日子過得夠久了，也該讓窮人享點富了。我真的很想要一件春季大衣，問題是有人會送我嗎？我告訴她們，雖然妳們沒有那些漂亮的衣服，但可以吃得飽穿得暖就該知足了！結果，她們立刻回嘴：「那為什麼瑪麗公主到處跑時，從不會滿足於穿著舊衣服，以及身無分文？像她們**那種人**總是可以拿到一卡車禮物，我卻連一件春季大衣也沒有。真是可恥！公主！去她的公主！重要的是錢。她本來就很有錢，所以他們才會給她更多的錢！我擁有和別人一樣的權利，卻得不到任何東西。不要跟我談什麼教育，錢才是重點。我真的很想要一件春季大衣，卻只能痴心妄想，因為我沒有錢……」

衣服，這就是女人最想要的東西。即使礦工的女兒也會毫不手軟地花七、八鐖尼[7]買一件冬季大衣，花兩鐖尼買一頂小孩的夏季帽子。接下來，他們便會讓小孩戴著那頂兩鐖尼的帽子上循原會教堂[8]。我年輕的時候，一頂三先令六便士的帽子就足以讓女孩感到洋洋得意。聽說今年循原會打算在舉辦周年紀念活動時，替主日學校的孩子們搭蓋一座幾乎有天花板高的大看台。湯普森小姐在那裡教一年級的女

5 斑鳩在歐洲所象徵的意義如同中國人眼中的鴛鴦，牠們總是成雙成對地築巢和孕育後代。

6 瑪麗公主（Victoria Alexandra Alice Mary, 1887-1965）是喬治五世和瑪麗王后的第三個孩子，也是他們唯一的女兒，於一九二二年嫁給哈伍德伯爵。

7 一鐖尼等於一英鎊一先令或二十一先令。一英鎊等於二十先令，一先令等於十二便士。

8 一九三二年，循原會（Primitive Methodist Church）與循道會、聖道公會合併成今日的循道宗（Methodism），或稱為衛理公會。

孩。我聽她說，光是那些女孩的舞台服裝就花了一千多英鎊！這年頭就是這樣！你沒有辦法阻止女孩對衣服的狂熱。男孩也好不到哪去，他們把所有錢全花在自己身上，買衣服、抽菸、去礦工俱樂部喝酒、一星期跑去謝菲爾德逛個兩、三次。時代不同了，年輕人變得既狂妄又放肆。老一輩的男人則顯得和善又有耐心，會把自己的一切都交給女人。只是這麼一來，女人就會變成真正的惡魔。不過，現在的年輕人不像他們的上一代。他們一點也不肯付出，做任何事都只會替自己著想。如果有人勸他們存點錢好成家，他們就會說：不急，不急，我現在想盡情享受生活。其他的事等以後再說吧！唉，這些年輕人把所有事情都丟給老一輩的男人，簡直是蠻橫又自私。不管怎麼看，他們的未來都很讓人擔心。」

克利福德對自己的村莊有了全新的認知。他雖然始終害怕這個地方，卻也一直以為這裡的狀況還算平穩。現在……？

「村子裡信仰社會主義和布爾什維克主義的人數多不多？」他問。

「哦，」博爾頓太太說：「村子裡的確有少數喜歡高談闊論的人。但這些人大多是負債的女人，男人不太關心這種事。我不認為泰弗沙爾村的男人會變成激進分子，他們太老實了。年輕人有時會胡說八道，但這不代表他們真的很關心這種事。他們只是想要撈點錢，好去俱樂部喝酒或去謝菲爾德逛街。他們在乎的只是這些。只有缺錢時，他們才會去聆聽那些激進分子大肆吹噓，但事實上根本沒人相信那一套。」

「所以，妳認為不會有危險？」

「哦，不會的！只要景氣好，就不會有什麼危險。只是不景氣的時間如果拖太久，這些年輕人就可能會作怪。依我看，他們都被寵壞了，自私自利。不過，我不認為他們會胡作非為，因為他們做事漫不經心，只喜歡騎著機車四處招搖，或去謝菲爾德的舞廳跳舞。你沒辦法讓他們認真，他們只有在想要炫耀時，才會認真地穿上晚禮服在女孩面前跳查爾斯舞，或者做點什麼。我想，那些穿著西裝前往舞廳的年輕礦工，有時甚至會擠滿一整台公車；除此以外，還得加上那些開車或騎車載女友上舞廳的年輕人。除了他們每場都會下注的唐卡斯特和德比賽馬，他們從不認真思考任何事情。就連足球也是如此！他們不再像老一輩的男人一樣喜愛足球。對他們來說，踢足球很像在做苦工。每逢星期六的下午，他們寧可騎機車去謝菲爾德或諾丁漢。」

「他們去那兒做什麼？」

「閒晃……去天皇茶館喝茶……帶女孩上舞廳、看電影或去帝國歌劇院。這些女孩跟男孩一樣自由，想做什麼就做什麼。」

「沒錢的時候，他們還能做什麼？」

「即使沒錢，他們好像也不以為意。這時，他們就會開始聊一些下流的話題。這些男孩只想有錢享樂，女孩只想有錢買漂亮衣服。在這種情況下，我實在看不出他們要怎麼變成布爾什維克主義者。他們缺乏成為社會主義者的腦袋，也不可能認真看待任何事情，就算給他們再多時間也不會有任何改變。」

這些話讓康妮想到，相較於下層階級，其他階級也沒什麼兩樣。不論是特弗沙爾村、梅費爾或肯辛頓[9]，相同的現象一再重演。今日的社會只剩下一種階級：金錢階級。無論是男孩或女孩都在追求金

9 肯辛頓（Kensington）是位於倫敦的高級住宅區。

錢，唯一的差別在於你想要多少以及你得到多少。

§

在博爾頓太太的影響下，克利福德開始對礦務產生興趣。他開始覺得自己屬於這裡，並且再度擁有自信。儘管他是很差勁的那種老闆，但他終究還是泰弗沙爾礦場真正的老闆。在這之前，他始終不願去面對自己所代表的權威，但如今他對這種權威有了不同的認識。

泰弗沙爾礦場的產量愈來愈少。這裡只有兩座煤礦坑：泰弗沙爾和新倫敦。泰弗沙爾曾經是知名的礦坑，也創造過極佳的收益，只是如今盛況不再。新倫敦原本就不怎麼賺錢，平常還能勉強維持，但到了現在這種不景氣的時候就得準備關閉了。

「很多泰弗沙爾的礦工已經轉去史塔克斯門和懷特沃爾工作。」博爾頓太太說：「克利福德爵士大概還沒看過戰後新開的史塔克斯門礦場吧？哦，你應該找時間去看看。他們的設備非常新穎，礦坑旁還蓋了一座巨大的化學工廠，看來一點也不像一座礦坑。據說他們從化學副產品賺的錢還多過煤礦……我忘了那種產品的名字。而且，他們還讓礦工入住全新公寓！這麼一來，自然吸引了許多來自全國各地的牛鬼蛇神。不少泰弗沙爾的男人也跑去那裡工作，而且混得還不錯，比我們這裡好多了。他們說，泰弗沙爾已經完了，沒救了，過不了幾年就會關閉了。新倫敦則會更快完蛋。依我看，泰弗沙爾一旦關閉，那可就慘了。罷工的影響已經夠糟了，一旦關閉，那簡直是世界末日。我小時候，這裡可是全國最好的礦坑，在這裡工作的男人都覺得自己運氣很好，而他們也確實賺了不少錢。可是如今，他們形容泰弗沙爾像一條正在下沉的船，是該逃命的時候了。這聽起來一定很糟糕吧！不過，不到逼不得已，很多人還是不想離開這裡。他們不喜歡新礦場，那些地方都挖得很深，還得操作一大堆機器。採礦設備取代了人工，所以有些人稱呼它們為鋼鐵人。聽說他們花了不少錢去購買那些機器，不過這些花費也替他們省下了更多的人工支出。看樣子再過不久，機器就會取代人工，人類將會失去所有工作。但當年老式織襪機被淘汰時，有些人也說過同樣的話，而且我還記得其中一、兩個人。可是依我看，機器愈多，使用的人工似乎也愈多！他們還說，泰弗沙爾的煤提煉不出如同史塔克斯門的化學物質。這種說法很好笑，這兩座礦場的距離只不過三英里。無論如何，每個人都很遺憾這裡沒有做任何改變，來讓男人過得更好以及聘用女人。那些女孩每天都去謝菲爾德鬼混！依我看，特弗沙爾礦場要是能繼續營運，一定會跌破許多人的眼鏡。大家都說這裡已經完了，這裡的礦工得儘快逃離這艘正在下沉的船。不過這些人原本就很愛八卦，戰時更是謠言滿天。甚至有傳言說，戰爭期間傑弗里爵士為了保護自己的財產，還設了一個信託基金！還說不管是礦主或經營者，現在都無法從礦場賺到錢了。這種事真令人難以置信，不是嗎？小時候，我從沒想過礦坑會有關閉的一天，而是會一直挖下去。但新英格蘭已經關了，科爾維克林也是。當你走過荒廢的科爾維克林礦區，看見它淹沒在一片樹林裡，礦坑上雜草叢生，鐵軌上布滿紅鏽。那景象真是讓人印象深刻，廢棄的煤礦場死氣沉沉。唉，如果特弗沙爾也關了，那我們該怎麼辦？這種事真的讓人連想都不敢想。除了遇到罷工，特弗沙爾礦場一向人聲鼎沸，送風機也只有在運出小馬時才會停止運轉[10]。這是個奇怪的世界，沒人曉得明年會發生什麼事。」

10 礦坑小馬（Pit pony）是十八世紀中葉到二十世紀中葉在地下礦坑中運煤的小馬。

博爾頓太太的這番話激起了克利福德的鬥志。她說得沒錯，他的收入確實來自他父親的信託基金；這筆收入的金額不多，但很穩定。礦坑和他沒什麼關係，他想要追求的是另一個世界，由文學與聲望組成的世界；一個時尚的世界，而不是勞動的世界。

現在，他了解到時尚世界的成功與勞動世界的成功之間的差異在於，前者的對象是享樂的民眾，後者的對象則是勞動的民眾。他一直是以個人身分為享樂的民眾提供小說，並藉此獲得聲望。然而，享樂的民眾之下還存在勞動的民眾。這些人既嚴肅又骯髒，而且讓人感覺很不舒服，但他們也有自己的需求。不過，相較於服務享樂的民眾，服務勞動的民眾是一件相當吃力的工作。當他忙於創作小說和「力爭上游」，泰弗沙爾村卻是江河日下。

他現在明白，這位名叫成功的婊子女神有兩大嗜好；她喜歡逢迎拍馬，而那些作家和藝術家便是靠著在她面前賣弄本事來討她歡心；她也喜歡吃肉和啃骨頭，而這個相對嚴肅的嗜好就得靠那些在工業界賺錢的人來滿足。

沒錯，有兩大群狗在爭相討好這位婊子女神；其中一群諂媚的狗是靠著創作小說、電影和戲劇來提供她娛樂，另一群作風比較低調卻比較野蠻的狗，則是奉獻出肉塊，也就是實質的金錢。那群受過良好教養、外表光鮮的狗為了在婊子女神面前爭寵，而彼此鬥爭、咆哮。然而，比起提供骨頭的狗那種無聲且至死方休的爭鬥，根本微不足道。

但在博爾頓太太的影響下，克利福德卻想投入這種爭鬥，透過野蠻的工業生產獲得婊子女神的歡心。莫名其妙地，他變得充滿鬥志。

就某方面而言，博爾頓太太讓他變得像個男人，康妮則是從來沒有做到這點。康妮總是和他保持距離，這讓他變得敏感以及專注於自我意識和自我狀態。博爾頓太太只會引導他注意外界的事物，他的心靈反倒因此變得柔軟，他的外表則是顯得鬥志昂揚。

他甚至鼓足勇氣再次前往礦場，坐在礦車由人拖著進入礦坑。他原以為自己早就忘記那些在戰前學習的知識，但如今那些知識重新湧現他的腦海。他兩腳癱瘓坐在礦車上，坑底經理拿著強力手電筒為他照亮煤層。他的話很少，可是他的腦袋已經開始工作。

他重新閱讀煤礦業的技術書籍，研究政府報告，細讀有關採礦、煤和頁岩化學的最新德文資料。雖然那些最珍貴的發現總是被當成機密保護，但任何人只要著手研究有關採煤的方法、工具、副產品，以及煤的化學應用時，肯定會驚訝於人類在現代科技上的創造力與想像力。那些工業專家的智慧簡直到了不可思議的地步。相較於既愚蠢又情緒化的文學與藝術，工業技術科學顯得有趣多了。在這個領域，人類有如鬼迷心竅似的熱中於各種理論的發現與實際運用。而在這類活動，人類的心智年齡更是高到難以估量。但克利福德曉得，一旦論及情感與現實人生，這些成功創業家就會變得像十三歲大男孩似的笨拙。這兩者的差異之巨大簡直讓人瞠目結舌。

但這種事一點也不重要，克利福德根本不在乎「人」是否會在情感與生活上淪為白痴。他關心的是現代採煤的技術細節，以及挽救陷入泥沼的特弗沙爾煤礦場。

他天天下坑巡視，詢問總經理、地面經理、坑底經理和工程師們一大堆他們從沒想過的問題。權力！他感覺到體內萌生出一股力量，駕馭這些人以及成千上百的礦工。他正在進行一場探索，並逐漸掌握周遭事物。

他真的就像重生了一般。**如今**，他再度充滿活力！他與康妮過著與世隔絕的藝術與精神生活時，他的生命一度逐漸凋零。他已經脫離那種生活，也不想再回去過那種生活。他感覺這些煤炭和這座煤礦為他帶來活力。他喜歡坑底的髒空氣更甚於地表的清新空氣，因為這帶給他權威與力量。他正在實現某件事，而且打算**堅持下去**。過去，他在心力枯竭與怨恨下，只能利用宣傳的手法來讓自己的小說獲得成功。這次，他一樣會成功，但會像個男人似的贏取成功。

一開始，他以為只要把煤炭轉化成電力就可以解決問題。隨後，他的腦中閃過一個念頭。德國人發明了一種不需火伕，便可以自動供應燃料的火車頭。這種火車頭使用的是一種在特定條件下，只需少量燃燒就可以產生極大熱能的新燃料。

那個閃過克利福德腦袋的念頭就是，一種燃燒緩慢卻又可以產生強大熱能的新型濃縮燃料。但只有空氣是不夠的，勢必要有某種催化劑才能燃燒。他開始做實驗，並找了一個在化學領域表現出色的聰明年輕助手。

這件事帶給他成就感，他終於找到自我。多年來，他一直渴望找到自我，但藝術不只無法幫助他實現這個目標，甚至讓他變得更加迷惘。如今，他終於找到了自己的方向。

他沒有意識到博爾頓太太在這件事上發揮了多大的作用，也沒有察覺自己有多麼依賴她。儘管如此，每當他和她在一起，他的聲音便會表現出一種親暱又自在的語調，甚至有點猥褻。

他和康妮在一起時，反而顯得有點僵硬。他覺得自己虧欠她太多，只要她可以維持表面的尊重，他就會回報萬分的尊重與周到。但在他的內心，他顯然對她畏懼三分。他的內心雖然具有阿基里斯[11]的勇氣，但這股勇氣卻存在一個致命的弱點，這個弱點就是他的妻子，康妮。他在敬畏下，對她極盡溫柔。每當和她說話，他的聲音總是顯得有點緊張。漸漸地，只要她在場，他就會變得沉默。

他只有在和博爾頓太太相處時，才會感覺自己不只是個從男爵，還是個主宰者。他幾乎變得像她一樣饒舌，像個小孩似的讓她刮鬍子、用海綿擦洗全身，而他的樣子也確實像個孩子。

11 阿基里斯（Achilles）是古希臘神話和文學中的英雄人物，被稱為「希臘第一勇士」。傳說中的阿基里斯全身刀槍不入，唯一弱點在他的腳踝。

第十章

來拉格比作客的人變少了，康妮開始擁有許多獨處的時間。克利福德不再需要他們，即使是那群老友也是如此。他變得古怪，寧可把時間花在聆聽那台他花了一大筆錢購置的收音機。所幸那台收音機的效果相當好，即使位於英格蘭中部的窮鄉僻壤，有時甚至可以收到來自馬德里和法蘭克福的廣播。

他時常獨坐好幾個小時，聽著擴音機發出的聲響。這讓康妮感到驚訝，他臉上流露彷彿著魔似的呆滯表情，出神地聆聽那台奇怪的東西。

他真的在聽嗎？還是那台收音機發揮了一種催眠的效果，並且正在改造他的心智？康妮無從了解。她要不是逃回房間，就是奔向樹林。有時，她的內心會充滿恐懼，害怕這種文明社會的瘋狂徵兆。

如今的克利福德開始沉迷於這種詭異的工業活動，幾乎變成一種有著堅硬外殼與懾人外觀、但肉體卻十分脆弱的**生物**，像是存活在現代工業與金融世界裡的一種神奇螃蟹或龍蝦，一種無脊椎甲殼類生物；儘管擁有鋼鐵外殼，結構卻很鬆散。康妮完全不知如何是好。

她甚至沒有自由，因為克利福德不讓她離開拉格比。他似乎十分害怕她會離開他。他在感性與人性上異常脆弱，有如既畏縮又愚笨的小孩似的依賴著她。她只能留在這裡扮演他的妻子，查泰萊夫人。一旦她離開他，他將會變得如同迷失在荒野的白痴。

康妮驚訝於克利福德對自己的依賴，更驚訝於他和那些講求實際的人，包括礦坑經理、董事會成員以及年輕科學家對話時，所展現的敏銳觀察力與不可思議的實質影響力。他已經變成一個既講求實際又精明能幹的強大主宰者。康妮將此歸功於博爾頓太太的影響，而且她正好出現在他人生的關鍵時刻。

然而在處理個人感情生活方面，這位講求實際、精明能幹的男人卻幾乎是個白痴。他崇拜康妮，她不只是他的妻子，也是一種更崇高的存在。他有如一個野蠻人，在一種古怪的恐懼心理下盲目地崇拜康妮；這種崇拜源自巨大的恐懼，甚至是一種對於被崇拜者的怨恨。他唯一的心願就是，康妮發誓永遠留在他的身邊，絕對不離開他。

「克利福德，」她拿到木屋的鑰匙後，問他：「你真的希望我生個孩子嗎？」

他用那雙凸出的淡藍色眼睛看著她，隱約流露不安的眼神。

「只要不會影響我們的關係，我就不介意。」他說。

「你是指什麼樣的關係？」她問。

「我們對彼此的愛。如果這會影響我們的愛情，我就會堅決反對。再說，我將來也可能會擁有自己的孩子！」

康妮驚訝地看著他。

「我的意思是，也許我將來會恢復健康。」

康妮依舊一臉訝異地盯著他，這讓他感到尷尬。

「所以，你不希望我有個孩子？」她問。

「我說過，」他急忙回答，像條被逼急的狗。「只要不影響妳對我的愛，我很樂於接受這件事。但如果會對我們的愛情造成影響，那我就會反對到底。」

康妮在憂慮與輕蔑下，一時間目瞪口呆。他根本不知道自己在說什麼，這些話聽來簡直就像一個白痴在胡言亂語。

「哦，我對你的感覺不會有任何改變。」她的語氣帶著一點諷刺的口吻。

「好！」他說：「這就是我要的！只要不會影響到我們的愛情，我就不在乎。我想說的是，如果家裡有個跑來跑去的孩子，感覺一定很棒。我們會感覺自己在為它打造一個未來，我也會有個奮鬥的目標。親愛的，畢竟它是妳的孩子，不是嗎？所以，我也會把它當成自己的孩子。親愛的，妳才是這件事的關鍵，妳應該明白我的意思，對吧？我不會介入，我根本不重要。只要我還活著，妳就是我的主！妳明白我的意思吧？我是指，妳對我而言，就是如此。不過，對妳來說，我自然不算什麼。我活著是為了妳，為了妳的將來，我根本不算什麼！」

這番話加深了康妮的失望與反感。這種半真半假的話語只是用來毒害人生的可怕伎倆。一個心智健全的男人怎麼會對一個女人說出這種話！但男人往往不曉得自己在說什麼。一個男人只要擁有一點點尊嚴，又怎麼會要一個女人獨自背負這種人生的重擔？

更過分的是，不到半小時，康妮就聽見克利福德以一種既急切又興奮的語氣和博爾頓太太說話；他對那女人表現出一種冷淡的熱情，彷彿她既是他的情婦，也是他的養母。博爾頓太太細心地替他換上晚禮服，因為晚上有些重要的商人要來家裡作客。

這段期間，康妮偶爾會感覺自己就快死了；那些奇怪的謊言和愚蠢的殘酷行為，終將會壓垮她。就某方面而言，克利福德的奇特商業頭腦讓她感到敬畏，他口中的崇拜則令她覺得惶恐。他們缺乏交流，如今更是不去碰觸對方，他甚至不再牽她的手。他們之間毫無肢體上的接觸，所以他才會用那種愚蠢的表白來折磨她。這是一種源自徹底無能下的殘酷。她覺得自己將會喪失理智，或死去。

她盡可能地逃進樹林。一天下午，她坐著發呆，盯著從約翰井不斷湧出的冷泉時，守林人走向她。

「夫人，我替妳打了一把鑰匙！」他說完，行個禮並把鑰匙遞給她。

「真是太感謝你了！」她驚訝地說。

「木屋裡有點亂，希望妳別介意。」他說：「我已經盡量清理了。」

「可是我不想給你添麻煩！」她說。

「哦，一點也不麻煩。再一星期左右，我就會安頓好那些母雞。不過，牠們不會怕妳。白天和晚上，我都會去看看牠們，但我會盡量別打擾到妳。」

「你不會打擾到我。」她辯解。「如果我會礙事的話，我寧可不去那裡。」

他用那雙銳利的藍色眼睛看著她。他的外表雖然和善，卻帶有一種距離感。儘管他看來有點瘦弱，但至少神智清醒，四肢健全。他開始咳嗽。

「你在咳嗽。」她說。

「沒什麼……是感冒！我上次得了肺炎後就一直咳嗽，但這沒什麼。」

他和她保持一段距離，不肯走近一步。

她經常在早上或下午去那間木屋，但他總是不在那裡。他肯定是刻意避開她。他想保有自己的隱私。

他把木屋收拾得很整齊，小桌子和椅子擺在壁爐旁，留下一小堆起火用的樹枝和細小的圓木，盡量把工具和捕獸器都放得遠遠的，不讓自己留下痕跡。屋外空地旁，他用大樹枝和稻草搭了座讓雞群擋風避雨的矮棚，棚下擺了幾只雞籠。某天，她來時發現，兩隻棕色的母雞正在孵蛋。牠們在母性本能下，驕傲地鼓脹全身羽毛，機警而專注地投入孵蛋的工作。這個畫面幾乎讓康妮的心都碎了。她不但孤苦伶仃，女性價值更遭到冰凍，只能算是一具行屍走肉。

後來，五只雞籠全住滿了母雞，三隻棕色，一隻灰色和一隻黑色。牠們全都在母性本能的驅使下，鼓脹全身羽毛，讓下半身緊貼雞蛋坐著。康妮在牠們面前蹲下時，牠們的明亮眼睛立即瞪著她，並且發出急促而尖銳的咯咯聲；這些叫聲帶有憤怒與警告的意味，但這種憤怒主要來自雌性的自我防衛心理。

康妮在木屋的穀物箱裡找到穀粒。她用手捧著穀粒逐一餵那群母雞，但牠們不僅不吃，其中一隻還凶猛地啄了她一下。康妮雖然受到驚嚇，但還是想替這群為了孵蛋而不吃不喝的母親們做點什麼。她用一只小鐵罐盛來一些水，其中一隻母雞喝了，這讓她高興不已。

她每天都來看這群母雞，如今這成了世上唯一可以讓她感到溫暖的事物。克利福德的那番表白讓她徹底死心，博爾頓太太以及那些商人的聲音令她心寒，米凱利斯偶爾的來信同樣讓她心灰意冷。她覺得如果再這麼下去，自己一定會死。

現在是春天，森林裡的風信子已經綻放，布滿整片榛樹林的綠芽就像下了一場綠雨，然而可怕的是，這一切卻只讓人感覺這世界的冷漠無情。只有這群孵蛋的母雞，牠們鼓脹著羽毛並用自己溫熱的雌性身軀為這個世界帶來溫暖！康妮感覺自己隨時都可能昏厥。

§

一個陽光明媚的日子，榛樹林裡開滿一叢叢報春花，小徑旁散布著紫羅蘭。她在下午抵達時，一隻嬌小玲瓏的小雞正大搖大擺地在雞籠前走動，一隻母雞在一旁驚慌地咯咯叫著。在這一刻，這隻帶有深色斑點的灰褐色小雞是全英國最有活力的小生命。康妮蹲下身子，痴痴地看著牠。生命，生命！純潔，充滿活力又無所畏懼的新生命！在母雞驚恐的尖叫下，牠才以略顯倉促的步伐竄回雞籠。即便如此，牠也只把這當成一種遊戲，一種生活裡的遊戲。因此只過了一會兒，牠那顆尖尖的小腦袋又鑽出母雞的棕黃色羽翼打量這個世界。

康妮看得入迷，同時對自己身為女性的缺憾感到前所未有的強烈痛苦，而且這種痛苦逐漸變得難以忍受。

從此，她的生活只剩下一個念頭：前往樹林裡的那塊空地。除此以外，全是痛苦的夢境。但身為拉格比的女主人，有時她還是得整天待在屋裡。這時，她便會感覺自己也變得空虛，既空虛又瘋狂。

某個傍晚，她顧不得有沒有客人，一喝過下午茶便走出屋子。時間晚了，她有如害怕被叫回屋裡似的逃離園林。她走進樹林時，夕陽已經把天空染成一片玫瑰色，但她還是繼續穿過那些花叢。頭頂的這片光線應該可以持續很長一段時間。

她抵達空地時，不僅臉紅氣喘，還有點心神恍惚。守林人在那裡，穿著長袖襯衫，正在關閉雞籠確保這群小住戶的夜間安全。但還有三隻灰褐色的小傢伙，拖著小腳丫在草棚裡踱來踱去，絲毫不理會母親們的焦急叫喚。

「我得過來看看牠們！」她氣喘吁吁地說，並害羞地瞄了守林人一眼。她幾乎沒有注意到他。「牠們的數目有增加嗎？」

「目前有三十六隻！」他說：「還不錯！」

對於這些小生命的誕生，他同樣感到莫名的喜悅。

康妮在最後一只雞籠前蹲下。三隻小雞已經跑回籠裡，但還是把頭鑽出母雞的黃色羽翼。後來，有兩隻小雞把頭縮了回去，只剩下一隻仍然把圓滾滾的小腦袋，伸出母親的龐大身軀看著外頭。

「我好想摸摸牠們。」她說著，小心翼翼地把手指伸進雞籠的木條縫。但母雞狠狠啄了她一口，她嚇得立刻抽手。

「她啄我！她討厭我！」康妮疑惑地說：「我又不會傷害牠們！」

站在一旁的守林人笑出聲來，接著在她身邊蹲下，兩膝張開，沉穩地把手緩緩伸進雞籠。老母雞啄了他一下，但不像剛才那麼凶猛。他動作輕柔地在老母雞的翼下摸索，抓出一隻發出微弱叫聲的小雞。

「來！」他把小雞遞向她，她合攏雙手接過那隻褐色的小傢伙。雖然康妮幾乎感受不到牠的重量，卻可以感覺那雙細到難以置信的小腳正在她的手掌上顫抖。牠大膽抬起那美麗而勻稱的腦袋，迅速地四下張望，微微叫了一聲。

「好可愛！好勇敢！」她輕聲說。

守林人蹲在她身旁，同樣興致勃勃地看著她手裡那隻大膽的小傢伙。忽然，他看見一滴眼淚落在她的手腕。

他站起來，走向另一座雞籠。因為他察覺那簇應該已經熄滅的火焰，突然自他的腰胯冒出火花。他背對她，壓下那股火焰。但它往下流竄，在他的兩股間盤旋。

他轉頭看她時，她正跪在地上，閉著眼緩緩伸出合攏的雙手。這麼一來，小雞就可以再次跑回母雞身旁。她身上散發某種壓抑又絕望的氣息，這讓他對她萌生憐惜。

在一種莫名的衝動下，他迅速走向她，蹲在她的身旁，從她手上接過那隻小雞。她害怕那隻母雞，因此他替她把小雞送回籠裡。那股在他腰間盤旋的火焰突然更加猛烈地竄起。

他擔心地瞧了她一眼。她別過臉，在她這一代人的絕望與痛苦下，不由自主地哭出聲來。他的心瞬間溶化，如同一簇火焰，他伸出手搭著她的膝蓋。

「別哭了！」他輕聲說。

她舉起雙手捂住臉，感覺心碎，一切都不重要了。

他伸手搭著她的肩膀，以一種不自覺的輕柔動作，緩緩沿著她的背部曲線往下撫摸，直到她的腰胯。在一種不自覺的本能反應下，他輕柔地愛撫她的腰身。

她掏出手帕，胡亂擦拭臉上的淚水。

「要不要進屋子？」他以平靜的語氣詢問。

他輕輕地抓著她的上臂，扶她起身，帶著她緩緩走進木屋。兩人走進屋裡，他鬆開自己抓著她的手，挪開桌椅，從工具箱中拿出一條棕色軍毯，並慢慢地將那條軍毯平鋪在地上。她呆若木雞地站在一旁，偷偷看了他一眼。

他臉色蒼白，面無表情，猶如一個屈服於命運的男人。

「妳躺上去。」他輕聲說完，關上門讓小屋陷進一片全然的黑暗。

在一種出乎意料的順從下，她躺到毛毯上。隨後，她感覺一隻充滿渴望的手，以輕柔遲緩的動作觸碰她的身體，探索她的臉龐。那隻手輕柔地撫摸她的臉，那種輕柔帶著一種撫慰與承諾。最後，一個輕吻印上她的臉頰。

她靜靜地躺著，像睡著了，又像在做夢。他的手輕柔摸索她的身體時，她顫抖了起來。這隻手在衣服的阻礙下顯得笨拙，但它顯然知道如何解開自己想解開的地方。他緩慢而謹慎地把單薄的絲質套裝褪至她的腳踝，在一陣狂喜中顫抖著撫摸那柔軟溫熱的身軀，親吻她的肚臍。不過片刻，他便感覺自己得立即進入她的體內，抵達她既柔軟又沉寂的身軀裡的安詳世界。只有進入女人體內的時刻，他才能擁有真正的安詳。

她靜靜地躺著，像睡著了，就像她自始至終都沉睡著。他主導了所有的動作，也獲得了最終的高潮，她無法再為自己爭取什麼。他雙臂緊摟著她，直到把精子灌注在她體內，他的動作始終充滿激情。直到一切結束，他躺在她胸前輕喘時，她才醒來。

她心底隱約浮現一絲疑惑，為什麼？為什麼必須如此？為什麼這件事竟吹散了瀰漫她心頭的烏雲，帶來寧靜？這是真的嗎？是真的嗎？

她那折磨人的現代女性思維依然打轉著。這是真的嗎？她知道，如果她把心交給他，這就是真的；如果她把心留給自己，這就不算什麼。她感覺自己老了，老得有如已經活了幾百萬年。如今，她再也無法獨自承受這份重擔。她準備好了，準備把她的心交給另一個人。

躺在她身上的男人持續著神祕的緘默。他有什麼感覺？他在想什麼？她不知道。對她而言，他是個陌生人。她不了解他，只能繼續等待，她不敢打破這種神祕的緘默。他躺在她身上，雙臂擁著她，汗溼的身體貼著她；如此緊密，又如此陌生。然而，他的靜默帶來的是安詳，而不是困擾。

她明白這點，因為當他清醒並離開她的身體，她頓時感覺遭到遺棄。他在黑暗中把她的連衣裙拉起到膝蓋，站了一會兒，似乎在整理自己的衣服。隨後，他靜靜地打開門，走出小屋。

在夕陽的餘輝中，她看見浮現在榛樹林上空的一輪絢麗明月。她迅速起身，穿好衣服，走到門口。

在一層陰影的籠罩下，樹林裡幾近一片漆黑。儘管天空呈現透明，光線卻十分微弱。他穿過陰影走向她，他的臉孔看來就像浮現在這層陰影中的白點。

「走吧！」他說。

「去哪兒？」

「我送妳去園門。」

他自顧自地整理東西，直到鎖上屋門後才走向她。

「妳後悔了嗎？」他走到她身旁時問。

「不！不會！你呢？」她說。

「就這件事？不會！」隨後，他又補充：「但還有別的事。」

「什麼別的事？」她問。

「克利福德爵士、其他人，以及一堆麻煩。」

「什麼麻煩？」她失望地問。

「不管是對妳或對我，這種事總會帶來一堆麻煩。」他持續在黑暗中前進。

「你後悔了？」她問。

「有一點！」他仰望天空。「我原本以為自己已經徹底脫離了，想不到如今又投入了。」

「投入什麼？」

「生活。」

「生活！」她重複，聲音中帶著一種莫名的興奮。

「這就是生活。」他說：「任何人都無法脫離生活。一旦脫離了生活，人就會變得有如行屍走肉。所以只要時候到了，我還是會選擇擁抱生活。」

她並不十分認同這種說法，但還是開心地說：「這就是愛情。」

「無論如何，結果就是如此。」他回答。

兩人在沉默中穿過漆黑的樹林，直到接近園門。

「你會恨我嗎？」她感慨地問。

「不，不會。」他說完，突然有如剛才一樣熱情地抱住她。「對我來說，這件事很美好，真的。妳呢？」

「我也這麼覺得。」她的回答並不全然是事實，因為部分的她其實處於無意識的狀態。

他一再地親吻她，他的吻極為輕柔卻又充滿熱情。

「如果這世上只有我們兩人，那該有多好。」他感傷地說。

她笑了起來。兩人走到園門前，他替她開門。

「我不能再往前了。」他說。

「不用了！」她伸出一隻手，打算和他握手道別，他卻用兩手握著她的手。

「我可以再來嗎？」她沮喪地問。

「當然！當然！」

她轉身離去，走進園林。

蒼茫的天際線下，他往後退，看著她逐漸在黑暗中消失。她的背影幾乎讓他感到痛苦。他原本想要遠離人群，她卻讓他再次與這世界有了連結。因為她，一個只想要孤獨的男人已經失去了他僅存的隱私。

他走進漆黑的樹林，月亮已經升起，萬籟俱寂。但他察覺一些夜裡的雜音，來自史塔克斯門礦場的發動機和大馬路上的車子。他緩緩走上光禿的山丘頂，眺望這個地區、史塔克斯門礦場的一排排明亮燈光，以及略顯暗淡的特弗沙爾礦場的燈光。在清朗的夜色下，可以看見零星散布鄉間的許多燈光、特弗沙爾村的黃色燈光，以及遠處煤爐在高溫燃燒下所散發出來的微弱暗紅色光澤。那些史塔克斯門的刺眼電燈讓人感覺很不舒服！它們帶有一種追求速度下的隱晦罪惡！這英格蘭中部的夜晚，充斥著對工業日新月異的不安與恐懼。他聽見捲揚機運轉的聲響，三班制的史塔克斯門礦場正在垂降七點上班的礦工。

他再次走回與世隔絕的黑暗樹林，但他明白這種隔絕只是一種幻覺。工業噪音打破它的幽靜，那看不到的銳利燈光也在嘲諷它的陰暗。任何人都不再能保有隱私，也無法逃離，這個世界已經沒有隱士的容身處。如今，他接受了這個女人。依照以往經驗，他曉得這代表自己即將陷入另一次痛苦與毀滅的循環。

錯不在女人，也不在愛情或性慾。錯在那些邪惡的燈光，以及那些發動機的惡毒聲響。在這個機械化的貪婪世界，貪婪的機制與機械化的貪婪隨著那些燈光閃耀，噴湧出熾熱的金屬，在車陣中咆哮。巨大的邪惡在這裡蟄伏，準備摧毀任何反叛的對象。再過不久，它就會摧毀這片樹林。在鋼鐵的碾壓下，風信子將不再綻放，所有脆弱的事物都會遭到毀滅。

他想到那女人，心中湧現無比柔情。這個既絕望又可憐的女人，她不知道自己有多麼美好。唉！

儘管她這麼美好，她的遭遇卻是如此不幸。可憐的女人，她具有一些野生風信子的脆弱特質，而不是徹底強悍得有如塑膠與白金製品般的現代女性。這些特質會毀了她！總有一天，它們會毀了她以及所有天性柔弱的生命。柔弱！某些地方，她有著如同風信子的柔弱特質，而這些特質在那些強硬的現代女性身上已經消失了。再過一陣子，無情的鋼鐵世界與僵化的貪婪人心就會同時毀滅他們兩人。但在這之前，他將會竭盡全力守護她。

他帶著槍和狗回到漆黑的石屋，點燈，生火，吃晚餐。他吃著麵包、乳酪、青蔥和啤酒，享受著寧靜的孤獨。房間乾淨整齊，但相當簡陋。不過，爐火明亮，壁爐潔淨，鋪著白油布的桌子上方掛著一盞亮麗的煤油燈。他本想讀一本有關印度的書，卻始終心不在焉。他穿著長袖襯衫坐在爐邊，沒有抽菸，但手邊擺了杯啤酒。他回想康妮。

老實說，他對傍晚的事感到內疚，或許她就是讓他內疚的主要因素。他有種不祥的預感。這種感覺無關他的行為是否不當或不道德，他也從不是會因為這種事內疚的人。他曉得內疚主要源自對社會或對自我的恐懼。他不畏懼自己，卻很清楚自己害怕這個社會。他直覺到，這個社會幾乎像是一頭既瘋狂又凶狠的野獸。

這女人！如果她可以和他一起生活，而這世上又只有他們兩人！慾望再度湧現，他的陽具開始興奮得像是一隻精力充沛的小鳥。但一股壓力也同時落到他的肩上，他擔心他們將會曝露在外面世界那惡毒的燈光下。對他來說，這可憐的小東西只是個年輕女人；但他抱過這女人，他如今想的也是這女人。

他逃避人群已經長達四年，因此這突然湧現的慾望令他飽受折磨。他起身抓起外套和槍，取下煤油燈，帶著狗走進繁星點點的夜空下。在慾望與對這惡毒世界的恐懼折磨下，他放輕腳步緩緩巡視樹林。

他喜愛這片黑暗，並讓自己融入這片黑暗。這黑暗調合了他腫脹的慾望、躁動的陽具和腰胯的那把火；無論如何，這種慾望就像一種珍貴的資產！唉，可惜沒有人與他一起對抗這閃著電光的世界，保護生命與女人的柔弱特質，以及人類天生的慾望。可惜沒有人與他並肩作戰！人們都在歌頌這個世界，前仆後繼地投入機械化的貪婪或是貪婪的機制。

§

康妮急忙地穿過莊園，一心只想儘快趕回家。她還沒開始回想，只想著趕上晚餐時間。她發覺門已經上鎖，儘管懊惱也只能按鈴。開門的是博爾頓太太。

「是妳啊，夫人！我才在想妳是不是迷路了！」她的口氣帶著點調侃。「不過，克利福德爵士還沒找妳。他正在和林利先生討論一些事情。看樣子林利先生應該會留下來吃晚餐。妳說是嗎，夫人？」

「應該是。」康妮回答。

「要不要我把晚餐延後十五分鐘？這樣妳就有比較多時間去換件衣服。」

「這是個好主意。」

林利是礦場的總經理，上了年紀的北方人。克利福德不太滿意他的表現，因為他跟不上戰後的新局勢，也無法應付那些「怠工」的礦工。康妮雖然喜歡林利，但她更慶幸於他那個愛拍馬屁的太太今天沒來。

林利留下來用餐。康妮有一雙藍色大眼，舉止端莊，殷勤體貼，又懂得巧妙掩飾自己的真實想法，因此是很受男人歡迎的女主人。她太常扮演這個角色，以至於這幾乎成了她的第二天性。儘管如此，每當她扮演這個角色，她的腦袋就會莫名奇妙變得一片空白。

她耐心等待，只有回到樓上，她才能找回自己的思緒。她總在等待，這似乎成了她的**專長**。

但她回房後依舊感到茫然、困惑，不知道該思考什麼。他到底是什麼樣的人？他真的喜歡她嗎？她感覺，也許沒有那麼喜歡。不過，他很和善，一種既溫暖又單純的和善。不可思議的，她突然察覺自己似乎對他敞開了心房。但她隨即想到，或許他對所有女人都是這麼樣的和善。即便如此，這種感覺還是奇妙地撫慰了她的心靈。他是個熱情的男人，而且身心健全。但或許他並沒有那麼獨特，或許他對所有女人都是如此。這種事並沒有那麼特別，對他而言她就只是一個女人。

或許，這樣比較好。至少他把她當成女人，並且善待這個女人。過去，男人們儘管對她**這個人**很友善，卻很殘酷地對待她的女性身分，不但蔑視，甚至視若無睹。他們對康斯坦絲或查泰萊夫人極為友善，可是對她的女性身分卻非如此。他則是不在乎康斯坦絲或查泰萊夫人，而是一味地溫柔愛撫她的腰身或她的胸部。

隔天，她再度前往樹林。依舊是個陰沉的下午，榛樹群下布滿墨綠色的山靛，所有樹木都在靜靜地努力綻放新芽。她幾乎可以從自己的體內感覺到，這些巨大樹木的大量樹液如同青色的血液般，正在往上流竄至新芽，注入明亮的橡樹嫩葉中。這些樹液就像在進行一場往上鼓脹的旅程，在天空開展。

她來到空地，但他不在那裡。對此，她原本就不抱太大期望。小雞們有如蝴蝶般輕快地跑出雞籠，母雞們則是在籠子裡焦急地咯咯叫著。康妮坐下來看著牠們，並等待著。她其實在等待，那群小雞幾乎沒有映入她的眼裡。她等待著。

時間像夢境似的悠長，他終究沒有出現。對此，她原本就不抱太大期待。他從不會在這時出現。她得趕上家裡的下午茶時間，但她得強迫自己才能邁出腳步。

回家的路上，天空下起毛毛細雨。

「又下雨了嗎？」克利福德看見她在甩帽子。

「只是毛毛雨。」

她默默地倒茶，腦中始終懸掛著一個念頭：她今天真的很想見到那個守林人，她得知道他是不是真心的。她必須曉得他是不是真心的。

「要不要我待會兒唸一段稿子給妳聽？」克利福德說。

她看著他。他是不是察覺到什麼？

「這個春天讓我感覺不太舒服……我想，我待會兒可能會去躺一會兒。」她說。

「好吧。妳會不會覺得很不舒服？」

「不會！只是覺得有點累……大概是天氣的關係。你要不要找博爾頓太太陪你玩點什麼？」

「不了！我想我會聽收音機。」

她聽出他的聲音流露莫名的喜悅。她回到自己的臥室後，聽見樓下擴音機傳來字正腔圓的聲音，彷彿說話者正以極為文雅的口音，模仿舊時街頭小販的叫賣聲。她穿上一件紫色舊雨衣，溜出屋子的側門。

濛濛細雨有如替這世界覆上一層薄紗，神祕，安靜，但不寒冷。她快步走過園林，因逐漸感到悶熱而解開雨衣。

樹林在細雨籠罩下顯得寂靜、清幽而神祕莫測，到處都看得到不知名的鳥蛋、新生的嫩芽、半開的花苞。矇矓的空氣中，森林裡的樹木彷彿都脫下了衣服，裸露出它們帶有黑色光澤的身軀，全世界的綠色生物似乎都在一片綠意中哼唱。

空地上依舊不見人影。多數小雞都鑽進了母雞懷裡，只剩一、兩隻還在草棚下的乾燥地面梭巡，只是牠們並不曉得自己在找什麼。

他終究沒有出現！他是存心閃躲。或許他出了什麼事。或許她應該前往石屋。

不過，等待是她的專長。她用自己的鑰匙打開木屋。屋裡秩序井然，箱子裡存放著穀物，架子上擺放著折疊好的毯子；稻草整齊地堆在角落，煤油燈吊在掛勾上，桌子和椅子已經搬回她上次躺的地方。

她在門邊的矮凳坐下。一切顯得如此寂靜！濛濛細雨有如在風中飄動的薄紗，但又聽不到一點點風聲。鴉雀無聲，每棵樹都有如強大的生物般聳立著，影影綽綽，沉默卻又生氣勃勃。一切都顯得如此生機盎然！

夜晚再次降臨。她得走了。他在躲她。

驟然，他像個司機似的穿著黑色防水外套，全身溼漉漉的大步走進空地。他朝小屋看了一眼，微微行禮，隨後轉頭走向雞籠。他靜靜地蹲下，仔細檢視，接著關上籠子確保雞群的夜間安全。

最後，他徐徐走向她。她依然坐在矮凳上。他走進前廊，站在她面前。

「妳來了。」他用地方腔說。

「嗯，」她抬頭看著他。「你來晚了！」

「是啊！」他說完，轉頭看向樹林。

她緩緩起身，移開凳子。

「要進屋子嗎？」她問。

他低頭看她，目光銳利。

「別人不會懷疑妳為什麼每天來這裡嗎？」他說。

「怎麼會？」她仰頭疑惑地看著他。「我說過我會來，而且沒有人知道這件事。」

「他們遲早會發現。」他說：「到時候怎麼辦？」

她不知如何回答。

「他們怎麼會發現？」她說。

「紙包不住火。」他果斷地說。

她的嘴唇微微顫抖。

「那我也沒辦法。」她結巴地說。

「不，妳有辦法……」接著，他以低沉的語氣補充：「只要你不來這裡就沒事了。」

「可是我想來。」她輕聲說。

他轉頭看向樹林，沉默了一會兒。

最後，他說：「如果有人發現這件事，妳怎麼辦？想清楚！這樣妳會有多丟人，畢竟我只是妳丈夫的僕人。」

她抬頭看著他的側臉。

「你，」她結巴。「你是不是不想要我了？」

「妳想想，」他說：「如果大家發現了……克利福德爵士，還有每個人都說……」

「到時候，我會離開這裡。」

「去哪裡？」

「任何地方！我有自己的錢。我媽在信託公司為我留了兩萬英鎊，而且我知道克利福德動不了那筆錢。我可以離開這裡。」

「可是妳或許不想離開這裡。」

「我想！我不在乎未來會發生什麼事。」

「那只是妳現在的想法！妳終究會在乎！妳一定會在乎，所有人都是如此。別忘了，妳這位爵士夫人交往的是一個守林人。我可不是什麼紳士。妳一定會在乎。一定會。」

「我不會。我為什麼要在乎什麼爵士夫人！我討厭這個頭銜。每當別人這麼稱呼我，我都會覺得他們在嘲笑我。真的，事實就是如此！就連你也是這樣。」

「我？」

他第一次直視她，看著她的眼睛。「我不會嘲笑妳。」他說。

當他看著她的眼睛，她發現他的瞳孔逐漸放大，顏色愈來愈深沉。

「妳不考慮這麼做會有什麼後果？」他的聲音沙啞。「妳最好想清楚，免得後悔莫及！」

他的聲音帶有一種既像警告又像懇求的奇怪語氣。

「我沒什麼好損失的，」她不耐煩地說：「如果你了解我的生活，你就會曉得我有多麼想脫離現在的生活。倒是你，你是不是在擔心自己的生活？」

「沒錯！」他承認。「我是。我擔心。我害怕這種事。」

「哪種事?」她問。

他把頭甩向一旁,暗示他害怕的是外面的世界。

「所有的事!所有的人!太多了。」

隨後,他突然彎腰親一下她那張悶悶不樂的臉。

「算了,我不在乎。」他說:「我們來吧,不管了。可是,如果妳將來會後悔……」

「別說了。」她懇求。

他撫著她的臉頰,又親了她一下。

「先讓我進去吧。」他柔聲說:「還有,脫下妳的雨衣。」

他掛起槍,脫下溼淋淋的皮外套,拿來毛毯。

「我多準備了一條毛毯。」他說:「我們可以拿來蓋在身上,妳說呢?」

「我不能待太久,」她說:「晚餐時間是七點半。」

他看了她一眼,又看了下自己的錶。

「好。」他說。

他關上門,在吊掛的煤油燈裡點起一道小火。「我們遲早會找到充裕的時間。」他說。

他細心鋪好毯子,摺好另一條給她當枕頭。在凳子上坐了一會兒後,他把她拉向懷裡,一手抱她,一手撫摸她。當他發現她單薄襯裙下的赤裸,她聽見他倒抽了一口氣。

「喔,我真的好喜歡撫摸妳!」他一邊說一邊愛撫她的腰部和臀部,感覺那細緻溫暖的肌膚,用臉頰在她的腹部與大腿間來回摩挲。如同上次,她依舊有點訝異於他所表現出來的痴迷。她不了解的是,他在愛撫她那隱祕而充滿活力的身體部位時，所表現出來的幾乎是一種對於美的痴迷。唯有熱情的人才會意識到這一種美。當熱情冷卻或消失，這種美所帶來的奇妙震撼就會變得難以理解，甚至有點邪惡；相較於視覺的美，這種既溫暖又充滿活力的美帶給人更深刻的感動。她感覺到他的臉頰在她的大腿、腹部和臀部上摩挲，感覺到他的鬍碴與濃密的頭髮掃過她的肌膚。她的膝蓋開始顫抖，她再度感受到自己的亢奮與赤裸。她有點害怕，甚至希望他不要再以這種方式繼續愛撫她。她感覺他似乎正在逼近自己。無論如何，她等待，等待著。

當他進入她的體內，那種扎實的安慰與滿足帶給他一種純粹的平靜。但她依舊在等待，感覺自己有點魂不守舍。她知道，這部分是她咎由自取。她讓自己變得疏離，或許這就是疏離的後果。她靜靜地躺著，感覺他的動作、挺進、射精時的突兀抖動，以及隨後逐漸減弱的挺進。男人擺動臀部的動作實在有點滑稽。如果你是個女人，而且身歷其境，你一定會覺得男人做出這種動作實在很可笑。男人做出這種姿勢與行為實在滑稽至極！

但她依舊靜靜地躺著，毫無反應。他結束時，她也不再像和米凱利斯做愛時那樣主動追求自己的滿足。她靜靜地躺著，眼淚逐漸氾濫，流過她的臉龐。

他也靜靜地躺著。但他緊緊地抱著她，讓自己的雙腿覆蓋她裸露的雙腿，試著保持她的溫暖。他帶給她一種既親密又真實的溫暖。

「妳會冷嗎？」他的聲音既輕柔又細微，彷彿兩人十分親密。然而，她卻是魂不守舍，心不在焉。

「不會！不過我得走了。」她柔聲說。

他嘆了口氣，一度更用力地摟著她。

他並不知道她流淚了，以為兩人的心同在。

「我得走了。」她重複。

在煤油燈的微弱光線下，他起身在她身旁跪了一會兒。隨後，他親了一下她的大腿內側，拉下她的裙襬，在她面前漫不經心地扣上自己的衣服，連轉身也沒有。

「妳一定得找個時間來我家。」他看著她，一臉熱情、自信與從容的表情。

但她紋絲不動地躺著，眼睛盯著他，心裡浮現一個念頭：陌生人！陌生人！她甚至有點恨他。

他穿上外套，找到他掉在地上的帽子，把槍扛上肩頭。

「走吧！」他看向躺在地上的她，眼神平靜卻又充滿熱情。

她緩緩起身。她不想走，卻也討厭留在這裡。他幫她穿上那件薄雨衣，檢視她的穿著是否整齊。

隨後，他打開門。門外已經一片漆黑。那隻忠心的狗原本躺在前廊的地面，一看到主人便開心地站起身子。細雨把夜空染成一片灰茫茫，大地黯淡無光。

「我得提著煤油燈，」他說：「這附近沒人了。」

他帶領她走上小徑，放低煤油燈照向溼漉漉的草叢、有如閃亮黑色巨蛇的樹根、陰鬱的花朵。除此以外，只看得見灰濛濛的細雨。四周一片漆黑。

「妳一定得找個時間來我家。」他說：「好嗎？既然我們已經做了，乾脆一不做二不休。」

她不懂他為什麼會對自己這麼痴迷，他們之間根本沒有什麼，他從沒有和她有過真正的對話，而且他那口地方腔總是讓她感覺莫名的反感。他那句「妳得找個時間來我家」，彷彿是在向某個粗俗的女人說話，而不是她。從掉落在車道上的毛地黃葉，她約略曉得兩個人走到了什麼地方。

「現在是七點十五分，」他說：「還來得及。」他的語氣變了，似乎察覺到她的冷淡。兩人轉過路上最後一個彎道，榛木圍籬與園門映入眼簾。他吹熄油燈。「從這裡開始就不需要燈光了。」他伸手扶著她。

但沒那麼簡單，看不到地上，他只能小心翼翼地前進；不過，他已經習慣了。到了園門，他遞給她一把手電筒。「雖然園子裡比較亮，」他說：「不過妳還是帶著它，以免迷路。」

確實，空曠的園林似乎籠罩在一片幽微的灰色光線下。他突然把她摟進懷裡，再次用他溼冷的手探進連衣裙下感受她溫暖的身軀。

「只要能讓我多擁抱妳一會兒，」他的聲音變得沙啞。「就算死也在所不惜。」

她再次感受到他洶湧的慾望。

「不行，我得走了。」她急忙說。

「好吧。」他突然改變主意，放開她。

她把臉轉向一旁，但隨即又轉回來看著他，說：「吻我。」

他俯向她模糊的臉龐，親吻她的左眼。她抬高嘴唇，他輕吻一下，隨即縮了回去。他討厭嘴對嘴親吻。

「我明天再來。」她說完，往後退。「如果我來得了的話。」她補充。

「好！早點來。」他在黑暗中回答。她已經看不清他的臉龐。

「再見。」她說。

「再見，夫人。」黑暗中傳來他的聲音。

她停下腳步，轉頭看向潮溼的黑暗，勉強辨識出一團朦朧的人影。「為什麼你要這麼稱呼我？」她說。

「沒什麼，」他回答。「那就只說晚安，快回去吧！」

她鑽進灰暗的夜色。她發現側門開著，於是悄悄溜進側門回到自己房間。她正要關上房門時，鑼聲響起。不過，她得先洗個澡。無論如何，她都得先洗個澡。「以後，我再也不要那麼晚回來了。」她告訴自己。「這樣真的很麻煩。」

§

隔天，她沒去樹林，反而和克利福德去了烏斯維特。克利福德現在可以偶爾搭車出門，他找了個年輕人當司機，必要時可以讓年輕人抱他下車。他尤其想去離烏斯維特不遠的史普利山莊，探望他的教父萊斯利·溫特。愛德華國王[1]在位時，溫特可是富有又風光的煤礦主，但如今的他只是一位有錢的老紳士。愛德華國王外出打獵時，曾數度下榻史普利山莊。由於溫特是個單身漢，這座擁有雅緻裝飾的灰泥老建築自然成了他彰顯個人品味的場所，只可惜山莊周圍全是煤礦場。溫特喜歡克利福德，但那些海報和文學作品使得克利福德失去了在他心裡的分量。他年輕時就讀於愛德華國王學校；對他們這種人來說，生活就是生活，舞文弄墨卻是另一回事。這位老紳士對康妮一向十分殷勤；他把康妮當成一位迷人

1 指愛德華七世（Edward Ⅶ, 1841-1910），英國國王，印度皇帝。

又端莊的未婚女子，並且為康妮嫁給克利福德感到不值，更替康妮沒能替拉格比山莊生個繼承人感到遺憾。他自己也沒有繼承人。

康妮心想，如果他曉得她和克利福德的守林人上床，而且那人還對她說「妳一定得找個時間來我家」時，他會怎麼說。他可能會討厭她，甚至鄙視她，因為對於工人階級的崛起，他幾乎已經到了痛恨的程度。如果對方是個與她屬於相同階級的男人，他也就不在意了。畢竟康妮是個懂得如何自然表現端莊與溫順的女人，而這很可能來自她的天性。溫特稱她為「好孩子」，硬是送了她一幅十八世紀貴婦的肖像畫。

但康妮滿腦子只想著她與守林人的風流韻事。在這個世界，溫特先生終究是個真正的紳士與男人；他把她當成一個人以及有品味的個體，不會用地方腔把她和其他女人混為一談。

那天，她沒去樹林，第二天、第三天也沒去。只要她仍然認為或幻想著，那男人在等她，想要她，她就不去樹林。到了第四天，她開始感到極度不安和焦慮，但她依然不肯前往樹林再對那男人張開雙腿。她把自己能做的事都想遍了，包括開車去謝菲爾德、拜訪朋友，卻又厭惡自己想要做這些事的由來。最後，她決定去散步，但不是往樹林，而是往相反的方向。她打算穿過園林籬笆另一側的小鐵門，前往梅勒海伊。那是春季裡的一個陰天，氣溫近乎溫暖。她神不守舍地走著，不知道自己在想什麼，也沒有意識到周遭的事物，直到被梅勒海伊的狗吠聲驚醒。梅勒海伊牧場！梅勒海伊的牧地和拉格比山莊的園林接壤，因此算是鄰居，不過康妮已經有好一陣子不曾造訪這裡。

「貝爾！」她叫喚那隻碩大的白色牛頭梗。「貝爾！你不記得我了嗎？你不認識我了嗎？」她想要穿過牧地走上牧場的小路，但她很怕狗，而往後退的貝爾還是朝著她猛吠。

弗林特太太出現了。她的年紀和康妮差不多，當過老師，但康妮覺得這個女人似乎相當虛偽。

「喲，查泰萊夫人！哎喲！」弗林特太太的眼睛亮了起來，臉頰像年輕女孩似的漲紅。「貝爾，貝爾，你怎麼對著查泰萊夫人亂叫！貝爾！別叫了！」她衝向前用手上的白抹布拍打那條狗後，走向康妮。

「牠以前認識我的。」康妮和弗林特太太握手時說。弗林特家是查泰萊家的佃戶。

「牠當然認識夫人！牠只是在胡鬧。」弗林特太太解釋完，一臉疑惑地看著康妮，她的兩眼發亮，臉頰略微泛紅。「不過，牠的確有好一陣子沒看到妳了。希望夫人一切都好。」

「謝謝，我很好。」

「一整個冬天，我們幾乎都沒有看到妳。妳要不要進屋子看看小寶寶。」

「好啊！」康妮猶豫了一下。「那就打擾妳一會兒。」

弗林特太太急忙跑進屋子收拾東西，康妮緩緩跟上。極為陰暗的廚房裡，水壺在爐子上滾著。康妮猶豫著是否該繼續往前走時，弗林特太太走回廚房。

「不好意思，」她說：「請往這邊走。」

兩人走進客廳，小嬰兒坐在壁爐前的碎布地毯，一副茶具擺在桌上。一名表情羞澀的年輕女傭慌忙地走向走道。

小嬰兒是個大約一歲大的女嬰，有著遺傳自父親的紅色頭髮，一雙淡藍色眼睛毫不怕生。她坐在一堆軟墊中間，四周放了許多新潮的布娃娃和玩具。

「啊，她好可愛！」康妮說：「而且她長得真快！已經是個大女孩了！一個大女孩！」

女嬰出生時，康妮送了一條大圍巾，耶誕節則送了幾隻賽璐珞鴨[2]。

「嘿，約瑟芬，妳看看這是誰？這是誰呀，約瑟芬？查泰萊夫人。妳還認得查泰萊夫人吧？」

這個古靈精怪的小傢伙大膽地盯著康妮。對她來說，爵士夫人和其他人沒什麼兩樣。

「來！讓我抱抱好嗎？」康妮說。

小傢伙根本不在乎，所以康妮把她抱起來放在膝上，看著那雙柔嫩的小手和胡亂擺動的小腿，這一切都讓康妮感覺既溫暖又愉快。

「我正打算獨自喝杯茶。路克去市場了，所以我可以自己決定什麼時候要喝茶。查泰萊夫人，妳要不要也喝一杯？我想妳平常喝的應該不是這種，不過如果妳不嫌棄……」

康妮不在乎，可是她不喜歡別人說她平常該是怎麼樣。桌面經過重新擺設，主人家拿出了最好的茶杯和茶壺。

「好啊，希望不會帶給妳太多麻煩。」康妮說。

但如果弗林特太太不出點力，那康妮還有什麼樂趣可言！因此，康妮儘管逗弄小孩。她覺得女嬰不怕生的模樣很有趣，而撫摸這柔嫩溫暖的小身軀更帶給她感官上的極大滿足。年輕、無畏的生命！無所畏懼，因為毫無防衛。世人則是在恐懼下顯得心胸極為狹隘！

她喝了一杯香濃的紅茶，搭配極為可口的奶油麵包和醃李子。康妮在弗林特太太眼中彷彿是位英勇的騎士，她臉頰泛紅，眼睛發亮，一臉興奮。她們聊的全是真正的女人話題，而且彼此都感覺十分盡興。

「只可惜這紅茶不夠好。」弗林特太太說。

「這紅茶比我家的好喝多了。」康妮由衷地說。

「哦！」弗林特太太自然不相信。

最後，康妮起身。

「我得走了，」她說：「我先生不知道我在這兒。他可能會胡思亂想。」

「他絕對想不到妳在這裡。」弗林特太太大笑。「他一定會派人到處找妳。」

「再見，約瑟芬。」康妮親吻小嬰兒，撫摸她柔軟的紅髮。

弗林特太太堅持親自替康妮打開前門的門閂。康妮走到屋前女楨樹環繞的小花園，小徑兩旁栽種著呈現絲絨外觀的明豔報春花。

「好漂亮的報春花。」康妮說。

「路克把它們稱為冒失鬼，」弗林特太太笑著說：「帶一些回去吧！」

她急忙替康妮摘取這些絲絨般的淡黃色花朵。

「夠了！夠了！」康妮說。

「妳要走哪條路？」弗林特太太問。

「牧場旁那條。」

「我想想！哦，對了，牛群在柵欄裡，還沒上來。可是柵門鎖著，妳得爬過去。」

---

2 賽璐珞（Celluloid）是歷史上最早發明的熱可塑性樹脂。歐盟於二〇〇六年公告禁用於製造玩具。

「沒問題。」康妮說。

「我可以陪妳走過牧場。」

兩人走過被兔子啃得凹凸不平的草地，鳥兒在林中高唱著黃昏的凱歌，一個男人正吆喝著那群落後卻又慢條斯理地走在老徑上的牛群。

「牠們又要拖延今晚擠牛奶的時間了。」弗林特太太不悅地說：「牠們曉得路克得等到天黑以後才會回來。」

兩人走到柵欄邊，另一頭就是茂密的冷杉林。柵欄上有道小門，但上了鎖。柵欄內的草地上擺著一支直立的空瓶。

「那是守林人用來裝牛奶的空瓶子。」弗林特太太解釋。「我們幫他裝上牛奶放在這裡，讓他自己來拿。」

「什麼時候？」康妮問。

「哦，他經過的時候。通常是早上。那麼，再見了，查泰萊夫人！妳一定要再來這裡。我們隨時都很歡迎妳來這裡做客。」

康妮翻過柵欄，踏上冷杉林裡的小徑。弗林特太太穿過牧場往回跑，她頭上戴著遮陽帽，因為她以前確實是個老師。康妮不喜歡這片剛種植不久的茂密小冷杉，這裡陰森到幾乎讓人喘不過氣。她回想著弗林特家的小嬰兒，低頭快步前進。那小傢伙真可愛，只是她將來也許會如同她父親一樣有著弓型腿。她的腿如今已經有點彎曲，不過長大後或許會好一點。一名嬰兒竟會帶來如此的溫暖和滿足，而弗林特太太看來又是如此的得意！她擁有某種康妮沒有的東西，而且康妮顯然無法獲得那種東西。沒錯，弗林特太太在炫耀她是個母親。對此，康妮始終不由自主地感到那麼一點，一點點的嫉妒。

她回過神，驚呼了一聲。眼前出現一個男人。

守林人有如巴蘭的驢子[3]站在小徑上，擋住她的去路。

「妳怎麼會在這兒？」他驚訝地問。

「你怎麼會來這裡？」她喘氣。

「妳呢？妳去過木屋了嗎？」

「不！不是！我去梅勒海伊。」

他以一種奇怪的眼神打量她，她則是有點心虛地低頭。

「那妳現在要去木屋了嗎？」他的口氣極為不悅。

「不！我不能去了。我在梅勒海伊待了一陣子，而且沒人曉得我在哪裡。時間晚了，我得趕回去了。」

「看來，妳似乎想甩掉我。」他露出一絲冷笑。

「不！不是那樣，我只是……」

「只是怎樣？」他說完，走向前抱住她。她感覺到他的下體緊貼自己，而且顯得硬挺。

「哦，現在不行，現在不行。」她叫著，想要推開他。

3 巴蘭（Balaam）是《聖經》人物。當他騎著驢子準備前往詛咒以色列人，上帝使那頭驢子在半路上停滯不前。

「為什麼不行？現在才六點，妳還有半小時。我不管！我要妳！」

他緊緊地摟著她。她感覺到他的急迫。她出於本能想為自己的自由反抗，但心裡卻有種沉重而陌生的東西讓她無法動彈。他的身體急迫地渴望她，她的心已經失去反抗的能力。

他環顧四周。

「來……過來！就在前面。」他的視線穿過濃密的杉林，那些小杉木的高度還不到尋常杉木的一半。

他回頭看她，她發覺他明亮的眼神充滿渴望與激情，卻沒有愛情。但她已經喪失自我意志，她的四肢變得異常沉重。她放棄了。她屈服了。

他帶著她穿越一段難以行走的尖銳針葉林，來到擺著一堆枯枝的小空地。他拿掉一、兩根枯枝，把自己的外套和背心鋪在上頭。穿著襯衫和馬褲的他站在那裡，緊盯著她。他在等她，她只能像隻動物似的躺上那堆枯枝。但他還算體貼，至少他讓她可以舒服地躺著。不過，他還是扯斷了她內衣的肩帶，因為她沒有配合他，只是僵硬地躺著。

他露出下體進入她的體內後，一動不動地摟著她。她感覺他赤裸的身軀緊貼著她，他的下體在她體內腫脹、抖動。當他開始動作，她突然不由自主陷入一陣快感，一種奇特的顫慄在她體內擴散。擴散，擴散，擴散，那種輕柔的快感既像羽毛又像火焰，不斷撩撥並帶領她攀向激情與美好，直到她的體內完全融化。那種快感有如一聲聲的鐘響，直衝雲霄。她躺在那裡，發出無意識的呻吟。但一切結束得太快，太快，而她也無法再主動促使自己達到高潮。這次不同於以往，她無能為力。她沒有力氣再坐到他的身上，追求自己的高潮，她只能等待。當她感覺他的抽離與萎縮，她在心底發出呻吟，等待那個可怕的時刻；他將會滑出她的身體，離開她。有如隱身在潮汐下的海葵，她的子宮展開柔軟的觸手召喚他，渴望他再次進入，滿足她。她不自覺地緊緊擁抱他。事實上，他並沒有徹底滑出她的身體，她感覺他柔軟的觸手在她體內搏動，一種帶著奇特節奏的腫脹襲向她，不斷的腫脹，直到填滿她空白的意識。緊接著，他再度展開那種難以言喻的動作，但與其說那是一種動作，倒不如說那是一道逐漸往下深入的感覺漩渦，穿透她的整個肉體與意識，直到所有的感覺漩渦匯聚成最終的高潮，她無意識地躺在那裡發出含糊的呻吟。那種呻吟來自最深沉的黑夜，來自生命！男人帶著敬畏聆聽女人的呻吟，感覺他的生命融入了她的生命。當女人的呻吟逐漸減弱，她逐漸放鬆自己的擁抱；男人也隨之變得鬆軟，不知不覺整個人靜靜地趴在女人身上。兩人都心神恍惚地躺著，甚至沒有意識到對方的存在。直到他逐漸清醒，意識到自己的赤裸與無助，他開始鬆開他的擁抱。她察覺他的意圖，頓時明白自己無法承受失去他的擁抱。從這一刻起，他必須永遠擁抱她。

最終，他還是放開了他的擁抱，親吻她，替她蓋住身體，並整理自己的衣物。她依舊無法動彈地躺在那裡，看著頭頂的枝椏。他起身扣上馬褲的鈕釦，轉頭環視。四下空無一人，只有那鼻子擱在兩隻前爪敬畏地趴在地上的狗。他再次坐上那堆枯枝，沉默地抓起康妮的手。

她轉頭看他。「這次我們一起達到了高潮。」他說。

她沒有說話。

「這種感覺真好，很多人一輩子都沒有體驗過這種感覺。」他一臉陶醉地說。

她看著他渾然忘我的神情。

「是嗎？」她問。「你開心嗎？」

他低頭看著她。「開心，」他說：「不過，這不重要。」他不想她再往下追問，因此俯身親吻她。她覺得，這一吻代表他必須永遠親吻她。

最後，她坐起身。

「一般人不常一起達到高潮嗎？」她在好奇下天真地問。

「很多人從未有過高潮。妳從他們冷漠的表情就可以看得出來。」他脫口而出，隨即感到後悔。

「你和別的女人也有過同樣的高潮嗎？」

他笑著看她。

「我忘了，」他說：「不記得了。」

她曉得，只要他不想說，他就無論如何也不會說。她看著他的臉，一股愛戀湧上心頭。她拚命壓抑，害怕失去自我。

他穿上背心和外套，撥開樹叢走回小徑。

夕陽在樹林上空灑落最後一道餘輝。「我不送妳了，」他說：「免得被人看見。」

她轉身前，依依不捨地看著他。他的狗迫不及待地等著他上路，而他似乎不打算說些什麼。他一句話也沒說。

§

康妮慢慢地走回家。她意識到她內心深處存在另一個活生生的自我。這個自我在她體內和子宮融解軟化，愛慕著他。那種愛慕讓她的雙腳癱軟到幾乎無法行走。這個存在她體內和子宮的自我顯得生氣勃勃，像個最天真的女人對他懷著一種既脆弱又無助的愛戀。這個自我就像個小孩，她告訴自己，這個自我就像存在她體內的一個小孩。沒錯，她原本封閉的子宮彷彿重新打開，並且充滿全新的生命力，沉重卻甜蜜。

「如果我有個孩子！」她心想。「如果我懷了他的孩子！」想到這，她的心開始融化。她了解擁有一個自己的孩子和擁有一個自己心愛男人的孩子，這兩者有多麼大的不同。就某方面而言，前者顯得平凡，後者則讓她感覺自己變得截然不同，有如沉醉在所有女人的核心與創造的夢境。

讓她感覺陌生的不是情慾，而是對愛戀的渴望。她一向害怕這種渴望，這會讓她變得無助。她依舊害怕，害怕自己愛得太深，失去自我；但她不想因為失去自我而變得像個奴隸，像個原始的女人。她害怕這種愛戀，然而她還不打算立刻反抗。她知道自己有能力對抗。她的內心存在一個任性的魔鬼，這個魔鬼有能力對抗並擊潰任何從她體內湧現的愛戀。她甚至當下就做得到，或者她自以為可以隨心所欲掌控自己的情慾。

是的，她應該如同酒神的女祭司般飲酒狂歡，並滿懷熱情穿越森林拜訪伊阿柯斯[4]。對女人來說，那美好的陽具並不具備人格，純粹是神明的僕人！至於那個男人，他只是神廟的僕人、陽具的持有者與保管者。她才是陽具的所有人，她得讓他謹守分際。

一時間，在這種全新領悟下，她再度點燃已往的強烈情慾。這個男人變得無足輕重，只是陽具的

4 伊阿柯斯（Iacchos）是希臘神話中的一個神祇，也是酒神戴奧尼修斯（Dionysus）的另一個稱號。

持有者；一旦他完成服侍，便可以棄如敝屣。她感覺全身充滿女祭司的力量，這個女人可以瞬間征服男人。但同時間，她也感覺到她的心情變得沉重。她不想要這種人盡皆知既貧乏又不孕的力量，只想珍惜對他的愛戀。

這種愛戀儘管如此陌生，卻又如此奧妙、輕柔而深切。不，不，她情願放棄那既強大又美好的女性力量；這種女性力量讓她感到厭倦，變得冷硬；她寧願沉浸在這種全新的生命，沐浴在她體內和子宮所吟唱的無聲愛戀之歌。現在也還不是害怕那個男人的時候。

「我散步到梅勒海伊，還和弗林特太太喝了下午茶。」她告訴克利福德。「我想去看看那個小嬰兒。小寶寶很討人喜歡，有一頭蜘蛛網似的紅色頭髮。好可愛！弗林特先生去了市場，所以喝茶時只有我和她，還有那個小寶寶。你有沒有在猜想我去了哪兒？」

「嗯，我有想過，不過我想妳應該去了什麼地方喝下午茶。」克利福德酸溜溜地說。他直覺到，康妮似乎變得不太一樣，卻又想不透究竟有什麼不一樣，最後只能把這種轉變歸因於那個小寶寶。他以為康妮的苦惱來自於她無法擁有一個小孩，或者說她無法獨自生下一個小孩。

「夫人，我還以為妳去了牧師家，」博爾頓太太說：「我看到妳穿過園林走向鐵門。」

「我原本是要去那裡，走到半途才轉向梅勒海伊。」

兩個女人的眼神交會；博爾頓太太帶著打量的灰色眼眸顯得明亮，康妮的藍色眼睛則顯得曚曨而異常動人。博爾頓太太幾乎可以斷定，康妮有了情人。但這怎麼可能？那個人是誰？哪裡有這樣一個男人？

「哦，偶爾出門拜訪朋友對妳有很大的好處。」博爾頓太太說：「我才向克利福德爵士提到，如果妳可以多出門拜訪朋友，一定會帶給妳很多好處。」

「是啊，克利福德，我真高興我去了這一趟，看到這麼漂亮可愛又毫不怕生的小寶寶。」康妮說：「她的頭髮很像蜘蛛網，是橘紅色的，還有一雙非常特別又相當大膽的淡藍色眼睛。不過，因為她是個女孩，這也更顯得她有多麼勇敢。我甚至覺得她比任何一個小法蘭西斯．德瑞克爵士[5]還要勇敢。」

「妳說得對，夫人，典型弗林特家的孩子。他們全家都有著一頭紅髮，個性也都很魯莽。」

「克利福德，你想看看她嗎？我想讓你看看她，所以我已經邀請他們過來喝茶。」

「誰？」他一臉不自在地看著康妮。

「弗林特太太和那個小寶寶，下星期一。」

「妳可以帶她們去妳房間喝茶。」他說。

「為什麼，你不想看看那個小寶寶？」她輕呼。

「哦，我會看一下，只是我不想整個下午茶時間都和他們在一起。」

「哦。」康妮用一雙迷濛的大眼看著他。

她看到的其實不是克利福德，而是另一個人。

「夫人，妳可以在樓上輕鬆喝茶，而且克利福德爵士不在場，弗林特太太也不會那麼拘束。」博爾頓太太說。

5 法蘭西斯．德瑞克爵士（Sir Francis Drake, 1540-1596）英國著名的私掠船長、探險家和航海家，也是英國第一位完成環球航海的探險家。

她認定康妮有了情人，這讓她感到莫名的興奮。那個人是誰？會是誰？或許可以從弗林特太太那裡獲得一些線索。

今晚，康妮不打算洗澡了。她的肌膚上還殘留著他的擁抱和他的體味，這種感覺是如此甜蜜，甚至聖潔。

克利福德顯得忐忑不安。晚餐後，康妮很想回自己房間獨處，但克利福德不讓她走。她看著他，表現出一種難以理解的順從。

「要不要玩紙牌？還是我為妳朗誦一段文章，或者妳想做點什麼？」他局促不安地問。

「你替我朗誦一段文章好了。」康妮說。

「妳想聽詩歌？散文？還是戲劇？」

「唸拉辛的詩吧。」她說。

克利福德原本很擅長以悅耳的道地法語朗誦拉辛的詩，但如今他卻顯得生疏，甚至有點忸怩。他其實想改聽收音機了，但康妮正在縫一件淡黃色的絲質小洋裝。為了替弗林特太太的小寶寶做這件小洋裝，她拿出一件自己的連衣裙。回家後，她利用晚餐前的空檔完成連衣裙的剪裁。眼前，儘管耳邊不斷傳來嘈雜的朗誦聲，她依舊沉浸在一種柔和的喜悅中，坐在那兒專注縫製那件小洋裝。

她聽到一陣低鳴，那股熱情如同在她體內迴蕩的鐘聲，不絕於耳。

克利福德似乎向她說了些有關拉辛的評論。她回過神，卻沒有聽見他剛才說了什麼。

「嗯！嗯！」她抬起頭看著他說：「他的詩的確很優美。」

她那朦朧的深藍色眼眸、文靜溫婉的姿態，再次讓他感到恐懼。她從不曾表現出如此徹底的文靜與溫婉。她身上彷彿散發某種迷人的香味，他不由自主受到她的吸引，只能繼續朗誦。但對她來說，那些法語的氣音就像她耳邊的一陣風。至於拉辛的詩，她一個字也沒聽進耳裡。

她沉浸在那股輕柔的喜悅，就像迎接春天的森林滿心歡喜地呢喃細語，萌發新芽。她感覺自己彷彿正與這個男人，這個陌生男人，踩著優美的步伐行走在一個充滿陽剛之美的神祕世界。在她的心底和她的體內，她感覺到他和他的孩子。他的孩子就像一道曙光，充滿她的體內。

「她沒有雙眼和手腳，也沒有美好的金髮……」

她像一座繁茂的橡樹林，在黑暗中輕聲哼唱，綻放無數的花朵，慾望的鳥兒則是在她枝椏交錯的身體裡沉睡。

但克利福德依舊嘰嘰喳喳、喋喋不休。他的聲音奇特，甚至詭異！他這個人真的太詭異了！他低頭看書，一副很有教養的模樣，卻又顯得古怪、貪婪。他擁有一副寬厚的肩膀，卻沒有一雙真正的腿。他真是個怪人！他具有某種鳥類既機敏又堅定的冷酷意志，但卻缺乏溫暖，沒有一絲一毫的熱情！他就像是一種未來的人類，沒有靈魂，只有異常機警的冷酷意志。他讓她感到害怕，全身泛起一陣顫慄。無論如何，她至少擁有比他溫柔熾熱的生命之火，而他卻看不出這些事實。

她驚覺朗誦已經結束，猛然抬頭再次嚇了一跳；克利福德看向她的雙眼顯得暗淡、詭異，彷彿充滿厭惡。

「**真的**很謝謝你！你把拉辛的詩唸得好動人！」她柔聲說。

「妳聆聽的表情也很動人，」他酸溜溜地說：「妳在做什麼？」他問。

「我在做一件小洋裝，要給弗林特太太的小寶寶。」

他轉過頭。小寶寶！小寶寶！她滿腦子只想著小寶寶。

「總而言之，」他以誇張的語氣說：「人們可以從拉辛的作品找到他們想要的一切。更重要的是，人們的感性必須循規蹈矩，不恣意妄為。」

她張大眼，一臉茫然地看著他。「沒錯，你說得對。」她說。

「放蕩不羈的感性只會讓現代社會變得庸俗不堪。我們需要的是傳統的約束。」

「沒錯，」她緩緩回應，想到他聆聽那台冰冷收音機時的空洞表情。「人們假裝感性，事實上卻是心如鐵石。我想，這就是虛有其表。」

「正是如此！」

他其實膩了，這個夜晚讓他筋疲力盡。他寧願閱讀他的技術書籍，或和礦場經理討論正事，要不然就聽收音機。

博爾頓太太端來兩杯麥芽牛奶，一杯給克利福德幫助他入眠，一杯給康妮幫助她恢復豐腴。在博爾頓太太的建議下，麥芽牛奶已經成了他們每天的睡前飲料。

康妮喝完牛奶後，不只高興自己可以上樓了，也慶幸自己不需再服侍克利福德上床。她替他把杯子放上托盤，起身準備把盤子端到門外。

「克利福德，晚安！好好睡一覺！拉辛的詩讓人感覺像在做夢。晚安！」

她沒有給他一個晚安吻，便緩緩走向門口。他看著她的背影，目光冷漠而銳利。就這樣！他花費一整晚為她朗誦詩歌，竟然還換不到一個晚安吻。她根本是鐵石心腸！即使親吻只是一種形式，但人生就是建立在這些形式上。她是個布爾什維克主義者。沒錯，她天生就是個布爾什維克主義者！她已經從門口消失，但他還是目光冷冽地瞪著那道門。怒火中燒！

他的體內再度湧現對夜晚的恐懼。當他精神飽滿卻沒有心情工作，就會變得神經質；當他神智清醒又沒有聆聽收音機，就會遭到焦慮與空虛的折磨。他害怕，但只要康妮願意，她可以幫助他遠離這種恐懼。可是她顯然不想，她不願意。她冷漠無情，絲毫不在乎他為她做的一切。他為了她放棄自己的生活，她卻如此無情對待他。她只想過自己的生活。「這位夫人真愛自己的意志。」

如今，她滿腦子只想著一個孩子。因為那將會是她的孩子，只屬於她，而不屬於他！

就某方面而言，克利福德算是十分健康。他臉色紅潤，擁有一副強壯的肩膀與厚實的胸膛，甚至有點變胖了。然而，他也開始變得怕死。他時常陷入一種可怕的空虛，變得奄奄一息。有時，他甚至覺得自己已經死了，真的死了。

因此，他那雙暗淡而凸出的金魚眼，總會悄悄流露一種冷漠中帶著點痛苦的古怪眼神。在別人眼裡，這種古怪眼神幾乎象徵傲慢。他的眼神彷彿訴說著，儘管命運作弄，他依舊戰勝了命運。「有誰了解意志的奧祕……意志甚至可以擊退天使……」

他也害怕那些無法成眠的夜晚，空虛自四面八方襲來，加深他的恐懼；夜晚讓他變得死氣沉沉，有如一具行屍走肉。

但如今，他可以按鈴呼喚博爾頓太太。她總是隨傳隨到，這讓克利福德感到安心許多。當她穿著睡衣，頭髮綁成一條髮辮垂在背後，看來就像一個睡眼惺忪的大女孩；只是她那條棕色髮辮已經看得見些許白髮。她會替他泡杯咖啡或甘菊茶，陪他玩西洋棋或皮克牌。她有著女人那種異常的下棋天賦，即便睡意矇矓，依然展現出不容小覷的高超棋藝。因此，在這個安靜而親暱的夜晚，他們坐著，或者說她坐著，他躺在床上；在檯燈寂寥光線的籠罩下，她昏昏欲睡，他在某種恐懼中掙扎；兩人一起下棋打牌，喝咖啡，吃餅乾；在這寂靜的夜裡，他們幾乎毫無對話，卻又互相帶給對方安慰。

這晚，她猜想著誰是查泰萊夫人的情人，並想到自己的丈夫泰德。儘管他已經去世多年，卻又似乎從不曾離開她。每當她想起他，那深埋在她心底的怨恨便會再度湧上心頭。她對這個世界，尤其是那些害死泰德的礦主充滿怨恨。雖然泰德並不是真的死在他們手上，但在她的心裡，這些人就是凶手。因此，她隱約成了虛無主義者，以及真正的無政府主義者。

泰德與查泰萊夫人的情人在她恍惚的意識中混為一體。對於克利福德爵士和他所代表的一切，她感到與另一個女人一樣同仇敵愾。但她還是繼續和他打牌，並且下注六便士；因為能和一位從男爵打牌，即使輸點錢也會帶給她一種滿足感。

他們打牌總會下注，這讓他變得投入。他總是贏家，今晚也是，所以他打算玩到天亮再上床。幸運的是，曙光在四點半左右照進了屋裡。

§

這段時間，康妮早已酣睡，但守林人和克利福德一樣無法入眠。他關好雞籠並巡視園林後，便回家吃晚餐。但他用完餐後，不但沒有上床，反而坐在爐邊左思右想。

他想到自己在泰弗沙爾村的童年，以及五、六年的婚姻生活。每當他想起妻子，總會感覺苦澀，她實在很無情。自從他在一九一五年入伍後，他就不曾再見過她。然而，她就住在不到三英里外的地方。她甚至變得比以前無情，這讓他寧願永遠不要再看到她。

他想到自己的海外軍旅生涯；先是印度，接著是埃及，之後重返印度；那段渾渾噩噩與馬為伍的生活；那位與他惺惺相惜的上校。他擔任中尉的那幾年，原本有機會晉升上尉，但隨後上校卻死於肺炎。他雖逃過一劫，健康卻因此受損；他變得極度焦慮，不得不離開部隊返回英國，再度成為一名工人。

他一步步和人生妥協。他原以為只要隱遁在這片山林，至少可以獲得一段安穩的日子。目前還沒有進入打獵季，他只需飼養那些雉雞，不用服侍那些前來打獵的客人。他想要的只是獨處，遠離塵世。他需要某個庇護所，而這裡是他的故鄉，就算母親在這裡，母子感情也已經淡薄了。他可以日復一日繼續這種生活，無牽無掛，無欲無求，因為他已經失去人生的目標。

未來一片茫然。他當過幾年軍官，在和其他軍官和公務員共事以及和他們的家屬相處過後，他已經喪失一切「進取心」。中上階級那冷酷無情的一面讓他不寒而慄，並意識到自己終究與他們不同。

但這些年來，他一直與現實社會脫節，直到退回原本的階級後才想起，自己有多麼討厭心胸狹隘與舉止粗鄙的人。如今，他終於發現禮節的重要，更不得不承認**裝做**不在意生活裡的小錢和瑣事有多重要。但相較於福音書遭到修改，民眾更在意的反倒是自己是否多花了一毛錢買培根。他受不了這個。

還有再度浮現的工資爭議。他待過資產階級，了解期待工資爭議有解決之道純粹是枉費心機。除非鬧出人命，否則資產階級根本不在乎勞工薪資。勞工只能說服自己，不要去在乎薪資。

然而，如果人們已經陷入窮困潦倒的地步，那**自然無法**不在意薪資。薪資成了他們唯一在乎的事，而對薪資的**在意**更變得有如一種致命的癌症，逐漸侵蝕所有階級的每一個成員。因此，他拒絕**在意**薪資。

然後呢？人生除了追逐金錢，還能做些什麼？什麼也沒有。

不過，他可以脫離人群，享受獨居的陰鬱快慰，飼養一群終將被那些胖男人當成飯後娛樂射殺的雉雞。枉費心機，**徹底的**枉費心機。

但何必在意與煩惱？他從來不想這些，直到這個女人闖進他的生活。他比她大了將近十歲，彼此的人生歷練更是判若雲泥。但兩人的關係卻逐漸變得緊密，他甚至可以預見兩人的命運終將彼此糾纏，融為一體。「因為愛情的牽絆難以割捨！」

然後呢？接下來又該如何？他得從頭再來，白手起家？他非得和這個女人糾纏不可？他非得和她那個殘廢丈夫爆發嚴重爭執，甚至和那個怨恨他的冷酷妻子進行令人厭煩的爭執？煩惱！一大堆煩惱！然而，他已經不再是個無憂無慮，甚至有點不知天高地厚的年輕人。任何怨恨與罪惡都會讓他感到痛苦，其中也包括這個女人！

即使他們擺脫了克利福德爵士和他妻子，即使他們獲得自由，接下來呢？他打算做什麼？他打算如何面對自己的生活？他總得做點什麼，而不是靠著她的錢和自己的微薄退休金坐吃山空。

這個問題幾近無解，他只能想到前往美國嘗試另一種生活。儘管他徹底缺乏對美元的信心，但或許他可以在那裡從頭開始另一種生活。

他坐在椅子上左思右想，毫無睡意。直到午夜，他突然起身抓起外套和槍。

「走吧，妞兒，」他朝著狗喊。「我們出去走走。」

戶外有著滿天的繁星，但看不見月亮。他放輕腳步，小心翼翼地開始巡視。途中，他只需注意是否有礦工設下捕兔的陷阱，尤其是來自梅勒海伊方向的史塔克斯門礦場的礦工。不過現在正值繁殖季，即便礦工也會收斂一些。即便如此，在園林裡悄悄搜尋盜獵者還是有助於舒緩他的焦慮，轉移他的注意力。

他繃緊神經緩緩走了將近五英里路，才完成整個園林的巡視工作。他開始感到疲累，但還是走上山坡頂遠眺。除了史塔克斯門礦場那日夜不停悶響的噪音和成排的明亮燈光，四下一片寧靜、昏暗。午夜二點半，儘管這個世界在黑暗中沉睡卻依舊顯得煩擾不安；火車與馬路上的大卡車傳來噪音，煤爐發出的紅光在夜裡閃爍。這是個鐵與煤的世界，有著鐵的堅硬、煤的混濁，以及用來驅動世界的無止境貪婪。當世界沉睡，就只剩下騷動的貪婪。

氣溫很低，他咳嗽了起來。一陣寒風吹過山坡。他想起那個女人。他願意獻出他擁有的一切，只要可以在這時擁抱她溫暖的身體，裹在一件毛毯裡共眠。他願意獻出他的未來，換取和她在一件毛毯裡共眠，而他要的只是共眠。把那女人擁在懷裡共眠彷彿成了他人生的唯一需求。

他前往木屋，裹著毛毯躺在地板上睡覺。但他睡不著，他感覺寒冷以及一股強烈的慾求不滿。他深刻地感到自己的孤單。他想要她，觸摸她，在達到滿足的那一刻緊緊地擁著她入眠。

他再度起身出門，緩緩地走在通往莊園的小徑，前往園門。將近凌晨四點，夜色冷清，天空依舊一片昏暗。但他還是可以看見眼前的景物，他的眼睛已經習慣了黑暗。

那座大房子像塊磁鐵般吸引他緩緩走近。他想靠近她，但不是出於慾望，而是一種不完整的孤獨所導致的痛苦。他需要把一個沉默的女人擁進自己懷裡。或許他可以找到她，甚至把她叫出來，或者想辦法進去找她，因為這種渴望是如此迫切。

他緩緩地，悄悄地走上屋前斜坡，繞過坡頂的大樹，踏上隨著菱形草坪轉彎的門前車道。隨後在平坦寬闊的菱形大草坪上，他看見兩株在黑夜裡卓然聳立的巨大山毛櫸。

房子就在前方，一棟低矮的長條形建築。一片昏暗中，只見位於樓下的克利福德爵士的房間還亮著燈。但他不曉得那個讓他牽腸掛肚，承受如此痛苦的女人在哪個房間。

他拿著槍走近一些，文風不動地站在車道上看著房子。也許，他可以現在就去找她，並以某種方式靠近她。這房子並不是那麼固若金湯，他更是如同小偷一樣的機靈。為什麼不直接進去找她？

不知不覺，他身後的天空已經露出一絲曙光，但他依舊一動也不動地站在那裡。他看見那房間的燈光熄滅了，卻沒有看見博爾頓太太走到窗前，拉開深藍色的舊式絲質窗簾。她站在陰暗的房間裡望著破曉前的天空，等待黎明到來，等待這唯一可以讓克利福德感到安心的時刻。一旦確定白天確實降臨，他幾乎可以在轉瞬間便睡著了。

她睡眼矇矓地站在窗邊等待。突然，她嚇了一跳，差點叫出聲來。曙光照出一道黑色身影。車道上站著一個男人。她頓時清醒，並在沒有吵到克利福德爵士下靜靜地看著那個男人。

晨曦灑向大地，那道黑色身影彷彿逐漸縮小，卻也變得更加清晰。她從那道黑影手上的槍枝、腳上的綁腿和身上的寬鬆外套認出，這個男人應該就是守林人奧利佛·梅勒斯。「沒錯，因為有一道狗的身影正在他身旁四處嗅聞，等著他！」

這男人打算做什麼？他想吵醒一屋子人嗎？他為什麼會一動也不動地站在那裡？活像隻發情的公狗守著一間有母狗的屋子。

天啊！博爾頓太太豁然大悟，他就是查泰萊夫人的情人！他！他！

回想起來，她，艾薇·博爾頓也曾有那麼一點喜歡他。當時，他是個十六歲的年輕人，她則是二十六歲的女人。她正在進修，他在解剖學和一些必修科目上幫了她不少忙。昔日的他聰明伶俐，領有謝菲爾德文法學校的獎學金。他學過法文等科目，後來卻成了打馬蹄鐵的鐵匠。他聲稱這是因為他喜歡馬，但其實是他害怕進入社會面對這個世界，只是他從不承認罷了。

不過，他以前是個很和善的年輕人，也確實幫了她不少忙。他和克利福德爵士一樣聰明，擅長解說分析，而且始終很有女人緣。據說，相較於男人，他更受到女人的歡迎。

但他後來卻自暴自棄似的娶了那個柏莎．庫茨。有些人的確會在對某些事感到失望下，選擇用結婚來懲罰自己。難怪他的婚姻會失敗。大戰的那幾年，他加入軍隊，甚至當上了中尉。他變得像個紳士，一個道道地地的紳士！但他回到特弗沙爾後，卻又變成一個守林人！真是的，有些人就是不懂得把握機會！雖然他現在又像個鄉巴佬似的使用粗俗的德比郡地方腔，不過她艾薇．博爾頓卻很清楚他的談吐其實和其他紳士一樣高尚，**真的**。

哎呀！原來夫人是愛上他了！不過她可不是第一個，這個男人的確有些迷人的地方。但這真是奇怪！他是在泰弗沙爾土生土長的男人，她卻是拉格比莊園的爵士夫人！天啊，這簡直是賞了高傲自大的查泰萊家一記耳光！

至於守林人，當天色漸亮，他終於明白就算來到這裡也無濟於事！他不可能擺脫自己的孤獨，這種孤獨將會一輩子跟隨著他。只有偶爾，他可以短暫擺脫這種孤獨。只是偶爾！但他得等待那些偶爾拜訪的短暫時機。他這一輩子都得接受自己的孤獨，等待那些偶爾拜訪的短暫時機。這種時機無法強求，但總會來臨。

他猛然壓抑下那股引導他前來找她的該死慾望。他不得不壓抑那股慾望，因為這種事必須兩相情願。如果她不來找他，他不能緊追不捨。他只能走開，等待她的到來。

他慢慢轉身，決定再次接受自己的孤獨。他知道這麼做對雙方都比較好。她得自己來找他，否則他再怎麼緊追不捨也是枉費心機。徒勞無功！

博爾頓太太看著他走遠，他的狗跟在他的後頭。

「呵，呵！」她嘀咕。「真想不到是他，不過我早該想到是他。泰德剛過世的那段時間，他對我很好，只是他當時還是個年輕人。呵，呵！不管怎麼說，事情就是如此！」

她悄悄走出房間時，得意地看了一眼已經入睡的克利福德。

第十一章

康妮動手整理拉格比莊園的一間儲藏室。這棟屋子裡有好幾間塞滿一大堆東西的儲藏室，這家人從不出售任何一件物品。克利福德的祖父喜歡畫，祖母喜歡十六世紀的**義大利藝術**家具。克利福德的父親喜歡橡木雕刻的舊式箱子和聖器箱，克利福德自己則是收藏一些很廉價的現代畫。因此，儲藏室裡累積了三個世代的收藏品。

其中包括埃德溫・蘭西爾的爛畫、威廉・亨利・亨特的差勁鳥巢畫，以及不少出自皇家藝術學會的作品，數量多到足以讓這位會員的女兒咋舌。她決定找一天徹底清理這些東西。房裡有一件造形奇特的家具吸引了她的目光。

那是一件紅木做成的舊式搖籃。為了預防損壞和發霉，搖籃包裝得相當緊密，她得拆開那些包裝才能一探究竟。她注視了很長一段時間，因為那台搖籃真的很吸引她。

「這東西派不上用場，實在很可惜。」一旁幫忙的博爾頓太太感嘆地說：「不過這種搖籃現在已經過時了。」

「也許用得著，我可能會生個孩子。」康妮的口氣輕描淡寫，就好像她有可能會去買頂新帽子。

「妳是說克利福德爵士有可能康復？」博爾頓太太結巴地說。

「不是！我是指就現況來看，他只是肌肉癱瘓，這不會影響他的生育能力。」康妮輕輕鬆鬆就把謊話說出口。

但這話其實是克利福德說的。他曾說：「我當然還可以生孩子。我並沒有完全殘廢。雖然我臀部和兩腳的肌肉已經癱瘓，我還是可以輕易找回生育能力。到時候，或許就可以進行精子的移植。」

當他把時間和精力花在解決那些礦場的問題，他的確感覺自己彷彿正逐漸找回自己的性能力。當時，康妮被這番話嚇得目瞪口呆。不過，如今她倒是機伶到拿他的暗示來做擋箭牌。因為如果可能，她打算生個孩子，只不過孩子的父親不會是他。

博爾頓太太一時間啞口無言。她不相信這種說法，認為這只是個幌子。不過，現在的醫生確實有辦法做到這種事。他們或許可以進行人工授精。

「哦，夫人，我衷心希望，而且祈禱妳能如願以償。這對妳，對大家都是一件好事。老天，拉格比有個孩子。這一定會帶來很大的改變！」

「是啊！」康妮說。

她選出三幅六十年前的皇家藝術學會作品，準備寄給肖特蘭茲公爵夫人做為下回慈善義賣的拍賣品。肖特蘭茲公爵夫人有著「義賣會公爵夫人」的美名，經常向全國各郡勸募義賣品。她應該會很高興收到這三幅裱框畫，甚至有可能登門道謝。她來拜訪時，克利福德肯定會火冒三丈！

博爾頓太太心想，我的天啊！妳該不會打算生一個奧利佛．梅勒斯的孩子吧？哦，天啊，這麼一來，**就會**有一個特弗沙爾村的寶寶躺在拉格比莊園的搖籃裡。老天，這可是兩邊都不吃虧呢！

這些稀奇古怪的收藏品中有一只體積碩大的黑漆箱。這只六、七十年前製作的箱子有著精美的外觀，箱裡塞滿各式各樣的物品；最上層是一整套梳洗用品，包含刷子、瓶子、鏡子、梳子、盒子，甚至有三把附有護套的精緻小刮刀和鬍皂碗等；下一層是**文具**用品，包含吸墨紙、鋼筆、墨水瓶、紙、信封和記事本；接下來是一整套縫紉用品，包含三把不同尺寸的剪刀、頂針、針、絲線、棉線、蛋形織補架，這些東西全都有著一流的品質和手工；再下一層則是擺了一些空的藥品罐，上頭的標籤分別寫著鴉片酊、沒藥酊劑和丁香精油等。闔上箱蓋後，箱子的大小只如同週末用的旅行箱。箱裡的東西不但很新，而且擺放得很緊密，即使傾倒也不會打亂了那些瓶瓶罐罐的擺放位置。

這只箱子具有精美的手工和設計，是一件帶有維多利亞風格的出色工藝品。不過，它給人一種奇怪的感覺。查泰萊家大概也有人這麼覺得，因此這只箱子從沒被使用過。它讓人感覺少了一點靈魂。

不過，博爾頓太太倒是很喜歡這只箱子。

「這些漂亮的刷子看起來好貴重，就連那三支刮鬍刷也做得很完美！還有那幾把剪刀！這些東西就算有錢也買不到。天啊，這只箱子真的很迷人！」

「是嗎？」康妮說：「那送妳吧。」

「哦，不，我不能收！」

「當然可以！否則它只會一直扔在這裡。如果妳不要，我就把它連同這些畫一起寄給公爵夫人。不過，實在沒必要送給她這麼多東西。妳收下吧！」

「哦，夫人，我真不知道該怎麼謝謝妳。」

「不用謝了。」康妮笑說。

博爾頓太太滿面春風地抱著那只烏黑的大箱子走下樓梯。

貝茨先生駕著雙輪馬車送她和箱子回到村子的家裡。她得炫耀一番，因此邀請了學校女教師、藥師太太和會計助理威登先生的太太前來家裡。她們都對這個箱子讚不絕口。隨後，所有人開始聊起查泰萊夫人要生孩子的事。

「這世界還真是無奇不有！」威登太太說。

但博爾頓太太**相信**，如果查泰萊夫人真的生了孩子，那一定是克利福德爵士的孩子。這種事無庸置疑！

沒過多久，教區牧師委婉地問克利福德：「聽說拉格比未來可能會有個繼承人？如果真是如此，那一定是上帝的恩典！」

「嗯，**的確有這種可能**。」儘管克利福德回答得有點言不由衷，卻也開始信以為真。他開始相信，他或許真的可能擁有**自己**的孩子。

接下來的某天下午，萊斯利·溫特前來拜訪克利福德。這位人們口中的溫特紳士是個七十歲的老人，身材瘦削，衣著打扮十分講究；如同博爾頓太太對貝茨太太說的那樣，他全身上下都透著紳士的派頭。從頭到腳！他那種模稜兩可的老派說話方式簡直比袋裝假髮還要不合時宜。時間的洪流將這些老派的上流人士遺落在原地。

他們談論礦場的事。克利福德認為，即使是品質不好的煤礦，只要在高壓下搭配適當的溼度和酸性氣體，就能製成可以產生巨大熱能的濃縮燃料。老早有人發現，煤渣山在空氣潮溼和強風下會燃燒得很旺，但冒煙的情況卻很輕微，而且殘留物是一種細小的煤灰，而不是那種燃燒得很緩慢的煤塊。

「可是，哪裡有使用這種燃料的發動機呢？」溫特問。

「我打算自己製造使用這種燃料的發動機，並且出售電力。我相信我做得到。」

「如果你做得成，那就真的太好了。好孩子，這真的太好了！如果有任何我可以幫得上忙的地方，你儘管開口。我想，我是有點落伍了，我的煤礦也是如此。不過，如果哪天我走了，說不定會出現像你這樣的人才。太好了，這麼一來，所有人又都有工作可以做，而且你也不用再擔心煤會賣不出去。這個主意太好了，希望它可以成功。如果我有幾個兒子，他們一定也會替希普利煤礦想些新點子。對了，好孩子，聽說拉格比可能會有個繼承人，這個傳言是真的嗎？」

「外面有這種傳言？」克利福德問。

「這個嘛，好孩子，我是因為菲林伍德的馬歇爾這麼問我，我才會曉得這個傳言。不過，如果這只是空穴來風，我當然不會去外面亂說。」

「呃，溫特先生，」克利福德的口氣有點不自在，但他的眼神流露出異樣的光芒。

「的確有可能。的確有可能。」

溫特走向前，握著克利福德的手。

「好孩子，好孩子，你這些話對我意義重大！知道你正在努力生個孩子，以及你將會再次聘用特弗沙爾的每個工人，我真的太高興了！孩子，你得在競爭中保持領先，並提供工作機會給所有想工作的人！」

這個老人確實相當感動。

隔天，康妮正朝著一只玻璃花瓶安插黃色的高莖鬱金香時，克利福德開口。

「康妮，妳知不知道外面有傳言，妳正準備給拉格比生個繼承人？」

康妮嚇得腦袋一片空白，不過她還是冷靜地繼續整理花朵。

「我不曉得！」她說：「這是在開玩笑，還是在造謠生事？」

他沉默了一會兒，然後回答：「我希望都不是。我希望這是一種預言。」

康妮繼續整理花朵。

「今天早上，我收到爸爸的信。」她說：「他問我，知不知道他已經替我答應了亞歷山大・庫柏爵士的邀請，在七、八月前往威尼斯的埃斯梅拉達別墅做客。」

「妳要去兩個月？」克利福德問。

「哦，我不打算待那麼久。你真的不想去？」

「我不出國旅行。」克利福德立刻回答。她捧著花瓶走到窗邊。

「你不介意我去吧？」她說：「我們已經答應這個夏天會過去。」

「妳打算在那裡待多久？」

「可能會待個三星期。」

一陣沉默。

「嗯，」克利福德有點沮喪地緩緩表示：「只要我可以確定妳會回來，我想我可以忍耐三星期。」

「我當然會回來。」她回答得斬釘截鐵，但心裡想的卻是另一個男人。

克利福德感受到她堅定的語氣，不由得相信她會回來這裡是為了他。他放下心中大石，瞬間露出笑容。

「這樣的話，」他說：「我想就沒什麼關係，不是嗎？」

「是啊。」她說。

「妳想要轉換一下心情？」

她用一種奇怪的眼神看著他。

「我想再去威尼斯看看，」她說：「順便去潟湖對面的碎石小島上游泳。不過你也知道，我討厭利多那個地方！而且，我覺得我大概也不會喜歡庫柏爵士夫婦。但如果希爾達也去了，而我們又可以同搭一艘小船，那就太好了。我**真**希望你也一起去。」

她真心希望他可以一起去，也希望他能因此感到快樂。

「可是妳想想，我到了北站和加萊碼頭時會有多麻煩！」

「怎麼會？我看過一些在戰時受傷的男人，他們出門時都是搭乘轎子。更何況，我們是一路開車。」

「我們得帶兩個男人。」

「不用！我們只要帶菲爾德就行了，另外一個可以在當地找。」

但克利福德還是搖頭。

「親愛的，今年就算了！暫時不要！也許明年我再考慮看看！」

康妮沮喪地走開。明年！誰曉得明年又會發生什麼狀況？她自己也不是很想去威尼斯，至少不是現在，因為她有了另一個男人。但她把這當成是一種承諾，而且萬一她懷了小孩，克利福德會認為她是在威尼斯找了一個情人。

§

已經五月了，而他們得在六月出發。人生總是充滿計畫！生活總是在建立一個計畫！人只不過是隨著命運的擺布前進，自己根本無力控制！

雖然已是五月，天氣卻再度變得溼冷，不過這種天氣倒很適合穀物的吐穗與收割。這可是目前最重要的事！康妮得跑一趟烏斯維特。這個小鎮是查泰萊家的轄地，因此查泰萊家在這裡依舊享有**極高的地位**。她獨自前往，菲爾德為她駕車。

儘管已經五月，大地綠意盎然，鄉村卻給人陰鬱的感覺。天氣相當寒冷，雨霧朦朧，空氣中似乎帶著某種廢氣。人得依靠意志力才能在這裡生存，難怪這裡的居民都顯得如此粗暴和強悍。

汽車緩緩地爬坡，穿越髒亂而又零零落落的特弗沙爾村、發黑的磚房、發亮的黑色石瓦尖頂、被煤塵染黑的泥巴地，以及溼漉漉的黑色車道。陰鬱彷彿已經滲入這個村子的每一個角落，淹滅了自然之美與生命的喜悅，埋葬了人類的直覺與對鳥獸形態之美的欣賞本能。擺放在雜貨店裡的一堆堆肥皂，陳列在菜攤上的檸檬和大黃！還有製帽師傅戴在頭上的醜陋帽子！一幕幕場景都顯得醜陋不堪。隨後是一間用灰泥和鍍金材料搭建的戲院，淋溼的廣告看板上寫著「女人之愛！」。接下來是循原會新建的大教堂，裸露的磚牆和紅綠相間的大片窗玻璃，外觀看來極為簡陋。再往上走是衛理公會的教堂，它的磚牆已經被燻黑，周圍有鐵欄杆和同樣被燻黑的樹叢。自以為高人一等的公理會教堂是一座粗面砂岩建築，還有一座不怎麼高的尖塔。再往前一點是新落成的學校，昂貴的粉紅磚石、圍著鐵欄杆的石子操場，氣派的外觀讓人聯想到教堂和監獄。五年級的女學生正在上歌唱課，她們剛完成發聲練習，開始唱著一首「甜蜜的兒歌」。只是這首歌實在讓人很難想像是一首歌，一首發自內心唱出來的歌，倒比較像她們正隨著曲調胡亂地大呼小叫。那不像原始人的聲音，因為原始人的聲音還有微妙的節奏；那也不像動物的聲音，因為動物的吼叫也有某種**含意**。地球上沒有足堪比擬的聲音，這就是人們口中的歌唱。菲爾德替車子加油時，康妮坐在車裡憂心忡忡地聽著這群女孩的歌聲。這個民族的直覺已經鈍化，只會在僅存的怪異意志下無意識地胡亂吼叫。這樣的民族將會面對什麼樣的未來？

一輛運煤車在雨中駛下坡道，發出噹啷噹啷的聲響。菲爾德開始把車子駛上坡道，經過幾間大服飾店，裡頭的裁縫師全都一臉疲憊的模樣。汽車駛過郵局後，來到一處荒涼的小市集。這裡有一間自稱不是酒館的太陽旅館，裡頭住的全是出差的旅客。山姆．布萊克把頭探出旅館的大門，朝著查泰萊夫人的座車行禮。

左側的教堂已經消失在一片黑色樹林後面。汽車開始下坡，經過礦工酒吧。他們已經駛過威靈頓、尼爾森、三桶、太陽旅館，眼前正行經礦工酒吧，接下來還會經過技工中心、外觀近乎花俏的新礦工福利中心、幾棟新「別墅」，隨後便會駛上變黑的車道，穿過黑色的樹籬和原野，前往史塔克斯門。

特弗沙爾！這就是特弗沙爾！歡樂的英格蘭！莎士比亞的英格蘭！不，這是當今的英格蘭。自從康妮來此居住，便明白了這點。如今的英格蘭正在創造一種極度重視金錢、社會與政治的新人種，但此人種的本能與直覺已經泯滅。這一人種有著可怕的偏執意識，然而卻是一群行屍走肉。這個地方讓人感覺既詭譎又神祕，有如人類難以揣度的陰間。我們怎麼可能了解這些行屍走肉的思想？康妮看見一輛輛大卡車，載滿從謝菲爾德前往馬特洛克旅遊的鋼鐵工人時，在一陣昏眩下想著：天啊，人們究竟對自己的同類做了什麼？那些領導階層對自己的人民做了什麼？他們讓自己變得毫無人性，讓人情味從這世上消失！這世界如今只是一場惡夢。

在徹底絕望下，她再度陷入一陣恐懼。這樣的勞動階級與她所了解的上層階級所組成的世界根本毫無希望，沒有未來。但她還是想要一個寶寶以及一個拉格比的繼承人！一個拉格比的繼承人！恐懼讓她顫抖了起來。

然而，梅勒斯卻來自這個階級！……儘管如此，兩人都和自己的階級顯得格格不入。但就連他身上也看不到人情味。人情味已經從這世上消失，只剩下疏離與絕望。康妮剛乘車穿越英格蘭的核心地帶，因此她曉得這就是這個國家的主要寫照。

車子沿著上坡路駛向史塔克斯門。雨勢漸歇，天空開始轉成五月那種異常清澈的天色。鄉村的地勢一路往前綿延起伏，往南走是峰區，往東則是曼斯菲爾德與諾丁罕。康妮的車子駛向南方。

當車子駛上高地，她看見那座雄偉的暗灰色沃索普古堡佇立在她左側的高地上。古堡下方是塗成淡紅色的新建礦工住宅，再往下則可看見大礦場排出的一股股黑煙與白色蒸氣。這座礦場每年都替公爵和其他股東們賺進數千英鎊。雄偉的古堡已成廢墟，但依舊聳立在低垂的地平線上，俯瞰那些黑煙與白霧在它下方的潮溼空氣中繚繞。

車子轉個彎，駛上通往史塔克斯門的高地。從公路上遠眺，史塔克斯門就像一座壯觀華麗的新飯店。那間紅白金三色相間的科寧斯比飯店兀自矗立在路旁。但只要仔細看，就會發現左方有一排排漂亮的「現代」住宅。這些各自擁有空地和花園的住宅群，有如某些神奇的「大師」正在這飽受驚嚇的地球上，擺設一幅奇特的骨牌圖案。這一塊塊住宅區的後方是一片前所未見，令人怵目驚心的龐大建築群，包括最現代化的礦場、化學工廠和狹長的坑道。在這些龐大新工程的包圍下，煤礦井架和煤渣山頓時變得毫不起眼。而在它們前方的住宅群，更有如一盤等待著被推倒的骨牌浮動著恐懼的氣味。

這就是史塔克斯門，戰時才出現地表的新面孔。事實上，連康妮也不曉得的是，在這間「飯店」的下方半英里，就是從前的史塔克斯門。那裡有座小型的舊式礦場、一群燻黑的老磚房、一、兩座教堂、

一、兩間商店和一、兩間小酒吧。

但這些都已經失去存在的價值。大量的濃煙與蒸氣自它上方的新工廠裊裊上升，這裡沒有教堂、酒吧和商店，卻是現在的史塔克斯門。現在的史塔克斯門只有巨大的工廠，做為供奉諸神的現代奧林匹亞神殿，還有那些現代住宅以及那間飯店。那間飯店看似氣派，其實不過是一間礦工們的酒吧。

康妮來到拉格比時，這個地方便已經崛起。那些現代住宅裡擠滿了來自四面八方的牛鬼蛇神，而盜獵克利福德的兔子就是他們的休閒活動之一。

車子沿著高地行駛，眼前是連綿不絕的郡地。德比郡！這個郡曾經風光一時。地平線上再度浮現一座雄偉的巨大建築。那是窗戶數目多於牆壁的查德威克莊園，伊莉莎白時代最著名的住宅之一。它巍然屹立於一大片園林的上方，卻是一棟已被人們淡忘的老舊住宅。這座山莊雖然獲得保存，如今卻只是一處供人遊覽的景點。「瞧我們的祖先把它蓋得多麼氣派！」

那是過去，下方才是現在，而只有上帝才曉得未來在什麼地方。車子已經轉彎，穿梭在那些低矮的礦工住宅，沿著下坡路駛向烏斯維特。天氣潮溼，烏斯維特正連綿不絕地把一股股的濃煙與蒸氣送往諸神的國度。所有通往謝菲爾德的鐵軌都會通過烏斯維特所在的這個山谷。谷裡的礦坑和鋼廠閃著紅光，並從高聳的煙囪口吐出濃煙。那座教堂的螺旋狀小塔已經搖搖欲墜，卻依然挺立於一片煙霧裡的悲慘景況總讓康妮萌生莫名的感慨。烏斯維特是位於山谷中心的老市集，其中一間重要的旅館就是查泰萊旅館。對當地人來說，拉格比代表的是一整個地方、一塊「封地」，而不是外地人口中臨近特弗沙爾村的拉格比莊園、一棟房子。

礦工們的熏黑小屋全蓋在馬路旁，延續著它們百年來那種擁擠、狹小的面貌。一路上，簇擁的屋舍讓這條馬路變得有如一條街道。一旦置身其中，人總會頓時忘記那些城堡與豪宅，以及它們依舊如同幽靈般主宰著這片連綿不絕的廣闊鄉村。眼前，許多裸露的鐵軌在你的腳下交錯盤據，那些聳立在你面前的工廠與「建築工程」龐大到只看得見它們的牆壁。四周充滿鋼鐵敲擊的巨大聲響、大卡車駛過路面的轟隆聲、尖銳的汽笛聲。

然而，一旦你進入下方那迂迴曲折的市鎮中心，來到教堂的後方，就會再次感覺自己置身於兩百年前的世界。查泰萊旅館與老藥房便坐落於這些彎曲的街道上，而這些街道在過去總是通往盤據在廣闊原野上的城堡與豪宅。

但車子到了角落時，一名警察舉手攔下他們。三輛載著生鐵的卡車駛過，撼動那座破舊的老教堂。卡車通過後，那名警察才向爵士夫人行了個禮。

這裡就是如此。眾多老舊發黑的礦工住宅簇擁在這條古老彎曲的市鎮街道兩側，一路向前延伸。隨後躍入眼簾的是點綴在山谷上，一排排供給現代技術工人居住的新穎粉紅色大房子。再過去又是連綿不絕，有著城堡佇立的寬闊原野。黑煙在白霧間翻湧，一簇簇裸露著紅色磚牆的新建礦工住宅區，時而出現谷底，時而出現山坡破壞美好的天際線。在這些新建的礦工住宅區之間，依舊可以看見古英格蘭，甚至是羅賓漢時代遺留下來的殘破四輪馬車和老房子。那些娛樂本能遭到壓抑的礦工們，每到放假便會一臉鬱悶地在這裡遊蕩。

英格蘭，我的英格蘭！但哪一個才是**我的**英格蘭？那些可以拍成美麗風景照的壯麗英格蘭豪宅，讓人湧現置身伊莉莎白時代的錯覺。這些壯麗的古宅早在賢明女王安妮和湯姆．瓊斯的時代，便已屹立在此。然而，這些古宅的外牆在紛飛的煤煙汙染下，早已不復昔日的金碧輝煌。如同許多豪宅，它們也逐一遭到棄置。如今，它們正面臨被拆除的命運。至於那些英格蘭的老磚房，它們依舊散布在這片荒涼的鄉野。

眼前，他們正在拆毀這些豪宅，喬治王時代的古宅逐漸消失。即使在康妮的車子開過弗里奇利的這一刻，他們也正在拆除這裡的一棟喬治亞王時代的華麗古宅。直到戰時，韋勒利斯家族還在這裡過著奢華的生活，因此屋況始終維護得很好。然而如今，這棟房子顯得太龐大，太花錢，而且住在鄉下也變得很不方便。這些上流人士紛紛遷往更舒適的地方，在那裡他們可以安心花錢而不需目睹他們為了賺錢所造成的後果。

這就是歷史。一個英格蘭抹去另一個英格蘭。這些家族倚靠煤礦致富，而在他們抹去那些礦工小屋後，如今他們正打算抹去這些礦場。工業英格蘭抹去農業英格蘭。一種價值抹去另一種價值。新英格蘭抹去舊英格蘭。這種延續並不是自然的，而是人為的。

屬於有閒階級的康妮，一直對舊英格蘭的遺物念念不忘。她花了好幾年才明白，讓舊英格蘭消失的正是這令她感覺可怕與反感的新英格蘭，而且這個過程將會持續到最後一刻。弗里奇利消失了，伊斯特伍德消失了，就連鄉紳溫特最愛的希普利也正在消失。

§

康妮前往希普利進行短暫拜訪。希普利莊園的後側園門正好緊臨礦坑鐵路的平交道，希普利礦場則是坐落在這片樹林的後方。園門始終敞開，因為礦工們擁有園區的通行權。他們在園子裡閒逛。

車子駛過景觀池，水面飄浮著礦工們隨意丟棄的報紙，隨後沿著私人車道前往大宅。眼前，一棟建於十八世紀中葉的迷人灰泥建築漠然地聳立著。屋旁那條紫杉夾道的優美小徑，以前可以通往一棟更加古老的房子。大宅靜靜地伸展身軀，喬治王時代的窗玻璃彷彿正愉悅地在陽光下眨眼。大宅的後方是一片美不勝收的花園。

比起拉格比，康妮更喜歡希普利的室內裝飾風格。這裡顯得比較明亮、優雅，而且生氣勃勃。房間牆壁上裝飾著乳白色牆板，天花板則是漆成金色。所有擺設都井然有序，每一件家具都極盡奢華地美好，彎曲的走廊顯得寬敞、美觀又充滿活力。

但萊斯利．溫特卻是形單影隻。他很喜歡這棟房子，只是他的園林緊臨他的三座礦場。他一向自認慷慨，因此對於礦工進入他的園林，他幾乎是抱持歡迎的態度。畢竟是這些礦工讓他致富！因此，他允許這些邋遢的礦工坐在他的景觀池旁；不過也只限於景觀池，因為他在這裡設置了禁止進入**私人**園林的告示牌。當他看見礦工們坐在他的景觀池旁，肯定會說：「也許這些礦工不像鹿那麼賞心悅目，但他們可以替我帶來更多的財富。」

不過，那是在維多利亞女王在位後期的金融黃金時代，當時的礦工都是「好工人」。

溫特曾經以帶有歉意的口吻，這麼告訴當時的威爾斯王子。王子則是以低沉的嗓音回答：「你說得對。如果桑德林漢姆的地底有煤礦，我會在草地上鑽出一條礦坑，並把它視為第一流的園藝景觀設計。哦，我很樂意付出很高的代價拿小鹿交換礦工。聽說，你的礦工也都是一群好人。」

不過，王子當時大概是把財富和工業化的好處想像得太過美好。

不管怎樣，這位王子後來成了國王，而這位國王已經死了。如今是另一位國王，而他的主要工作似乎是在替那些賑濟處主持開幕典禮。

某種程度上，這些好工人逐漸包圍了希普利莊園。園林裡擠滿了新的礦工村，這位鄉紳卻逐漸感覺這些礦工像是陌生人。過去，他始終很友善地對待這些礦工，甚至在某種程度上自認是他們的主人。如今，面對新思潮的滲透，他逐漸受到排擠。只有他不再屬於這裡。事實就是如此，不管是礦業或工業都有了自己的意志，而這種意志與紳士業主勢不兩立。所有礦工都秉承了這種勢不可當的意志，這種意志不僅會把業主驅逐出自己的地盤，甚至會要了他的命。

鄉紳溫特是個鬥士，終究挺了過來。只不過，他已經失去在晚餐後到園林裡散步的興致。他幾乎都躲在屋裡。有一次，他沒戴帽子，穿著漆皮鞋和紫色絲襪，陪康妮走到園門。一路上，他不斷用那種模稜兩可的優雅談吐與康妮對話。但每當他們經過一群群只會站在那裡瞪著他們，卻不會行禮或打招呼的礦工，康妮便感覺這位尊貴、瘦削的老人，如同一隻籠子裡的雄鹿，在人們粗暴的瞪視下變得畏縮。這些礦工的敵意並不是針對他**個人**，但他們的冷酷意志卻在排擠他。他們內心深處隱藏一股怨恨。他們「為他工作」，而他們的粗陋使得他們憎惡他的優雅、尊貴與考究的衣著。「他算什麼東西！」他們討厭的正是彼此之間的這種**差異**。

在這位英格蘭鬥士的內心深處，他確實有點認同他們擁有怨恨這種差異的權利。他知道自己有點理虧，占盡便宜。然而他代表的是一種體制，而他不想遭到淘汰。

除非死。康妮來訪後不久，他突然去世。遺囑裡，他留給了克利福德一大筆錢。

幾位繼承人很快地下令拆除希普利莊園。這處莊園的維護費用太龐大，而又沒有人想住在這裡。所以，莊園被拆了，夾道的紫杉給砍了。園林的樹木被砍光，土地被切割成一塊塊。這裡離烏斯維特很近，因此未來這片怪誕的荒地將會蓋起一排排非常迷人的雙拼別墅。希普利住宅區！

距離康妮上次拜訪還不到一年，這處住宅區便已興建完成。只要目睹這一排排的紅磚新「別墅」，任誰都無法想像十二個月前，這片土地上曾經存在一棟灰泥大宅。

但這種以煤礦坑做為草地裝飾的手法，已經是愛德華國王在位後期的景觀設計風格。

一個英格蘭抹去另一個英格蘭。鄉紳溫特和拉格比莊園的英格蘭已經消失、死亡，而且這種抹滅的過程還在持續進行。

接下來是什麼？康妮無法想像。她只看見在原野上擴展的磚造新住宅區、在礦場聳立的新建築、穿著絲襪的年輕女孩，以及泡在酒吧和舞廳的年輕礦工。年輕一代對舊英格蘭毫無感覺，意識的傳承出現一道鴻溝。年輕人的意識看似美國化，其實是工業化。接下來呢？

康妮總覺得沒有接下來了。她想把自己的頭埋進沙裡，或者至少生活在一個男子漢的庇護下。

這個世界太過複雜，既詭異又恐怖！返家途中，她看到那些衣冠不整、蓬頭垢面的礦工，一肩高一肩低，拖著腳步走出礦坑。她心想，這世上有這麼多的平民，這實在太可怕了。他們的臉上沾滿煤灰，露出眼白，脖子與肩膀由於龜縮在坑底工作而變形。這些人！這些人！唉，就某個角度來看，他們是吃苦耐勞的好人。但從另一個角度來看，他們根本不存在。他們一出生，他們身上那些人類**應該**擁有的特質便已遭到抹殺。然而，他們終究是人類。他們會生兒育女。有個女人或許還懷了他們的孩子。這個想法真是可怕，太可怕了！他們都是和善的好人，但他們只呈現出人類的灰暗面。目前為止，他們還是「好人」，他們的缺陷甚至成了一種美德。想想，倘若他們沉寂的另一面甦醒！天啊，光是想像就很嚇人。康妮十分畏懼這些工人。在她眼裡，這些人似乎全是**怪人**，一種徹底缺乏美感與直覺的生命，而且總是「待在礦坑裡」。

這種人生下的孩子！哦，天啊，天啊！

然而，梅勒斯就是這種人的兒子。但也不盡然，人性在這四十年間已經有了很大的改變。鐵與煤已經滲進這些人的身體與靈魂。

他們是醜陋的化身，卻也是活人！他們將會變成什麼？或許隨著煤礦的沒落，他們也會從地表消失。過去，在煤炭的召喚下，湧現了數以萬計的礦工。或許，他們只是來自煤層的一種奇特生物，一種屬於另一個世界的生物。如同鐵礦工人聽命於鐵元素，煤礦工人也聽命於煤元素。他們不是人類，而是由煤、鐵和黏土構成的生物，一種結合了碳、鐵和矽元素的原始物種。他們或許帶有一些奇特的礦物之美，包括煤炭的光澤，生鐵的重量、青色和堅韌，以及玻璃的透明。這些奇形怪狀的原始物種來自礦物的世界！如同魚類屬於大海、蟲類屬於枯木，他們則是屬於煤、鐵和黏土，一種用來分解礦物的化身。

康妮很高興可以回家，把頭埋進沙裡。她甚至很高興可以和克利福德閒聊，因為她對中部英格蘭煤礦業的恐懼，就像一場莫名的流行性感冒。

「我自然得去本特利小姐的店裡喝杯茶。」她說。

「哦，溫特應該有請妳喝茶吧！」

「有，不過我不好意思拒絕本特利小姐。」本特利小姐是個膚淺的老處女，有著一隻大鼻子，生性浪漫，總喜歡把下午茶安排得有如在舉行一場隆重的聖禮。

「她有沒有問到我？」克利福德問。

「當然！……她說，**請問**夫人，克利福德爵士最近好嗎？我想在她的心裡，你的地位應該高過卡維爾護士！」

「我想妳一定說我的氣色很好。」

「是啊！她感動得好像我告訴她，天堂之門已經為你開啟了。我還告訴她，如果她來特弗沙爾，一定要過來看看你。」

「我？為什麼要來看我？」

「這一定要的，克利福德。她那麼崇拜你，你總得回報她一點。在她的眼裡，你可是比卡帕多奇亞的聖喬治偉大多了。」

「妳想她會來嗎？」

「哦，她臉都紅了！乍看之下還挺漂亮的。可憐的女人！為什麼男人都不娶那些真正愛慕他們的女人？」

「因為女人的愛慕總是來得太晚。不過，她有說她要來嗎？」

「哦！」康妮模仿起本特利小姐的興奮語氣。「夫人，如果我有那種膽子就好了！」

「有那種膽子！笑死人了！不過，我倒希望她最好別來。她的茶味道如何？」

「哦，她的茶是立頓紅茶，而且味道**很濃**。克利福德，你知不知道在本特利小姐這種女人的眼裡，你可是她們的**夢中情人**？」

「就算是，也沒什麼好高興的。」

「她們珍藏你的每一張海報，也許還每晚為你祈禱。這種事真的很動人！」

康妮上樓換衣服。

那晚，他對她說：「妳是否相信，婚姻中存在著某種永遠不變的東西？」

她看著他。

「可是，克利福德，你把永遠不變說得好像一只蓋子，或一條很長，很長的鍊子。哪怕你跑再遠，它都會緊緊地套著你。」

他看著她，一臉不耐煩的表情。

「我的意思是，」他說：「妳去威尼斯該不會是想要**認真地**談一場戀愛吧？」

「去威尼斯**認真地**談一場戀愛？不可能，我跟你保證！我頂多只會在威尼斯**逢場作戲**。」

她的聲音透著一股輕蔑的口吻。他皺起眉頭看著她。

早上，康妮下樓時發現守林人的狗弗洛西，坐在克利福德門外的走廊上嗚咽。

「弗洛西！」她輕聲呼喚。「妳怎麼會坐在這兒？」

她輕輕推開克利福德的房門。克利福德坐在床上，床上桌和打字機被推到一旁，守林人則是立正站在床尾。弗洛西跑進房裡。梅勒斯微微甩頭，並用眼神命令她離開房間。隨後，她便一溜煙跑了出去。

「呃，早安，克利福德！」康妮說：「我不知道你在忙。」接著，她轉向守林人，說了聲早安。他含糊地回應後，似乎偷偷瞄了她一眼。然而，他光是站在那兒，康妮就感到心神蕩漾。

「克利福德，我是不是打擾到你們了？對不起。」

「沒關係，我們只是在談一些小事。」

康妮悄悄走出房間，走上她位於二樓的藍色閨房。她坐在窗邊，看著他躡手躡腳，以一種不想引人注目的奇特步伐走下車道。他具有一種自然的沉穩特質、傲然的姿態和一點脆弱的神情。一名受雇者！克利福德的員工！「親愛的布魯圖斯*，問題不在於我們的時運不濟，而在於我們的部屬身分。」

他是個部屬？是嗎？他又是怎麼看待**她**？

§

這天陽光普照，康妮整理著花園，博爾頓太太在一旁幫忙。人類的同情心總是起伏不定，而在一種莫名的共鳴下，這兩個女人的關係逐漸變得緊密。她們把康乃馨固定在木樁上，又種了些夏季花卉的幼苗。兩人都喜歡從事園藝活動，康妮尤其喜歡捧著幼苗，把它們柔軟的根部植入鬆軟的黑土。在這個春天的早晨，陽光彷彿愛撫著她的子宮，愉悅的感受隨著一陣輕顫在她的體內蔓延。

「妳丈夫去世很多年了嗎？」她把一株幼苗植入土坑時，這麼問博爾頓太太。

「二十三年了！」博爾頓太太小心翼翼地分開一株株的耬斗菜幼苗。「從他們把他抬回家，到現在已經二十三年了。」

這個可怕的結果讓康妮的心抽動了一下。「抬回家！」

「妳有沒有想過，他為什麼會出事？」康妮問。「以及他和妳在一起快樂嗎？」

這是一種女人之間的對話。博爾頓太太用手背撥開垂在臉上的一綹髮絲。

「我不知道，夫人！他個性好強，從不與人妥協。因此不管面對任何事情，他都有著不服輸的倔強。但他就是太固執，才會賠上自己的性命。我認為是礦場的工作害了他，他並不是真的喜歡這份工作。他根本不適合下礦坑工作，可是他十來歲時，他父親就趕他下坑。而人的年紀一旦過了二十，要改行就不容易了。」

「他有沒有說過他討厭這份工作？」

「沒有！從來沒有！他從不抱怨任何事情，頂多只會做個鬼臉。他總是漫不經心，就像那些在大戰初期就加入軍隊，並且很快就葬送了性命的年輕人。他不是呆頭呆腦的人，只是不願用心思考。我曾經對他說：『不管是待人或處事，你都只是在敷衍了事！』但事實並非如此。我們的大女兒出生時，他呆坐在我身邊，一臉悲傷地看著我。那時，我才剛度過一段很艱苦的生產過程，卻還得設法安慰他。『沒事了，親愛的，沒事了！』他沒說什麼，只是一味看著我傻笑。可是在那之後，我想他大概就沒再盡情享受過魚水之歡。他放不開。我總是告訴他：別擔心我，小伙子……我和他對話時，有時會帶著點地方腔。他沒說什麼，卻始終放不開，但也可能是他做不到。他甚至不打算再讓我生孩子。我總覺得這都要怪他母親，她不應該讓他進產房。他根本不應該出現在那裡。男人一旦開始胡思亂想，就很容易小題大作。」

「他這麼在意這種事？」康妮訝異地問。

「是啊，他沒辦法用平常心看待生產的痛苦，這使得他再也無法盡情享受婚姻生活的歡愉。我對他說過：我都不在乎了，你幹嘛在乎？該緊張的人是我！但他只說了一句：這樣不好！」

「或許他太敏感了。」康妮說。

「沒錯！妳一旦了解男人，就會發現他們就是這樣：他們的敏感總是用錯地方。我相信他自己並沒有意識到，他其實很討厭礦坑。他去世時容貌安詳，有如得到了解脫。他是長得如此俊美的一個年輕

＊布魯圖斯（Marcus Junius Brutus Caepio, BC85-42），羅馬共和國晚期的一名元老院議員。後來他組織並參與了謀殺凱撒的行動。

人。看著他那張平靜純潔的臉龐，我的心都碎了。死亡彷彿就是他**想要**的結果。那一幕真的讓我的心都碎了。事實上，他是被礦坑害死的。」

她難過得掉下眼淚，康妮更是淚流不止。春暖花開，空氣中瀰漫泥土與黃花的芬芳。大地回春，寧靜的花園沐浴在一片和煦的陽光下。

「這件事一定帶給妳很大的打擊吧！」康妮說。

「嗯，夫人！一開始，我還無法意會到發生了什麼。我只會說：親愛的，你怎麼忍心丟下我！我一直這樣哭喊。不知道為什麼，我總覺得他還會回來。」

「他一定也**不**想離開妳。」康妮說。

「不，夫人！那只是我在說傻話。我一直盼望他回來，而且總會在夜裡醒來，看向身旁想著：他人呢？**情感上**，我似乎始終無法接受他已經走了的事實。我總是覺得他**一定會**回來躺在我的身邊，讓我感受到他的溫暖。我想要的只是這樣，感覺到他的陪伴，感受到他的溫暖。經歷了無數次的失望，我才逐漸淡忘。」

「淡忘他的溫暖。」康妮說。

「沒錯，夫人，他的溫暖！如果沒有他的陪伴，我根本不可能撐到現在。如果真的有天堂，那他一定會在那裡等我，讓我可以靠著他入睡。」

康妮敬畏地看了一眼身旁那寫滿思念的美麗容顏。特弗沙爾村的另一個有情人！他的溫暖！愛情的牽絆難以割捨！

「一旦妳讓一個男人進入妳的內心，那妳就慘了！」她說：「哦，夫人！這會讓妳感到非常痛苦。

妳會覺得是那些人**想**害死他。妳會覺得是礦坑**想要**害死他。唉，我覺得，要是沒有礦坑以及那些經營礦坑的人，他就不會丟下我走了。反正只要有一對男女在一起，他們就會**想方設法**拆散這對男女。」

「尤其是肉體上已經結合為一體的男女。」康妮說。

「沒錯，夫人！這世上有許多鐵石心腸的人。每天早上他起床，趕著出門上班時，我總覺得不對勁。但除了下礦坑，他還能做什麼？男人還能做什麼？」

這個女人的眼睛閃過一絲怨恨的眼神。

「但一個人的溫暖可以存在這麼久嗎？」康妮突然問。「妳可以一直感受到他的溫暖嗎？」

「哦，夫人，除了這個，我們在這世上還能留住什麼？孩子們長大了就會離開妳，但這個男人不會。事實上，即使是這個男人在妳心裡留下的那點溫暖，他們都想毀了**它**，就連妳自己的孩子也是如此。如果他還活著，或許我們會變得疏遠，但感覺卻不會。人生最好還是不曾在乎過。可是每當我看到那些不曾從男人那裡獲得溫暖的女人，無論她們打扮得多漂亮，生活過得多逍遙，我都會覺得她們只是一群可憐的女人。無論如何，我都會堅持自己的想法。我甚至有點看不起那些人。」

第十二章

午餐後，康妮立刻前往樹林。晴空萬里，早開的蒲公英與雛菊為大地妝點出一片片的金黃與雪白。榛樹的新芽與一串串晚凋的灰白色柔荑花，彷彿是裝飾這片樹林的蕾絲花邊。一簇簇的白屈菜全開滿黃花，金黃色的光芒閃爍著初夏的魅力。一團團的報春花全卸下羞怯，盡情地四處綻放嫩白的花朵。風信子鋪成的一片綠海，海上點綴著一根根有如玉米似的淡黃色花苞。勿忘我在馬路旁迎風招展，耬斗菜綻開深紫色的外層花瓣，一株灌木下出現少許藍知更鳥的蛋殼。樹林裡百花齊放，處處充滿生機！

守林人不在木屋。一片寂靜，棕色小雞精力充沛地四處奔跑。康妮繼續朝石屋的方向走去，因為她想找到他。

石屋在陽光下佇立在樹林邊，小花園裡種植了成簇的重瓣水仙，門前小徑的兩旁栽滿紅色的重瓣雛菊。大門敞開，門內傳來一聲狗吠，弗洛西跑了出來。

大門敞開！這代表他在家裡。陽光落在紅磚小徑！她走上小徑，透過窗口看見穿著襯衫的他正坐在桌邊吃飯。弗洛西朝著她輕吠一聲，並微微搖動尾巴。

他起身，走到門邊，拿了條紅色手帕擦了擦嘴，但嘴裡仍在咀嚼著。

「我可以進去嗎？」她問。

「請進！」

陽光照進這間簡陋的屋子，空氣中瀰漫羊排的氣味。用來煎肉的荷蘭鍋仍然擱在火爐前的護欄上，一旁的白色爐座上鋪著一張紙，紙上擺了一只燉馬鈴薯的黑色鍋子。爐火依舊赤紅，但火勢已經衰弱。欄杆落下，水壺正在鳴響。

桌上擺著他的餐盤，盤裡盛著馬鈴薯以及還沒吃完的羊排。另外，還有放在籃子裡的麵包、鹽罐和一只盛著啤酒的藍色馬克杯。桌布是白色油布，他站在陰暗處。

「你這麼晚才吃，」她說：「繼續吃啊！」

她坐在門旁一張曬在陽光下的木椅上。

「我去了烏斯維特。」他說完，走回桌邊坐下，但沒有繼續用餐。

「你繼續吃啊！」她說。

但他還是沒有碰那些食物。

「妳要不要吃點什麼？」他問她。「或是喝杯茶？茶壺裡的水剛好滾了。」他作勢起身。

「我自己來好了。」她說完，立刻起身。他顯得悶悶不樂，她則覺得自己帶給他困擾。

「好吧，茶壺在那裡，」他指向坐落於牆角的黃褐色三角櫃。「還有茶杯。茶葉在妳頭頂的壁爐架上。」

她從櫃子裡取出黑色茶壺，並從壁爐架上拿下茶葉罐，用熱水沖了沖茶壺後，愣了一會兒，不曉得該把水倒在哪兒。

「把水潑出去，」他注意到她的猶豫後說：「水是乾淨的。」

她走到門旁，把水潑向小徑。這裡真美，既寧靜又像是真正的林地。橡樹冒出了黃褐色的嫩葉，花園裡的紅色雛菊看來就像紅色的絨毛紐釦。她看了一眼如今已很少人跨過的巨大空心砂岩門檻。

「這個地方真好，」她說：「既優美寧靜又生機盎然。」

他繼續用餐，但動作緩慢而勉強。她感覺到他的不自在而靜靜地泡茶，並如同這裡的村民一樣，把茶壺放在爐架上。他推開餐盤，走到隔壁房。在響起一下門閂的卡嗒聲後，他手上端著一盤乳酪和黃油走了回來。

她把兩只杯子擺上桌，而這裡其實也只有這兩只杯子。

「你想喝杯茶嗎？」她問。

「好啊。糖放在櫃子裡，裡頭還擺了一小罐奶油。牛奶裝在食品儲藏室的一個水壺裡。」

「要不要我幫你把盤子收走？」她問。他看著她，臉上浮現一絲玩味的笑容。

「哦……好啊。」他說完，繼續慢條斯理地吃著麵包和乳酪。她走進隔壁那間裝有一具水泵的餐具洗滌室。左側有一道門，門後想必就是食品儲藏室。她拉開門閂，看到他口中的食品儲藏室時幾乎笑了出來，因為裡頭只擺了一條用石灰粉刷過的窄長櫃子。不過，櫃子裡倒是塞了一小桶的啤酒、幾只盤子和一些食物。她從黃色水壺倒了些牛奶。

「你的牛奶是怎麼來的？」她走回桌邊後問。

「弗林特家！他們會在牧場盡頭替我留一瓶牛奶。妳知道的，就是上次我遇到妳的那個地方。」

他依舊顯得悶悶不樂。她倒完茶，拿起奶油罐。

「我不要加牛奶。」他似乎聽見什麼聲音，隨即機警地看向門口。

「我們最好把門關上。」他說。

「那多煞風景，」她回應。「不會有人來這裡吧？」

「不怕一萬，只怕萬一。」

「就算有人來也無所謂，」她說：「我們只是在喝茶。」

「湯匙在哪兒？」

他伸手拉開桌下的抽屜。康妮坐在桌邊沐浴在門口照進來的陽光下。

「弗洛西！」他朝著趴在樓梯底的小墊子上的狗喊。「出去巡邏，巡邏！」

他豎起一根手指，他的「巡邏」指令顯得相當生動。弗洛西小步跑向門外偵察。

「你今天心情不好？」她問。

他的藍眼睛很快地轉回來，盯著她看。

「心情不好？不是，只是有點煩。我逮到兩個盜獵者，得去拿傳票。唉，我實在很討厭和人打交道。」

他說著純正的英語，冷漠的口氣中夾雜著一股憤怒。

「你討厭當守林人？」她問。

「當守林人倒不會！只要不用和人打交道就好。當我得去警局和一些地方，等著一堆笨蛋來服侍我……我就會氣到火冒三丈……」他露出帶有一絲調侃意味的微笑。

「你沒有辦法靠自己生活嗎？」她問。

「我？如果妳是指靠我的撫恤金生活，我想我可以。只是我需要工作，否則我會悶死。無論如何，我都得找點事做。我的脾氣不好，不適合當老闆，只能替別人做事。否則要不了一個月，我的壞脾氣一發作，鐵定關門大吉。總而言之，我在這裡工作也不錯，尤其是最近……」

他再度露出那帶著調侃的微笑。

「你的脾氣為什麼會不好？」她問。「你會不會常常發脾氣？」

「可以這麼說，」他笑著說：「我不太能忍得住氣。」

「但你氣的是什麼？」她問。

「哦！」他說：「妳不知道生氣是什麼意思嗎？」她沒有說話。她感到失望，他沒把她的話當一回事。

「下個月我會離開一陣子。」她說。

「是嗎？去哪兒？」

「威尼斯。」

「威尼斯！和克利福德爵士嗎？要去多久？」

「一個月左右，」她回答。「克利福德不去。」

「他留在這兒？」他問。

「嗯，他行動不便，不喜歡出門旅行。」

「哦，可憐的傢伙！」他同情地說。

一陣沉默。

「我不在的時候，你會不會就把我給忘了？」她問。他再次抬頭直視她。

「忘了？」他說：「人不會遺忘，這種事與記憶無關！」

她想問：「那與什麼有關？」但她沒問，而是輕聲說：「我告訴克利福德，我可能會想生個孩子。」

這會兒，他的目光變得銳利，彷彿在刺探她的表情。

「是嗎？」他終於開口。「那他怎麼說？」

「哦，他不在乎。只要孩子屬於他，他就滿意了。」她不敢直視他的眼睛。

他沉默了好一陣子，接著再度盯著她。

「妳沒有提到我吧？」他問。

「沒有，我沒提到你。」她說。

「也對，他不可能接受我是孩子的生父。那麼，妳要假裝在哪裡懷孕？」

「我打算在威尼斯談一場戀愛。」她說。

「妳打算？」他緩緩地說：「所以，這就是妳去威尼斯的原因？」

「我去那裡並不是為了談戀愛。」她看著他，為自己辯解。

「妳只是在做表面功夫。」他說。

一陣沉默。他露出一絲微笑望向窗外，表情半是嘲笑半是苦澀。她討厭他這種笑容。

「妳沒有採取任何避孕措施嗎？」他突然問。「因為我沒有。」

「沒有，」她低聲說：「我不想做這種事。」

他看著她，隨後又露出那種怪異的笑容望向窗外。沉默的氣氛變得有點緊繃。

最後，他轉過頭挖苦地說：「這麼說，妳找上我只是為了有個孩子？」

她低下頭。

「不，事情不是你想的那樣。」她說。

「那是怎樣？」他的語氣變得尖銳。

她有如遭到羞辱似的抬頭看著他說：「我不知道。」

他放聲大笑。

「那我更不可能知道了。」他說。

兩人陷入更長的沉默，一種冰冷的沉默。

「好吧，」他終於開口。「只要夫人高興就好。妳要是有了孩子，克利福德爵士也接受他，那我也沒什麼損失。說起來，我還享受到了一次美妙的經驗，真的很美妙！」他伸懶腰，作勢打了個哈欠。「如果妳是在利用我，」他說：「這反正也不是我第一次被人利用，而且我以前的經驗也不像這次這麼愉快。雖然這也不是什麼值得驕傲的事。」他又再次古怪地伸了伸懶腰，他的肌肉抖動，但下巴繃緊。

「可是我並不是在利用你。」她辯解。

「我聽候夫人差遣。」他回答。

「不，」她說：「我喜歡你的身體。」

「是嗎？」他笑了起來。「那我們扯平了，因為我也喜歡妳的身體。」

他以一種深邃的怪異眼神看著她。

「妳現在想上樓嗎？」他以一種沙啞的聲音問。

「不，不要在這裡。不要現在！」她緩緩地說。但她其實無法拒絕他，只要他堅持，她就會屈服。

他再次別過臉，似乎打算忘了她。

「我想要撫摸你，就像你撫摸我那樣。」她說：「我從不曾真正撫摸過你的身體。」

他看著她，再次笑了起來。

「現在？」他問。

「不！不！不是在這裡！在木屋。可以嗎？」

「我是怎麼撫摸妳？」他問。

「你像是在感覺我的身體。」

他看著她，發現她的眼神充滿濃烈的渴望。

「你喜歡我用那種方式感覺妳的身體嗎？」他嘲弄著她的冷靜。

「喜歡，你呢？」她說。

「哦，我！」他的口氣變了。「我喜歡，」他說：「妳不用問也知道。」這是事實。

她起身，拿起帽子。「我得走了。」她說。

「這麼快？」他禮貌地說。

她期待他會撫摸她或者說點什麼，但他不發一語，只是禮貌地站在一旁。

「謝謝你的茶。」她說。

「我還沒謝謝夫人賞臉用我的茶具呢！」他說。

她走上小徑，他則是站在門口微笑。弗洛西翹著尾巴在她的身旁小步跑著。康妮緩緩地走進樹林時，心想他一定正帶著那種莫名的笑容看著自己的背影。

她既沮喪又懊惱地走回家。她很不喜歡他說自己被利用了，因為就某方面而言，儘管這是事實，他也不需要把這種事說出口。她再次面臨兩種情緒的拉扯：她怨恨他，卻又想跟他言歸於好。

她經歷了一段非常難熬的下午茶時間。一喝完茶，她立刻回到自己房間，但還是感到坐立不安。她得設法讓自己的心情安定下來，她得去一趟木屋；如果他不在那裡，那就算了。

她溜出側門時，心情雖然有點鬱悶，但還是直接走向樹林。來到空地後，她變得十分不自在。他就在那兒，還是套著那件襯衫，彎著腰把那群母雞放出籠子。小雞們已經變得有點肥胖，不過還是比母雞們苗條多了。

她筆直地走向他。「你看，我來了！」她說。

「是啊，我看到了！」他挺起身，臉上帶著一抹笑意。

「你現在就要把母雞放出籠子？」她問。

「嗯，牠們孵蛋孵到瘦成皮包骨了。」他說：「這些母雞根本不想出來覓食。母雞們只要一孵蛋，牠們的心思就會全放在蛋或小雞身上。」

可憐的母雞，這麼盲目地奉獻！即使不是自己的蛋也是如此！康妮一臉憐惜地看著牠們。兩人不禁陷入一陣沉默。

「我們要不要進去屋裡？」他問。

「你想要我嗎？」她以一種懷疑的口吻問。

「我要，只要妳願意。」

她沒說話。

「來吧！」他說。

她跟著他走進屋子。他關上門後，屋內頓時一片漆黑。於是，他像往常一樣點亮油燈。

「妳沒穿內衣嗎？」他問。

「嗯。」

「那麼，我也把我的脫了。」

他攤開一條毛毯，並把另一條毛毯放在一旁當作被子。她摘下帽子，甩了甩頭髮。他坐下來，脫掉鞋子、綁腿和燈芯絨馬褲。

「躺下來吧！」他說話時，人站著，身上還穿著襯衫。她默默地躺下後，他也在她的身邊躺下，並拉來毯子蓋住兩人。

「行了！」他說完，隨即把她的連衣裙往上掀到胸部。他輕吻她的乳房，並用嘴唇愛撫她的乳頭。

「哦，太美了，真是太美了！」他突然用臉頰磨蹭她溫熱的腹部。

她把兩手伸進他的襯衫下擁著他，但他那消瘦、光滑的身體讓她心生畏懼。他的裸體如此強壯，他的肌肉如此狂暴，恐懼讓她變得畏縮。

當他輕聲嘆息並說「哦，太美了！」，她體內的某處部位隨即顫抖了起來，然而她內心的某個角落卻在抗拒下變得僵硬；他拙劣的親密舉動和急迫的占有讓她變得僵硬。這次，她沒有被自己的強烈快感和激情給沖昏頭；她兩手搭著他挺動的身軀，一動也不動地躺著，並且進行她此刻唯一能做的事；她的靈魂彷彿正從上空俯視並嘲弄著，他那滑稽的臀部動作和他那渴望獲得短暫高潮的陽具。是的，這就是愛情，愛情就是可笑的臀部搖擺，以及那萎縮後顯得潮溼、細小而又無足輕重的陽具。這就是神聖的愛情！難怪現代人會輕視愛情，因為愛情只不過是一場表演。那些詩人說得對，創造男人的上帝想必具有一種邪惡的幽默感，才會在賦與他們理性的同時，卻又強迫他們得接受這種可笑的姿勢，並且驅使他們盲目地渴望進行這種可笑的表演。就連莫泊桑＊都發現，這種姿勢既可笑又掃興。但男人們儘管蔑視性行為，卻又樂此不疲。

她那難以捉摸的女性心靈，嘲弄似的冷眼旁觀。儘管她文風不動地躺著，卻有一股衝動想要挺起腰頂開這個男人，擺脫這醜陋的糾纏以及這滑稽的臀部動作。他的身體顯得愚蠢、野蠻而帶有瑕疵，他拙劣的動作更是令人作嘔。人類一旦完成進化，這種表演與這種「功能」肯定會遭到淘汰。

轉眼之間，他就結束了。他靜靜地躺著，他的意識逐漸退縮到一個陌生而靜止的空間。那個空間是如此的遙遠，遙遠到她無法觸及。她的心開始流淚。她覺得他就像退潮的海水，她則是被留在海岸上的一顆石頭。他也曉得自己正在撤退，他的心逐漸離她而去。

她在知覺與反應的雙重打擊下，難過得哭了起來。但他視而不見，或者根本沒有察覺。她沒有料到自己會淚如泉湧，這嚇到她自己也嚇到他了。

「唉！」他說：「這次不好，妳沒有達到高潮。」原來他心知肚明！她哭得更厲害了。

「但這其實沒什麼，」他說：「難免會出現這種狀況。」

「我……我沒有能力愛你。」她嗚咽著，突然感覺自己的心碎了。

「是嗎？別擔心！法律沒有規定妳一定得愛我。順其自然吧！」

他依舊把一隻手擱在她的胸部，但她已經縮回原本摟抱他的雙手。

他的話安慰不了什麼，她大聲哭泣。

「別這樣！」他說：「看開一點，人生難免有不如意的時候。」

她淚流滿面，嗚咽著。「可是我想愛你，卻做不到。這簡直太糟糕了。」

他笑了笑，既感到苦澀，又覺得有趣。

「這不算糟糕，」他說：「就算妳感覺如此，這也算不上糟糕。愛情無法強求，妳不需要擔心沒有能力愛我。這世上也沒有十全十美的事，凡事還是得往好處想。」

他把手移開她的胸部，不再碰觸她。對於他不再碰她，她幾乎感到一種倔強的痛快。她討厭他滿口的方言。他總會漫不經心地起身，在她面前扣上他那條滑稽的燈芯絨馬褲。然而，米凱利斯卻總會禮貌地轉過身子。這個男人太過自信，因而不曉得在別人的眼裡，他只是個沒有教養的傻瓜。

可是，當他默默地起身準備離開她，她卻驚慌地抱住他。

「不要，不要走！不要離開我！不要生我的氣！抱我！抱緊我！」她一味胡言亂語，甚至不知道自己在說什麼，只是死命地抱住他。她感到憤怒與抗拒，卻又渴望被拯救。然而，那股支配她內心的抗拒力量是如此強大！

他再次伸出手擁抱她時，突然發覺她在他的懷裡變得嬌小和脆弱。那股抗拒的力量消失了，她開始融入一種美妙的寧靜。而當她變得既嬌小又迷人，這也使得她變得十分性感。面對她的柔弱與那股穿透他的手臂、滲入他的血液的美好，一股強烈卻溫柔的慾望使得他血脈賁張。在純粹渴望的驅策下，他的愛撫變得既溫柔又伴隨著美妙的快感。他輕撫她光滑的腰肢，再一路往下摩挲她溫熱的細膩雙臀，探向她敏感的私處。她感覺他的慾望就像一把溫柔的火焰，而她正逐漸在這把火焰下融化。她不再抗拒。她

＊莫泊桑（Henri René Albert Guy de Maupassant, 1850-1893），十九世紀法國作家，被譽為「短篇小說之王」，世界文學名著《羊脂球》作者。

感覺那頂著她的陽具擁有一種無聲卻驚人的力量與堅決，她決定把自己交給他。她屈服，並猶如面臨死亡似的泛起一陣顫抖。哦，如果他沒有在這時溫柔地對待她，這對已經向他卸下所有防衛，而又變得如此無助的她該是多麼殘忍！

當他既強悍又無情地進入她的身體，莫名的畏懼讓她再次顫抖了起來。他有如舉著一把死亡之劍刺進她的體內，突來的恐慌讓她不由得抱緊他。但他的挺進顯得異常的徐緩與溫和，這種在黑暗中緩慢而寧靜的挺進與溫柔，就像是這個世界在開天闢地之初的那股力量。她內心的恐懼感消退了。她決定拋開一切顧慮，甚至從容地放棄自我。她毫無保留，徹底地讓自己隨波逐流。

她變成一片海洋，只剩下一道道黑色的海浪隨著一股巨大的浪潮，不停地波動與震盪。她的黑暗身軀隨著這股浪潮擺盪，她是一片暗潮洶湧的汪洋。啊，那股巨浪破碎成許多道暗潮襲向她的體內深處。隨著那根活塞的深入與緩慢地撞擊她的核心地帶，那些破碎的暗潮開始在她的體內深處翻騰。那些洶湧的巨浪把她沖向某處海岸，讓她逐漸變得赤裸、毫無防備。那些巨浪沖散她的意識，帶著她逼向那未知的世界。忽然，隨著一陣輕微的痙攣，她的整個敏感地帶都起了感應。她知道高潮來了，而她丟了。她丟了，她失去了自我，變成了一個女人。

啊，太美了，真是太美了！她在高潮消退的過程中徹底品味了這種美感。此刻，她滿懷柔情地緊擁著這個陌生人，感覺他那正在逐漸萎縮的陽具。在一陣猛烈衝刺後，它變得如此溫順柔弱，甚至悄悄地退縮著。當這個既神祕又敏感的東西滑出她的身體，強烈的失落讓她叫了一聲，並且不由自主地伸出手想把它再放回去。它剛才的表現太完美了！她真是愛死它了！

直到這時，她才驚訝地發覺這原本強大的陽具，竟然變得有如花蕾似的含蓄、嬌小與柔弱。她在憐惜下，不由得再度輕呼了一聲。

「它好可愛！」她呻吟。「好可愛！」他沒說什麼，只是輕輕地吻了她一下，繼續靜靜地躺在她身上。她有如一名獻身者或是嬰兒般，在一種巨大的滿足下再次呻吟。

此刻，她內心那種莫名的敬畏再次被喚醒。

一個男人！她剛才所經歷的那種古怪男性力量！她的雙手在他的身上遊移。她仍然有著些許的害怕，害怕這副她原本感覺古怪，甚至敵視與厭惡的男性軀體。然而，她現在卻撫摸著他，感覺彼此有如上帝的兒子與人類的女兒。他給人的感覺是這麼美好，他的身體又是這麼純淨！真美，太美了。這副身軀如此沉著與強壯，卻又如此純淨、敏感與嬌弱！這副強壯而稚嫩的身軀所表現出來的沉著實在動人！太動人了！她的雙手羞怯地滑過他的背部，來到他那渾圓而柔軟的窄臀。迷人！真迷人！一個念頭突然閃過她的腦海。這副身體是如此的美好，那麼她以前厭惡的究竟是什麼？這真實而溫熱的臀部有著難以言喻的美好觸感！這臀部擁有自己的生命、十足的溫暖與絕對的美感。還有他胯下那裝著睪丸的奇怪袋子！真奇妙！這個袋子捧在手上的感覺既柔軟又沉重，真是太奇妙了！它不僅帶來這些美好，更是所有美好事物的源頭。

她摟著他，發出幾近敬畏的驚嘆。他則是沉默地緊摟著她，彷彿永遠不打算開口。她蠕動著，想讓自己更加貼緊他美好的肉體。在他那令人難以理解的沉默中，她感到他的陽具又緩緩腫脹了起來，再度充滿力量。在一種敬畏感下，她的心融化了。

這次，他化成一道既柔和又繽紛的光線進入她的體內，但她的意識無法捕捉如此柔和而繽紛的純淨光線。不知不覺，她整個人變得有如不斷震顫的等離子。她不知道這是怎麼一回事，也不記得發生了什麼，只知道這必定是這世上最美好的體驗。隨後，她全身癱瘓、徹底失去知覺，也不知道時間過了多久。他靜靜地躺著她身旁，沉浸在這種奇妙的平靜氛圍。這一刻，兩人都只想保持沉默。

她逐漸恢復意識後，緊貼著他的胸膛輕喚「親愛的！親愛的！」。他靜靜地擁著她，她則是蜷伏在他的胸膛。太美了！

然而他的沉默深不可測，他的雙手異常僵硬，她就像是他捧在懷裡的一束花朵。

「你在想什麼？」她輕聲問。「你在想什麼？跟我說話好嗎？隨便什麼都好！」

他輕吻她一下，低聲說：「嗯，寶貝！」

但她不了解他的意思，也不知道他在想什麼。他的沉默讓她感覺自己似乎失去他了。

「你愛我嗎？」她輕聲問。

「嗯，妳知道的！」他說。

「我想聽你說！」她懇求。

「好！好！難道妳還感覺不到我的愛？」他的聲音含糊，但口吻溫柔而堅定。她把他摟得更緊。關於愛情，他的表現比她平淡許多，而她需要他的承諾。

「你是真的愛我！」她自信地說。但她彷彿是他懷裡的一朵花，他的愛撫帶來難以言喻的親密感，卻缺少讓人渴望的顫抖。她需要更加肯定的答案。

「說你會永遠愛我！」她央求。

「好！」他心不在焉地說。她感覺這些問題讓他厭煩了。

「我們該起來了吧？」他說。

「不要！」她說。

但她察覺他正心神不定地聆聽著外面的動靜。

「天快要黑了。」他說。從他的聲音，她聽出眼前情況帶給他的壓力。她帶著女人在離別時的感傷心情親吻他。

他起身扭開油燈，開始穿衣服。剎那間，他的身體便消失在衣服的遮蔽下。他站在她的身旁一邊扣著馬褲，一邊用他那雙深邃的大眼俯視她。他的兩頰略微泛紅，頭髮凌亂。昏黃的燈光下，他顯得如此英俊，英俊到她想把眼前的他永遠藏在心裡。她想躍向他，摟緊他，因為他帶著睡意的臉龐有著一種溫暖卻疏離的美。這種美幾乎讓她忍不住想吶喊、抱緊他並占有他。然而她永遠無法占有他，因此她繼續蜷縮在毛毯上。他看著她裸露在毛毯外那既柔軟又曲線優美的臀部，卻怎麼也看不透她的心事。然而，他同樣認為她有著迷人的外表，而且擁有可以讓他進入的柔軟奇妙部位。

「我愛妳，因為我可以進入妳的身體。」他說。

「你喜歡我？」她怦然心動地問。

「這讓愛變得完整，因為我可以進入妳的身體。我愛妳，因為妳對我敞開懷抱。我愛妳，因為我可以用那樣的方式進入妳的身體。」

他俯身親吻她柔軟的腰肢，並用臉頰來回磨蹭後，替她蓋上毛毯。

「你永遠都不會離開我吧？」她問。

「不要問這種事。」他說。

「可是你相信我是愛你的吧？」她又問。

「妳過去也許不曾想過自己會這麼愛我，但這也只是現在。一旦妳開始認真思考，誰曉得未來會變成怎樣！」

「我不想聽這種話！你不會真的以為我存心利用你吧？」

「利用我什麼？」

「生孩子……」

「現今的世界，誰都可以生孩子。」他坐下來繫綁腿時說。

「不，」她大聲說：「你不是真的這麼以為吧？」

「算了，」他低頭看著她。「這次的感覺最棒。」

她依舊躺著。他輕輕打開房門。天空呈現深藍色，邊緣則是轉為清澈的碧藍色。他走到屋外，把母雞關進籠裡，並低聲對狗說話。她躺在那兒思索著生命與存在的奧妙。

他回來時，她仍然像個熱情的吉普賽人似的躺在那兒。他在她身旁的凳子上坐下。

「妳出國前，找時間來我這裡過一晚。好嗎？」他把雙手垂在胯下看著她問。

「好嗎？」她模仿他的口吻逗弄他。

他笑了笑。

「是的，好嗎？」他重複。

「是的！」她模仿著他的方言。

「好！」他說。

「好！」她重複。

「來和我過夜，」他說：「我們需要這麼做。妳什麼時候來？」

「我應該什麼時候來？」她問。

「不對！」他說：「妳學得不像。妳什麼時候來呢？」

「也許星期天。」

「也許星期天！對了！」

他笑了起來。

「不過，還是不像。」他聲明。

「為什麼不像？」她問。她學說方言的樣子讓他感到莫名的滑稽。

「來吧，妳得走了！」他說。

「是嗎？」

「是嗎？」他更正她的腔調。

「為什麼我的發音不能和你一樣？」她抗議。「你不公平！」

「是嗎？」他傾向前輕撫她的臉頰。

「可是妳有個很棒的小穴，不是嗎？妳有著這世上最好的小穴。只要妳想要，而且心甘情願的時候！」

「小穴是什麼？」她問。

「妳不知道？小穴就是妳底下那裡，也就是我進入妳體內的地方，和妳讓我進入的地方。它的存在就是為了這件事。」

「為了這件事。」她逗弄他。「小穴！這和性交的意思一樣。」

「不一樣！性交是一種行為，只有動物才會性交，但小穴不只如此。它代表妳，妳懂嗎？即使性交，妳也和動物有很大的不同，不是嗎？小穴！親愛的，那就是妳美妙的地方。」

他凝視她的雙眼是如此深邃、柔和，以及難以言喻的熱情。太美了！她起身，親吻他的眉心。

「是嗎？」她問。「那你喜歡我嗎？」

他沒有回答，只是親吻她。

「妳得走了，我幫妳把灰塵拍一拍。」他說。

他的手拍打著她凹凸有致的身體，沉穩、溫柔而親密，但不帶情慾。

她在暮色中跑回家。這世界像一處夢境，園裡的樹林就像波濤洶湧的海浪，就連屋前那道山坡都顯得生機盎然。

第十三章

週日，克利福德想去樹林走走。早上的天空晴朗，突然綻放的桃樹和李樹為這世界妝點了斑斑點點的白色花朵。

百花齊放，克利福德卻得依靠別人的幫助才能從椅子挪到輪椅。這個世界真殘酷，但他早已遺忘這個事實，甚至對自己的殘廢感到自傲。一旦得搬動他那雙殘廢的雙腿，康妮還是會感到難過。不過，這種事如今已交由博爾頓太太或菲爾德代勞。

她在車道另一頭的山毛櫸樹蔭下等他。他的輪椅以一種病人似的遲緩速度駛向她。當他來到他妻子的身旁，他說：「這是克利福德爵士的駿馬！」

「而且還會噴吐鼻息！」她笑著說。

他停下來打量這座狹長低矮的褐色古宅。

「拉格比莊園沒有眨眼！」他說：「但又何必！我駕馭的是人類的智慧成就，而這絕對勝過一匹馬。」

「確實如此。以前，柏拉圖的靈魂是坐著兩匹馬拖拉的雙輪馬車上天堂，現在可能得換成福特汽車了。」她說。

「或是勞斯萊斯。柏拉圖可是個貴族！」

「沒錯！不必再鞭打和虐待黑馬了。柏拉圖絕對想不到我們有比他的黑馬和白馬更厲害的交通工具，甚至不需要馬了，只要一具引擎！」

「只要引擎和汽油！」克利福德說。

「明年，我想把這個老地方整修一下。我想我應該可以撥個一千英鎊來進行整修，不過這得花費不少功夫！」他補充。

「哦，很好啊！」康妮說：「只要工人不再罷工就好了！」

「他們再罷工也沒什麼好處！只會毀了這個產業，落得一場空。這些貓頭鷹也該開始看清事實了！」

「也許他們並不在乎毀了這個產業。」康妮說。

「嘖，這只是婦人之見！這個產業就算無法讓他們賺大錢，至少也可以讓他們填飽肚子。」他說話的口吻竟然帶有博爾頓太太的味道。

「可是你以前不是說自己是保守的無政府主義者？」她天真地問。

「妳當初沒有聽懂我的意思吧？」他反駁。「我的意思是，只要人們可以維持生活**形式**與架構上的完整，他們就擁有決定自己行為、思想與未來的權利。」

康妮默不吭聲地走了幾步後，倔強地說：

「這聽來有點像在說，一顆蛋只要能保持蛋殼的完整，內容物再怎麼爛也沒關係。可是，壞掉的雞蛋會自己爆開。」

「我不認為可以把人比喻成雞蛋。」他說：「人也不是天使的蛋，我親愛的小傳道士。」

這個明媚的早晨，他的心情極佳。百靈鳥在林園上空啁啾，遠處山谷裡的煤礦悄然冒出蒸氣，一切宛如戰前的昔日景象。康妮根本無心和克利福德爭辯，甚至不怎麼情願陪他逛園林。因此，她有點悶悶不樂地走在他的身旁。

「不會了，」他說：「只要管理得當，就不會再鬧罷工。」

「為什麼？」

「因為罷工將會變得不太可行。」

「但他們會任由你擺布嗎？」她問。

「我們不會徵詢他們的意見，而會趁其不備的時候下手。這不只是為了他們著想，也為了保住這個產業。」

「也保護你自己的利益。」她說。

「那當然！這是為了所有人的利益。不過，他們得到的好處比我多。沒有煤礦，我還可以生存，但他們不行。煤礦垮了，他們就要餓肚子，而我還有其他的收入。」

他們眺望礦場所在的山谷，以及特弗沙爾村那有如巨蟒般，在礦場後方的山坡上蜿蜒的黑瓦房。褐色的老教堂傳來鐘聲：星期天，星期天，星期天！

「那些工人會聽從你的指揮嗎？」她問。

「親愛的，只要採取溫和的手段，他們就只能乖乖就範。」

「難道雙方無法達成互相的了解嗎？」

「當然可以，但他們得先了解產業的發展比個人利益來得重要。」

「但非得由你擁有這個產業嗎？」她說。

「當然不是，不過就某種程度上來說，我的確擁有這個產業。產業的所有權已經成了一種宗教問題，而且遠從耶穌和聖方濟各[1]的時代就是如此。重點**不**在於把你的一切施捨窮人，而是傾力發展產業，讓窮人有工作。只有這樣才能讓每個人都衣食無缺。我們把一切全布施窮人，只會讓我們和窮人一起挨餓。然而，人人都挨餓並不是一種崇高的目標，就連窮人太多都不是一件好事。貧窮是一種醜事。」

「那貧富不均呢？」

「那是命運。為什麼木星比海王星大？你沒辦法扭轉宿命。」

「可是如果有人感到羨慕、嫉妒和不滿呢？」她繼續問。

「那就盡力阻止這種情形。這場戲**總得**有人扮演主子。」

「問題是誰才是這場戲的主子？」她問。

「經營與擁有產業的人。」

兩人陷入長久的沉默。

「我覺得這些主子都不是什麼好人。」她說。

「那妳認為他們應該怎麼做？」

「他們應該更加嚴肅地看待自己的主子身分。」她說。

「他們看待自己的主子身分比妳看待妳的爵士夫人身分要嚴肅多了。」他說。

「這個頭銜是別人強加在我身上的，其實我並不想要。」她脫口而出。他停住輪椅看著她。

「現在是誰在逃避責任了！」他說：「**現在**是誰在推卸妳所謂的主子的責任？」

「我才不想當什麼主子。」她反駁。

「哦！這就是畏縮。妳已經擁有這種身分，這是命運，而妳應該扮演好妳的角色。是誰給予礦工這寶貴的一切，包括政治自由和教育機會，還有他們的衛生環境、醫療保健、書籍、音樂等等，這一切是誰給他們的？是礦工給礦工的嗎？不是！英國所有如同拉格比和希普利的主子們都貢獻了自己的一份力量，而他們今後也會繼續扮演好自己的角色。這就是妳的責任。」

康妮聽完，漲紅了臉。

「我也想有所貢獻，」她說：「可是我沒有這種權利。如今，每件事都脫離不了買賣關係，包括你剛才提到的那些物品，拉格比莊園和希普利莊園在**販賣**那些物品給人們的過程中都獲取了相當的利潤。所有事情都被拿來販賣，你對這些人毫無同情心。況且，是誰讓他們死於非命，失去男子氣概，並且痛恨這個產業？誰才是罪魁禍首？」

「那我應該怎麼做？」他臉色鐵青地問。「邀請他們來我家洗劫我嗎？」

「為什麼特弗沙爾會這麼醜陋、不堪入目？為什麼他們會對生活感到如此絕望？」

「他們依照自己的意思建設特弗沙爾，這也是一種自由意志的展現。他們建造出自己心目中的美麗特弗沙爾，過著自己的美好生活。我無法安排他們的生活方式。每隻甲蟲都得以自己的方式過活。」

「但你迫使他們為你工作。他們是依附在你的礦場下生活。」

1 聖方濟各（Saint Francis of Assis, 1182-1226）是義大利人、羅馬天主教的修道士、方濟各會的創辦者。

「這不是事實。每隻甲蟲都會自己去找食物。沒有人是遭到強迫才來我這裡工作。」

「他們的生活已經工業化，毫無希望，我們的生活也是如此。」她大吼。

「我不認為他們的生活有這麼不堪。這只是一種不切實際的說辭，一種逐漸僵化與消失的浪漫主義遺風。親愛的，妳看來一點也不像個絕望的人。」

這是事實。她那對深藍色的眼眸炯炯有神，兩頰紅潤，她的神態不但沒有絲毫的沮喪與絕望，反倒充滿桀驁不馴的熱情。她注意到，草地上有一叢新生的報春花，它們的花苞依舊嬌羞地垂著頭。她氣憤地想著，為什麼自己明明認為克利福德**大錯特錯**，卻又無法反駁他，甚至說不上來他到底錯在**哪裡**。

「難怪那些人恨你。」她說。

「他們不恨我！」他回答。「還有別搞錯了，依照妳的文字概念，這些人**不是**人類，而是一群妳不了解，也永遠無法了解的動物。別把妳的錯覺強加在別人身上。無論是過去或未來，民眾永遠都是這個樣子。尼祿[2]的奴隸和我們的礦工，或是福特汽車的工人幾乎沒什麼不一樣。我指的是尼祿的礦奴和農奴。老百姓就是這樣，什麼也改變不了他們。或許有人可以從中脫穎而出，但極少數無法改變大多數。群眾無法改變，這是社會科學最重大的事實之一。**麵包與競技！**[3]時至今日，教育才成為取代競技的其中一項低劣替代品。當今社會的癥結在於我們把節目表上的競技單元搞得亂七八糟，並用少許教育來毒害平民百姓。」

當克利福德揭露自己對一般人的真實看法，康妮一時目瞪口呆。這番話具有某種驚人的真實性，但卻是一種致命的真相。

克利福德看到她臉色發白，悶不作聲，於是又發動了輪椅。直到抵達園門，他停下等她開門後才又開口。

「現在我們需要拿起的是鞭子，」他說：「而不是刀劍。民眾過去一直扮演被統治的角色，這種情形未來也不會有任何改變，說他們有能力自治只是一種虛偽又荒誕的說辭。」

「但你有辦法統治他們嗎？」

「我？當然有辦法！我的心智和意志都沒有殘廢，我又不用腿來統治。我可以盡到統治者的責任，這點毫無疑問。給我一個兒子，他就能繼承我的統治權。」

「可是他不會是你親生的兒子，甚至有可能不是出自你那個統治階級。」她結巴地說。

「我不在乎孩子的父親是誰，只要他身體健康，智力正常就行了。只要給我一個身體健康、智力正常的孩子，我就能把他塑造成一個完美的查泰萊家人。決定人生的關鍵因素在於命運把我們放在哪個家庭，而不是誰生下我們。任何一個被擺在統治階級的孩子，長大後都會自然而然成為一個統治者。如果把王公貴族的孩子擺在平民之家，他們就會長大成普通的小老百姓。這種結果來自環境的巨大影響力。」

「這麼說來，平民與人種無關，貴族更不是一種血統。」她說。

「沒錯，親愛的！這些全是虛構的假象。貴族是命運的一種作用，平民則是命運的另一種作用。個人根本無足輕重，重要的是你面對與適應的是哪一種作用。貴族的塑造不是源於個人，而是來自整個貴

2 尼祿（Nero, 37-68）是羅馬帝國皇帝，通常被列為古羅馬的暴君之一。

3 古羅馬統治者有時會為民眾免費提供一些飲食和娛樂，日後被泛指於統治者的小恩小惠。

族階級的作用，一個人被塑造成平民則是來自整體群眾的作用。」

「這麼說來，人與人之間並不存在共通的人性！」

「你高興怎麼說都可以。我們都得填飽肚子。但我認為，只要一涉及作用的表現和執行，統治階級與服務階級之間就會出現一道無法跨越的鴻溝。這兩種作用相互對立，而個人則是來自這種作用的塑造。」

康妮茫然地看著他。

「你不往前走了嗎？」她說。

他已經表明自己的想法，於是發動了輪椅。此刻，他又回復那種既古怪又死氣沉沉的冷漠。康妮很討厭他這種冷漠，卻也不想在樹林裡和他爭辯。

馬路往前穿過一排榛樹，進入斑白的美麗樹林。路上長滿了勿忘我，看來有如浮出榛樹陰影的一團團奶泡。馬路中間的草地被踩出一條步道，克利福德駕著輪椅行駛在步道上。康妮走在後頭看著輪椅顛簸著輾過香車葉草和夏枯草，壓扁千屈菜綻放的小黃花。如今，他們更在這長滿勿忘我的馬路上，拖出一道軌跡。

眼前有如一片風平浪靜的花海，一簇簇風信子就像是點綴其間的藍色池塘。

「妳說得對，這裡真的很美。」克利福德說：「簡直是美不勝收。英格蘭的春天有著世界上最迷人的景色！」

康妮感覺，這聽來彷彿連春暖花開都得經過國會的批准。英格蘭的春天！為何不是愛爾蘭的春天？或是猶太的春天？輪椅緩緩前進，經過一叢叢有如麥桿般挺立的風信子，壓過牛蒡的灰色葉片。

兩人來到那塊樹木已被砍伐殆盡的空地後，頓時曝露在一大片的陽光下。零星散布的風信子反射出斑斑點點的藍色、紫色和淡紫色的光芒，夾在其間的歐洲蕨聳立著捲曲的褐色新葉，看來有如一群群懷著新祕密並準備去偷偷告訴夏娃的小蛇。

直到抵達坡頂，克利福德沒有再停下輪椅，康妮則是緩緩地跟在他的後面。所有橡樹都冒出褐色的嫩芽，萬象更新，就連樹枝雜錯、長滿樹瘤的老橡樹也吐出最柔嫩的新芽。陽光下，那些褐色嫩葉看來就像許多展開了纖薄翅膀的小蝙蝠。為何人類從不讓自己徹底脫胎換骨，呈現一番新氣象？陳腐的人類！

克利福德在坡頂停下輪椅俯看。風信子如同碧藍的潮水沖過寬闊的下坡路，並沿路染出一道溫暖的藍色。

「這顏色本身就很美，」克利福德說：「可惜畫畫時卻派不上用場。」

「是吧！」康妮意興闌珊地說。

「妳覺得我可以試著前往那處山泉嗎？」克利福德問。

「這輪椅還可以再往上嗎？」她問。

「試試看吧！不入虎穴，焉得虎子。」

輪椅開始緩緩下坡，顛簸在長滿美麗的藍色風信子的寬敞馬路上。啊，這穿越風信子淺海的最後一艘船！啊，這航行在惡海上的小艇，正駛向我們文明的最後旅程！啊，這帶有輪子的怪艇，你打算緩緩駛向何方？克利福德戴著黑色的舊帽子，身穿粗花呢外套，文風不動地坐在這艘探險之輪上；他看來是如此謹慎、沉著又志得意滿。啊，船長，我的船長，我們已經完成偉大的旅程！儘管這趟旅程尚未抵達終點！穿著灰色連衣裙的康妮沿著下坡路的輪痕，望向一路往下顛簸駛去的輪椅。

兩人經過通往木屋的小徑。謝天謝地，小徑太窄，只能勉強讓一個人穿過，而無法讓輪椅通過。輪椅駛至坡底，轉個彎便從康妮的眼前消失。隨後，康妮聽見背後傳來一聲細微的口哨聲。她回頭看見守林人正大步走來，狗則是跟在他的後面。

「克利福德爵士要去石屋嗎？」他看著她的眼睛問。

「不是，只是去約翰井。」

「哦，太好了！那我就不用露面了。不過，我今晚想和妳碰個面。十點左右，我在園門口等妳。」

他再度直視她的眼睛。

「好。」她猶豫了一下後才說。

遠處傳來叭叭的聲音，克利福德按響喇叭催促著康妮。她回應：「來了！」守林人迅速做了個鬼臉，並伸手由下而上撫過她的乳房。她驚訝地看了他一眼，隨即跑向坡底並喊著「來了！」。男人目送她遠去，隨後轉身，微笑著走回小徑。

她發現克利福德正緩緩駛向那口山泉。山泉位於半山腰的蒼鬱落葉松林裡。當他抵達山泉處，她也正好趕上他。

「她表現得不錯。」他指的是那輪椅。

康妮看著有如鬼魅般遍布落葉松林的牛蒡。人們把這種帶有寬大灰色葉片的牛蒡稱為「羅賓漢的大黃」。山泉處顯得異常寧靜和陰鬱！然而湧淌的泉水卻是如此歡快。真是奇妙！那裡長著一些小米草和強韌的夏枯草……還有那裡，山泉下方的黃土掀動著。一隻鼴鼠！牠探出頭，撐著粉紅雙爪，翹起粉紅小鼻子，盲目地轉動牠那圓錐狀的腦袋。

「牠好像在用鼻子看東西。」康妮說。

「總比用牠的眼睛好！」他說：「妳要喝水嗎？」

「你呢？」

她取來一只掛在樹枝上的搪瓷馬克杯，俯身替他裝了一杯水。他小口喝完後，她又俯身汲水並喝了一點。

「好冰涼！」她喘了口氣後說。

「很棒吧！妳有沒有許願？」

「你呢？」

「許了，不過我不想說出來。」

她聽見啄木鳥的鑿擊聲，還有微風穿越松林所帶來的飄渺詭異聲響。她抬頭，看著掠過藍天的一朵朵白雲。

「白雲！」她說。

「只是一群小白羊！」他回應。

一抹影子拂過這塊小空地。那隻鼴鼠已經爬出鬆軟的黃土。

「討厭的小畜生，我們應該弄死牠。」克利福德說。

「你看！牠多像個站在講壇上的牧師。」她說。

她摘了幾枝香車葉草，放進他的手裡。

「新割的乾草！」他說：「聞起來就像上個世紀的浪漫淑女，不是嗎？還好她們最後沒幹什麼蠢事！」

她看著白雲。

「不知道會不會下雨？」她說。

「下雨！怎麼！妳希望下雨嗎？」

他們踏上回程。下坡時，克利福德小心翼翼地操控晃動的輪椅。兩人來到陰暗的谷底，右轉再前進一百碼後來到那道長滿風信子的長坡。

「來吧，老情人！」克利福德說完，把輪椅駛上斜坡。

斜坡陡峭而崎嶇，輪椅遲緩地爬坡，一副痛苦掙扎又不情願的模樣。儘管如此，她還是在搖搖晃晃中持續前進。直到爬升至一塊長滿風信子的草地，她頓時卡住，在花叢裡掙扎。她再往前衝了一下，就再也不動了。

「我們最好按個喇叭，看那個守林人會不會過來。」康妮說：「他可以推她一把。說到推，我也可以幫忙。這行得通。」

「我們讓她歇一歇，」克利福德說：「妳可以去找塊石頭卡在輪子下面嗎？」

康妮找來一塊石頭。兩人等了一會兒，克利福德再度發動引擎，讓輪椅前進。她氣喘吁吁，像個病人似的搖晃與顫抖。

「我來推吧！」康妮說著，走到輪椅後面。

「不！不要推！」他憤怒地說：「如果這該死的東西需要別人推，那它還有什麼用處！把石頭墊在輪子底下就行了！」

稍作休息後，克利福德又試了一次。但這次的情況更糟。

「你**得**讓我幫你了！」她說：「不然就按喇叭通知守林人。」

「等一下！」

過了一會兒，他又做了一次失敗的嘗試。

「如果你不讓我推，就按喇叭。」她說。

「吵死了！妳能不能安靜一會兒！」

她安靜了一會兒，他則是繼續折磨那具小馬達。

「克利福德，你不只在白費力氣，」她抱怨。「還會弄壞了那具馬達。」

「要是我可以下來，檢查一下這該死的東西就好了！」他氣憤地說完，用力按響喇叭。「或許梅勒斯能找出問題出在哪。」

天空聚集了更多的雲朵，兩人在被壓扁的花草間等待。一片寂靜中響起一陣斑鳩的叫聲。咕咕咕！咕咕咕！克利福德猛按了一下喇叭後，那隻斑鳩才停止鳴叫。

守林人很快就出現了。他繞過轉角後，一臉訝異地大步走來，並行了個禮。

「你懂馬達嗎？」克利福德厲聲問。

「不懂，出了什麼問題嗎？」

「顯然是！」克利福德不悅地說。

男人熱心地蹲在輪子旁，檢查那具小引擎。

「我對機械方面一竅不通。」他平靜地說：「克利福德爵士，如果有足夠的汽油和機油……」

「你只要仔細看看是否有哪裡壞掉就行了。」克利福德打斷他。

守林人把槍靠在一根樹幹上，脫下外套，扔在樹旁。那條棕色的狗坐在一旁守護。接著，他蹲下來檢視輪椅，伸手戳刺那油膩膩的小引擎，懊惱於自己身上這件星期天才穿的乾淨襯衫沾上了油漬。

「看不出有什麼東西壞掉了。」他說完，起身，把壓在前額的帽子往上一推，揉著眉頭，顯然在研究問題出在哪。

「你有沒有看底下的橫桿？」克利福德問。「看看它們是否正常！」

男人趴到地上，縮起脖子鑽到引擎下伸手檢查那條橫桿。康妮心想，男人一趴到這廣闊的大地，頓時顯得多麼卑微、脆弱與渺小。

「我看不出有什麼問題。」下方傳來他含糊的聲音。

「我看你是不行。」克利福德說。

「看樣子我是不行！」他爬起來，像礦工那樣蹲坐在後腳跟上。「看不出有什麼地方壞了。」

克利福德發動引擎，打檔，但輪椅文風不動。

「或許可以催一下油門。」守林人建議。

克利福德討厭別人干涉，但還是把引擎加速得開始嗡嗡作響。她咳嗽、咆哮，似乎開始好轉。

「聽起來好像順了一點。」梅勒斯說。

克利福德迫不及待地上檔。她搖晃了一下，開始有氣無力地前進。

「只要我再推一把，她就可以往上爬了。」守林人說完，走到輪椅後方。

「別碰她！」克利福德呵斥。「讓她自己走。」

「克利福德！」康妮在一旁插話。「你明知她爬不上去，幹嘛這麼固執！」

克利福德氣得臉色發白，猛拉操縱桿。輪椅搖搖晃晃地往前衝了數碼，便在一處長得相當茂盛的風信子叢中戛然而止。

「她不行了！」守林人說：「馬力不夠。」

「她以前爬過這裡。」克利福德冷冷地說。

「這次不行了。」守林人說。

克利福德沒有回應。他開始忽快忽慢地催動引擎，彷彿在替她進行調整。怪異的聲音在林間迴響。隨後，他突然換檔，鬆開煞車。

「你會把她折騰得四分五裂。」守林人小聲說。

輪椅微微晃動了一下後，衝向一旁的溝渠。

「克利福德！」康妮大叫著衝向前。

但守林人已經搶先一步抓住輪椅的扶手。儘管如此，克利福德還是猛力催動引擎，把輪椅駛回馬路上。梅勒斯持續推著輪椅，她則是有如想挽回顏面似的發出奇怪聲響。輪椅與山丘搏鬥，並且開始往上爬升。

「你們看，她辦到了！」克利福德得意地說完，轉頭才發現守林人走在他背後。

「你在推嗎？」

「不推就上不來。」

「讓她自己走。我不是說過了。」

「她上不去。」

「**讓她試試！**」克利福德強硬地說。

守林人往後退，轉身去拿他的外套和槍枝。輪椅似乎當下就卡死了。她僵在那兒。克利福德像個犯人似的坐著，氣得臉色發白。他無法站立，只能扯動操縱桿，她卻只回以一些奇怪的聲響。極度不耐下，他搖動兩根小把手。輪椅發出更多聲響，卻動也不動。不，她就是不肯前進一絲一毫。他關掉引擎，臉色鐵青地僵坐在輪椅上。

康妮坐在路旁，看著那些慘遭踐踏的不幸風信子。「英格蘭的春天有著世界上最迷人的景色。」「我可以盡到統治者的責任。」「現在我們需要拿起的是鞭子，而不是刀劍。」「統治階級！」

守林人拿著外套和槍枝大步走上前，弗洛西小心地跟在後頭。克利福德吩咐男人檢查引擎的某些部位。康妮對馬達的技術一無所知，再加上有過半路拋錨的經驗，因此泰然自若地坐在路旁袖手旁觀。守林人再次趴到地上。統治階級與服務階級！

他站起來，耐著性子說：「再試試看吧！」

他語氣輕柔，幾乎像在對一個小孩子說話。

克利福德再次發動引擎，梅勒斯迅速走到輪椅後面推動。在引擎與男人的合力下，她開始爬坡。

克利福德轉頭，氣得暴跳如雷。

「你走開行不行！」

守林人立刻鬆手，克利福德加了一句：「不然我怎麼知道她跑得怎樣！」

守林人放下槍，穿上外套。他的任務已經結束。

輪椅開始緩緩往後倒退。

「克利福德，煞車！」康妮大喊。

她、梅勒斯和克利福德都立即採取了行動。康妮和守林人彼此略微碰撞了一下。輪椅停住了，現場頓時陷入一片死寂。

「看來我只能任人擺布了！」克利福德臉色鐵青地說。

沒人吭聲。守林人把槍扛上肩，除了由於忍耐而變得恍惚，他顯得神態怪異、面無表情。弗洛西幾乎擠進主人的兩腿間戒備。牠局促不安地來回走動，牠看向輪椅的眼神顯示出懷疑與厭惡，而身旁這三個人也讓牠感覺十分困惑。三人都默不作聲地站在壓扁的風信子叢間，這一幕形成了一幅**生動的景象**。

「我想她需要有人推她一把。」最後，克利福德**鎮定**地表示。

沒人回應。梅勒斯一副漫不經心的表情，彷彿他什麼也沒聽見。康妮焦急地看了他一眼，克利福德也轉頭看了他一眼。

「梅勒斯，你可以把她推回家吧？」他以一種在上位者的冷漠口吻說：「希望我剛才沒有說了什麼得罪你的話。」他很不高興地加了一句。

「怎麼會呢，克利福德爵士！您要我推這輪椅嗎？」

「麻煩你了。」

男人走向輪椅，但這次卻推不動，煞車器卡住了。他們又推又拉，守林人再次放下槍，脫下外套。這次，克利福德沒有再開口說任何一句話。最後，守林人把輪椅的後側抬離地面，提腳試著踢鬆輪子。

這個方法失敗了，輪椅重新落回地面。克利福德緊抓著輪椅兩側，輪椅的重量讓男人變得氣喘吁吁。

「別抬了！」康妮朝他喊。

「可以請妳幫忙把輪椅朝那個方向拉嗎？像這樣！」他向她示範做法。

「不，你別抬它了！你會受傷的。」她激動得臉頰泛紅。

但他注視著她並點頭，她只好走向前抓住輪椅，做好準備。他一抬起輪椅，她便使勁往前拉，輪椅頓時晃動了起來。

「老天爺！」克利福德嚇得大叫。

不過沒事，煞車器鬆開了。守林人拿塊石頭墊在輪下後，走到路旁坐著。幾番折騰讓他的心跳急促，臉色蒼白，頭昏目眩。

康妮看著他，氣得想破口大罵。空氣凝結，現場一片死寂。她看見他擱在大腿上的一雙手在顫抖。

「你受傷了嗎？」她走向他問。

「沒有！」他幾乎是生氣地別過臉。

沉默再度降臨。克利福德的後腦勺沒有轉動，就連那條狗也一動不動地站著。天空聚集了許多雲朵。

最後，守林人嘆了口氣，拿紅色手帕擤了擤鼻子。

「那場肺炎讓我的體力大不如前。」他說。

沒人搭腔。康妮估算著他得花多少力氣，才能把輪椅和沉重的克利福德抬起來；太重了，實在太重了！他不死也只剩半條命！

他站起來，再次拿起外套，掛在輪椅的扶手上。

「克利福德爵士，你準備走了嗎？」

「你準備好就走！」

他俯身拿開石頭，然後用身體頂住輪椅。康妮不曾看過他如此蒼白，如此萎靡。克利福德的身材壯碩，山坡又如此陡峭。康妮走到守林人身旁。

「我也來推！」她說。

她使出女人生氣時的那股狠勁，輪椅前進得更快了。克利福德轉頭。

「有這個必要嗎？」他說。

「有！你想害死他嗎？如果你在馬達沒壞之前就……」

話還沒說完，她已經上氣不接下氣。她不得不放鬆一些，因為推輪椅實在出人意料地費力。

「唉呀！走慢一點！」守林人在一旁說。他的眼神帶著一絲笑意。

「你真的沒有受傷？」她急切地問。

他搖搖頭。她看著他那短小靈敏、被太陽曬成褐色的手。那是撫摸過她的手。過去，她不曾注意過他的手。這隻手像他一樣帶給人一種內斂與沉穩的奇特感受，她想抓住它卻似乎抓不住它。她的整顆心突然飛向他，但他卻是如此沉默與遙遠！他感覺手腳逐漸恢復力氣，左手推著輪椅，右手搭上她圓潤白皙的手腕，輕輕撫摸著。一股力量如同火焰直竄他的背脊和腰桿，他的精神為之一振。她突然彎腰親了一下他的手。這時，克利福德正挺著那顆梳理得光滑亮麗的腦袋，一動不動地坐在他們前方。

到了坡頂，他們停下來稍作休息。康妮很高興自己終於可以放開輪椅。她一度幻想，這兩個男人可以成為朋友：一個是她的丈夫，一個是她孩子的父親。如今，她終究發覺這種幻想有多麼荒唐。這兩個男人根本勢同水火，彼此都恨不得毀滅對方。她第一次了解到仇恨是一種多麼微妙的情感，也第一次意識到自己對克利福德的憎恨有多麼強烈，甚至巴不得他從這世上消失。奇怪的是，承認自己恨他竟讓她感覺如釋重負，甚至容光煥發……她心裡油然生出這樣的念頭：「既然我恨他，自然也無法再和他一起過日子。」

4

到了平地，守林人便可以獨自推動輪椅。克利福德為了表現自己的鎮定，刻意和她聊起住在迪耶普的伊娃姑媽，以及馬爾科姆爵士寫信來問，康妮是否要搭他的車前往威尼斯，或者是和希爾達一起搭火車。

「我比較想坐火車。」康妮說：「我不喜歡搭乘車子做長途旅行，尤其是路上有風沙的時候。不過，我還是得看看希爾達的意思。」

「她應該會想自己開車來載妳。」他說。

「有可能！我得去幫忙了。你不知道這輪椅有多重。」

她走到輪椅後面，和守林人併肩緩緩把輪椅推上粉紅色的小徑。她毫不在意被別人看見。

「幹嘛不去把菲爾德叫來？我在這兒等就行了。他有足夠的力氣推這輪椅。」克利福德說。

「都這麼近了。」她喘著說。

可是等到抵達坡頂，她和梅勒斯都汗流滿面。但很奇怪，經過合力完成這件小工作，兩人變得比以往更親暱了。

「太謝謝你了，梅勒斯。」到了門口，克利福德說：「看來，我得換另一種馬達了。你要不要到廚房吃個飯？也該是吃飯的時間了。」

「謝謝，克利福德爵士。今天是星期日，我要去我母親那裡吃飯。」

「好吧。」

梅勒斯披上外套，看了看康妮，行個禮後轉身離去。

康妮氣沖沖地上樓。

午餐時，她的情緒爆發了。

「克利福德，你為什麼要表現得那麼糟糕，根本不替別人著想？」她對他說。

「替誰著想？」

「那個守林人！如果這種作風就是你所謂的統治階級，那我真替你感到可恥。」

「為什麼？」

「他是個生過病的人，體力還有點虛弱！老天，如果我是勞動階級，我會讓你坐在那裡等著別人侍候你，等到吹鬍子瞪眼睛。」

「這我完全相信。」

「如果換成他瘸了腿坐在輪椅上，而且表現得像你一樣，你對**他**又會有什麼反應？」

「我親愛的傳教士，你不能把普通人和上流人士混為一談。」

「你那種想要大家都同情你的心態，真的是無聊、卑劣又糟糕透頂。還說什麼你和你的統治階級有

---

4 迪耶普（Dieppe）是法國一座臨英吉利海峽的港口都市。

什麼位高者應盡的責任！」」

「我該負什麼道義責任？對我的守林人付出多餘的關愛？免了，這種事就留給我的傳教士吧。」

「這麼說好像你是人，而他不是人一樣，天啊！」

「他不過就是我的守林人，我每週付他兩鎊薪水，還給他一棟房子。」

「薪水？你以為你每週付他兩鎊薪水，給他一棟房屋是為了什麼？」

「要他做事。」

「哈！換成是我，我會要你留著你的錢和你的房子。」

「或許他有想過，可惜他沒那個命！」

「你，說什麼統治！」她說：「你根本不是什麼統治者，別自吹自擂！你只是擁有超出你應得的錢，然後要求人們領兩鎊的週薪替你工作，並且以飢餓來威脅他們。統治！你的統治帶來什麼好處？怎麼，你沒話說了吧！你只是靠著你的錢作威作福，就像那些猶太人和德國佬。」

「查泰萊夫人，妳的演說真是精采！」

「我敢保證，你在樹林的那番表現才真的精采。我實在替你感到丟臉。說到待人處事，我父親比你強上十倍。你這位紳士！」

他氣得臉色發黃，伸手拉鈴召喚博爾頓太太。

她火冒三丈地回到樓上的房間，自言自語：「他只會用錢收買人！幸好，他沒有買下我，所以我沒有必要和他在一起。一個冷血的紳士，跟死魚一樣！他們只會用那種偽裝的多愁善感與溫文儒雅來騙人，但他們的感情卻跟賽璐珞一樣冰冷。」

她決定把克利福德拋到腦後，開始思考今晚的計畫。她不想恨他，也不想在感情上和他有任何瓜葛。她不想讓他知道自己的任何事，尤其是對守林人的感情。他們總會因為她對僕人的態度而爭吵；他覺得她太隨便，她則覺得他對人太過冷酷，簡直麻木不仁。

晚餐時間，她氣定神閒地下樓，舉止端莊如常。他的臉色依舊泛黃。他大動肝火時，他的肝病就會發作……他正在讀一本法文書。

「妳讀過普魯斯特[5]的作品嗎？」他問。

「讀過，但覺得很枯燥無味。」

「他真的很了不起。」

「或許吧！但我覺得他寫的東西很沉悶，通篇都是詭辯。他的作品缺乏感情，只是在堆砌感情的辭彙。我受夠了這種自以為是的心態。」

「難道妳寧願選擇自以為是的獸性？」

「有可能！人只要不那麼自以為是，說不定可以有些收穫。」

「嗯，我喜歡普魯斯特的細膩文字和純淨的無政府主張。」

「那會讓你變得死氣沉沉，真的。」

「我的小傳教士夫人又開始說教了。」

5 普魯斯特（Proust, 1871-1922）是法國意識流作家，代表作為《追憶似水年華》。

兩人又要開始爭吵，又來了！但她就是忍不住想跟他抬槓。他像具骷髏似的坐在那兒，朝著她散發一種既冰冷又灰暗的**意志**。她幾乎可以感覺這具骷髏正準備抓住她，把她塞進他那用肋骨架成的籠子。他真的生氣了，而她確實有點怕他。

她草草結束用餐，返回樓上。她很早就上床，但九點半一到，她就起身走到門外傾聽。四下悄無聲息。她穿了件睡衣，走下樓。克利福德和博爾頓太太正在玩牌賭錢。這兩人大概會持續玩到午夜。

康妮溜回房間，把睡衣往床上一扔，換上一件單薄的網球連衣裙，再套上一件羊毛連衣裙，穿上膠底網球鞋，再穿上一件薄外套。她準備好了。萬一撞見人，她會說自己只是要出去散步一下。如果早上回來被發現，因為她原本就有在早餐前散步的習慣，所以就說自己是趁著清晨出去走走就好了。剩下來的唯一危險是半夜有人到她房間。但這幾乎不可能，連百分之一的可能性都沒有。

貝茨還沒鎖門。他通常晚上十點鎖門，早上七點開門。她悄悄溜出去，沒人發現。半輪明月剛好足以照亮道路，卻不至於暴露她穿著深灰色外套的身影。她快步穿過園林，她的內心缺少趕赴幽會的興奮之情，反倒燃燒著憤怒與叛逆的火焰。這種心情實在不像要去和情人約會，但**特殊時期需要特殊手段**！

第十四章

她走近園門時，聽見門閂的卡嚓聲。這麼說來，他已經到了。而且，他已經從樹林的陰暗處看見她來了！

「妳很守信，而且早到了。」他站在黑暗處說：「一切順利嗎？」

「毫無阻礙。」

她穿過園門後，他輕輕闔上門，打開手電筒照向黑暗的路面，照亮黑夜裡依舊綻放的蒼白花朵。兩人分開走，默不作聲。

「早上推輪椅的時候，你真的沒有受傷嗎？」她問。

「沒有！」

「你什麼時候染上肺炎？這種病對你的身體有什麼影響？」

「哦，沒什麼！只是我的心臟不像以前那麼有力，我的肺活量也大不如前。但這種病就是會有這種後遺症。」

「那你就不應該從事太激烈的勞動吧？」

「不能太頻繁。」

她憋著悶氣，腳步沉重。

「你恨克利福德嗎？」她終於問。

「恨他？不！他這種人我見得多了，恨他只會打壞我的心情。我早就知道自己不喜歡他這種人，所以就隨他高興吧。」

「他是哪種人？」

「唉，妳比我清楚，就是那種帶點娘娘腔的年輕紳士，這種人根本沒有蛋蛋。」

「什麼蛋蛋？」

「蛋蛋就是男人的蛋蛋！」

她思考著他的意思。

「這種事很重要嗎？」她有點生氣地說。

「一個人笨，我們會說他沒頭腦；壞，就說他沒良心；懦弱，就說他膽小。而當一個人缺乏男子氣概又沒什麼骨氣，我們就會說這個人沒有蛋蛋。」

她思考著這些話。

「克利福德沒骨氣嗎？」她問。

「他們這種人只要和別人發生衝突，就會表現得既沒骨氣又很下流。」

「你覺得自己很有骨氣？」

「多少有一點！」

她看見遠處出現一抹黃色燈光。

她停下腳步。

「前面有燈光！」她說。

「我習慣在屋子裡留一盞燈。」他說。

兩人繼續並行。但她和他保持著一點距離，心想自己怎麼會和他走在一塊。

他打開門讓兩人進屋後，立即鎖上門栓。這讓她感覺自己彷彿進了一處監獄！水壺在爐火上鳴響，桌上擺著茶杯。

她坐在火爐旁的木製扶手椅上。走過戶外的寒冷空氣，這裡讓人感覺格外溫暖。

「我的鞋子溼了，我先脫鞋子。」她說。

她把穿著長襪的兩腳擱在鐵製爐柵上。他去儲藏室拿來麵包、奶油和滷牛舌。她感到暖和後，脫下外套。他把外套掛在門上。

「妳要喝可可、茶，還是咖啡？」他問。

「我現在沒有胃口，」她看著桌子。「不過，你可以吃你的。」

「不，我也沒什麼胃口。我先餵狗好了。」

他步伐沉穩地走過石磚地板，把狗食放入一只棕碗。獵犬看著他，一臉迫不及待的表情。

「是，我記得，再怎麼樣我都會記得妳的晚餐！」他說。

他把碗擱在樓梯口的墊子上，在一把靠牆的椅子坐下，準備脫掉綁腿和靴子。那隻狗沒有吃，反而走到他身旁坐下，不安地望著他。

他慢條斯理地解開綁腿，狗兒又靠近他一些。

「怎麼？妳不習慣有外人？妳果然是母的，真是的！快去吃妳的晚餐！」

他伸手搭著狗的頭，牠把頭靠向他。他撫弄著牠柔滑的長耳朵，動作緩慢而溫柔。

「去吧！」他說：「去吃妳的晚餐！快去！」

他把椅子傾向墊子上的那只碗，那隻狗乖乖過去吃了。

「你很喜歡狗？」康妮問。

「不，不怎麼喜歡。狗太聽話，太黏人了。」

他已經卸下綁腿，正在解開那雙笨重的靴子。康妮此刻背對著爐火。這間小客廳真簡陋！然而，他的頭頂上卻掛著一幅醜陋的放大結婚照。照片中的一對年輕男女顯然是他和他妻子，一個無恥的年輕女人。

「那是你嗎？」康妮問。

他轉頭看著頭頂上的那幅放大照片。

「是啊！我們結婚前拍的，那時我二十一歲。」他用冷漠的眼神看著照片。

「你喜歡這幅照片？」康妮問。

「喜歡？不！我從沒喜歡過這幅照片，這其實是她自己準備好掛上去的。」

他轉身繼續脫靴子。

「如果你不喜歡，幹嘛還讓它掛在那兒？也許你太太會想要。」她說。

他忽然抬頭朝著她微笑。

「她搬走一屋子值錢的東西，」他說：「卻留下這幅照片。」

「那你幹嘛還留著它？你捨不得丟掉？」

「不是，我從不曾注意這張照片，甚至幾乎忘了它的存在。自從我們搬到這裡，它就一直掛在那兒。」

「你為什麼不乾脆燒了它？」她說。

他再次轉頭看著那幅照片。照片鑲嵌在褐金相間的相框裡，醜陋極了。照片中的年輕男人穿著高領襯衫，鬍子刮得乾乾淨淨，看來很機靈。那個有點肥胖的年輕女人穿著深色緞子上衣，有著一頭蓬鬆的捲髮，看來很跋扈。

「這個主意滿好的。」他說。

他已經脫下靴子，換上一雙拖鞋。他站到椅子上，取下照片。淺綠色壁紙上留下一大片空白。

「現在也沒必要撣灰塵了。」他說完，把照片靠牆放著。

他走到水槽旁拿來鐵槌和鉗子，在剛才的座位坐下，開始撕下黏貼在相框後面的防塵紙，拔出固定背板的釘子，整個過程始終維持他一向的專注與安靜。

他很快地拔出所有釘子，卸下背板和黏在白色襯底上的放大照後，興致勃勃地打量那幅照片。

「這張照片上的我看來就像個年輕的助理牧師，她則像個道地的潑婦。」他說：「一個自命清高的男人和一個潑婦。」

「我看看！」康妮說。

二十年前的他確實是個白淨的年輕人，沒有蓄鬍，外表十分清爽。但即使在這張照片上，他的眼神依舊顯得大膽、機靈。那女人雖然有著寬厚的下顎，卻不盡然是潑婦樣，甚至透著幾分媚態。

「這種東西最好別留在家裡。」康妮說。

「嗯，妳說得對！這種東西甚至不應該出現在家裡！」

他蹲下來把照片和襯底撕成小碎片後，扔進火爐。

「把這些東西丟進去燒會弄熄這盆火。」他說，接著小心翼翼地把玻璃和背板拿到樓上。相框則是被他拿捶子敲裂成好幾段，並揚起一些灰泥。隨後，他把那些斷裂的木條丟進水槽。

「那些木條塗了太多灰泥，」他說：「等明天早上再燒。」

收拾好一切，他再次坐下。

「你愛過你太太嗎？」她問。

「愛？」他反問：「那妳愛過克利福德嗎？」

她不打算讓他把這問題搪塞過去。

「你至少在乎過她吧？」她追問。

「在乎？」他咧嘴一笑。

「也許你現在還會想著她。」她說。

「我！」他瞪大眼。「不可能，我不會想到她。」他口氣平靜。

「為什麼？」

他搖頭不語。

「那你為什麼不離婚？她總有一天會回來找你。」康妮說。

他抬頭看著她，目光銳利。

「她總是刻意和我保持距離。她對我的恨遠遠超過我對她的恨。」

「她終究會回來找你，你看著好了。」

「不可能，我們之間已經結束了！再見到她只會讓我噁心。」

「你還會再見到她。你們根本沒有辦理離婚的手續吧？」

「沒有。」

「那她一定會回來，你也不得不收留她。」

他目不轉睛地盯著康妮，然後露出怪異的表情仰頭說：

「或許妳是對的，我回來這裡是個愚蠢的決定。可是男人如果四處流浪就會像個沒出息的浪子，我當時在走投無路下，總得先找個安身之所。不過，妳說得對，我應該去辦理離婚，做個了斷。我很討厭和公務員、法庭人員和法官打交道，但我終究得去完成這件事。我一定會去辦好離婚手續。」

康妮見他下定決心，不禁暗自高興。

「我現在想喝杯茶了。」她說。

他一臉嚴肅地起身泡茶。

兩人坐到桌旁時，她問他：

「你為什麼會娶她？她根本配不上你。博爾頓太太跟我提過她，她一直搞不懂你為什麼會娶她。」

他直視她。

「我告訴妳吧！」他說：「我的初戀發生在十六歲，那個女孩的父親是歐勒頓一所學校的校長。她長相標緻，甚至可以算是美女。我當時剛從謝菲爾德文法學校畢業，大家都認為我是個聰明的年輕人，我也因為懂一點法語和德語而自視甚高。她天性浪漫，討厭粗俗的人。她鼓勵我讀書寫詩，就某方面來說，是她將我塑造成一個男人。我發奮讀書、思考都是為了她。那時，我在巴特利事務所任職，身材瘦削，臉蛋白淨，讀到什麼東西都要大肆吹噓一番。我對她**無話不談**，我們甚至會聊到波斯波利斯[1]和廷巴克圖[2]。我們可以稱得上是方圓百里內文化水準最高的一對。我和她交談時總是滔滔不絕，欣喜若狂，如痴如醉。我幾乎感覺飄飄欲仙了。她很崇拜我，但性愛卻是隱藏在我們之間的危機。不知什麼原因，她對做愛缺乏興趣；至少在該有的時候她沒有。我日益消瘦，日漸瘋狂。後來，我對她說，我們必須成為愛人。像往常一樣，我說服了她。於是，她讓我擁有了她的身體。我很興奮，但她從不想要做愛。她就是對做愛沒有興趣。她仰慕我、喜歡我親她和她說話。在這方面，她會對我表現出熱情，可是她就是不想做愛。像她這樣的女人不在少數，但我要的是另一種女人。所以我和她談分手，絕情地離開她。之後，我和另一個女孩交往。她是個老師，曾經和有婦之夫鬧過緋聞，差點把那個男人逼瘋。她性情溫柔，皮膚白嫩，年紀比我大，會拉小提琴。她是個魔鬼，熱愛和愛情有關的一切，卻不喜歡做愛。她會以各種方式擁抱你，愛撫你，在你身上磨蹭，但你一旦想強迫她做愛，她就會咬牙切齒，忿恨不平。我強迫她做愛時，她的厭惡反應總會讓我瞬間性趣全消。所以，這段戀情再度告終。我不想要這種有愛無性的關係。我要的是一個喜歡我，也喜歡**做愛**的女人。

「然後，柏莎．庫茨出現了。小時候，她家就住在我家隔壁，所以我很熟悉這一家人。他們家是普通人家。柏莎後來離家去了伯明罕的某個地方。按照她的說法，她是去做某個貴婦的侍女，但大家都說，她是在一間旅館做服務生或什麼的。總之，那年我二十一歲，正好被另一個女孩弄得很心煩。這時，回到家鄉的柏莎顯得風姿綽約又儀態萬千，衣著入時又亮麗動人。她身上有一種你偶爾會在女人或浪女身上發現的風情。那時，我簡直生不如死。我覺得我在巴特利事務所只是個微不足道的小職員，所以我辭掉工作前往泰弗沙爾礦場當個鐵匠。在那裡，我大多數時候都在替馬兒裝釘馬蹄鐵。那是我父親的老本行，小時候我總是跟在他身邊。我喜歡那份工作，因為我喜歡照顧馬，而這份工作對我來說也很容易上手。所以，我停止人們所謂的「咬文嚼字」，也不再說標準英語，而重新開始使用地方腔。我在家還是會看書，但我做個鐵匠，擁有一輛雙輪馬車，日子過得逍遙自在。父親去世時，留給我三百英鎊，因此我開始和柏莎交往。我很高興她是個普通女人，我就是希望她普普通通，也希望自己普普通通。最後，我娶了她，因為她是個不錯的女人。那些「純潔」的女人幾乎讓我倒盡胃口，但她在那方面表現得不錯。她要我，而且毫不掩飾。我樂壞了，這正是我要的：一個**想要**我操她的女人。所以，我如她所願地操她。由於我對這件事很滿意，有時甚至會替她把早餐端到床上，因此我猜她大概有點看不起我。家裡的工作她幾乎放手不管，我下班回家也沒頓像樣的晚餐。我說她幾句，她就大發脾氣。有一次，我和她大吵，她朝我扔茶杯後，我掐著她的後頸，幾乎要了她的小命。我們之間就是這樣！不過，她還是不把我當一回事，弄到後來，我想要她時，她就死也不肯給我。她死也不肯給我，總是推三阻四，無情到了極點。等到我被她弄煩了，不想要了，她就開始賣弄風騷，讓我屈服。我總是如她所願，但我們做愛時，她總是不跟我一起高潮。從不！她就只是等著。如果我忍半個小時才高潮，她就會忍更久。等到我高潮後，她才自顧自坐到我身上扭動、嘶喊。我只能留在她的體內讓她不斷夾緊，直到她也獲得高潮。這時她會說：剛剛好爽啊！我逐漸厭倦這樣的性愛，她卻是變本加厲。她變得愈來

1 波斯波利斯（Persepolis）是波斯帝國的首都，約建於西元前五百六十年，位於伊朗的西南部。
2 廷巴克圖（Timbuctoo），現名通布圖（Tombouctou），是西非馬利共和國的一個城市，位於撒哈拉沙漠南緣，歷史上曾是伊斯蘭文化中心之一。

愈難滿足，她的下面就像是不斷撕扯我的鳥嘴。天啊，也許有人會認為女人的下面柔軟得像無花果，但我告訴妳，那些老妓女的下面就像是一張張的鳥嘴，它們會一直撕扯男人，直到男人忍無可忍。自私！自私！自私！徹底的自私！撕扯、叫喊！女人總會談論男人的自私，但女人一旦迷上這種做愛方式，她們一味盲幹的方式比男人更自私。簡直就像個老娼！我和她談過，告訴她我不喜歡這樣，可是她欲罷不能。她試過躺著，由**我**主導。她試過，可是沒用，她沒感覺。她一定得自己來，坐在我身上磨她的咖啡。她似乎只能當個放蕩的女人，放縱自己在我身上撕扯，撕扯，撕扯。她身體的其他部位彷彿沒有任何知覺，只有透過那隻鳥嘴在我身上磨擦、撕扯才能帶給她快感。她做愛的樣子，簡直就是男人們口中的老娼。她的做愛方式既下賤又狂野，像個女酒鬼。最後，我終究受不了了。我們分床睡。這都是她引起的，她卻說我霸道，不想看到我。她開始到另一個房間睡。後來，我也不讓她進我的房間。我就是不想。

「我痛恨這樣，而她恨我。老天，孩子出生前，她簡直恨死我了！我常想到，她是在怨恨下懷了這個孩子。總之，孩子出生後，我就不再理會她。接著大戰爆發，我就加入了軍隊。直到聽說她跟了史塔克斯門那傢伙，我才回來這裡。」

他停頓，臉色蒼白。

「那個男人是怎樣的一個人？」康妮問。

「一個幼稚的老粗，滿嘴髒話。她欺壓他，兩個人都喝酒。」

「天啊，萬一她回來呢？」

「那就完了！我只能再次離開這裡，銷聲匿跡。」

一陣沉默。火爐裡的紙板已經燒成灰燼。

「所以，當你得到一個想要你的女人，」康妮說：「你反而消受不起。」

「嗯，或許吧！但就算是這樣，我也寧願要她，不要那些死也不要的女人，包括我年輕時那段純潔的愛情，那朵帶有毒刺的百合，以及其他的女人。」

「其他的女人是怎樣？」康妮問。

「其他的女人？沒有其他的女人。只是就我的經驗，我發現大多數女人都是這樣：她們想要一個男人，卻不要性愛；她們只是在忍受性愛，把它當成交易的一部分。比較傳統的女人會躺在那兒，任憑你擺布。如果她們不把這種事放在心上，那就表示她們喜歡你。事實上，她們對性愛根本毫無興趣，甚至有點討厭。大多數男人喜歡這樣，可是我很討厭這樣。但有一種女人很狡猾，她們明明討厭性愛，卻又假裝喜歡。她們裝得很熱情、很興奮，卻全是些騙人的把戲。這些全是她們裝出來的。還有一種女人，她們喜歡各種花樣、各種感覺、擁抱和高潮，卻不喜歡正常的做愛方式。她們總有辦法讓男人在還**不該**出來的時候，就一洩如注。最難纏的女人就是像我太太那樣，她們總是得靠自己才能達到高潮。還有一種女人是，她們的身體根本沒有任何感覺，像條死魚，她們自己也知道。還有一種會讓你在『滿足』前就丟盔卸甲，接著抵住你的大腿繼續扭動，直到她們達到高潮。這種女人大都是同性戀。不管她們的反應是有意或無心，有這麼多女人具有同性戀傾向真是讓人吃驚。依我看，她們幾乎全是同性戀。」

「你看不慣嗎？」康妮問。

「我恨不得殺死她們。我要是遇上一個道地的女同性戀，我一定會抓狂，恨不得宰了她。」

「你會怎麼做？」

「我會想辦法躲得遠遠的。」

「你覺得女同性戀比男同性戀糟糕嗎？」

「當然！女同性戀讓我吃到更多苦頭。我不懂理論，只知道我要是遇上女同性戀，不管她知不知道自己是同性戀，我都會火冒三丈。夠了，夠了！我再也不想和任何女人扯上關係。我只想一個人過日子，保有自己的隱私和尊嚴。」

他臉色蒼白，眉頭深鎖。

「當我跟著你走進木屋時，你曾經感到後悔嗎？」她問。

「我既感到後悔，又覺得很開心。」

「那你現在的心情呢？」

「我心情低落和沮喪時，就會想到那些來自外界的麻煩、挑釁和指責遲早會找上門，並因此感到後悔。可是等到我的心情轉好，我又會覺得很開心，甚至洋洋得意。其實，我的生活過得愈來愈苦悶了。我以為這世上已經不存在真正的性愛，女人再也無法跟男人一起自然地『達到高潮』。黑女人雖然還可以，但我們畢竟是白人，而她們的膚色就有點像泥巴。」

「那現在呢？擁有我，你開心嗎？」她問。

「當然！只要我能忘掉其他的事。如果忘不掉，我就會想鑽到桌子底下死掉。」

「為什麼要鑽到桌子底下？」

「為什麼？」他大笑。「大概是想躲起來吧。寶貝！」

「你和女人相處的經驗似乎都很糟糕。」她說。

「妳知道，很多男人懂得如何欺騙自己，但我不行。他們會轉換心態來接受謊言，可是我不會裝傻。我知道自己想從女人身上得到什麼，當我還沒有得到我想要的東西，我絕不可能說我已經得到了。」

「那你現在得到了嗎？」

「看來很有機會。」

「那你為什麼還愁眉苦臉？」

「或許是有太多的回憶，也或許是杞人憂天。」

她靜靜坐著。夜深了。

「男人和女人在一起這種事，你覺得很重要嗎？」她問。

「對我來說，這件事的確很重要。對我來說，能否和一個女人保持適當的關係，是生活中最重要的一件事。」

「如果你無法擁有一個女人呢？」

「那也只能想開一點。」

她想了一下，接著問：「你覺得你對待女人的方式一向適當嗎？」

「當然不是！我太太會變成這樣，大部分是我的錯，是我寵壞了她。我這個人很難相信別人，妳要有心理準備。要我打從心底相信一個人得花上很長一段時間，所以我可能也是個感情的騙子。我不相信別人，而且人也不應該濫用感情。」

她看著他。

「人在氣急敗壞的時候，就不會想那麼多了，」她說：「不是嗎？」

「唉！就因為這樣，我才會惹出那麼多麻煩，變得這麼疑神疑鬼。」

「懷疑就懷疑，這有什麼大不了的！」

那隻狗坐在地墊上不安地嗚咽了一聲。鋪著一層灰燼的爐火減弱了。

「我們**是**一對傷痕累累的戰士。」康妮說。

「妳也是傷痕累累嗎？」他笑著說：「儘管如此，我們卻還是準備重返戰場！」

「是啊！我真有點怕了！」

「唉！」

他站起來，把她的鞋拿去烘乾，擦拭完自己的靴子，也把它們放在火爐旁。他打算等天亮以後再上鞋油。他盡可能把紙板的灰燼撥到一旁。「就算燒成灰，還是髒得要命。」他說。隨後，他去搬了些明早要用的木柴擺在爐架上，並帶著狗出去蹓躂了一會兒。

他回來時，康妮說：「我也想出去走一下。」

她獨自走進黑夜。繁星高掛，空氣中飄散著陣陣花香，她感覺鞋子變得更溼了。但她卻想要立刻逃離這裡，逃離他和所有人。

空氣冰冷，她顫抖著走回屋裡。他坐在微弱的爐火前。

「哦，好冷！」她打哆嗦。

他添了些柴火，又去搬了一些，直到爐火燒得嗶剝作響，煤煙直往上竄。搖曳的金黃火焰不只讓兩人的心情變得舒暢，也溫暖了他們的臉龐與靈魂。

「別放在心上！」康妮發覺他既安靜又冷漠地坐著，便握住他的手說：「人只要盡力就好。」

「唉！」他苦笑，嘆了口氣。

他坐在爐火前，她滑進他的懷裡。

「別想了！」她輕聲說：「忘了吧！」

爐火持續散發溫暖，他緊緊摟著她。火焰本身彷彿擁有一種讓人遺忘的力量，她成熟的身軀則是溫香軟玉！他的心情逐漸好轉，再次變得活力充沛、精神抖擻。

「或許那些女人都是**真的**想留下來好好愛你，只是她們做不到。或許，這不全是她們的錯。」她說。

「我知道。妳以為我不曉得她們侮辱我是軟趴趴的蛇是什麼意思嗎？」

她突然緊緊抱住他。她不想再挑起這一切，但某種倔強的性格還是讓這些話脫口而出。

「可你現在不是了。」她說：「你不再是她們口中那條軟趴趴的蛇。」

「我不知道我現在是什麼。倒楣的日子還在後頭。」

「不會的！」她抱著他反駁說：「為什麼你會這麼想？」

「人生在世，每個人都會有倒楣的時候。」他像個預言家似的用陰鬱的口吻重複。

「不會！別說這種話！」

他沉默不語，但她可以感覺到他內心那種陰暗空虛的絕望。那是對一切慾望與愛情的萬念俱灰。這種絕望就像人心裡的黑洞，靈魂在其間迷失方向。

「你談到性愛的時候好冷漠，」她說：「好像你只在意自己的愉悅和滿足。」

她忐忑不安地抗議。

「不是！」他說：「我想從女人身上得到愉悅和滿足，卻始終得不到，因為只有女人也同時獲得了愉悅和滿足，我才可能從**她**身上獲得所求。這種事從沒有發生過。這需要雙方的配合。」

「可是你從沒有相信過你的女人。你甚至連我也不相信。」她說。

「我不懂相信一個女人是什麼意思？」

「你看，這就是問題所在！」

她仍舊蜷縮在他的大腿上，然而他悶悶不樂、心不在焉，他的心不在她身上。無論她剛才說了什麼，都只是把他推得更遠。

「那你**究竟**相信什麼？」她依舊追問。

「我不知道。」

「你什麼也不相信，就像我認識的所有男人一樣。」她說。

兩人都陷入沉默。隨後，他打起精神說：

「不，其實我相信某些東西。我相信做人要有熱誠，尤其是戀愛的時候要有熱誠，做愛的時候也要有熱誠。我相信只要男人可以懷著熱誠做愛，女人也可以熱誠地回應，那麼一切都會變得圓滿。人們就是因為冷漠，才會使得做愛變得既愚蠢又死氣沉沉。」

「你和我做愛時，不可以表現出冷漠的樣子。」她聲明。

「我現在一點也不想跟妳做愛，因為我的心在這時冰涼得像一道涼拌馬鈴薯。」

「哦！」她逗弄似的親吻他一下。「那我們來把它下鍋**炒一下**吧！」

他大笑，挺直身體。

「事實就是如此！」他說：「做任何事都需要一點熱誠。可惜女人不喜歡這一套，就連妳也不喜歡。妳喜歡的是痛快淋漓、激烈卻冷漠地做愛，並假裝這就是甜蜜的表現。妳有溫柔地對待我嗎？妳懷疑我，就像貓遇到狗一樣。我告訴妳，就算是溫柔與熱誠也需要雙方的配合。妳確實喜歡做愛，但又希望男人把做愛當成一件既偉大又神祕的事，好滿足妳的虛榮心。對妳來說，妳的虛榮心遠比任何男人或與男人相處要來得重要，而且重要的程度甚至高達五十倍。」

「但這才是我想對你說的話，你把自己的虛榮心看得比什麼都重要。」

「是啊！那好吧！」他說完，作勢準備起身。「我們還是分開睡好了。我無論如何都不想再體驗那種冷漠的做愛方式。」

她滑出他的懷抱後，他站起來。

「你以為我想要？」她說。

「但願不是，」他回答。「不管怎樣，妳去床上睡，我睡這裡就好。」

她看著他。他臉色蒼白，愁眉不展，冷漠得就像退縮到冰冷的極地。男人全是這副德行。

「我得等到天亮才能回去。」她說。

「好！妳先上床。現在才十二點四十五分。」

「我不想上床。」她說。

他繞過她，拿起他的靴子。

「那我出去！」他說。

他開始套上靴子。她瞪著他。

「等等！」她的聲音顫抖。「等等！我們是怎麼了？」

他彎著腰繫鞋帶，沒有回答。時間一分一秒過去。她眼前一黑，似乎就要昏倒。她的意識停止運作，只能目瞪口呆地看著陌生的他。

一片靜默讓他忍不住抬頭，發現她睜大眼、失魂落魄的模樣。他像被一陣風捲起猛然起身，只有一腳穿著靴子，便一瘸一拐地衝向她。當他把她擁進懷裡，隨即感到一陣莫名的錐心之痛。他就這樣抱著她，她就這樣依偎在他懷裡。

直到他的雙手不自覺地向下摸索，撫摸她那衣裙底下的滑膩與溫熱。

「我的寶貝！」他低語。「我的小寶貝！我們別吵了，我們永遠別吵了！我愛妳，我喜歡撫摸妳。不要和我鬥嘴了！不要！不要！不要！讓我們在一起吧！」

她仰頭看著他。

「別激動！」她冷靜地說：「激動不是好事。你真的想跟我在一起？」

她睜大眼直視他，他的身體頓時變得僵硬。隨後，他把臉轉向一旁，他的身體則依舊僵在那兒。

接著，他轉頭直視她的雙眼，露出他那種略帶嘲弄的怪異笑容說：「真的！讓我們發誓永遠在一起。」

「你是說真的？」她熱淚盈眶。

「當然是真的！我用我的心靈、腹部和陰莖發誓。」

他朝她微笑，眼中掠過一絲痛楚與嘲諷。

她靜靜流淚，他擁著她在壁爐前的地毯上躺下。他進入她的體內，兩人因此獲得某種程度的平靜。

天氣愈來愈冷，而兩人都被對方折騰得疲憊不堪，所以他們很快就上床了。她窩在他的懷裡，感覺他的擁抱與自己的嬌小。兩人都一躺到床上就睡著了，也都一動不動地一直睡到太陽爬上樹梢，白日再次降臨。

他醒來，看見一片光亮。窗簾閉攏，他聽著烏鶇與畫眉的高亢啼叫聲。今天早上一定是好天氣。現在應該是五點半左右，正是他起床的時間。他睡得如此香甜！多麼清新的一天！那女人仍然蜷著身子，柔若無骨。他的手在她身上遊移，她張開透著迷惑眼神的藍色雙眸，不自覺地朝著他微笑。

「你醒了？」她對他說。

他凝視著她的眼睛，微笑著親吻她。她猛然清醒，坐起身子。

「想不到我會在這兒！」她說。

她環視這有著傾斜天花板的白色小臥室。山形牆窗戶掩著白色窗簾，房裡只擺放了一只黃色小衣櫃、一把椅子，以及兩人躺著的這張白色小床。

「想不到我們會在這兒！」她說完低頭看他。他躺在床上看著她，把手伸進她單薄的睡衣下撫弄她的乳房。當他表現出熱情與坦誠，他整個人就會顯得又年輕又英俊。他的眼神看來如此熱情，她則是如同花朵般的清新與嬌嫩。

「我想脫掉這件衣服！」她說完拉起那件單薄的亞麻布睡衣，從頭上褪下。她坐在那兒，裸露雙肩和帶點金色光澤的長乳。他喜歡撥弄她那對奶子，讓它們像鐘擺般微微搖晃。

「你也該脫掉你的睡衣。」她說。

「呃，不要！」

「快脫！快！」她強迫他。

於是他脫下他那棉質舊睡衣，褪下長褲。他除了雙手、雙腕、臉部和頸子，其他部位全如同牛奶般白皙，體型纖瘦而勻稱。在康妮眼裡，他頓時又變成那日下午她撞見他洗澡時的俊美模樣。

金色陽光撫揉著緊閉的白色窗簾，她感覺陽光似乎想進入屋裡。

「哦，我們拉開窗簾吧！鳥兒叫成那樣！我們讓陽光進來吧！」她說。

他溜下床背對她，赤裸著白淨瘦削的身軀走到窗前，略微欠身拉開窗簾，朝屋外看了一會兒。他的背部既潔白又美好，緊實臀部的優美線條流露出一種細緻的男人味，淡紅色的頸子看來如此纖細卻又如此強壯。

這副纖細優美的身軀蘊含的是一種內在的力量，而不是那種外顯的力量。

「你真好看！」她說：「既純淨又美好！過來！」她張開雙臂。

他羞於轉身面對她，因為他的陽具正挺立著。

他從地上拾起他的襯衫，遮住下體後才走向她。

「不要遮！」她依舊張著優美而修長的雙臂，露出下垂的乳房。「讓我看看你！」

他扔下襯衫，站著看向她。陽光透過下方窗戶照亮他的大腿、緊實的腹部和勃起的陽具。在那一小簇鮮豔金紅的陰毛叢中，那淺黑色的陽具顯得如此硬挺。她感到詫異與恐懼。

「好神奇！」她緩緩說：「它勃起的樣子看來好神奇！那麼巨大、黝黑，又神氣活現！它真是這樣嗎？」

男人看向自己清瘦白皙的身軀，笑了起來。他兩片平坦胸膛之間的體毛，顏色幾乎呈現黑色。然而小腹下面那挺立著粗大陽具的陰毛叢，卻是呈現鮮豔的金紅色。

「好驕傲！」她不安地說：「好威風！我總算明白，為什麼男人都那麼蠻橫！不過，它**真的**很可愛，好像擁有自己的生命！有點可怕！卻又好可愛！而且，它來找**我**了！」她咬著下唇，既害怕又興奮。

男人沒說話，低頭看著自己依舊腫脹的陽具……「是啊！」最後，他小聲說：「我的小兄弟！真的是你。是，你是該抬頭挺胸！你一向我行我素，不是嗎？約翰．托馬斯[3]，你不把其他人放在眼裡，也不把我放在眼裡！你是我的主子？哈，你話不多，卻比我神氣。約翰．托馬斯，你想要**她**？你想要我的珍夫人？你又拖我下水了，真要命。是，你又變得朝氣蓬勃了……你自己問她！問珍夫人！說：眾城門哪，你們要抬起頭，那榮耀的王將要進來。唉，你真是厚臉皮！陰道，那就是你要的。告訴珍夫人，你要陰道。約翰．托馬斯和珍夫人的陰道……」

「哦，別逗它了。」康妮跪在床上爬向他，摟著他白皙纖細的腰身。那對懸垂的乳房搖晃、碰觸到那激動挺立的陽具頂端，沾上了一絲液體。她緊緊摟著男人。

「躺下來！」他說：「躺下！讓我來！」他已經迫不及待。

完事後，兩人靜靜地躺著。女人又忍不住掀開男人身上的被子，觀察那神祕的陽具。

「它現在變得又小又軟，好像生命的蓓蕾！」她說完，捧起那軟癱的陽具。「它這樣也很可愛！這

3 約翰．托馬斯（John Thomas）是英文對陰莖的一個俚語。

麼我行我素，這麼神奇！這麼純真！而且，它在我體內進去得好深！以後，**不許**你欺負它，知道嗎？它不只屬於你，也屬於我。它是我的！它真的好單純，好可愛！」她輕輕地把那陰莖握在手裡。

他笑了起來。

「在共同的愛情下，願這條紐帶讓我們永結同心。」他說。

「當然！」她說：「即使它變得又小又軟，我還是感覺我的心和它緊密相連。而且，你這邊的毛髮真好看！真的很特別！」

「那是約翰．托馬斯的毛髮，不是我的！」他說。

「約翰．托馬斯！約翰．托馬斯！」那原本癱軟的陰莖又開始蠢動，她很快地親吻它一下。

「唉！」男人幾乎是痛苦地伸展身體。「它的根部已經深入我的靈魂，掌控了我這個人！有時，我真不知該拿它怎麼辦。唉，它擁有自己的意志，而且難以討好。不過，我倒也不想宰了它。」

「難怪它總能讓男人提心吊膽！」她說：「它真的很可怕。」

男人的意識再度向下流竄，他的身體泛起一陣顫慄。他只能無奈地看著那陽具，緩緩蠕動，充血，脹大，勃起，硬化，以一種盛氣凌人的奇特姿態聳立在那兒。目睹這一幕的女人也不禁微微顫抖。

「好了！拿去吧！它是妳的了。」男人說。

她打顫，整顆心融化。他一進入她的體內，她立即感到一陣難以言喻的強烈快感。那股奇妙的顫慄在她體內不斷蔓延，直到她攀向那令人神魂顛倒的極致高潮。

他聽見遠處史塔克斯門傳來七點鐘的汽笛聲。現在是星期一的早晨。他打了一下哆嗦，把臉埋進她的雙峰，借她的酥胸擋掉外界的聲音。

她甚至沒聽到汽笛聲。她靜靜躺著，心靈變得一片清明。

「妳是不是得起床了？」他低聲問。

「幾點了？」她無精打采地問。

「七點的汽笛聲剛響。」

「那我是該起床了。」

她一向討厭外界的逼迫。

他坐起來，茫然看著窗外。

「你確實是愛我的，對吧？」她平靜地問。

他低頭看她。

「妳明知道答案，為什麼還要問我？」他的口氣有點不耐煩。

「我要你把我留在你的身邊。」她說。

他的眼神深邃得彷彿充滿一種令人難以想像的熱情與溫柔。

「什麼時候？現在嗎？」

「現在你只要把我放在心上就行了。再過不久，我就會來到你的身邊和你長相廝守。」

他裸體坐在床上，低著頭，無法思考。

「你不希望這樣嗎？」她問。

「我希望！」他說。

他的深邃眼神逐漸被另一股意識淹沒，他幾乎像在做夢似的看著她。

「現在不要問我任何問題，」他說：「就先這樣。我喜歡妳，喜歡躺在我身邊的妳。女人最迷人的地方，就在於女人擁有美妙的陰道，可以讓男人進入她們的體內。我愛妳，妳的腿，妳的曲線，妳的女人味。我愛妳的女人味，我的身體和心靈都愛著妳。可是妳不要問我任何問題，也不要強迫我回答，讓我維持這樣就好。妳以後想問我什麼都可以，現在就先這樣，別再問了！」

他把手輕輕放在她陰阜那柔軟的陰毛上，裸體坐在床上文風不動，他神遊太虛的表情宛如一位正在打坐的佛陀。他的手放在她身上，陷入另一股無形的意識，一動不動地等待甦醒。

過了一會兒，他下床拿起襯衫，沉默且迅速穿好衣服。她仍然一絲不掛躺在床上，像一朵微微泛著金光的玫瑰「第戎的榮耀」[4]。他看了她一眼，走出房間。她聽見他在樓下開門的聲音。

她依舊躺在床上冥想，冥想。要離開這裡，離開他的懷抱真難。他在樓梯口喊：「七點半了！」她嘆口氣，下床。這空蕩蕩的小房間！除了一只小衣櫃和一張小床，別無他物。不過，地板倒是擦得很乾淨。山形牆窗戶旁的角落有一排書架上擺了一些書，其中有幾本是來自流通圖書館[5]。她細瞧，那些書其中幾本有關蘇聯、幾本涉及旅遊、一本談論原子與電子、一本描述地心結構和地震成因。此外，還有幾本小說、三本關於印度的書籍。如此看來，他確實是個讀書人。

陽光透過窗戶，灑落她裸露的肢體。她瞧見弗洛西在屋外四處遊蕩。蒼鬱的榛樹林下長著深綠色的山靛，鳥兒在清朗的天空中翱翔、歡唱。如果她能留下來該有多好！如果這世上不存在那些可怕的煙霧和鋼鐵就好了！如果**他**能為她打造另一個世界該有多好！

她走下那道狹窄、陡峭的樓梯。如果這裡能自成一個世界，這間小屋就足以讓她心滿意足。他剛剛梳洗過了，顯得神清氣爽。爐火燒得正旺。

「妳要吃點什麼嗎？」他問。

「不了！借我一把梳子就行了。」

她跟著他走到洗碗槽那兒，面對後門旁一面巴掌大的鏡子梳理頭髮。隨後，她準備離開。

她站在屋前的小花園裡，看著沾滿露水的花朵，含苞待放的灰色石竹。

「真希望這世上只剩下我們兩個，」她說：「那我就可以和你一起住在這裡。」

「這種事不可能發生。」他說。

兩人走過露溼的美麗樹林，途中幾乎沒有交談，但他們終究置身於一個只屬於他們的世界。

回去拉格比莊園對她是一種折磨。

「我希望可以盡快來這裡和你一起生活。」分手時，她對他說。

他微笑不語。

她悄悄走進家裡，神不知鬼不覺地回到自己房間。

4「第戎的榮耀」（Gloire de Dijon）是一種橙粉紅色的玫瑰品種。

5 流通圖書館（circulating library）也可以稱為租書圖書館（rental library），最早出現於十八世紀的愛爾蘭。早期經營者多為書商，屬營利性質的圖書館。

第十五章

早餐托盤上擱著一封希爾達的來信。「爸爸這星期要去倫敦，我打算在六月十七日星期四那天去找妳。拉格比莊園是個很糟糕的地方，我不想待太久，所以妳得提前做好準備，以便我們可以直接上路。我應該會先在雷特福德的科爾曼家過夜，隔天星期四再去找妳一起吃午餐。然後，我們在下午茶時間出發，晚上可能會在格蘭瑟姆過夜。花一個晚上陪克利福德沒什麼意義，如果他討厭妳出門，那只會惹得他不高興。」

就這樣，她又成了任人擺布的棋子。

克利福德討厭她出門只因為她不在家，他就覺得沒**安全感**。不知為什麼，只要她在，他就有安全感，可以放手去忙自己的事。他把大部分的心力都投注在礦場，絞盡腦汁思考最經濟的採礦方式和販賣管道，然而這些問題幾乎無解。他知道他得**用掉**這些煤礦，或者把它們轉化成能源，這麼一來，他就不需販賣煤礦，也不必擔心滯銷。但倘若把煤轉化成電力，他是否有辦法使用或是賣掉那些電力？而把煤轉化成石油的成本目前還是太高，技術也過於複雜。想要讓產業存活就得創造出更多的產業，這簡直是瘋狂之舉。

既然是瘋狂之舉，自然需要瘋子來完成它。是啊，他是有點瘋。對康妮而言，他對礦務的熱中與精明就是一種瘋狂的表現，而他的靈感就是來自他的瘋狂。

他把自己的重大計畫全告訴她，她有點故作驚訝，並任由他滔滔不絕。他一說完，便會打開收音機，但那些計畫顯然如同一場夢境般繼續糾纏著他，使得他變得呆若木雞。

如今，他每晚都會找博爾頓太太玩英國士兵玩的二十一點紙牌遊戲，並以六便士作為賭注。賭博時，他也會陷入一種無意識狀態，或是茫然的陶醉、陶醉在茫然裡，反正就是這樣。康妮受不了他那副德行，但即使她上床後，他和博爾頓太太還是會欲罷不能地繼續賭到凌晨兩、三點。博爾頓太太的賭癮絲毫不輸克利福德，甚至比他還喜歡賭博，因為她老是輸錢卻還是喜歡賭。

有一天，她告訴康妮：「昨晚，我輸給克利福德爵士二十三先令。」

「他有收下妳的錢？」康妮驚訝地問。

「當然，夫人！賭債可不能賴！」

康妮對此相當不以為然，並對兩人都發了一頓脾氣。結果，克利福德為了讓博爾頓太太有錢可以賭博，便替她的年薪加了一百先令。但在康妮的眼裡，克利福德只是變得更加無藥可救。

後來她告訴他，她準備在十七號動身。

「十七號！」他說：「那妳什麼時候回來？」

「最晚七月二十號。」

「哦，七月二十號。」

他表情怪異地看著她，那一臉的茫然既像個懵懵懂懂的小孩，又像個故作糊塗的狡黠老人。

「妳不會讓我失望吧？」他說。

「什麼意思？」

「我的意思是，妳離開以後，還會回來吧？」

「我一定會回來，我保證。」

「好！那好！七月二十號！」

他看著她的表情十分怪異。

他確實希望她去。他的心態很奇妙。他真心希望她去，找到一段婚外情，甚至懷孕回來。儘管如此，他又怕她離開他。

她興奮地等待著徹底脫離他的最好時機，等待著她和他都準備好的那一刻。

她去找守林人談她出國的事。

「等我回來，」她說：「我就可以告訴克利福德，我必須離開他。我們可以遠走高飛，他們甚至不會曉得我的情人是你。我們去別的國家好嗎？去非洲或澳洲。你覺得呢？」

她對自己的計畫感到十分興奮。

「妳從沒有去過這些殖民地吧？」他問。

「沒有！你呢？」

「我去過印度、南非和埃及。」

「或許我們可以去南非？」

「或許！」他緩緩回答。

「還是你不想去？」她問。

「我無所謂。我不在乎去哪裡。」

「怎麼了？你不喜歡這個計畫？我們不會缺錢的。我寫信問過了，我每年會有六百英鎊左右的收入。雖然不多，但也足夠我們生活了，不是嗎？」

「對我來說，這已經是一大筆錢了。」

「哦，我，我們一定可以過著很美好的生活！」

「可是我得先離婚，妳也是，否則這問題會變得很麻煩。」

必須考慮的事情不少。

有一天，兩人在木屋，外頭雷雨交加，她問到他的事。

「當你是個中尉、軍官與紳士，你過得開心嗎？」

「開心？還可以。我喜歡我的上校。」

「你很喜歡他？」

「是的，我很喜歡他。」

「他喜歡你嗎？」

「就某方面來說，是的，他喜歡我。」

「跟我說說他的事。」

「從哪說起呢？他是從普通士兵升上來的。他熱愛軍隊，終身未娶。他年紀比我大二十歲，很聰明，在部隊裡總是獨來獨往，卻又能讓人感覺到他的熱誠，是一位非常英明的軍官。我和他在一起時很崇拜他，對他言聽計從。而且，我從不曾對那段日子感到後悔。」

「他死時你很難過嗎？」

「我自己也幾乎死掉。我恢復清醒的那一刻，我就曉得自己的某個部分已經死去了。不過我始終知道，死亡會帶來終結。事實上，這世上的事都是如此。」

她坐在那裡，思考著他的話。外頭雷聲隆隆，這小屋就像大洪水中的一葉方舟。

「你似乎已經**歷盡滄桑**。」她說。

「是嗎？我覺得自己好像已經死過一、兩次。想不到我還活著，而且招惹了更多的麻煩。」

她努力思考這番話的同時，也聆聽著暴風雨的聲音。

「上校死後，你就不喜歡再當個軍官與紳士嗎？」

「不喜歡！那些人都很卑鄙。」他突然笑了起來。「上校常說：兄弟，英國的中產階級每吃一口飯都得嚼上三十下，因為他們的腸子很窄，即使豌豆大的東西也會堵住他們的腸道。他們是人類有始以來最卑鄙的一群娘娘腔，自大得要命，連自己的鞋帶沒繫好都會表現出大驚小怪的樣子。他們的腦袋全裝著漿糊，卻始終自以為是。我最受不了他們的卑躬屈膝、恬不知恥、胡拍馬屁，卻又事事都是他們對。徹底的偽君子。偽君子！一整個世代的偽君子全是一群娘娘腔……」

康妮笑了起來。大雨傾盆。

「他恨死他們了！」

「不，」他說：「他才懶得理他們。他只是不喜歡他們。這不太一樣。因為他說過，連英國士兵都變得愈來愈會裝模作樣，心胸狹窄又很娘娘腔。人類注定要變成這樣。」

「不管是平民或勞工階級都一樣？」

「都一樣。他們全都變得膽小如鼠。汽車、電影和飛機消磨了他們僅存的一點勇氣。我告訴妳，一代不如一代，這些人全有著橡皮管做成的腸子、錫製成的腿和臉。錫人！崇拜機械的布爾什維克主義正在摧毀人性。錢，錢，錢！所有現代人都很樂於毀滅人類的固有情感，鬥垮老亞當和老夏娃。現代人都是這樣，這個世界都是這樣：摧毀人類的真實情感，一英鎊買下包皮，兩英鎊買下一對卵蛋。陰道只是性交的工具！事情就是這樣。只要付錢就可以閹割這個世界，只要付錢就可以買下人類的勇氣，讓他們全變成任憑操弄的小機器。」

他坐在木屋裡，做鬼臉嘲諷這個世界。即便如此，他還是豎起一隻耳朵，聆聽著橫掃過樹林的暴風雨。這讓他倍感孤寂。

「這種情況不會有結束的一天嗎？」她問。

「會，終將會結束。這個世界將會完成自我的救贖。當最後一個真正的人類消滅，不管是白種人、黑種人和黃種人**全部**都會變成孬種。然後**全部**都變得瘋狂。因為理智來自於那對卵蛋，一旦他們失去卵蛋也就失去了理智。這時，他們就會變得**瘋狂**，並且逕自進行偉大的審判。妳知道**審判**就是種為了宗教信仰所進行的行動嗎？是的，他們將會為了偉大的信仰而採取小小的行動，相互把對方當做祭品奉獻出去。」

「你是指他們會彼此殘殺？」

「沒錯，親愛的！如果按照目前的速度發展，不用一百年，這座島上的人口就會剩不到一萬人，甚至不足十個人。他們會很樂於把對方幹掉。」遠處雷聲隆隆。

「太棒了！」她說。

「的確很棒！只要想到人類長久滅絕後便會出現其他物種，就讓人變得平靜多了。如果我們繼續這樣惡搞，包括知識分子、藝術家、政府官員、企業家以及工人階級，所有人都在瘋狂摧毀人類僅存的情感、直覺以及健全的本能，而且這種情況持續以等比級數進行，那麼結果就是再會了，人類！再見了，親愛的！大蛇吞噬了自己，留下一片虛空。不過情況儘管混亂，倒也不至於徹底絕望。太棒了！一旦凶猛的野狗在拉格比莊園吠叫，野馬在特弗沙爾礦場上踱步！**主啊，我們讚美祢！**」

康妮笑了起來，卻不怎麼開心。

「那你該高興才對，他們全是布爾什維克主義者。」她說：「你該高興他們迫不及待地衝向終點。」

「我是高興。我不會攔著他們，因為就算我想攔也攔不住。」

「那你為什麼還這麼憤憤不平？」

「我沒有！即使我的雞巴發出最後的啼叫，我也不在乎。」

「但要是你有孩子呢？」她問。

他低下頭。

「唉，」他想了一下後說：「對我來說，把孩子帶到這世上是在造孽。」

「不對！我不准你這麼說！我不准！」她懇求。「我打算生一個孩子。告訴我，你會樂於見到他。」

她握住他的手。

「你開心，我就開心。」他說：「只是我覺得對那未出世的生命，似乎是一種嚴重的背叛。」

「不是！」她激動地說：「這麼說來，你**不是**真的想要我！如果你有這種感覺，**怎麼可能**會想要我。」

他又不吭聲了，表情悶悶不樂。屋外只剩下雨水的滴答聲。

「這不是真的！」她低聲說：「這不是真的！一定還有其他原因。」她覺得他不高興，部分是因為她要離開他，刻意跑去威尼斯。這個想法為她帶來一點安慰。

她拉開他的上衣，露出他的肚子，親吻他的肚臍。她把臉頰貼在他的腹部，抱著他溫暖、動也不動的腰身。這片大洪水上只有他們兩人。

「告訴我，你想要一個孩子！」她把臉頰貼在他的肚皮輕聲說：「告訴我，你真的想要一個孩子！」

「唉！」他終於出聲。她感到一陣來自他態度改變與放鬆身體的奇特顫動。「有時我會想，任何人只要嘗試過和這些礦工一起生活，自然就會了解！他們如此辛苦工作，薪水卻是少得可憐。如果有人可以開導他們：別只想著錢。談到**生活的需求**，我們需要的其實不多。別再為了錢而活……」

她用臉頰輕輕磨蹭他的肚子，並伸手捧起他的卵蛋。他的陽具略微顫動了一下，彷彿擁有一股奇特的生命力，但它沒有勃起。戶外大雨滂沱。

「讓我們為別的東西而活。不管是為了自己或別人，我們都別再為了賺錢而活。我們現在是迫不得已。我們為了生活不得不替自己賺一點錢，但大部分的錢卻進了老闆們的口袋。我們必須阻止這種態勢！我們可以逐步阻止這種態勢。我們不必咆哮與怒吼，只需一步步拋棄所有工業化的生活，回歸過去。我們只需要一點點錢就可以過日子。無論是妳或我，老闆或貴族，甚至是國王，所有人其實都只需要一點點錢就可以過日子。只要下定決心，任何人都可以脫離這個泥沼。」他停頓了一下，接著說：

「而且我會告訴他們：看！你看喬！他走路的樣子真好看！他的舉止既靈活又敏捷，真是瀟灑！你再看看喬納！他看來既笨拙又醜陋，因為他從不想打起精神。我會告訴他們：看！看看你們自己！一肩高一肩低，兩腿彎曲又布滿腫塊！看這該死的工作把你們折磨成什麼樣子？這實在是咎由自取。你們不需要工作得這麼辛苦。脫掉衣服看看自己，你們原本應該擁有一副美好的身軀，充滿活力，如今卻變得既難看又死氣沉沉。這就是我打算對他們說的話。另外，我會讓他們穿上不同的衣服：紅色緊身褲，亮紅色，還有白色的短外套。其實，男人只要穿著漂亮的紅色褲子，一個月內就會改頭換面。他們就會再度充滿男人味，變成真正的男人！女人則是可以打扮成自己喜歡的樣子。因為只要男人穿上亮紅色緊身褲走路，讓白色短外套露出他們的翹屁股，女人就會開始變得有女人味。因為男人不像男人，女人才會變得不像女人。最後，我會拆了特弗沙爾村，蓋一些足夠大家居住的漂亮房子，再好好整理村子裡的環境。另外，別生太多孩子，這個世界已經太過擁擠。」

「不過，我不會對他們說教。只要剝下他們的衣服，說：『你們看看自己！這就是為錢工作的結果！你們仔細想想！這就是為錢工作的結果！你們一直在為錢工作！看看特弗沙爾村！醜死了。它會蓋得這麼醜，就是因為你們只是在為錢工作。看看你們的女人！她們不關心你們，你們也不關心她們。這是因為你們把時間都拿來賺錢，只在乎金錢。你們不懂得如何說話、走路、生活，甚至如何和女人好好相處。你們只是一群行屍走肉，看看自己的樣子吧！』」

屋內陷入一片死寂。康妮有點心不在焉，她把自己來小屋的路上採摘的勿忘我，穿進他下腹部的陰毛叢。外面的世界已經靜止，並且透著一股寒意。

「你身上有四種毛髮，」她對他說：「你的胸毛幾乎是黑色的，但你的頭髮沒有那麼黑，你的鬍鬚很硬，呈現暗紅色，而你這邊的毛，你的愛情之毛，像是一小簇鮮豔的金紅色槲寄生。這裡是所有毛髮中最迷人的地方！」

他低頭看著自己腹股溝上的陰毛叢，上頭插著幾朵乳白色的勿忘我。

「嗯，這裡的確是個擺放勿忘我的好地方。無論男女都是如此。可是，你難道不關心未來？」

她抬頭看他。

「哦，當然，我非常關心。」她說。

「我想就算逃到殖民地也不夠遠，總有一天，根深柢固的劣根性會讓人類親手葬送了自己的世界。就算逃到月球也不夠遠，你回頭還是會從一群星球中看見，在人類汙染下變得骯髒、猥褻和噁心的地球。我覺得這世上已經沒有我的容身之處，因為怨恨已經占據了我的內心。但只要我轉個身，又會立刻忘了這一切。然而這幾百年來，人類的遭遇委實是一種羞辱：男人變成只會工作的昆蟲，男子氣概蕩然無存，過著不像樣的生活。我想要徹底清除地球上的機器，結束工業時代，就像修正一個悲慘的錯誤。可惜我力有未逮，也沒有人可以辦到，所以我選擇沉默，試著過自己的生活，只是我很懷疑是否存在這樣的生活。」

外頭的雷聲停了，但在一道閃電與低沉的雨擊聲後，原本減弱的雨勢頓時變得猛烈。康妮變得坐立不安，他已經喋喋不休了好一陣子，然而卻不是在對她說話，而是在自言自語。他似乎完全陷入絕望，可是她討厭絕望，事實上她現在的心情很愉快。她了解他只是認知到她即將離開他，才會陷入如此絕望。她甚至有點得意。

她打開門，看著如同一簾銀幕似的連綿豪雨，突然萌生想要奔進雨中、逃離一切的衝動。她起身飛快地脫下長襪、連衣裙和內衣，他則是屏息以待。那對帶著野性的尖挺雙峰，隨著她的動作彈跳、晃動，她的身體在淡綠色燈光下泛著象牙色光澤。她再度穿上膠鞋，狂笑一聲，跑向屋外。她挺起胸膛，展開雙臂，在雨中跳起她昔日在德勒斯登學到的韻律體操。她變成一道在雨中跳躍的奇特灰白身影，雨水在她彎腰時拍打她的腰身，泛起一片光芒。她挺身穿過雨幕，再次俯身。她圓潤的腰身與臀部彷彿在向他表現出崇敬，並重複著一種原始的膜拜。

他苦笑，脫下衣服。這實在太荒謬了。一陣顫抖後，他赤裸著蒼白的身體跑進大雨裡。弗洛西狂吠一聲，衝到他的前方。康妮頂著一頭溼漉漉的頭髮，轉過泛紅的臉頰看著他，她的藍色眼眸閃爍著亢奮的光芒。隨後，她又轉頭用一種奇特的快跑動作，衝出林間空地，跑向小徑。她奔跑，溼答答的枝葉拍過她的身體。他眼裡只有她溼淋淋的頭顱與背部，以及那閃亮的渾圓臀丘：一副飛快奔跑的美麗女性裸體。

她幾乎快跑到大馬路時，他追上來一把攫住她溼潤的腰身。她尖叫一聲，挺直身體，感覺自己柔嫩冰涼的肌膚緊貼著他。他用力抱緊她，那具原本冰冷的女性軀體頓時變得有如火焰般熾熱。大雨持續，直到兩人的身體都熱氣蒸騰，他伸出雙手抓住她飽滿迷人的臀部，並拚命地把它壓向自己。他顫抖著在雨中站了一會兒後，突然擁著她一起倒在小徑上。在喧囂的雨聲中，他如同野獸般迅速猛烈地占有她，又迅速猛烈地結束。

完事後，他立即站起來，抹去眼睛上的雨水。

「回去吧！」他說完，兩人開始跑回小屋。他不喜歡淋雨，因此他快速地往回跑。但她跑得比較慢，還停下來採了幾朵勿忘我、剪秋羅和風信子，因此跑了幾步便看見他逐漸從她的視線消失。

當她捧著花，氣喘吁吁地回到屋裡，他已經升起爐火，把柴薪燒得劈啪作響。她凸起的胸脯上下起伏，溼透的頭髮緊貼她緋紅的臉龐，雨水在她閃亮的身體上流淌。她睜大雙眼，呼吸急促，小腦袋溼漉漉，雨水滴落她純淨豐腴的腰身，她的模樣宛如另一種生物。

他拿條舊床單替她擦拭，她像個小孩似的站著。然後他去關上屋門，這才開始擦拭自己的身體。爐火熊熊燃燒。她低頭用床單的另一頭擦拭她的頭髮。

「我們用同一條毛巾擦身體，將來會吵架！」他說。

她抬頭看了一會兒，他的頭髮亂成一團。

「不會！」她張大眼睛說：「這又不是毛巾，是床單。」

她繼續忙著擦乾自己的頭髮，他忙著擦乾他的。

由於剛才花了不少力氣，兩人都氣喘吁吁地各自裹著一條軍毯，但敞開赤裸的身體面對爐火，並肩坐在一根圓木上歇息。康妮不喜歡軍毯裹住皮膚的感覺，可是床單已經溼透了。

她想要烘乾頭髮，因此脫下軍毯，跪在泥砌的爐床上，把頭靠近爐火前甩動。他看著她腰臀之間的美妙曲線，那令他一整天意亂情迷的地方。那道連接她豐滿圓臀的弧線如此引人遐思！那兩座臀丘更夾藏一道神祕而溫暖的入口！

他伸手輕撫她的屁股，細細品味那道曲線和那圓潤的臀丘。

「妳的屁股真美，」他用沙啞的方言發出愛憐的語氣。「妳擁有這世上最美麗的屁股，任何女人都比不上妳！妳這裡的每一吋肌膚都充滿女人味，極致的女人味。妳不像那些屁股長得像鈕釦似的女孩，她們簡直跟男人沒什麼兩樣！妳擁有一副足以讓男人為之神魂顛倒的圓潤豐臀。它足以撐起這個世界，真的！」

他一邊說，一邊緩緩愛撫那渾圓的臀部，直到彷彿有一絲狡猾的火苗竄到他的手上。他的指尖帶著一抹輕柔的火焰，一遍又一遍地撫過她身上那兩處隱祕的洞口。

「還好妳會拉屎、撒尿，我可不要一個不會拉屎、撒尿的女人。」

康妮訝異到忍不住笑出來，但他不為所動地繼續說：

「妳是真正的女人，表裡如一！妳真實到甚至有點放蕩。妳從這裡拉，這裡尿，我喜歡把手同時放在這兩個部位。這是我喜歡妳的地方。妳的屁股既迷人又驕傲，它一點也不會對自己感到羞愧，一點也不。」

他的手緊緊按住她那隱祕之處，像在與它親熱地寒暄。

「我喜歡它，」他說：「我喜歡它！如果我只剩十分鐘的生命，只要能讓我撫摸妳的屁股，熟悉妳的屁股，那我**這輩子**也算沒有白活了。妳懂嗎？管它什麼工業制度！這才是我的人生！」

她轉身爬到他大腿上，抱著他。「吻我！」她輕聲說。

她曉得兩人都壓抑著離別的苦楚，但悲傷的感覺終究浮現她的心頭。她坐在他的大腿上，頭貼著他的胸膛，略微張開的雙腿泛著乳白色光澤，火光在兩人身上閃爍。火光下，他低頭凝視她身體上那處三角地帶，那片柔軟的棕色毛髮往下延伸至她的大腿敞開處。他伸手從後方的桌上拿起她採來的那束鮮花，幾滴雨水從溼漉漉的花朵滴落她的身體。

「無論刮風下雨，花朵都只能留在外面。」他說：「它們沒有自己的家。」

「甚至連個遮風避雨的地方也沒有！」她輕聲說。

他靜靜地把幾朵勿忘我穿進她陰阜上的棕色陰毛叢。

「妳看！」他說：「這裡是最適合擺放勿忘我的地方！」

她低頭看著她下體棕色陰毛叢裡的乳白色小花。

「真好看！」她說。

「的確很好看！」他回應。

他再把一朵粉紅色的剪秋羅插入那簇陰毛叢。

「妳看！這就是妳不會忘記我的地方！這就是出現在蘆葦叢的摩西[1]。」

「你不在乎我即將離開這裡嗎？」她抬頭看他，語氣惆悵。

但他依舊面無表情，那對濃眉下的臉龐令人難以捉摸。

「妳想去就去。」他說。

他改說純正的英語。

「如果你不想我去，我就不去。」她靠著他說。

一片沉默。他傾身朝爐火添加一根木柴，火光映照在他沉默內斂的臉龐。她等待著，但他不發一語。

「我只是覺得這是個可以讓我開始和克利福德談離婚的好方法。我想要個孩子，而這讓我有機會可以……」她說。

「讓他們相信這些謊言。」他說。

「是的，這也是原因之一。難道你希望他們知道真相？」

「我不在乎他們的想法。」

1 引用自《聖經》中埃及公主在尼羅河畔的蘆葦叢裡發現還是嬰兒的摩西。

「我在乎！我不希望我還在拉格比時，就得面對他們的冷漠對待。等我離開後，他們愛怎麼想都無所謂。」

他默不作聲。

「可是克利福德爵士不是還期望妳回到他身邊？」

「哦，我一定會回來。」她說。兩人又陷入沉默。

「妳打算在拉格比生下孩子？」他問。

她環抱他的脖子。

「如果你不帶我走，我只好留在那裡。」她說。

「我可以帶妳去哪裡？」

「任何地方！只要離開這裡！離開拉格比。」

「什麼時候？」

「唉，等我回來的時候。」

「既然妳要離開，何必多此一舉回來這裡？」

「哦，我必須回來。我答應過克利福德！我對他說的是真心話。而且，我回來其實是為了你。」

「為了妳丈夫的守林人？」

「我不覺得這有什麼大不了的。」她說。

「是嗎？」他思考了一會兒。「那麼，妳打算什麼時候才要徹底離開這裡？妳有明確的時間嗎？」

「哦，我不知道。我會從威尼斯回來，到時候我們就可以著手準備。」

「怎麼準備？」

「哦，我會告訴克利福德。我一定得告訴他。」

「妳會嗎？」

他不再說話，她再次摟著他的脖子。

「不要為難我。」她懇求。

「我為難妳什麼？」

「讓我不能去威尼斯進行一些安排。」

他臉上露出一絲笑容，一閃而過。

「我不是要為難妳，」他說：「我只是想搞清楚妳到底要什麼。可是連妳自己都不知道答案。妳想要慢慢來，離開這裡想清楚。我不怪妳。我覺得妳很聰明。妳或許比較想做拉格比的女主人。我不怪妳。我沒有辦法給妳一座拉格比莊園。事實上，妳很清楚自己可以從我這裡得到什麼。真的，我想妳是對的！我真的這麼認為！我不想靠妳過日子，讓妳來養活我。這也是個問題。」

她覺得他似乎故意和自己作對。

「可是你要我，不是嗎？」她問。

「那妳要我嗎？」

「你何必明知故問。」

「好！那妳打算**什麼時候**要我？」

「你知道，等我回來以後，我們就可以進行安排。我快被你逼得喘不過氣了。我需要冷靜下來，整理思緒。」

「好！冷靜下來，整理思緒。」

她有點生氣了。

「你到底相不相信我？」她問。

「哦，當然！」

她聽出他話裡的嘲諷。

「好，那你告訴我，」她沮喪地問：「你是不是認為我不去威尼斯比較好？」

「妳去威尼斯肯定會比較好。」他的回答既冷漠又帶著點諷刺的味道。

「你知道我下週四出發吧？」她問。

「知道！」

她陷入沉思，最後她說：

「等我回來，我們會更清楚彼此的立場，對吧？」

「當然！」

一道莫名的冷默鴻溝阻隔著兩人！

「我找過律師問過我離婚的事。」他的聲音有點彆扭。

她打了個哆嗦。

「是嗎？」她說：「律師怎麼說？」

「他說，我應該早點辦好離婚手續，現在可能會有點困難。不過，因為我當時人在軍中，他覺得應該還是會被批准。只希望**她**不會因此跑來找我麻煩！」

「非得讓她知道離婚的事嗎？」

「沒錯！她會收到通知。那個和她同居的男人是共同被告，也會收到一紙通知。」

「真討厭，全是一些麻煩事！我想我和克利福德也得經歷這個過程。」

兩人再度沉默。

「另外，」他說：「接下來的六到八個月，我得規規矩矩地過日子。所以如果妳去威尼斯，那我至少有一、兩星期可以遠離誘惑。」

「我是你的誘惑？」她撫摸著他的臉。「我很高興你把我當成你的誘惑！我們別想這件事了！你一旦開始思考就會讓我感到害怕：你總是逼得我喘不過氣。我們別想這件事了！等到我們分開以後，彼此都有足夠的時間可以思考。重要的是，我一直在想，我離開前一定得再來這裡和你共度一晚。**無論如何**，我得再來一次這間石屋。我週四晚上來，好嗎？」

「妳姊姊不是預定在那天去妳家？」

「是啊！可是她說，我們會在下午茶時間出發。所以，我們會在下午茶時間離開。不過，她可以睡在別的地方，那我就可以過來這裡和你一起睡。」

「這樣她就會知道我們的事了。」

「哦，我會告訴她。事實上，我已經略微向她提過我們的事。我得和希爾達討論這整件事。她這次幫了我很大的忙，她真的很通情達理。」

他琢磨著她的計畫。

「所以妳們打算在下午茶時間從拉格比莊園出發，假裝要去倫敦？妳們預定走哪條路？」

「經過諾丁漢和格蘭瑟姆。」

「然後妳姊姊在半途放妳下車，妳再走路或搭車來這兒？我覺得這聽起來太過冒險。」

「是嗎？要不然希爾達可以送我來這兒。她可以在曼斯菲爾德過夜，晚上送我過來，隔天早上再來接我。這件事容易得很。」

「萬一別人看見妳呢？」

「我會戴防風眼鏡，蒙面紗。」

他又想了一會兒。

「好吧，」他說：「妳高興就好，像往常一樣。」

「你不喜歡這個點子？」

「哦，喜歡！我喜歡這樣的安排。」他的口氣有點沮喪。「或許我也該學著打鐵趁熱。」

「你知道我想到什麼？」她突然說：「我突然想到，你是『熱杵騎士』！」

「哦！那妳呢？妳不就是『熱臼夫人』？」

「沒錯！」她說：「就是這樣！你是杵騎士，我是臼夫人。」

「很好，那我就擁有爵位了。約翰．托馬斯是你珍夫人的約翰爵士。[2]」

「沒錯！約翰．托馬斯受封為爵士！我是陰毛夫人。對了！你也得插上幾朵花才行。」

她把兩朵粉紅剪秋羅插入他陰莖上方的金紅色陰毛叢。

「你看！」她說：「好看！真好看！約翰爵士！」

她又把幾朵勿忘我塞進他的深色胸毛叢。

「你這裡不會把我忘了吧？」她親吻他的胸膛，在他的兩粒乳頭上各放了一朵勿忘我，再次親吻他。

「妳把我當成日曆了！」他說完笑了起來，花朵從他的胸膛跌落。

「等一下！」他說。

他起身，打開屋門。趴在前廊的弗洛西站起來看著他。

「嘿，是我！」他說。

雨停了。凝滯的空氣變得潮溼、沉悶，透著一股芬芳。夜幕即將降臨。

他走上小徑，但不是前往馬路，而是走向另一頭。康妮看著他修長的背影，那蒼白的身形就像個幽靈，也像個逐漸遠離她的幻影。

當他的身影從她的視線消失，她的心情頓時跌落谷底。她站在小屋門口，裹著毛毯，注視那一片沉寂的潮溼空氣。

他再度出現，捧著一束花，姿勢怪異地朝著她快步走來。她感到些微恐懼，彷彿他的確是個幽靈。直到他走近，兩人四目交接，他的眼神依舊令人難以捉摸。

他手裡捧著耬斗菜、剪秋羅、剛割的牧草、橡葉和忍冬的花苞。他把柔軟的橡木嫩葉環鋪在她乳房四周，再點綴上風鈴草和剪秋羅，肚臍處擺了一朵粉紅剪秋羅，陰毛處則是勿忘我和香車葉草。

2 虛構的人物，引自勞倫斯一九二七年出版的小說《約翰．托馬斯與珍夫人》（*John Thomas and Lady Jane*）。

「這就是妳盛裝的模樣！」他說：「這就是珍夫人，要與約翰．托馬斯舉行結婚典禮。」

他在自己的體毛上也插了幾朵花，在陰莖上纏繞一串千屈菜，朝肚臍眼塞入一朵鐘形風信子。她興味盎然地看著他，打量他專注的奇特神情。她將一朵剪秋羅插進他的鬍子，它卡在那兒，在他的鼻子下晃蕩。

「這是約翰．托馬斯與珍夫人的婚禮，」他說：「我們得讓康斯坦絲和奧利佛繼續在一起。或許……」

他張開手擺了個姿勢，卻突然打了個噴嚏，震落他鼻子下和肚臍上的花朵。他又打個噴嚏。

「或許什麼？」她問，等著他說下去。

他看著她，表情帶著點迷惑。

「啊？」他說。

「或許什麼？把你剛才的話說完。」她追問。

「哦，我剛才要說什麼？」

他忘了。他沒把話說完，這成了她人生中的一個遺憾。

一道金色陽光灑落樹林。

「太陽出來了！」他說：「妳該走了。時間，夫人，時間！什麼東西總是在我們不知不覺間流逝，夫人？時間！時間！」

他伸手拿起自己的上衣。

「跟約翰．托馬斯說晚安！」他低頭看著陰莖。「他在千屈菜的懷抱中顯得很安靜！怎麼看都不像根熱杵了。」

他把法蘭絨衫套在頭上。

「男人最危險的時候，」他的頭鑽出來後，說：「就是他套上衣服的時候。這時，他把自己的腦袋裝進了一只袋子。這就是我為什麼比較喜歡美國襯衫，穿美國襯衫像穿外套。」她站在原地看著他。他穿上短褲，拴好腰間的鈕釦。

「看看珍！」他說：「看她那一身的花朵！明年又會是誰替妳別上這些花朵？我，還是其他人。『再見，我的風鈴草，再見了！』我討厭這首戰爭初期出現的歌曲。」他坐下來穿襪子。她依舊站在原地。他把手放在她的臀部。「美麗的小珍夫人！」他說：「也許到了威尼斯，妳會遇見一個男人。他會把茉莉花插進你的陰毛，把石榴花塞進妳的肚臍。可憐的小珍夫人！」

「我不想聽你說這些！」她說：「你只是想氣我。」

他低下頭。接著，他改用方言說：

「是啊，或許是，或許是！好吧，我不說了。我以後也不會再說了。不過，妳得開始穿衣服，好回去那棟氣派、華麗的英格蘭豪宅。時間到了，約翰爵士和小珍夫人的時間到了！穿上妳的襯衣吧，查泰萊夫人！少了那件襯衣和這幾朵鮮花，就無法顯出妳和小珍夫人的尊貴。好了，好了，妳這短尾畫眉，我要取下妳身上的花朵了。」他拿下她陰毛上的葉子，親吻她淋溼的陰毛，移除她胸脯上的花朵，親吻她的乳房、肚臍和陰毛，但留下那些插在她陰毛叢裡的花朵。「它們得留在這裡。」他說：「看吧！這會兒妳又一絲不掛，成了一個光屁股的女人，有幾分珍夫人的模樣！妳得走了，趕快穿上妳的內衣，否則查泰萊夫人會趕不及回家吃晚餐。而且，有人會問我這美麗的少女，妳去了哪裡！」

每當他滿口方言，她總會啞口無言，因此她穿好衣服準備帶著一點沮喪的心情返回拉格比莊園。但她這種心情也有可能是來自於：一個讓人感到有點沮喪的家。

他打算陪她走到大馬路。那些小雞安全地待在籠子裡。

兩人走到馬路時，碰見博爾頓太太流露遲疑與蒼白的臉色走向他們。

「哦，夫人，大家還以為妳出事了！」

「沒有！我很好。」

博爾頓太太注視著男人的臉，那是一張在愛情的滋潤下變得容光煥發的臉。她看見他那半帶微笑，半帶嘲諷的眼神。他一向憤世嫉俗，但此刻卻是以和善的眼神看著她。

「晚安，博爾頓太太！夫人沒事了，所以我可以走了。夫人，再見！博爾頓太太，再見！」

他行個禮，轉身離開。

第十六章

在拉格比莊園，等待著迎接康妮的是一場嚴峻的審問。克利福德在下午茶時間出門，正好趕在暴風雨前回到家，但夫人呢？沒人知道夫人在哪，只有博爾頓太太猜測她去了樹林散步。去樹林，在這種暴風雨天！克利福德從不曾像此刻這麼緊張和焦慮。每道閃電都讓他心驚肉跳，每聲雷鳴都讓他臉色發白。他望著屋外冰冷的雷雨，彷彿世界末日即將降臨。他變得愈來愈坐立難安。

博爾頓太太試著安慰他。

「夫人會去小屋避雨，別擔心，她不會有事的。」

「我不喜歡她在這種暴風雨天還去樹林！我甚至一點也不喜歡她去樹林！她已經去了兩個多小時了。她什麼時候出門的？」

「她剛出門，你就到家了。」

「我沒有在林園裡遇到她。天曉得她人在哪，出了什麼事。」

「哦，她不會有事的。你等著看，等雨一停，她馬上就會回來。她只是被這場雨困住了。」

然而雨停後，夫人並沒有立刻回家。事實上，時間不斷流逝，夕陽已經灑落最後一道金色餘輝，卻依舊不見夫人蹤影。太陽下山，夜幕開始籠罩大地，晚餐的第一道鑼聲響過了。

「我不能再這麼等下去！」克利福德焦急地說：「我要派菲爾德和貝茨去找她。」

「哦，別那麼做！」博爾頓太太急忙說：「他們會以為夫人鬧自殺或什麼的。這會招來許多閒言閒語。讓我去一趟木屋，看看她是否在那兒。我會找到她的。」

於是，在一番遊說後，克利福德答應她出來。

所以康妮才會遇見她臉色蒼白地獨自在車道上徘徊。

「夫人，妳可千萬別怪我出來找妳！克利福德爵士簡直急瘋了。他認定妳要不是被雷劈了，就是給樹木壓死了。他原本準備派菲爾德和貝茨來樹林找屍體，所以我才想最好還是我先出來找找，以免所有僕人都被搞得心急如焚。」

她說話的樣子顯得忐忑不安。康妮的臉上仍然掛著激情後那種充滿柔情與沉醉的神態，博爾頓太太不只看出這點，也感覺到康妮對她的不滿。

「我知道了！」康妮只能如此回應。

樹林裡，大雨滂沱震天價響，兩個女人靜悄悄地穿過這潮溼的世界。當她們進入園林，康妮大步走在前方，後頭的博爾頓太太開始喘氣。她愈來愈胖了。

「克利福德真蠢，這麼點事也要大驚小怪！」康妮氣憤地說，但更像在自言自語。

「哦，妳知道男人就是這樣！他們總是杞人憂天。只要他看到妳回家，很快就沒事了。」

博爾頓太太看破了康妮的祕密，她肯定曉得。這讓康妮很生氣。

她突然在小徑上停下腳步。

「真想不到，他竟然派人跟蹤我！」她咬牙切齒地說。

「哦！夫人，妳千萬別這麼說！他原本打算派那兩個男人過來，而他們一定會直接前往那間木屋。我不知道木屋在哪裡，真的。」

這番意有所指的話讓康妮氣得臉更紅了。可是她心裡依舊懷著那份激情，她無法說謊。她無法假裝自己與守林人之間什麼都沒有發生。她看著另一個女人，那女人低著頭，一臉心照不宣的神情。無論如何，從女人的身分來看，博爾頓太太是個盟友。

「好吧！」她說：「如果是那樣，就那樣。我不在乎！」

「沒事的，夫人！妳只是在小屋避雨。這沒什麼大不了的。」

兩人繼續走回家。康妮衝進克利福德房裡，朝他大發脾氣，氣他那凸起的眼睛、過度焦慮的蒼白臉色。

「我非說不可，我不懂你為什麼要派人去找我！」她大吼。

「天啊！」他的情緒爆發。「妳跑去哪了？這種暴風雨天，妳竟然出去好幾個小時，好幾個小時！妳到底跑去那該死的樹林幹什麼？妳到底在忙什麼？雨已經停了好幾個小時，好幾個小時了！妳知道現在幾點了嗎？任何人都會被妳這種行為給氣死。妳到底去了哪裡，又到底在搞什麼鬼？」

「如果我不打算告訴你呢？」她脫下帽子，甩了甩頭髮。

他用那凸起的眼睛瞪著她，眼白都泛黃了。發這麼大的脾氣對他的身體很不好，往後幾天，博爾頓太太侍候他可累了。康妮突然感到良心不安。

「其實，」她的口氣變得溫和了些。「每個人大概都以為我迷路了！但我只是坐在小屋裡避雨，並且替自己升了個小火。我開心得很。」

她的口氣婉轉許多。畢竟，何必再去刺激他呢！

他看著她，一臉狐疑。

「看看妳的頭髮，」他說：「看看妳現在的樣子！」

「哦，」她從容回答。「我脫光了衣服在雨中奔跑嘛！」

他盯著她，瞠目結舌。

「妳瘋了！」他說。

「為什麼？就因為我在雨中沖了個澡？」

「妳拿什麼擦身體？」

「一條舊毛巾，加上烤火。」

他張口結舌地盯著她。

「萬一妳遇到人呢？」他說。

「誰會出現在那裡？」

「誰？任何人都有可能！還有梅勒斯。妳遇到他了嗎？他總會在傍晚過去樹林。」

「是啊，他後來去了。那時雨已經停了，他去拿穀物餵那些雉雞。」

康妮的反應異常冷靜，隔壁房的博爾頓太太聽得肅然起敬。她想到，一個女人竟然能夠這麼若無其事地說謊！

「萬一他撞見妳光溜溜，像個瘋子似的在雨中奔跑呢？」

「我想他這輩子大概從沒遇過這麼可怕的事，他肯定拔腿就跑。」

克利福德仍然呆若木雞地盯著她。他永遠無法曉得自己潛意識裡的想法，又沒有勇氣去想清楚。他的腦中一片空白，他只能接受她的說法。而且，他喜歡她現在的樣子。他不禁著迷於她現在的樣子。她看來如此明豔動人、容光煥發：那是愛情的光芒。

「不管怎樣，」他的怒氣逐漸消退。「妳要是沒得重感冒，算妳走運。」

「哦，我不會感冒的。」她回答時，心裡卻想著另一個男人的話：妳擁有這世上最迷人的屁股！她希望，由衷地希望自己可以告訴克利福德，在這個他口中的暴風雨天，有人曾經這樣讚美她。但她沒有！她直接上樓更衣，表現得有如一位遭到冒犯的皇后。

這晚，克利福德想要討好她。他正在讀一本有關科學和宗教的新書；他有一種虛假的宗教觀，以自己為中心，只關心自己的未來。自從兩人的談話變得像是刻意進行的化學實驗後，克利福德就習慣以書來製造與康妮對談的話題。他們就像在彼此腦袋裡進行一場化學實驗那般。

「對了，妳覺得這段話怎麼樣？」他說著，伸手拿書。「只要人類再經過幾百萬年的演化，妳或許就不需再衝進雨中冷卻妳身體裡的熱情。喏，在這兒！『宇宙向我們呈現了兩種趨勢：一種是實體的消滅，另一種是精神的昇華。』」

康妮以為克利福德會往下說，但他停了下來。她訝異地看著他。

「如果精神昇華了，」她說：「那麼會留下什麼？或者說，那個精神原本待的地方會變成什麼？」

「嗯，」他說：「以人類為例，我想**昇華**就是**消滅**的反面。」

「也就是精神的失控。」

「不是，說真的，不開玩笑，妳覺得這話有沒有道理？」

她又看著他。

「實體的消滅嗎？」她說：「我覺得你變胖了，而我的體重也沒有減少。你覺得太陽有變得比以前小嗎？我看是沒有。我想，就算亞當採給夏娃的蘋果比現在的蘋果大一點，也不至於大多少。你覺得呢？」

「好吧，聽聽他接下來怎麼說：『在我們無法以時間感知的緩慢速度下，這種演化正逐漸進入一種全新境界。一旦進入這種情況，就我們目前所知，實體世界就會變成與虛無沒什麼兩樣的漣漪。』」

她覺得這些話聽起來有點可笑。所有不正當的事都會暗示出它們本身的不正當。但她只是說：

「這只是一種騙人的把戲！好像他那渺小的意識，真能察覺如此緩慢的變化！這些話只說明了**他**在這世上是一種失敗的實體，因此他想把整個宇宙也拖下水。一種自以為是的傲慢！」

「哦，還有呢！別打斷這位偉人的高論！『現今世界的秩序來自不可思議的過去，也將葬送於不可思議的未來，只剩下無窮無盡的抽象世界，以及由這個世界的生命所不斷革新的創造力，還有那主宰一切智慧生命的上帝。』妳看，這就是他的結論。」

康妮坐著聆聽，臉上流露鄙夷神色。

「他精神失常了，」她說：「這些話根本是胡說八道！說什麼不可思議、秩序的毀滅、抽象的世界、不斷革新的創造力，還有混雜在這些秩序裡的上帝！哈，真是愚蠢！」

「我得承認，他的理論的確有點模糊，甚至有點像盤大雜燴。」克利福德說：「不過，我覺得有關實體的消滅與精神的昇華，他的說法確實有些道理。」

「是嗎？那就讓精神昇華吧！只要我的肉體可以安全地留在下面就好。」

「妳喜歡自己的身體？」他問。

「當然！」她腦中再度閃過那句話：妳擁有這世上最迷人的屁股！

「妳的回答真是出乎我的意料，因為大多數人都會把身體當成一種累贅。不過，我想女人並不把精神生活當成是一種至高的享受。」

「至高的享受？」她抬頭看著他。「那種愚蠢的論調就是精神生活的至高享受嗎？不，謝了，我寧可選擇肉體。我相信人的肉體一旦被喚醒，肉體生活肯定會比精神生活真實許多。只是有太多人都像你口中的捲揚機一樣，只是把精神附著在他們已經死亡的身體上。」

他驚訝地看著她。

「肉體生活，」他說：「只是一種畜生似的生活。」

「那也強過行屍走肉般的生活。而且，你的說法並不正確！人類的肉體才剛開始接觸真實的生活。希臘人曾一度讓人類的肉體散發迷人的光芒，然而這種光芒卻遭到柏拉圖和亞里斯多德的遮蔽，耶穌更是索性扼殺了它。但時至今日，人類的肉體再度恢復生機，走出墳墓。在這美麗的宇宙，人類的肉體生活將會成為一種極美妙的生活方式。」

「親愛的，妳似乎以為自己已經進入肉體的生活！沒錯，妳正準備出門度假，但別高興得太早。相信我，無論上帝有什麼打算，他正在逐漸淘汰人類的內臟和消化系統，讓人類進化成一種更高層次與更精神化的生命。」

「克利福德，我為什麼要相信你？我反倒覺得無論上帝有什麼打算，他終於在我的體內，也就是你所謂的內臟部位甦醒，甚至因此感到雀躍。當我們的想法有這麼大的差異，我為什麼要相信你？」

「嗯，妳說得對！是什麼讓妳有這麼大的改變？在雨中裸奔，扮演酒神的女祭司？對感官的渴望，或者是對前往威尼斯感到興奮？」

「都有！我對於即將出門表現得如此興奮，你覺得很可怕嗎？」

「更可怕的是妳表現得如此露骨。」

「那我掩飾一下好了。」

「哦，不必了！妳幾乎把那種興奮傳染給我了。我幾乎覺得要出門的是我。」

「那你為什麼不去？」

「這個我們已經討論過了。事實上，我猜妳會這麼興奮就在於，妳可以暫時拋下這裡的一切。告別這裡的一切才是讓妳感到如此興奮的原因！可是，每一次離別就代表另一場在他處的邂逅，而每一場邂逅就是迎向另一個束縛。」

「我不會再陷入任何一種束縛。」

「別說大話，舉頭三尺有神明。」他說。

她打斷他的話。

「不！我才不是在說大話！」她說。

不過，她的確因為即將出門感到興奮，覺得自己即將擺脫束縛。她情不自禁。

克利福德睡不著，和博爾頓太太賭了一整夜，直把她睏到幾乎睜不開眼。

§

這天就是希爾達預定到來的日子。康妮和梅勒斯約好，如果一切順利，他們可以共度一晚，她就會在窗口掛上一條綠色圍巾；如果有困難，就掛紅的。

博爾頓太太幫康妮整理行李。

「換換環境對夫人有很大的好處。」

「我也是這麼想。妳不介意獨自照顧克利福德一段日子吧？」

「當然不會！應付他對我來說完全不是問題。我是說，我會做好他吩咐的一切。妳不覺得他現在的狀況比以前好多了？」

「的確如此！妳把他照顧得好極了。」

「真的嗎？不過男人都大同小異，像個小孩一樣，妳只要說些好話、哄哄他，讓他以為所有事情都照著他的意思就好了。夫人，妳不這麼認為嗎？」

「恐怕我沒有太多的經驗。」

康妮停止動作。

「妳也得應付妳丈夫？把他當個孩子似的哄他？」她看著博爾頓太太問。

博爾頓太太也停止動作。

「這個嘛！」她說：「我也得花費好一番功夫哄他，不過憑良心說，他總是知道我想要的是什麼，也總會讓著我。」

「他從不會擺出一副大老爺的架子？」

「不會！大多數時候，他都會讓著我，只是有時他會露出某種眼神，這時我**就會**知道自己得讓步了。他從不會擺出大老爺的架子，我也不會對他擺架子。當我知道我無法強迫他，我就會讓他，不過這有時也讓我吃了不少虧。」

「如果妳一直和他爭到底呢？」

「哦，我不知道，我從沒試過。有時，即便我知道他是錯的，只要他堅持，我還是會讓步。妳知道，我不想破壞彼此的感情。如果妳存心和男人唱反調，那就完了。如果妳在乎一個男人，一旦他真的下了決心，妳就得讓步；不管妳是對或錯，妳都得讓步，否則就會傷了彼此的感情。但我得承認，有時我也會很堅持某件事，而且即使是錯的事，泰德也是會讓著我。所以我想雙方都必須明白，什麼時候應該要讓對方。」

「妳對待病人也是如此嗎？」康妮問。

「哦，那不一樣。雖然方式相同，但我並不愛他們。我只是知道怎麼做對他們有好處，或者說我會試著去了解他們，然後努力幫助他們恢復健康。這和對待妳心愛的男人是不一樣的，很不一樣。只要妳真正愛過一個男人，對其他的大多數男人，只要他們需要妳，妳就有足夠的能力去照顧他們。不過這兩件事不能混為一談，妳並不是真的**愛**他們，因為一旦妳**真的**愛過，我很懷疑妳是否還能再去愛其他人。」

這些話讓康妮有些害怕。

「妳認為人一輩子只能愛一次？」她問。

「或者從沒愛過。大多數女人從不曾愛過，也沒有機會去愛。她們不了解愛情的意義。男人也是如此。不過，每當我看到一個女人愛上一個男人，我就會想要支持她。」

「妳認為男人很容易生氣嗎？」

「沒錯！如果妳傷了他們的自尊。女人不也一樣？差別只在於男人及女人在乎的點不太一樣。」

康妮思索這些話。她再度為這趟旅行感到不安，或許時間不長，但她畢竟是冷落了她的男人。他心裡有數，所以才會這麼怪裡怪氣、冷嘲熱諷。

話雖如此！人生在世大多會受到外部環境的牽制，康妮就是如此。她無法擺脫外在環境的影響，她甚至沒有意願。

星期四上午，希爾達很早就到了。她駕著一台輕巧的雙座汽車，行李箱牢牢綁在後車廂。她看來永遠那麼端莊溫婉，卻很有主見。她總是堅持自己的主張，這點她丈夫已經領教了，而且正在跟她辦理離婚手續。

沒錯，儘管她沒有出軌，她還是落落大方地同意離婚。目前，她和男人「保持距離」。她相當滿意現在這種可以掌控自己與兩個孩子的生活，打算「好好」把兩個孩子扶養成人，不管她的「好好」是什麼意思。

康妮也只能帶著一只行李箱，不過她已經把另一只箱子托運給她父親，他準備搭火車前往。七月的義大利太過炎熱，開車去威尼斯實在不是個好主意。他打算舒舒服服地搭乘火車。他才剛從蘇格蘭南下。

所以，舉止端莊而又嚮往田園生活的希爾達，便像個陸軍元帥似的負責安排這次旅行。她和康妮坐在樓上房間聊天。

「可是，希爾達！」康妮有點不安地說：「我今晚想在這附近過夜。不是在家裡，而是在這附近！」

希爾達盯著她妹妹，灰色的雙眸讓人捉摸不透。她經常大發雷霆，不過眼前看來倒是十分冷靜。

「這附近的什麼地方？」她輕聲問。

「呃，妳知道的，我愛上了一個人。」

「我早看出妳有點不對勁。」

「呃，他就住在附近，我想在出發前和他共度一晚。我一定得去！我答應過他！」

康妮變得固執起來。

希爾達低下她那有如彌涅耳瓦[1]般的頭顱，不發一語。隨後，她抬起頭。

「妳打算告訴我他是誰嗎？」她說。

「他是我們的守林人！」康妮說得結結巴巴，如同羞愧的孩子般漲紅了臉。

「康妮！」希爾達微微仰頭流露鄙夷的表情，一個從她們母親那裡學來的動作。

「我知道，可是他真的很可愛，很貼心。」康妮試圖替他辯護。

希爾達這會兒就像個臉色紅潤、明豔動人的雅典娜[2]，低頭沉思著。她委實氣壞了，卻又不敢表露出來，因為康妮的個性就像她們父親，很可能會立刻失控，大吵大鬧。

的確，希爾達不喜歡克利福德，討厭他的冷漠和自以為是！她認為他既卑鄙又無恥，只是在利用康妮，更期望妹妹**會**離開他。但是，身為道地的蘇格蘭中產階級，她也反對任何會「貶損」家族聲望的醜事。她終於抬起頭。

「妳會後悔的。」她說。

「我不會。」康妮漲紅臉說：「他和別人不一樣，我**真的**愛他，他是個很棒的情人。」

希爾達仍在思考。

「妳很快就會膩了，」她說：「卻會因此後悔一輩子。」

「我不會！我打算替他生一個孩子。」

「**康妮！**」希爾達失聲大叫，氣得臉色發白。

「只要我可以生下一個孩子，我會想生下他的孩子，而且會因此感到十分驕傲。」

希爾達心想，再說什麼也無濟於事。

「克利福德沒有懷疑妳嗎？」她問。

「沒有！他為什麼會懷疑？」

「我相信，妳肯定有不少地方足以引起他的懷疑。」希爾達說。

「才沒有。」

「今晚的事就顯得既不必要又很愚蠢。這個人住在哪兒？」

「樹林另一頭的石屋。」

「他單身嗎？」

「不是！他太太跑了。」

「多大年紀？」

「我不知道。他年紀比我大。」

每個回答都讓希爾達更加火大，讓她差點變成她們那總是突然暴跳如雷的母親，但她終究忍了下

1 彌涅耳瓦（Minerva）是羅馬神話中的智慧女神、戰神、藝術家和手工藝人的保護神。

2 對應於羅馬神話中的彌涅耳瓦，雅典娜（Athena）是希臘神話中的智慧女神、戰神、建築女神和手工藝女神。

來。

「如果我是妳，我會放棄今晚的冒險。」她冷靜地建議。

「我做不到！我今晚**一定**得和他在一起，否則我沒有辦法去威尼斯。我就是沒辦法。」

希爾達再次從康妮的聲音中聽見她們父親的口氣。權衡得失後，希爾達選擇讓步，同意開車載康妮去曼斯菲爾德共進晚餐；天黑後，送她回小路底，隔天早上再到小路底接她。希爾達則在曼斯菲爾德過夜。那裡離這裡只有半小時的車程。真是好主意！

但她還是很生氣，氣她妹妹打亂她的計畫，並在心裡留下一個疙瘩。

康妮把一條翠綠色的圍巾掛在窗台。

§

由於一肚子氣，希爾達對克利福德反倒親切了起來。

畢竟，他是個有頭腦的人。如果說他缺乏性能力，那反倒好，這麼一來就少了很多衝突！希爾達再也不想沾上性這檔事，男人只要一談到性，就會變成下流自私的討厭鬼。單就不用忍受這點而言，康妮其實比許多女人幸運多了，只是她自己並不曉得。

克利福德認為，希爾達再怎麼說都是個聰明的女人，如果男人有心往政壇發展，她絕對會是男人最得力的助手。她不像康妮那麼幼稚，康妮比較像個小孩子，你得替她找藉口，因為她並不是那麼可靠。

大家提前來到客廳喝下午茶。陽光從敞開的大門灑進屋裡，三人似乎都有點坐立不安。

「再見，康妮丫頭！妳要平安回到我的身邊。」

「再見，克利福德！我不會離開太久的。」康妮幾近溫柔表示。

「再見，希爾達，妳會好好照顧她吧？」

「放心交給我吧！」希爾達說：「我不會讓她走丟的。」

「那就拜託妳了！」

「再見，博爾頓太太！我相信妳會照顧好克利福德爵士。」

「我會盡力的，夫人。」

「有什麼事就寫信給我，順便告訴我克利福德爵士的狀況。」

「好的，夫人，我會寫信給妳。希望妳玩得開心，回來後告訴我們一些開心的事。」

大家揮手道別。汽車駛離時，康妮回頭看見克利福德依然坐著輪椅停留在台階上。他畢竟是她的丈夫，拉格比莊園是她的家，這是環境造成的結果。

錢伯斯太太拉開園門，祝福夫人假期愉快。汽車穿過園林外圍的一片陰暗小樹林後，駛上公路，遇見一群正無精打采地走路回家的礦工。希爾達把車子轉向克羅斯希爾爾路，這不是一條主要道路，但可以前往曼斯菲爾德。康妮戴上防風眼鏡。她們沿著鐵路旁前進，鐵軌位於一旁的低地。接著，她們從一座橋梁越過鐵道。

「那條就是通往石屋的小路！」康妮說。

希爾達不耐煩地看了那條小路一眼。

「可惜我們不能直接上路！」她說：「要不然晚上九點前，我們就可以抵達帕摩爾[3]。」

「真的很抱歉。」康妮戴著防風眼鏡說。

她們很快就來到曼斯菲爾德。這座一度充滿浪漫氣息的城市，如今已經變成令人沮喪的煤礦城。希爾達把車停在名列汽車旅遊指南的一家旅館前，登記了一間房。單獨住進這間旅館實在很無趣，她幾乎氣到不想說話了。可是，康妮**還是**不斷告訴她一些那個男人的過去。

「**他！他！**妳平時都怎麼稱呼他？妳到現在為止都只說**他**。」希爾達說。

「我沒有稱呼過他的名字，他也沒稱呼過我的，回想起來還滿奇怪的。我們會稱呼彼此珍夫人和約翰・托馬斯。不過，他的本名是奧利佛・梅勒斯。」

「難道妳願意放棄查泰萊夫人的頭銜，去當奧利佛・梅勒斯太太？」

「我非常願意。」

沒有什麼可以改變康妮的想法。不過，既然那男人曾在印度做過四、五年的中尉，那麼他多少有點本事，顯然也是號人物。希爾達的態度有點軟化。

「要不了多久，你們的關係就會結束。」她說：「到時，妳就會開始後悔曾經和他交往。我們**沒辦法**跟勞工階級混在一起。」

「但妳自己就是個社會主義者！妳總是和勞工階級站在同一陣線。」

「發生政治危機時，我或許會站在他們那邊，但也因為如此，我才了解我們要和他們打成一片有多麼困難。不是我勢利，而是我們和他們確實格格不入。」

希爾達曾經和一群實際參與政治的知識分子在一起生活，因此她的話無庸置疑。

兩人度過一個無趣的傍晚，共享了一頓無趣的晚餐。然後，康妮把幾件東西收進一只絲質手提袋，重新梳理自己的頭髮。

「希爾達，愛情終究是美好的。」她說：「戀愛會讓妳感覺自己活著，而且活在宇宙的中心。」這番話聽來就像在自吹自擂。

「我想每隻蚊子也都有這種感覺。」希爾達說：「妳這麼認為嗎？那牠們真幸福！」

夜色十分清澈，天氣始終良好，連在小鎮也是如此。月光將會照亮一整個夜晚。希爾達板著一張臉，再次發動汽車。她們走另一條道路，穿過博爾索弗，飛快地往回走。

康妮戴上用來遮掩的防風眼鏡和帽子，安靜地坐在車裡。正因為希爾達反對，她更加堅定地站在梅勒斯那邊，並且打算和他一起排除萬難。

她們打開車燈駛過克羅斯希爾時，一台在低地上亮著燈光的小火車，隆隆駛過她們身旁，使得夜晚頓時變得真實。希爾達打算在橋梁盡頭轉進小路。她突然放慢車速，駛離公路，明亮的車燈照進雜草叢生的小徑。康妮往車外張望，看到一個人影後，推開車門。

「我們到了！」她輕聲說。

但希爾達已經關掉車燈，專注在倒車和調轉車頭。

「橋上沒東西吧？」她簡短地問。

「妳可以倒車。」男人說。

她倒車上橋，調轉方向，沿著公路往前開了幾碼，再倒車進入小徑，輾過草叢和歐洲蕨，停在一株

---

3 帕摩爾（Pall Mall）是倫敦西敏市的一條街道。

榆樹下。車上所有燈光都熄滅後，康妮走下車。那男人站在樹下。

「你等很久了嗎？」康妮問。

「沒很久。」他回答。

兩人都等著希爾達下車，但她卻關上車門，坐著不動。

「這是我姊姊希爾達，你要不要過來和她打個招呼？希爾達！這是梅勒斯先生。」

守林人抬了下帽簷，但沒有走上前。

「希爾達，陪我們走到石屋吧！」康妮央求。「石屋離這裡不遠。」

「車子怎麼辦？」

「這裡常有人把車子停在小路上。只要鎖好就行了。」

希爾達沒有回應。她想了一會兒後，回頭看了看身後的小路。

「我能不能倒車繞過樹叢？」她問。

「可以！」守林人說。

她小心翼翼地繞過樹叢，停在從公路上看不到的地方，把車鎖好，走下車來。這時已經是夜晚，但天空還算清朗。荒涼的小路旁，高大茂盛的樹叢顯得一片漆黑，空氣中飄散一股清淡的香氣。守林人走在前頭，再來是康妮，希爾達跟在最後，三人都沒說話。守林人會用手電筒照亮崎嶇的路段，然後繼續前進。一隻貓頭鷹低聲鳴叫著飛過橡樹林，弗洛西悄悄地出現。沒人說話，三人都不知道可以說什麼。

康妮終於看見石屋昏黃的燈光，她的心跳加速，感到有點忐忑。他們繼續前進，一個接一個。

他打開門，把她們引進這間溫暖卻簡陋的小屋。爐火溫和而明亮，桌子首度鋪上潔白的桌巾，桌上擺著兩只餐盤和兩只玻璃杯。希爾達甩了下頭髮，環顧這簡陋沉悶的屋子。然後，她鼓起勇氣看向那個男人。

他中等身高，身材削瘦，相貌還算英俊，但對人十分冷漠，似乎根本不想開口說話。

「坐嘛，希爾達。」康妮說。

「坐吧！」他說：「妳們要不要喝杯茶或什麼的，還是想來杯啤酒？啤酒還算冰涼。」

「啤酒！」康妮說。

「我也要一杯啤酒！」希爾達故作靦腆地說。他卻是視若無睹。

他拿著一瓶藍色水壺，慢條斯理地走到水槽處。等到他端著啤酒回來時，他的臉上已經換了另一種表情。

康妮坐在門邊，希爾達卻是坐在他的椅子上，背對著牆，靠在窗邊。

「那是他的椅子。」康妮輕聲說。希爾達像給椅子燙著似的彈起身子。

「妳坐，妳坐！只剩這把椅子，妳想坐就坐吧，我們都不是那麼小心眼的人。」他泰然自若地說。

他為希爾達拿來一只杯子，並把藍色水壺中的啤酒倒進她的杯子。

「至於香菸，」他說：「我這裡沒有，不過或許妳有帶。我自己不抽菸。妳要吃點什麼嗎？」他轉向康妮。「如果我拿些食物出來，妳要不要吃一點？妳平常都會吃一點的。」他說著方言，好像他是個旅館老闆似的從容自在。

「有什麼吃的？」康妮紅著臉問。

「妳想吃的話，有熟火腿、乳酪、醃核桃……東西不多。」

「好，」康妮說：「希爾達，妳要不要？」

希爾達抬頭看他。

「你為什麼講約克郡話？」她輕聲問。

「哦！那不是約克郡話，是德比郡話。」

他回看著她，露出冷漠的微笑。

「好，就算是德比郡話！你為什麼要說德比郡話？你原本說的明明是普通英語。」

「哦，是嗎？我想改說方言不行嗎？別這樣，只要妳不反對，而我又覺得說德比郡話比較自在，那就讓我說嘛。」

「德比郡話聽起來有點做作。」希爾達說。

「哦，是嗎？妳的腔調在特弗沙爾這裡，聽起來也很做作。」他再度盯著希爾達，臉上流露一股冷漠的神色，彷彿在說：喲，妳以為自己是誰？

他緩緩走到儲藏室去拿食物。

姊妹倆都沉默地坐著。他拿來另一副刀叉和盤子，然後說：

「要是妳們不介意，我想像平常一樣脫下外套。」

他把外套脫下，掛在鉤子上，只穿著一件淡黃色法蘭絨衫坐在桌邊。

「自己來！」他說：「自己來！別客氣！」他切開麵包後，坐著不動。希爾達也和以前的康妮一樣，感受到他那種安靜和冷漠的力量。她看著他擱在桌上那隻小巧且細緻的手，心想他絕不是個普通的工人，他只是在裝模作樣！演戲！

「可是，」她邊說，邊拿起一小塊乳酪。「如果你跟我們說普通英語，而不是方言，感覺會自然一點。」

他看著她，感受到她的強悍意志。

「會嗎？」他用普通英語說：「會嗎？想要感覺自然一點，莫過於妳告訴我，妳希望我下地獄，免得妳妹妹再來找我，或者是我也對妳說些類似的話。還有什麼話比這更自然的呢？」

「當然有！」希爾達說：「只要說話有禮貌就會顯得自然多了。」

「這麼說，就是一個人的習慣囉！」他說完，笑了起來。「算了，」他說：「我已經厭倦了講求禮貌，就讓我保持這個樣子吧！」

希爾達顯然吃了癟，一肚子火。畢竟，他可以表現出知道別人給了他面子。但他不是，反而裝腔作勢，彷彿認為自己在給別人面子。真是厚顏無恥！可憐的康妮，竟然會迷迷糊糊被這男人玩弄於股掌間！

三人默不作聲地吃著。希爾達打算觀察一下他的餐桌禮儀。她得承認，與自己相比，他表現得更加優雅，也更有教養。她有著蘇格蘭人的笨拙，他卻有著英格蘭人的沉著、自信與一絲不苟，想要凌駕他並不容易。

但他別想打敗她。

「你真的認為，」她的口氣略微溫和了點。「值得冒這個險？」

「妳是指什麼？」

「和我妹妹偷情。」

他露出那令人火大的微笑。

「這妳得問她！」他說完，看向康妮。

「小姐，妳是自願來這裡的吧？我沒有強迫妳吧？」

康妮看著希爾達。

「希爾達，我希望妳不是在雞蛋裡挑骨頭。」

「當然不是，可是總得有人用點腦筋。生活中總得有些事是可以持久的，妳不能讓自己的生活亂成一團。」

一陣安靜。

「哦，持久！」他說：「那又怎樣？**妳**這輩子又有什麼事是持久的？我想妳正在辦離婚吧。這能夠稱為持久嗎？我倒是可以看出，妳有著持久的頑固個性。這帶給妳什麼好處？過不了多久，妳就會開始厭惡自己的頑固。一個頑固的女人和她的自我意志，這兩者倒是有很強的持久性，真的。謝天謝地，需要應付妳的人不是我！」

「你有什麼權利對我說這種話？」希爾達說。

「權利？那妳又有什麼權利拿妳的持久來約束別人？管好妳自己就行了。」

「拜託，你以為我在乎你嗎？」希爾達低聲說。

「是啊！」他說：「妳是。這是情勢所逼，妳多少算是我的大姨子。」

「還差得遠呢，我跟你保證。」

「差不多了，我跟**妳**保證。我有自己的一套持久方法，妳還是管好妳自己的生活吧！我每天都過得和妳一樣痛快。如果妳妹妹來找我，是為了追求一點性愛和溫柔，她自然曉得自己要的是什麼。是她上過我的床，不是妳，謝天謝地，多虧了妳口中的持久。」他停頓了一下，接著說：「……呃，我可不是會把褲子穿反的呆子，要是有飛來的豔福，我會感激上天的眷顧。坐在那兒的女人能帶給男人的快樂，遠比妳這種女人要多太多了。真是可惜，妳原本也可能是顆香甜的蘋果，而不是只有外觀好看的酸蘋果。像妳這種女人需要適當的嫁接。」

他帶著怪異的笑容看著她，眼神流露一絲挑逗與狎玩。

「像你這種男人，」她說：「應該被隔離起來。這是下流與好色所應得的懲罰。」

「喲，夫人，幸好這世上還有少數像我這樣的男人。不過，妳形單影隻的，也算是自作自受。」

希爾達已經起身走到門口，他也站起來從鉤子上拿下外套。

「我自己就可以找到路。」她說。

「恐怕妳辦不到。」他輕描淡寫地回應。

三人再度排成可笑的縱隊，安靜地走在小路上。那隻貓頭鷹仍在鳴叫。他知道自己早該槍斃了牠。

車子依舊停在那兒，只不過沾了點露水。希爾達上車發動引擎，另外兩人在一旁等著。

「我想說的是，」她坐在車裡說：「你們兩個未來可能都會後悔。」

「青菜蘿蔔各有所好，」他站在黑暗中說：「對我來說，這就是我要的。」

車燈亮起。

「明早別讓我等妳。」

「好，我不會讓妳等我。再見！」

車子緩緩爬上公路後，疾馳而去，留下靜悄悄的夜。

康妮羞怯地挽著他的臂膀，兩人走回小路。他沒說話，最後她拉住他。

「吻我！」她輕聲說。

「不，等一下！先讓我冷靜下來。」他說。

她覺得他的回答很有趣。她仍然抓著他的臂膀，兩人默默地快步走在小路上。此時此刻，她很高興自己可以和他在一起。她打顫，想到希爾達剛才很可能打算把自己帶離這裡。他則是不發一語，令人難以捉摸。

兩人再度回到石屋後，康妮因為擺脫掉姊姊而雀躍不已。

「你對希爾達真的很壞。」她說。

「總得有人讓她吃點苦頭。」

「為什麼？她人那麼好。」

他沒回答，只是專注地以沉穩的動作忙著晚間的雜事。他臉上帶有怒色，不過康妮可以感覺到那不是針對她。憤怒使他顯得格外英俊，那種內斂的光芒讓她全身酥軟。

可是，他一直沒有注意她。

直到他坐下來，解開鞋帶。他抬頭看著她，緊繃的雙眉依然鎖著一股怒火。

「妳不上樓嗎？」他說：「那兒有根蠟燭！」

他甩頭，眼神指向桌上那正在燃燒中的蠟燭。她聽話地拿起蠟燭，拾級而上，他的目光則是在她那豐滿的臀部上遊移。

那是個充滿肉慾的激情之夜，她有點嚇到，甚至抗拒。然而相較於愛撫的快感，那種伴隨著肉慾的激烈抽插再次帶來既強烈又異樣的快感，讓人恐懼卻也令人期待。儘管有些害怕，她還是讓他為所欲為。恣意的放蕩讓她卸下所有防備與偽裝，徹底變成另一個女人。這既不是愛情也不是感官愉悅，而是一種既劇烈又灼熱的肉慾，人的靈魂則會因此化成一團火球。

這把火將會燒盡人心最深處那種最古老也最根深柢固的羞恥感。她盡力迎合他的一切要求，被動而順從，像個奴隸，一個肉體的奴隸。然而當那道肉慾的火舌竄過她的臟腑和胸膛，那股激情在她全身上下四處蔓延，她真的以為自己就要死了：一種既悲傷又美妙的死法。

阿伯拉爾[4]曾說，在他與哀綠綺思[5]相愛的歲月裡，兩人經歷了激情的各種美妙階段。康妮以前總是不大明白這番話的意思，但如今她懂了。一千年前甚至一萬年前就是這樣！希臘古瓶上也盡是如此！美妙的激情，放縱的肉慾！而且始終必要的是，我們得用這把純粹的肉慾之火，燒光虛偽的羞恥，精煉我們體內那塊最沉重的礦石。

這個短暫的夏夜讓她受益無窮。她原以為女人會死於羞恥，但如今死的反而是羞恥。羞恥就是恐懼，這種對於器官的羞恥以及對於身體的古老恐懼，潛伏在我們的體內深處，只有肉慾之火可以驅散它們。她的肉慾在男人的狩獵下甦醒，開始探索自己的內心深處。如今，她已經發現自己真正的本性，幾乎不再感到羞恥。她發現自己那種既大膽又赤裸的肉慾，並因此感覺得意，甚至自滿。原來如此！這

4 阿伯拉爾（Pierre Abelard, 1079-1142）或譯成亞伯拉德，中世紀法國神學家與哲學家。

5 哀綠綺思（Heloise, 1101-1164）或譯成埃洛伊茲，法國修女、作家、學者，與阿伯拉爾的戀情是西方著名的悲劇愛情故事。

就是一切的真相！這就是生命！這就是人的本性！不需掩飾，也不必感到羞恥。她和一個男人，另一個人類，共享她赤裸的美好肉體。

而這個男人實在是個大膽的魔鬼！徹徹底底的魔鬼！女人得夠強壯才受得了他。他的陰莖長驅直入她肉體的核心，深入那處讓人感到最羞恥的身體洞穴。只有陰莖才能探索這個地方，而他又是如此堅定地不斷進入她的身體！

在對肉慾的恐懼下，她過去討厭做愛，但現在卻渴望做愛！如今，她懂了。她的內心深處明白，自己原本就需要這種陰莖的探索。她一直偷偷渴望著這種探索，卻始終以為無法如願。此刻，它忽然出現，她放縱自己與一個男人共享她所有的赤裸。

詩人和世人都在散布謊言！他們讓人們以為自己要的是愛情，但其實大家最想要的是這種激烈而火熱的極致肉慾。去找個有膽量幹這種事的男人吧！這種男人沒有羞恥心、罪惡感，也不會在事後感到良心不安。如果男人在事後感到羞恥，害得女人也跟著羞恥了起來，那真是糟透了！可惜大多數男人都唯唯諾諾，略顯羞澀，就像克利福德！就連米凱利斯也是如此！這兩人對肉慾都感到有點羞恥，表現得唯唯諾諾。精神的極致喜悅！這對女人有什麼意義？說真的，這對男人又有什麼意義？男人只會變成窩囊的廢物，他的精神也是如此。男人需要純粹的肉慾來淨化與振奮他的精神。純粹而激烈的肉慾，而不是亂七八糟的那種。

哦，上帝，這世上真的太缺少真正的男人！他們都和狗一樣，四處奔跑、嗅聞、交媾。去找個既有膽量又不羞澀的男人吧！她看著他如野獸般熟睡，去到一個遙遠的夢境。她則是躺在他的身邊，不想離開。

直到他起床，她才徹底醒來。他坐在床上，低頭凝視她。從他的眼裡，她看見自己的赤裸，也意識到自己的凝視。他的男性目光彷彿在她的身體流轉、纏繞。哦，身體與四肢都洋溢著激情，又帶著點睡意的慵懶，這種感覺是多麼的性感與迷人啊！

「該起床了嗎？」她說。

「六點半了。」

她得在八點趕到小路底。人生總是身不由己！

「我去做個早餐，然後端上來好嗎？」他說。

「好啊！」

弗洛西在樓下嗚咽。他起身，脫掉睡衣，用毛巾擦拭身體。當她靜靜地看著他，心想當人類的身體充滿勇氣與活力，看來是多麼的美麗啊！

「拉開窗簾好嗎？」

早晨的陽光在柔嫩的綠葉上閃耀，附近的樹林泛著淡淡的藍光。她坐在床上，兩手環抱自己裸露的乳房，像在做夢似的透過天窗向外張望。他正在穿衣服，她卻仍幻想著一種與他共度的生活：單純的生活。

他準備離開，逃離她那蜷曲著的危險裸體。

「我把睡衣弄丟了？」她說。

他把手伸到被子下，拖出那件輕薄的絲質睡衣。

「難怪我總覺得腳踝上有塊絲布。」他說。

但那件睡衣幾乎已經裂成兩半。

「算了！」她說：「它的確屬於這裡。就把它留在這裡吧。」

「是啊，留下來吧。晚上我可以把它夾在兩腿間做伴。上面沒有名字或記號吧？」

她套上那件破裂的睡衣，迷迷糊糊地坐著看向窗外。窗戶開著，鳥兒的叫聲隨著清晨的空氣飄進房裡。牠們接二連三飛過窗前，隨後她看見弗洛西跑出屋子。一天的開始。

她聽到他在樓下生火，汲水，走出後門。不久，她聞到培根的香氣，他端著幾乎與門口同寬的大托盤走進房裡。他把盤子擱在床上，倒了茶。康妮穿著破睡衣蹲坐在床上，狼吞虎嚥了起來。他則坐在房裡僅有的一張椅子上，把餐盤擱在他的大腿。

「這樣真好！」她說：「能在一起吃早餐真好。」

他安靜地吃著，心裡想著飛快流逝的時光。眼前景象讓她留下深刻印象。

「哦，我真希望自己可以和你一起留在這裡，拉格比則在距離我們幾百萬英里以外的地方！我要離開的是拉格比，你了解我的意思吧？」

「我知道！」

「答應我，我們將會一起生活，只有你和我！答應我好嗎？」

「好！只要可以，我們就在一起。」

「當然！我們**將會**在一起，不是嗎？」她傾向前抓著他的手腕，茶水濺了出來。

「是啊！」他說完，擦拭茶水。

「我們**非得**住在一起不可，不是嗎？」她懇切地說。

他抬頭看她，臉上閃過一絲笑容。

「沒錯！」他說：「只是妳得在二十五分鐘內上路了。」

「是嗎？」她大叫。突然，他舉起一根手指示意她別出聲，跟著站了起來。

弗洛西先是短吠一聲，接著又汪汪大叫三聲示警。

他安靜地把餐盤擱在托盤上，走下樓。康妮聽見他走過花園小徑。外頭響起自行車的鈴聲。

「早安，梅勒斯先生！掛號信！」

「哦，好！你有鉛筆嗎？」

「這裡！」

兩人沉默了片刻。

「加拿大！」陌生人說。

「是的！是一個住在英屬哥倫比亞的朋友。不知道他寄了什麼。」

「很可能給你寄來大把的鈔票。」

「比較有可能是來要東西的。」

沉默。

「行了！又是個好天氣！」

「是啊！」

「再見了！」

「再見！」

過了一會兒，他回到樓上，表情似乎不大高興。

「郵差。」他說。

「來得真早！」她回應。

「跑鄉下的，如果有信件，他常常七點鐘就來了。」

「你朋友給你寄了大把鈔票？」

「不是！只是一些有關英屬哥倫比亞的照片和資料。」

「你打算去那兒？」

「我想也許我們可以去那裡。」

「好啊！我相信這是個好點子！」

然而他正為了郵差的出現感到不安。

「這些該死的腳踏車總是突然出現在你面前，希望他沒發現什麼。」

「不會的，他不可能察覺到什麼！」

「妳得趕緊下床準備了。我先去外面巡視一下。」

她看見他帶著獵槍和狗，走進小路察看。她下樓梳洗，等他回來，她已經準備好，她帶來的幾件物品也全收進了絲質小提包。

他把門鎖上，兩人出發，但走的不是昨晚那條小路，而是穿越樹林。他表現得很謹慎。

「你覺不覺得人是為了像昨晚那種時光而活？」她對他說。

「是啊！可是人還是得有時間思考。」他簡短回覆。

兩人沿著雜草叢生的小徑緩緩行進，他默默在前方引路。

「我們**將會**住在一起，共同生活，對吧？」她懇切地問。

「是啊！」他沒有回頭，繼續大步行進。「等時機到了就可以！而妳現在正要去威尼斯或什麼地方。」

她啞口無言，鬱悶地跟在他後面。哦，這時她真**不想**離開他！

最後他停下來。

「我要從這裡穿過去。」他指著右邊說。

她突然摟住他的脖子，緊貼著他。

「你對我的感覺不會改變吧？」她輕聲說：「我好愛昨天晚上。但你不會忘記對我的感覺，對吧？」

他親吻她，緊緊擁抱了她一會兒。然後，他嘆口氣，再次親吻她。

「我得去看看車子是不是來了。」

他大步穿過低矮的荊棘和歐洲蕨，在蕨叢間留下一道痕跡。一、兩分鐘後，他又大步走回來。

「車還沒來，」他說：「不過路上有輛賣麵包的手推車。」

他顯得焦慮不安。

「妳聽！」

有汽車駛近，輕按了聲喇叭。它緩緩上橋。

她沮喪地沿著他踩出的痕跡穿過蕨叢，來到一排高大的冬青樹旁。他則是跟在她的後面。

「到了！從那裡穿過去吧！」他指著一處縫隙。「我不過去了。」

她失望地看著他。但他只是再度親吻她，催促她離去。她難過地鑽進冬青叢，穿過木籬笆，踉蹌著跨過小水溝，走上小徑。前方，希爾達正好下車，臉上流露不快的神情。

「啊，妳來啦！」希爾達說：「他呢？」

「他不來了。」

康妮帶著小手提袋上車時，已經淚流滿面。希爾達抓起那些用來遮臉的帽子和防風眼鏡。

「戴上吧！」她說。康妮戴上這些偽裝用品又穿上長外套後，似乎變成一種戴著防風眼鏡而難以辨識的怪物。希爾達有條不紊地發動汽車，她們駛出小徑，上了公路。康妮回頭張望，但不見他的蹤影。走了！走了！她坐在車裡難過地流淚。這離別來得如此突然，如此出人意料，就像死亡。

「謝天謝地，妳將會離開他一陣子！」希爾達說完，轉彎避開克羅斯希爾村。

第十七章

「希爾達，妳知道嗎？」當她們的車子開到倫敦附近，康妮在午餐後對希爾達說：「妳不懂真正的愛情，也不懂真正的性愛。只要妳嘗過箇中滋味，而且是和同一個人，妳就會經歷徹底的改變。」

「饒了我吧，別對我吹噓妳那些經驗了！」希爾達說：「我這輩子還沒看過能和女人親密無間，把自己奉獻給對方的男人。我想要的是這種男人。至於男人那種自以為是的愛情和性愛，我毫無興趣。我才不想當任何男人的享樂工具或**小甜心**。我嚮往的是一種親密無間的感情，但始終得不到，也受夠了。」

康妮思考著這番話。親密無間的感情！她猜想，這代表把你的一切告訴對方，對方也把他的一切告訴你。但這只會使人厭煩，還有那橫亙在男人和女人間的無聊自我意識！偏執！

「不管對誰，我覺得妳的自我意識都太強烈。」她對姊姊說。

「我想這至少代表我沒有奴性。」希爾達。

「或許妳有！或許妳就是自己意識的奴隸。」

希爾達想不到康妮這丫頭居然會頂嘴，她一時間不發一語地開著車。

「至少我沒有受到別人的思想控制，更別說那個人還是我丈夫的下人。」她怒氣沖沖地反擊。

「事情不是妳想像的那樣。」康妮平靜地說。

她一向順從自己的姊姊。這時，儘管她的內心在淌血，卻曉得自己終於脫離了**另一個女人**的掌控。

是啊！就像重獲新生，這本身就是一種解脫，她終於脫離了**另一個女人**的支配和操縱。女人真是可怕！

康妮很高興可以和父親重聚，她始終是父親最疼愛的女兒。她和希爾達住在帕摩爾街附近的一間小旅館，馬爾科姆爵士則住在他的俱樂部。到了晚上，他帶著兩個女兒上劇院，她們都很高興可以和父親相聚。

他依舊英俊、強壯，只是不太習慣周遭突然湧現的新事物。他在蘇格蘭娶了第二任妻子，那個女人比他年輕，也比他有錢。但如同第一次的婚姻，他總是找機會出門度假避開她。

在劇院，康妮坐在父親身旁。他略微發福，大腿雖然變粗卻依舊結實，就像那些過著享樂生活的男性。她幾乎可以從這雙大腿看見父親的溫和利己主義、堅定的自主性，和他不斷追求的情慾生活。這才是一個男人！只可惜他老了，因為只要是年輕人，他的大腿就會同時具有敏捷與柔韌的特質，然而這雙強壯結實的大腿卻已經失去這些特徵。

康妮意識到大腿的重要性，它們甚至比不再那麼真實的臉孔還重要。一雙靈活而敏捷的大腿竟然如此罕見！她打量著坐在劇院裡的男人。他們的腿要不是像兩條裹著黑色腸衣的肥臘腸，就是像兩根繫著喪服的瘦竹竿，或是形狀勻稱但缺乏性感、細膩與靈敏度的年輕大腿，它們不過就是些四處招搖的普通長腿罷了。這些人的大腿甚至沒有絲毫如同她父親那樣的性感，這些大腿都讓人感到沮喪，毫無存在感以至於讓人沮喪。

但女人並不沮喪，儘管她們的腿大多粗得像柱子！真可怕，可怕得讓人想要主持正義消滅這些大腿！要不就是那種細得像竹竿的腿！或者那種修長勻稱卻包著絲襪、毫無生氣的腿！真可怕，幾百萬雙毫無特色的腿在四處炫耀自己的貧乏！

她在倫敦過得並不開心，這裡的人全都像幽靈似的面無表情。即使他們衣著光鮮，做事乾淨俐落，卻缺乏生動的幸福感，過著空洞的生活。但康妮有著女人追求幸福的盲目渴望，也深信自己終將獲得幸福。

無論如何，她覺得巴黎至少保留了一點性感的味道。只是它的性感讓人感到厭煩、疲倦和陳腐，而缺乏情感就是這種現象的主因。哦！巴黎真是悲哀。巴黎是這世上最悲哀的城市之一，這裡的人厭倦了這種陳腐的性感、金錢上永無寧日的焦慮，以及這個城市的憤恨與自大。這一切都讓他們感到極度厭膩，然而又無法像美國人或倫敦人那樣，徹底掩飾自己對這種陳腐性愛文化的厭倦。啊，這些壯漢，這些**浪子**，這些喜好四處風流、貪逐女色的好色之徒！他們顯得如此厭煩！一種缺乏感情與思想交流下的厭倦與陳腐。這裡的女人對於真正的性感倒也略知一二，她們不只表現精明，有時也顯得嫵媚動人。比起她們那些活蹦亂跳的英國姊妹，她們顯得性感多了。但她們對於感情卻知之甚少。在不斷枯竭的意志下，她們也逐漸腐化。人類世界正在逐步腐化，或許這會產生極大的破壞力。某種無政府狀態！克利福德和他那保守的無政府狀態！也許保守不了多久，一切便會演變成激進的無政府狀態。

康妮發現自己對這個世界的恐懼與退縮。當她走在林蔭大道、布洛涅森林或盧森堡公園，偶爾會感到片刻的歡愉。只是如今的巴黎已經充斥著美國人和英國人，那些美國人總是奇裝異服、怪模怪樣，而那些英國人即使出了國還是一臉陰鬱。

她很高興她們繼續開車上路。天氣突然變得炎熱。於是希爾達取道瑞士，穿過布倫納山口，南下越過多洛米蒂山脈，來到威尼斯。希爾達喜歡駕駛和掌控一切，更喜歡扮演女主人的角色，康妮則是滿足於保持沉默。

這趟旅程確實相當美好，但康妮不斷自問：為什麼我總是提不起興致？為什麼我感受不到真實的興奮？真糟糕，我竟然不再喜歡這些美景！事實就是如此。這真是太糟糕了。我就像聖伯爾納鐸[1]橫渡琉森湖，卻無視沿途的青山綠水。我再也不喜歡這些山水。人為何要欣賞山水？何必呢？我不在乎。

沒錯，無論在法國、瑞士、提洛、義大利，沒有任何事物可以引起她的興趣。她只是搭車經過這些地方。它們比拉格比更不真實。這些地方比糟糕的拉格比更不真實！她覺得自己並不在乎以後是否還會再來法國、瑞士或義大利。這些地方不會改變。拉格比真實多了。

至於人！人全是一個樣子，大同小異。他們都想從你身上撈錢。如果是遊客，他們要的是享樂，即便得把石頭榨出血來也是勢在必得。可憐的山巒！可憐的風景！為了追求刺激與歡樂，人類一而再，再而三地壓榨大自然，然而人們如此醉心享樂的意義是什麼？

不！康妮對自己說，我寧可待在拉格比。在那兒，我可以安靜地四處蹓躂，不必裝腔作勢地盯著任何東西。這種觀光客找樂子的行徑實在太丟臉，根本毫無意義。

她想回拉格比，甚至回克利福德身旁，陪陪那既可憐又殘廢的克利福德。無論如何，比起這群跑來度假的傻瓜，他顯得聰明多了。

不過在她內心深處，她始終想著另一個男人。她無法不想他，萬萬不能，否則她會迷失，徹底迷失在這個充滿下流富人和享樂豬的世界。哦，這些愛好享樂的豬！哦，「好好享樂吧」！這是另一種現代人的毛病。

她們把車子停在梅斯特雷的車行，搭輪船前往威尼斯。那是個宜人的夏日午後，潟湖微波蕩漾，明亮的陽光使得對岸的威尼斯彷彿轉過身，變得迷迷濛濛。

上了碼頭，她們改搭貢多拉，把地址給了船夫。船夫穿著藍白相間的上衣，相貌平平，毫不起眼。

「好！埃斯梅拉達別墅！沒問題！我知道那裡！那裡有一位先生坐過我的船。不過，那個地方離這裡還有好一段距離呢！」

他看來很孩子氣，一個心浮氣躁的傢伙。他以誇張而急躁的動作划著船穿過陰暗的支道，兩旁盡是噁心又黏滑的綠色壁面。運河穿過貧民區，岸上隨處可見晾在繩子上的換洗衣物，沿途始終聞得到或濃或淡的汙水味。

最後，他總算把船划進一條寬敞筆直的河道。這條河道與大運河垂直相接，兩岸都有人行道，水面上則有一座座拱橋。兩個女人坐在小船篷下，船伕坐在她們身後的船尾處。

「兩位小姐會在埃斯梅拉達別墅待很久嗎？」他邊問，邊從容地划船，並拿起一條藍白相間的手帕揩抹臉上的汗水。

「大約二十天吧！我們兩個都結婚了。」希爾達的聲音非常小聲，這使得她吐出的義大利語外國腔十足。

「哦！二十天啊！」船夫停頓一會兒後，問：「兩位太太待在埃斯梅拉達別墅這二十天，要不要雇艘小船？按天計算，或按週計算都可以。」

康妮和希爾達盤算著。在威尼斯，自己有艘小船總是方便些，這好比在陸上有輛自己的車一樣。

1 聖伯爾納鐸（Bernard of Clairvaux, 1090-1153），修道改革運動熙篤會（Cistercian）的傑出領袖，被尊為中世紀神祕主義之父，也是極其出色的靈修文學作家。

「別墅那邊有什麼交通工具？是什麼樣的船？」

「那邊有艘遊艇，還有一艘小船。不過……」他沒有說出口的是，那兩艘船不是妳們的。

「你的價錢怎麼算？」

他要價每天二十先令，或每週十鎊。

「這是一般的行情嗎？」希爾達問。

「便宜，太太，便宜多了。一般的行情是……」

姊妹倆琢磨了一會兒。

「好吧！」希爾達說：「你明早過來，我們再來安排。你叫什麼名字？」

他叫喬凡尼，他想知道自己該何時抵達，以及到時該找哪位。希爾達沒有名片，康妮給了他一張自己的名片。他用南方人熱情的藍色眼眸匆匆瞥了一眼後，又看了一眼。

「啊！」他驚訝地問：「夫人？名片上寫的是夫人？」

「康斯坦絲夫人！」康妮說。

他點點頭，重複「康斯坦絲夫人！」，接著小心翼翼地把名片放進上衣口袋。

§

埃斯梅拉達別墅確實很遠，它坐落在面向基奧賈鎮的湖邊。別墅不是十分古老的房子，適宜居住，有觀海陽台，下方的大園林裡有著陰鬱的樹林，面向潟湖的邊界砌有圍牆。

別墅主人是個身材臃腫的蘇格蘭老粗，戰前在義大利發了筆橫財，因為戰時的愛國表現受封為爵士。他的妻子是個瘦削、蒼白的精明女人，她本身沒有財產，還得耗費精神掌控丈夫的風流行徑。僕人們都討厭這個主人，不過自從去年冬天他輕微中風後，就變得容易對付多了。

別墅已經客滿，除了馬爾科姆爵士和他的兩個女兒，還有另外七名客人；包括一對同樣帶著兩個女兒的蘇格蘭夫婦，一位年紀輕輕便已守寡的義大利伯爵夫人，一位年輕的喬治亞王子，以及一位相當年輕的英國牧師；這位牧師因為染上肺炎來這裡調養身體，並擔任亞歷山大爵士的私人牧師。那位王子長相英俊，卻身無分文，不過他舉止傲慢倒很適合當個一流私人司機！伯爵夫人則像隻安靜等待著獵物的小貓。那個牧師來自白金漢郡，是個樸素的新任教區牧師，幸好他把妻子和兩個孩子留在家裡。格思里斯一家四口是道地的愛丁堡中產階級，作風踏實，只要沒有風險就樂於嘗試一切新事物。

康妮和希爾達很快就排除與那個王子打交道的可能。格思里斯一家人和她們多少算是同類人，有點錢，可是單調乏味，那兩個女兒則是來找丈夫的。牧師這人雖然不壞，可惜太中規中矩。亞歷山大爵士輕微中風後，對他的歡樂生活造成很嚴重的打擊，不過家裡來了這麼多年輕漂亮的女子還是令他興奮不已。庫柏夫人是個冷漠、刻薄，卻也很可憐的女人。她經歷了一段苦日子，因此時刻提防其他女人已成了她的習慣，尖酸惡毒的言語則表現出她的徹底否定人性。康妮發現，她私下對待僕人的方式十分專橫跋扈，表面上卻表現得很溫順，因此她的丈夫八成以為自己才是一家之主。亞歷山大爵士有著大肚腩卻自詡為和藹的代言人，喜歡講一些無聊的笑話，但依照希爾達的說法，他的笑話也是一種自以為是的幽默。

馬爾科姆爵士在畫畫。沒錯，他偶爾還是會畫畫。他想畫幅對照蘇格蘭陸景的威尼斯水景，所以他早上便已帶著一大塊畫布，乘船前往寫生地點。再過一會兒，庫柏夫人也會帶著素描本和水彩，搭船前往市中心。她熱中於水彩畫，屋裡擺滿她畫的玫瑰色宮殿、幽暗水道、開啟橋、中世紀建築等畫作。再晚一點，格思里斯一家人、王子、伯爵夫人、亞歷山大爵士會一同前往利多島泡海水，一點半再回來吃晚餐；有時，牧師林德先生也會加入他們的行列。

以一個家庭派對而言，這個家庭派對實在無聊至極。不過姊妹倆倒不以為意，她們從早到晚都在外面。父親帶她們去看畫展，欣賞無數乏味的畫作。他還帶她們去盧凱塞別墅拜訪老友；在弗洛里安餐廳訂好位子，帶她們在溫暖的夜晚坐在廣場上用餐，也帶她們上劇院觀賞哥爾多尼[2]的戲劇。這裡還有燈火通明的水上園遊會和舞會，堪稱是度假勝地中的度假勝地。利多島幾英畝大的海灘上擠滿有著古銅色肌膚和穿著海灘褲的遊客，看來就像一大群湧向海灘交配的海豹。廣場上有太多人群，海灘上也是摩肩接踵，太多貢多拉，太多遊艇，太多輪船，太多鴿子，太多冰品、太多雞尾酒，太多想要小費的男服務生，太多種喋喋不休的語言，太多了，太多陽光，太多威尼斯氣息，太多成批運來的草莓，太多絲巾，太多切片擺在攤子上的大片西瓜：太多享樂，過多的享樂！

康妮和希爾達穿著亮麗的連衣裙四處遊蕩，那裡有不少她們認識的人，也有不少人認識她們。不幸的是，米凱利斯也是其中之一。「哈囉！妳們住在哪兒？要不要過來吃個冰淇淋或什麼的？到我船上，我們出去逛逛吧！」米凱利斯也幾乎曬黑了，但相對於多數人的肌膚，或許烤熟了的說法更為貼切。

就某方面而言，這樣的生活確實很舒適，甚至稱得上是享受。然而不管是喝雞尾酒，泡在溫暖的海水裡或躺在豔陽下做日光浴，在悶熱的夜晚把肚子貼著某個傢伙跳爵士舞，吃冰品求個涼快，這些都是各式各樣的麻醉劑。麻醉劑，這就是他們要的：溫暖的海水是麻醉劑；陽光是麻醉劑；爵士舞是麻醉劑；香菸、雞尾酒、冰淇淋和苦艾酒也全是麻醉劑。麻醉自己！享樂！享樂！

希爾達有點喜歡麻醉自己。她喜歡觀察每個女人，打量她們。女人總是對其他女人充滿興趣。她的長相如何？她擄獲的是什麼樣的男人？她從他身上獲得什麼樂趣？男人就像穿著白色法蘭絨長褲的大狗，渴望愛撫，渴望在地上打滾，也渴望把肚皮貼著女人跳爵士舞。

希爾達喜歡爵士舞，因為她可以把肚子貼著某個傢伙，以他為支點，由著他控制她的動作，在舞池上四處打轉。跳完舞，她便甩開他，不再理會「那隻生物」。那個男人只是她利用的對象。可憐的康妮卻是鬱鬱不樂。她不想跳爵士舞，因為她討厭把肚子貼著「那些生物」。她也討厭利多海灘上那一大堆幾近全裸的人群，那裡的人多到不可能讓所有人都下水。她不喜歡亞歷山大爵士和庫柏夫人，也不要米凱利斯或任何男人的糾纏。

她最高興的一次是，她說服希爾達和她一起橫渡潟湖，來到一處人跡罕至的碎石灘。她們靜靜地在那兒泡海水，平底船則停泊在礁岸的內側。

那回喬凡尼找來另一個船夫幫忙，因為那段路很遠，太陽總是曬得他汗流浹背。喬凡尼人不錯，有著義大利人的多情，但也很冷漠。義大利人不深情，深情要發自內心深處。他們太容易動情也很多情，卻難以持續保有深情。

---

2 哥爾多尼（Carlo Osvaldo Goldoni, 1707-1793），義大利劇作家，一生創作大量劇本，以《一僕二主》、《女店主》和《老頑固們》為代表的喜劇作品如實地反映了當時的社會現實，歌頌了中下層人民的勤勞機智，諷刺了貴族階級的愚蠢與自大。其劇本已被翻譯成多種語言，至今仍在世界各地上演。

如同喬凡尼曾服務過的許多夫人，這兩位夫人也讓喬凡尼心動。只要她們想要他，他已做好獻身的準備；暗地裡，他甚至希望她們會要他。她們會送他一份大禮，這禮物正好可以派上用場，因為他正準備結婚。他把自己的婚事告訴她們，她們則是一如他預料的興致勃勃。

他猜想這段橫渡潟湖，前往無人海灘的旅程應該是來真的，一場愛的交易。他找個夥伴幫忙，因為路途遙遠，而且有兩位夫人。兩位夫人，兩隻肥羊！划算得很！而且還是兩位漂亮的夫人！她們的確足以令他驕傲。雖然付錢和指揮他辦事的都是那位年長的夫人，但他希望挑他當愛人的會是那位年輕的夫人。她出手應該也會大方一點。

他找來的幫手名叫丹尼爾。他不是個職業船夫，所以他身上沒有那種乞丐與賣淫者的氣味。他在一艘大船上擔任船員，那艘大船專門從各個小島運來水果和其他物品。

丹尼爾長相英俊，身材高䠷，體型勻稱，有著略呈圓型的頭顱和濃密鬈曲的淡金色短髮。他擁有一張好看的男性臉孔，有點像獅子，還有著一對視力極佳的藍色眼睛。他不像喬凡尼那麼熱情洋溢、健談和愛喝酒，而是沉默地用力划船，並且自在得彷彿海面上只有他一個人。夫人是夫人，和他毫無關係。他始終直視前方，甚至看也不看她們一眼。

他是個真正的男人。當喬凡尼因為喝了太多酒而動作誇張地胡亂划船，他會顯得有點生氣。他和梅勒斯一樣，都是那種不會出賣自己的男人。喬凡尼的感情容易氾濫，康妮不禁同情起他的妻子。不過，丹尼爾的妻子八成像那些甜美的威尼斯女人。這類女人如今仍然有如端莊的花朵，隱居在這迷宮般的水城。

啊，真是可悲，男人先向女人賣身，隨後換女人向男人賣身。喬凡尼像條淌著口水的狗，一心想賣身給女人，也渴望著金錢！

康妮眺望著遠方的威尼斯，這座在水面上呈現玫瑰色的低矮城市。這是一座用金錢打造的城市，在金錢下繁榮，也在金錢下衰亡。金錢的死亡！金錢，金錢，金錢，賣身與死亡。

然而丹尼爾還算是個男人，一個擁有自我信念的男人。他沒有穿著船夫上衣，而是穿著藍色針織衫。他有點狂妄、粗魯和驕傲，所以他受雇於懂得阿諛奉承的喬凡尼，而喬凡尼則受雇於姊妹倆。就是這樣！耶穌拒收惡魔的金錢，卻任憑如同惡魔的猶太銀行家主宰全局。

從豔陽高照的潟湖恍恍惚惚地回到別墅後，康妮發現兩封家裡的來信。克利福德時常寫信給她。他的文筆很好，信上內容甚至可能在某本書上發表過，但這反而讓康妮感到興味索然。

她沉醉在瀲灩的湖光，漂浮在微波蕩漾的水面；她生活在一個虛無飄渺的國度，她的身心也徹底沉浸在這種健康的氛圍。這種生活讓人心滿意足，她變得既平靜又安詳，再無任何想望。而且，她察覺自己懷孕了。因此，沉浸在充滿陽光、沙灘與海水的生活，以及曬日光浴、尋找貝殼、隨船漂流等活動都因為她體內另一個健康生命而變得完滿，既充滿驚喜又令人心滿意足。

她已經在威尼斯度過兩星期，並準備再待上十天或兩星期。每天都是豔陽高照的日子，身體的健康與充實更使她陷入徹底恍惚的狀態。她沉浸在一種恍惚的幸福感。

直到克利福德的來信將她從這種幸福感喚醒。

我們這裡也發生了一件小小的趣事。守林人梅勒斯那個逃家的妻子突然回到石屋，卻發覺她丈夫並不歡迎她。他不僅趕她出門，還鎖上大門。但當他出門巡完樹林回到家裡，卻發現他那位不再嬌美的夫人正赤裸地躺在他床上，**神情純潔地**看著他；或者說，**神情邪惡地**看著他。她趁他不在，敲破窗戶進入屋裡。他沒能將這位有點粗魯的維納斯趕下床，只能選擇撤退。據說，他逃到了特弗沙爾村，住進母親家裡。那位史塔克斯門的維納斯就此在小屋定居，並對外聲稱那是她的家，阿波羅則顯然落腳在特弗沙爾村。

不過梅勒斯還沒來找我，所以這些事全是我聽來的。以上地方八卦全來自我們的垃圾鳥，我們的朱鷺，我們那嗜食腐肉的紅頭美洲鷲，博爾頓太太。我告訴妳這些事全因為她嚷著，要是**那女人**在那裡賴著不走，以後夫人就不會再去樹林了！

我喜歡妳那幅畫，畫中的馬爾科姆爵士正邁步走向大海，他的白髮隨風飄揚，他的肌膚泛著紅光。這裡正在下雨，我真羨慕你們那裡豔陽高照。不過，我並不羨慕馬爾科姆爵士那種不斷追求肉體愉悅的生活方式。無論如何，他的年紀倒也適合這種生活。顯然年紀愈大愈會追求肉體愉悅，只有年輕人才會想要追求不朽……

這則消息影響到康妮那種有點恍惚的幸福感，她的心情從煩躁轉為憤怒。如今，她已經無法避開那個潑婦的騷擾！如今，她得跳出來，並且開始擔心了！梅勒斯沒有寫信給她，兩人約定好不通信，但她現在渴望知道他的說法。畢竟，他是這孩子的父親。讓他來信吧！

真是可恨！一切事情都被搞砸了。這些低下階層的百姓真是討厭！比起英格蘭中部那種混亂而陰鬱的生活，這種充滿陽光而又慵懶的生活多麼愜意！畢竟生活中最重要的事，莫過於擁有一片晴朗的天空。

她沒向任何人透露自己懷孕的事，就連希爾達也不知道。她寫信向博爾頓太太打聽詳情。

姊妹倆的一個藝術家朋友鄧肯・福布斯從羅馬北上，來到埃斯梅拉達別墅。他成了她們小船的第三位乘客，做她們的護花使者，跟姊妹倆到潟湖的對岸泡水。他很安靜，幾乎不苟言笑，具有十分卓越的藝術造詣。

她收到博爾頓太太的來信：

夫人，等妳回家，妳看到克利福德爵士現在的樣子一定會很高興。他十分賣力工作，外表神采奕奕，而且對未來充滿希望。當然，他也期待著妳歸來。這個家少了夫人就變得死氣沉沉，因此大家都很期待妳早日返家。

關於梅勒斯先生的事，我不知道克利福德爵士跟妳說了多少。情況似乎是，某天下午，他太太突然跑回家裡，他巡完樹林返家時就發現她坐在門階上。她說，她要回他身邊和他一起生活，因為她在法律上是他的妻子，他不能隨隨便便就想離婚。但他根本不想跟她有任何瓜葛，不肯讓她進去屋裡。最後，他自己也沒進去屋裡，大門沒打開就走回樹林。

等到天黑他再回去，發現有人闖進屋裡。於是他上樓去看她做了什麼，卻發現她一絲不掛地躺在床上。他給她錢，但她說她是他太太，他得讓她回家。我不知道他們吵成什麼樣子，這事是他母親告訴我的，她擔心得不得了。總之，他告訴他太太，他再怎麼樣都不可能和她住在一起。接著，他便收拾東西住進他母親位於特弗沙爾村的家。他在那裡過夜，隔天穿過園林前往樹林，沒再走近那間石屋。那天他似乎沒碰上他太太。但到了第三天，她跑去貝加里村找她哥哥丹，大吵大鬧，說她在法律上是他的妻子，他卻帶別的女人到石屋裡偷情。她在他的抽屜找到一只香水瓶，還在煤渣堆上發現金色濾嘴的菸蒂。我不清楚她還說了些什麼。聽說郵差弗雷德・柯克聲稱，他有天清晨聽到梅勒斯先生的房間裡傳出對話聲，看見一輛汽車停在小路上。

梅勒斯先生住在他母親那兒，每天穿過園林前往樹林，那女人似乎就在石屋住下了。流言四起後，梅勒斯先生和湯姆·菲利普斯前往石屋，搬走大部分家具和床鋪，還拆走抽水機把手，她才不得不離開石屋。不過她沒回史塔克斯門，而是住進貝加里村的斯萬太太家，因為她的嫂子不想收留她。她不斷前往梅勒斯母親家裡，讓他猝不及防，並發誓兩人在石屋裡上過床。她還找了個律師，要求他提供她生活費。她變得肥胖，比以前更粗俗，壯得像頭牛。她四處說他壞話，說他帶別的女人去石屋做愛，以及他們剛結婚時，他對她做的那些低級、噁心的事。我不知道她還說了些什麼。女人一旦開始胡言亂語，就肯定會惹出一大堆麻煩。不管她說的話有多麼低級，總會有人相信她，而且有些緋聞還會不斷地口耳相傳。依我看，她把梅勒斯先生說成是個既低級又噁心的男人，這種作法實在很不道德。可是人們總是太容易相信別人說的壞話，尤其是這種事。她宣稱，只要他還活著，她就不會放過他。不過我想說的是，假使他真的這麼卑劣，她為何還這麼渴望和他復合？不過她的確快到更年期了，她的年紀比他大上好幾歲。這些低俗、暴躁的女人一到了更年期，總會變得有點瘋狂。

這件事帶給康妮嚴重的打擊。儘管她人在國外，還是切身感受到這些不堪入耳的言語攻擊。她生他的氣，氣他沒有甩掉柏莎·庫茨，甚至氣他娶了她。或許他確實有些下流的癖好。康妮想到兩人共度的最後一晚，不由得打起冷顫。他嘗試過各式各樣的性愛，對象甚至包括柏莎·庫茨！這實在噁心透了。最好是甩掉他，和他一刀兩斷。他也許真是個粗俗又下流的男人。

她厭惡這整件事，幾乎羨慕起格思里斯家那兩個女孩的嬌羞與青澀。她開始擔心自己和守林人的關係會被其他人發現。真是太丟臉了！她心生厭倦和恐懼，又渴望得到他人的徹底尊重，即使是如同格思里斯家的女兒那種膚淺而乏味的尊重。萬一這場外遇傳進克利福德的耳裡，這真是太丟臉了！她害怕這個社會，也畏懼它的惡毒批評。她甚至希望自己可以把孩子打掉，那就沒有問題了。總之，她陷入了恐慌的狀態。

說到那只香水瓶，那是她自己幹的蠢事。她一時衝動，幼稚地朝他抽屜裡的一、兩條手帕和幾件襯衫上灑了香水，還把一小瓶用了一半的柯蒂斯．伍德牌紫羅蘭香水塞進他的衣物。她要他一聞到香水就想到她。至於那些菸蒂，則是希爾達留下的。

她忍不住向福布斯傾訴。她沒有透露自己曾經是守林人的情人，只說她喜歡這個男人，並提到了他的過去。

「哦！」福布斯說：「妳等著瞧，他們不把這個人打垮、整死，不會甘心罷休。要是他原本有機會爬進中產階級，卻拒絕了；要是他堅決捍衛自己的性愛，那麼他們就會整死他。他們最無法容忍的事就是，對性愛的直接與坦白。私底下，你愛怎麼下流都無所謂。事實上，你愈認為性愛很下流，他們愈高興。然而如果你認為性愛是好事，不肯把它歸類為一種下流的勾當，那麼他們就會打垮你。這是人類社會現存的唯一愚蠢禁忌，然而性愛卻是如此自然又生氣勃勃。可是他們不允許這樣的事，別期望他們會允許你享受性愛，他們會先整死你。你等著看吧，他們將會對那個男人窮追猛打。但那個男人究竟做了什麼？即便他對自己的妻子使盡各種做愛的花招，難道他沒有權利這麼做？她應該感到驕傲才對。可是你看，連那種下賤的婊子都跳出來指責他，利用群眾看待性愛的豺狼本能打壓他。在這個社會允許你享受性愛前，你只能在性愛上表現得可憐兮兮，感到罪惡和難堪。哦，他們肯定會打垮那個傢伙。」

如今，康妮厭惡的對象從守林人轉成了這個社會。畢竟，他做了什麼？除了帶給她極致的歡愉，感受自由與生活，他還對她做了什麼嗎？他釋放了她體內那股溫暖而自然的情慾，然而他們竟打算為此整死他。

不，事情不該如此。她腦中浮現他的身影，白皙的身軀，黝黑的臉龐和雙手，臉上流露一抹奇特的笑容，低頭對著自己勃起的陰莖說話，彷彿它擁有自己的生命。她再次聽見他說：妳擁有這世上最美麗的屁股！她再次感覺到他溫暖的手，輕柔地覆蓋她的臀部和私處，就像一種祝禱。那股暖流漫過她的子宮，小小的火苗在她的膝蓋顫動。她說：哦，不！我不能違背承諾！我不能背棄他。我必須陪伴他面對這一切，遵守我對他的諾言。是他帶給我熱情燦爛的生命。我要遵守自己的諾言。

她做了件魯莽的事。她寫信給博爾頓太太，信裡附了一張給守林人的便條，要博爾頓太太轉交給他。便條上寫的是：

聽到你太太給你製造了這麼多麻煩，我非常難過。不過你別放在心上，那只是一種歇斯底里的表現，來得急去得也快。但我實在很遺憾發生這種事，衷心希望你不要太過在意。畢竟，這種事不值得如此耿耿於懷。她只是個想要傷害你的瘋女人。我十天內就會回家，真心希望一切順利。

幾天後，她收到克利福德的來信。他顯得很煩躁。

我很高興聽到妳準備在十六日離開威尼斯，不過如果妳玩得愉快，倒也不必急著回來。我們想念妳，拉格比想念妳。可是更重要的是，妳應該盡量享受陽光，如同利多島廣告上說的：陽光和睡衣。所以，要是妳在那兒玩得開心，不妨多停留一段時間，畢竟妳回來後就得面對我們這裡的寒冷冬季氣候。就連今天，拉格比依然在下雨。

博爾頓太太任勞任怨，將我照顧得無微不至。她真是個怪人。活得愈久，我愈是體認到人是多麼奇怪的生物。有些人或許真的像蜈蚣一樣，擁有一百隻腳，或者像龍蝦，長著六隻腳。人們總是期望彼此能夠擁有誠信與尊嚴，但這兩種特質似乎並不存在人類身上。事實上，每個人甚至都得質疑，自己是否真能堅持最粗淺的誠信與尊嚴。

守林人的緋聞就像雪球一樣，愈滾愈大。博爾頓太太總會不斷提供我相關的消息。她讓我想到一種魚，儘管笨拙，但只要還活著，就會悄悄地透過魚腮吸吐流言。所有謠言都得經過她的魚腮過濾，任何事情都嚇不倒她，別人家的蜚短流長彷彿就是她生存所需的氧氣。

她十分關注梅勒斯的緋聞，只要我讓她打開話匣子，她就會帶我進入一個邪惡的世界。對梅勒斯的妻子，她總是直呼那個女人柏莎．庫茲。她痛恨柏莎．庫茲，簡直像在演戲似的氣憤填膺。她帶我進入柏莎．庫茲那充滿謊言的世界，一個既邪惡又汙穢的世界。等到我逐漸脫離那些流言蜚語，再次回到現實世界，我卻不禁開始懷疑眼前的世界。

依我看，人類其實生活在一處深海的**海底**，卻一直以為自己生活在地表。人類眼中的樹木全是深海植物，本身則是長滿鱗片的怪異海底生物，並像蝦子一樣以垃圾為食。我們居住在一片深不可測的海底，只有我們的靈魂會偶爾浮上水面呼吸真正的空氣。我相信，我們平常呼吸的空氣其實是一種液體，人類則是一種魚類。

當人類在深海大快朵頤後，有時我們的靈魂會像三趾鷗一樣振翅飛向光明。我想，人類的宿命就是在海底獵食那些與我們一樣生活在水下的同胞。不變的是，我們在完成捕食後，靈魂依舊會飛向光明的所在，衝出這片古老的海洋，迎向真正的光明。這時，人類才會了解自己永恆的天性。

每當我聆聽博爾頓太太說話，就會感覺自己在往下沉，沉到一處深海。在那裡，人類的隱私就像在四處遊蕩、蠕動的魚類。人類的獵食本能讓人忍不住一口咬住獵物，然後再次上升，離開擁擠的海底迎向天空，從潮溼變得乾爽。對你，我可以訴說整個來龍去脈，可是和博爾頓太太在一起，我只能恐懼地感覺自己在往下沉，沉到那有著海草和蒼白怪物的海底。

我想我們就要失去這個守林人了。他那位逃妻所鬧出來的緋聞，不但沒有平息，反倒愈演愈烈。他被扣上一堆令人難以啟齒的罪行，奇怪的是那女人居然有辦法讓大多數礦工的妻子替她撐腰。可怕的魚群，整個村子都充斥著令人難以消受的流言蜚語。

聽說這個柏莎·庫茲把梅勒斯困在他母親家裡後，去搜索了那間石屋和木屋。某天，她逮到自己的女兒，那個酷似母親的小丫頭剛好放學回家。那丫頭不但沒有親吻母親的手，反而狠狠咬了母親一口，結果被她母親用另一手賞了一記耳光跌進水溝，最後還是她那氣急敗壞的奶奶把她從水溝裡救上來。

這女人噴灑出大量毒氣，把她婚姻生活裡的房中私事全抖了出來。這種事，夫妻間通常隱而不宣，守口如瓶。然而在沉默十年後，她卻選擇將它們全掀開來，真是個怪人。這些細節是我從林利和醫生那裡聽來的，醫生還覺得很有趣呢。當然啦，這種事其實沒什麼。人們原本就喜歡嘗試一些奇怪的性愛姿勢，倘若一個男人想和自己的妻子來個本韋努托·切利尼[3]口中的「義大利式」，那也只是個人的嗜好問題。不過，我的確沒想到我們的守林人懂得玩這麼多花招。毫無疑問，這一定是柏莎·庫茲慫恿的結果。無論如何，這都是他們私底下的齷齪事，和外人毫無關係。

可是，如今所有人全豎起了耳朵，連我也是。十幾年前，做人的基本禮貌讓人不會去談論這種事情，但這種基本禮貌已不復存在，那些礦工的妻子都不害臊地破口大罵。這讓人以為過去五十年來，在泰弗沙爾村出生的所有嬰兒全是純潔的聖胎，每位新教徒的女性全是偉大的聖女貞德。我們可敬的守林人，因為作風類似拉伯雷[4]，這讓他顯得比克里平[5]更不道德和令人髮指。然而，如果這些傳言全是事實，那麼泰弗沙爾村的這些人也是一群放蕩之徒。

但麻煩的是，這要命的柏莎．庫茲不只將她的經歷和遭遇公諸於世，還大聲嚷嚷她發現丈夫在家裡「睡了」別的女人，甚至信口開河地指名道姓，導致幾位正經的女人被拖進泥沼。事情發展得太過離譜，法院已經對這個女人下了禁制令。

由於無法禁止那個女人靠近樹林，我只好把梅勒斯找來談談。他依舊那副我行我素的模樣，一副既然沒有人在乎我，我也不必在乎任何人，我不在乎！不過我猜想，他或許覺得自己像條尾巴上綁著錫罐的狗。儘管他裝得好像沒有那只錫罐，但聽說只要他走進村裡，女人們就會有如看到薩德侯爵般趕緊把孩子叫開。雖然他厚起臉皮，但那只錫罐恐怕已經牢牢綁在他的尾巴上，他心裡八成像西班牙民謠裡的康．羅德里戈，不斷唱著：「啊，現在它已經咬住我最是罪孽深重的地方了！」

我問他，是否還能處理好樹林的工作，他回答自己一向認真盡責。我告訴他，讓那女人進入樹林會帶來麻煩，他回答自己無權逮捕她。接著，我提到那件緋聞以及它令人不快的發展。「是啊，」他說：「人們應該要從自家的性生活中獲得滿足，這樣他們就不會想去打聽別人家的閒言閒語。」

他的語氣雖然有點尖酸，倒也有點道理，只不過他的表達方式實在太粗俗無禮。我盡可能暗示他，卻還是聽見他的錫罐再次叮噹作響。「克利福德爵士，以你現在的狀況，實在沒什麼資格嘲笑我管不好

---

3 本章努托．切利尼（Benvenuto Cellini, 1500-1571），義大利文藝復興時期的金匠、畫家、雕塑家、戰士和音樂家。

4 拉伯雷（François Rabelais, 1493-1553），法國文藝復興時代的偉大作家，人文主義的代表。

5 克里平（Hawley Harvey Crippen, 1862-1910），美籍醫師，因謀殺妻子而在英國被處以絞刑。

自己褲襠裡的傢伙。」

對所有人都如此口無遮攔對他毫無益處，況且牧師、芬利和伯勒斯都認為最好還是讓他離開這裡。我問他是否真的在石屋招待了一些女人，他卻回答：「呵，克利福德爵士，這跟你有什麼關係？」我告訴他，我要維護自己領地裡的善良風俗。他卻說：「那你得把所有女人的嘴巴全堵住才行。」我追問他在石屋的生活情形，他說：「當然你也可以拿我和我的母狗弗洛西來編個緋聞。你忘了牠也在那兒呢。」說真的，我還真沒看過像他這麼放肆的人。

我問他，他再找份工作有沒有困難，他說：「如果你在暗示要我走路，那太容易了。」他直接了當地說，他下週末就會離開，也很樂意把自己的工作經驗傳授給一個年輕人喬．錢伯斯。我告訴他，他離開時我會多付他一個月的薪水。他說，他寧願我把錢留著，沒必要感到良心不安。我問他，這話是什麼意思，他說：「克利福德爵士，你沒有虧欠我什麼，所以不必多付我薪水。如果你認為我有問題，挑明講就是了。」

這件事到此告一段落。那女人跑了，沒人曉得她的下落，但只要她再在泰弗沙爾村露面，就可能會遭到逮捕。聽說她很怕坐牢，因為她確實是咎由自取。梅勒斯下星期就會走人，這地方想必很快就會恢復正常。

親愛的康妮，如果妳願意在威尼斯或瑞士待到八月初，我會很高興地認為妳和這些齷齪的流言毫無關係，而這些流言在月底以前就會化為烏有。

所以妳看，我們是深海怪物。龍蝦一爬過泥沙，就會攪混了海水，我們只能豁然看待。

克利福德滿紙的氣憤，毫無同情，這讓康妮的心情變得很糟。直至收到梅勒斯的來信，她才對整件事有了進一步的了解。

祕密被掀開了，許多隱私也被抖了出來。妳也知道，我太太柏莎回來了。儘管我不再愛她，她還是把石屋據為己有。在那裡，請原諒我的無禮，她從一小瓶柯蒂香水嗅出不對勁的氣味。最初幾天，她沒能找到任何蛛絲馬跡，直到發現結婚照被燒毀才開始大呼小叫。她在備用臥室看到玻璃面板和背板。不幸的是，有人在背板上畫了幅素描，還在上頭留下好幾個縮寫：C.S.R.。到此為止，她仍然毫無頭緒，直到她闖進木屋發現妳留下的一本女演員朱迪斯的自傳，扉頁上還寫著妳的名字：康斯坦絲・史都華・里德。這天開始，她便到處嚷嚷，說我的情婦不是普通女人，而是查泰萊夫人。最後，這些話傳到牧師、伯勒斯先生和克利福德爵士耳裡，他們對我那忠貞的夫人採取了法律行動。她一向懼怕警察，因此頓時從村子裡消失。

克利福德爵士要求見我，所以我去了拉格比莊園。他間接提到那件緋聞，似乎很生我的氣。後來，他問我曉不曉得爵士夫人也被扯進了那件緋聞。我告訴他，我從不留意什麼緋聞，更沒想到會從克利福德爵士口中聽見這件事。他說，這對他是莫大的侮辱。我告訴他，我在洗碗槽附近掛著一幅有瑪麗女王肖像的日曆，這麼說來，瑪麗女王不也成了我的情婦。可惜，他並不欣賞我跟他開玩笑。他幾乎指著我罵，說我是個下流肧，總是敞開褲襠四處招搖。我也反唇相譏，說他即使敞開褲襠也沒什麼看頭。於是，他把我解雇了。下星期六，我就會離開，從此和這裡再無任何瓜葛。

我打算去倫敦，我以前的房東英格太太住在科堡廣場十七號，她應該會給我一個房間或幫我找個住處。

惡有惡報，尤其當男人已婚又娶到像柏莎這樣的妻子……

這封信中完全沒有提到她，也沒有寫給她的隻字片語。康妮對此心生不滿，他至少應該安慰她幾句或給她一些保證。但她明白，他這麼做是讓她有選擇的自由；她可以選擇回去拉格比，回去克利福德身旁。這一點同樣令她不滿，他何必表現出如此虛偽的風度。她寧願他當面告訴克利福德：「沒錯，她是我的情人，我的情婦，而且我深感榮幸！」但他缺乏這樣的勇氣。

這下在泰弗沙爾村，她的名字已經被扯進他的緋聞！真是一團糟。不過這件事應該很快就會平息。她氣憤難平，這種複雜而令人困惑的憤怒讓她變得了無生氣。她不知道可以做些什麼或說些什麼，所以索性什麼也不做，什麼也不說。她繼續待在威尼斯，跟鄧肯·福布斯划船出遊、泡海水，讓時間從指縫溜走。十年前，她曾經拒絕鄧肯的追求，現在他再度愛上她。但她告訴他：「我對男人只有一個要求，那就是別來煩我。」

所以鄧肯沒有煩她，甚至頗得意自己做到這點。但他仍然給她一種有如同性之間的愛，既奇特又溫柔。他只是想**陪著**她。

「妳有沒有想過，」一天，他告訴她。「人與人之間的關係竟然這麼淡薄。看看丹尼爾！他英俊得好像太陽之子，可他那張俊臉卻顯得如此落寞寡歡。不過我猜他一定娶妻生子了，而且絕對離不開他的家人。」

「你問他啊！」康妮說。

鄧肯真的去問了。丹宣爾說他已經結婚，有兩個兒子，一個九歲，一個七歲。但他談到這些事時，面無表情。

「或許只有那些真正懂得關愛的人，才能在這世上表現出獨立不群的姿態。」康妮說：「其他人都帶有一種黏性，得依附這個社會，就像喬凡尼。」她在心裡想著：「其中也包括你，鄧肯。」

第十八章

她得決定好下一步。六天後的星期六，他就會離開拉格比莊園，她則打算同時離開威尼斯。下週一，她預計自己就可以抵達倫敦和他碰面。她寫信到他給的倫敦地址，要他回信到哈特蘭旅館，並在週一晚上七點來找她。

她內心充滿一股複雜而難以理解的怒氣，以致無法做出任何反應，甚至不想對希爾達吐露心事。她的頑固不語讓希爾達感到不悅，轉而和一個荷蘭女人熱絡起來。女人之間的親密總讓康妮感覺沉悶，希爾達卻是樂此不疲。

馬爾科姆爵士決定和康妮同行，鄧肯則和希爾達作伴。這位老藝術家向來養尊處優，他在東方快車上訂了臥鋪。康妮雖然不喜歡**豪華列車**，討厭現今車上那種庸俗墮落的氛圍。無論如何，搭乘這列火車確實可以縮短前往巴黎的時間。

從上次婚姻開始，馬爾科姆爵士就不喜歡待在妻子身邊。但這次家裡即將舉辦松雞宴會，他想早點回去準備。康妮曬黑後呈現出另一種韻味，她靜靜地坐著，絲毫不在意沿途的風景。

「妳似乎不太想回拉格比？」父親注意到她的悶悶不樂後問。

「我還不確定要不要回拉格比。」康妮的藍色大眼盯著父親，這句突兀的話讓這個始終不具有鮮明道德感的男人，頓時張大了他的藍色大眼。

「妳的意思是，妳想在巴黎待一陣子？」

「不是！我的意思是，我不會回去拉格比了。」

他正煩惱於許多生活上的瑣事，不希望女兒再給他添麻煩。

「妳怎麼會突然有了這種想法？」他問。

「我懷孕了。」

她第一次向別人透露這個祕密，這似乎也意味著她的人生就此進入另一個階段。

「妳怎麼知道？」

她微笑。

「我**應該**要知道吧！」

「但不是克利福德的孩子？」

「不是！是另一個男人的。」

戲弄父親讓她覺得很有趣。

「我認識這個男人嗎？」

「不！你還沒見過他。」

兩人陷入長久的沉默。

「妳打算怎麼辦？」

「我不知道，問題就在這兒。」

「妳不打算找克利福德談談？」

「我想克利福德會接受這個孩子。」康妮說：「自從你上次和他談過後，他曾經告訴我，只要我可以小心行事，他不介意我生個孩子。」

「在這種情況下，這的確是唯一的明智之舉。我想，這就沒什麼問題了吧。」

「怎麼說？」康妮盯著父親問。他那雙藍色眼睛酷似康妮的眼睛，只是眼神帶著點焦慮。有時，他像個不知所措的小男孩，有時又顯得悶悶不樂，不過大多數時候，他都表現得既機靈又談笑風生。

「妳不僅可以送給克利福德一個查泰萊家的繼承人，還可以讓拉格比增添一個小從男爵。」

馬爾科姆爵士微笑著，他的笑容流露幾分性感。

「但我不想這樣。」她說。

「為什麼？妳不想離開那個男人？好吧！如果妳想聽實話，孩子，我想告訴妳的是，這個世界不會停下前進的腳步。拉格比將會繼續存在，屹立不搖。這世上總有些無法改變的事，我們只能學著去接受它。我私底下的看法是，我們大可隨心所欲。感情會改變，今年妳也許喜歡這個男人，明年卻有可能換成另外一個。不過，拉格比卻會屹立不搖。只要拉格比接納妳，妳就可以永遠待在那裡。這麼一來，妳就可以隨心所欲。而且，切斷和拉格比的關係，妳也得不到什麼。如果妳想，妳自然可以和它一刀兩斷。妳有自己的收入，這是妳唯一可以安心的事。不過，單憑這份收入，妳也過不了什麼好日子。還是給拉格比添個小從男爵吧。這會讓妳的生活變得有趣多了。」

馬爾科姆爵士靠向椅背，再次微笑，但康妮沒有任何反應。

「我希望妳終究可以找到一個真正的男人。」他對著她說，表情嚴肅中帶著一點感性。

「問題就在於我已經找到了，而且這種男人所剩無幾。」她說。

「沒錯，老天！」他沉思。「是不多了！親愛的，看看妳，他真是個幸運的傢伙。他不會給妳帶來什麼麻煩吧？」

「哦，不會！他讓我有完全的自由。」

「很好！很好！這才是一個真正的男人。」

馬爾科姆爵士十分欣慰，康妮是他最寵愛的女兒，他一向喜歡她身上的女性特質。她不像希爾達那麼像她母親，而他也不是那麼喜歡克利福德。所以他很高興，對女兒十分溫柔，彷彿自己就是孩子的父親。

他陪著她坐車去哈特蘭飯店，等她安頓好才返回他的俱樂部。她婉拒了父親的好意，要他晚上不用來陪她。

她收到梅勒斯的來信。

我不到妳的旅館了，不過晚上七點我會在亞當街的金雞咖啡館外面等妳。

他佇立那裡，高眺修長，身著深色薄西裝，與以往判若兩人。他有種天生的卓越氣質，但不是她那種階級的典型。她一眼就看出，他有著適應任何環境的能力，他那種與生俱來的教養遠勝過典型的階級作風。

「啊，妳來了！妳看來氣色不錯。」

「是啊！可是你看起來不太好。」

她憂慮地端詳他。他消瘦許多，顴骨凸出，但他的眼神流露著笑意讓她感到毫無拘束。就這樣，她原本緊繃的表情突然放鬆，他身上散發的某種氣質讓她發自內心感覺自在、輕鬆而愉快。在女人追求幸福的敏銳本能下，她立即意識到：「我的快樂來自他的陪伴！」威尼斯的所有陽光也無法帶給她如此的舒暢與溫暖。

「你會不會覺得那件事很糟糕？」她隔著桌子在他對面坐下後問。這時她才發覺，他實在太瘦了。如以往那般，他像頭熟睡的動物隨意把手擱在桌上。她好想握住他的手，親吻它，卻又缺乏足夠的勇氣。

「人言可畏。」他說。

「你很在意嗎？」

「我在意。我知道這樣很傻，卻總是放不開。」

「你會感覺自己像條尾巴上綁著錫罐的狗嗎？克利福德說你讓他有這種感覺。」

他看著她，他的自尊心已經飽受摧殘，因此這番話在這時顯得很殘忍。

「或許吧。」他說。

她從不知道這番話帶給他多大的痛苦與羞辱。

一陣長久的沉默。

「你想我嗎？」她問。

「我很高興妳沒有被波及。」

短暫沉默。

「大家**相信**有關我們兩人的傳聞嗎？」她問。

「不！至少我現在還不這麼認為。」

「克利福德呢？」

「我想他也不相信。他根本不當一回事，不過他還是因為這個傳聞而不想再看到我。」

「我懷孕了。」

他的表情徹底僵住，目瞪口呆。他那雙陰鬱的眼睛盯著她，眼神中閃爍著一種她無法理解的黑色火焰。

「告訴我，你很開心！」她央求並抓住他的手。她看見他眼中閃過一絲欣喜的神色，但那種喜悅隨即被一種她無法理解的東西所遮掩。

「這是未來的事。」他說。

「你難道不開心？」她追問。

「我對未來的事沒把握。」

「你不需要擔心責任的問題。克利福德會把這個孩子當成自己的小孩，他一定會很開心的。」

她看到他臉色鐵青，態度疏離。他沒有說話。

「我是否該回去克利福德身邊，替拉格比添個小從男爵？」她問。

他看著她，臉色蒼白，表情冷漠。他露出一絲苦笑。

「妳不打算告訴他孩子的父親是誰嗎？」

「哦！」她說：「即使我告訴他，只要我堅持，他還是會接受這個孩子。」

他想了一會兒。

「是啊！」他自言自語。「我想他會接受。」

一陣沉默。兩人之間橫亙著一道鴻溝。

「可是你不希望我回去克利福德身邊，對嗎？」她問他。

「妳自己的打算是什麼？」他反問。

「我想和你一起生活。」她簡單回答。

聽到她的回答，他的小腹不禁竄起一股火苗，他趕緊低下頭。當他再度抬頭看她，表情變得焦慮。

「這麼做值得嗎？」他說：「現在的我已經一無所有。」

「你比大多數男人好多了。嘿，你明白我的意思。」她說。

「就某方面而言，我明白妳的意思。」他想了一下，接著說：「以前別人常說我娘娘腔，但事實並非如此。我不拿槍打鳥，也不想賺大錢或往上爬，但這不代表我就是個女人。在軍隊裡，我可以輕易地往上爬，也有辦法治理那些士兵，但我不喜歡軍隊。士兵們喜歡我，我發火時，他們也會有所忌憚。不過，那些頑固的高官把軍隊弄得死氣沉沉，簡直愚蠢至極。我喜歡那些弟兄，他們也喜歡我，可是我無法忍受統治階級那種既蠻橫又無恥的胡說八道，這就是我無法往上爬的原因。我討厭財大氣粗，厭惡仗勢欺人。當我身處在這樣一個世界，我又能給女人什麼？」

「為什麼一定要給什麼？這又不是一種交易。我們只是彼此相愛。」她說。

「不，不！事情沒有這麼簡單。活著就得不斷前進，我不能讓自己虛度光陰，我辦不到。我很像一張廢票，除非我能有所成就或找到方向，至少讓我們的精神生活充滿朝氣，否則我就沒有權利帶一個女人跟我過活。假如一對男女非得過著離群索居的生活，假如那個女人是個真正的女人，那麼男人就必須給女人一些人生的意義。我不能只是妳的情夫。」

「為什麼？」她問。

「呵，因為我做不到，而且妳很快就會感到厭倦。」

「你好像不怎麼信任我。」她說。

他臉上閃過一抹微笑。

「妳有錢，有地位，決定權將會掌握在妳的手上。然而，我並不只是夫人妳的情夫。」

「那麼你還想要什麼？」

「問得好。這的確沒有明確的答案，但我從不妄自菲薄。儘管別人不了解，我還是很清楚自己存在的意義。」

「如果你和我在一起，你存在的意義會因此減少嗎？」

他思考許久後回答。

「有可能。」

「你存在的意義究竟是什麼？」

「我說過了，我沒有明確的答案。我不相信這個世界，不相信金錢，不相信進步，不相信人類文明的未來。假使人類真有未來，現今社會就得先經歷一次巨大的轉變。」

「真正的未來應該像什麼？」

「天曉得！我心裡隱約有些想法，可是其中夾雜了許多的憤怒。我說不清楚未來究竟該是怎樣。」

「你想聽聽我的意見嗎？」她看著他。「你想知道什麼是你有，而其他男人沒有的東西嗎？那就是可以創造未來的東西。你想知道是什麼嗎？」

「告訴我吧。」他說。

「那就是你在溫柔中展現的勇氣，就像你摸著我的屁股，說我擁有一個迷人的屁股。」

他再度微笑。

「哦！」他說。

接著，他又沉思了起來。

「是啊！」他說：「妳說得對。的確是這樣，也一直是這樣。我和那些弟兄相處時就已察覺到這點。我必須和他們保持身體上的接觸，而且不能迴避。我必須意識到他們的身體，即使在嚴格訓練他們時，也得善待他們。如同佛陀所言，這是個關係到意識的問題。即使佛陀也竭力避免身體的覺醒，但對男人而言，自然的身體接觸仍然是一種最適當和正確的相處之道。你得讓他們成為真正的男子漢，而不是那麼毛躁。是啊！那確實是一種溫柔，一種陰道的覺醒。性愛其實只是一種接觸，最親密的接觸，然而我們卻害怕這種接觸。我們的意識不夠清醒，我們的生命也不夠完整，我們必須讓自己覺醒，擁有完整的生命。尤其是英國人更得帶著幾分細膩和溫柔與別人保持聯繫，這才是我們的當務之急。」

她看著他。

「那你為什麼這麼怕我？」她說。

他注視她良久後回答。

「其實是因為金錢和地位。那是妳所處的世界。」

「難道我不溫柔嗎？」她難過地問。

他看著她，眼神既深邃又矇矓。

「嗯，妳有時溫柔，有時不溫柔，就像我一樣。」

「難道你不相信我們之間存在著感情？」她盯著他憂心忡忡地問。

她看見他僵硬的表情逐漸變得柔和。「或許吧！」他說。

兩人都變得沉默。

「我要你抱著我，」她說：「對我說，你很高興我們即將擁有一個孩子。」

她那樣楚楚動人，熱情而滿懷期待，他不禁心動。

「別人一定又會說我們這麼做不道德，」他說：「不過，我想我們可以去我的房間。」

她察覺這個世界再次被他拋到腦後，他臉上露出那種既溫柔又純潔的熱情。

他們穿過偏僻的小路來到科堡廣場。他的房間位於閣樓，空間雖小，但整潔乾淨。他時常利用房裡的煤氣爐自己煮飯。

她脫掉衣服，並要他也脫下衣服。她顯得明豔動人，懷孕讓她的肌膚變得既紅潤又有光澤。

「我不應該碰妳。」他說。

「不！」她說：「我要你抱著我！抱著我，說你會留住我。說你會留住我！說你永遠不會讓我離開你，或投入其他男人的懷裡。」

她緩緩地走向他，緊緊地擁抱他削瘦結實的身軀，擁抱她在這世上的唯一歸宿。

「我會留住妳，」他說：「只要妳願意，我就會留住妳。」

他緊緊地擁抱她。

「說你很高興有了這個孩子。」她重複。「親親他！親親我的肚子，說你很高興有了他。」

這讓他有點為難。

「我很怕把孩子帶到這個世上。」他說：「我很擔心他們的未來。」

「可是你已經把他放進我的體內。好好對待他，這就是他的未來。親親他！」

他顫抖了一下，因為事實的確如此。「好好對待他，這就是他的未來。……這時，他感覺到自己對這女人的無比愛意，他親吻她的肚子和陰阜，有如在親吻她的子宮和子宮裡的胎兒。

「哦，你是愛我的！你是愛我的！」她的呢喃有如一陣盲目而含糊的愛語。他緩緩進入她的體內，一股愛憐從他內心湧現，並在彼此的心裡交相激盪。

當他進入她的體內，他意識到這就是自己應該做的事；在保有自己的男性尊嚴、驕傲與人格下，溫柔地擁抱她。畢竟在她既有錢又有地位的情況下，一無所有的他很可能為了維護自己的尊嚴與驕傲，壓抑了對她的溫柔。「我支持人類在身體接觸上的覺醒，以及溫柔的身體接觸。」他告訴自己。「她是我的伴侶。這是場戰鬥，我們面對的是金錢、機械與這既冷漠又愚蠢的世界。她將會和我站在同一陣線。感謝上帝，我有了一個女人！感謝上帝，我有了一位支持我、愛我並且了解我的女人！感謝上帝，她不是悍婦，也不是傻瓜。感謝上帝，她是個既溫柔又機靈的女人。」當他的精子在她體內迸射，他的心靈也在這場不只是創造生命的行動中奔向她。

她現在已有十足的決心，絕不讓兩人分離，但方法和手段仍需斟酌。

「你恨柏莎·庫茲嗎？」她問他。

「我不想談她的事。」

「不行，你得讓我說完。因為你曾經喜歡她，你和她也曾經像我們現在這麼親密，所以你得對我坦承。你過去和她這麼親密，如今卻又這麼恨她，這不是很可怕嗎？為什麼會這樣？」

「我不知道。她總是和我針鋒相對，幾乎是無時無刻。她那可怕的女性意志，她的我行我素！女人那可怕的自由意志最終會變得咄咄逼人！哦，她始終我行我素，簡直像是衝著我來。」

「可是到現在，她也沒放你自由。她會不會還愛著你？」

「不可能！如果說她不願意離開我，那只是因為她氣瘋了，想要整死我。」

「但她肯定愛過你。」

「沒有！好吧，她以前確實是有那麼一點欣賞我，只不過如今這反倒成了她恨我的原因。偶爾，她會對我表現愛意，卻總是很快就收回去，並且變得盛氣凌人。她最大的渴望就是折磨我，始終如此。從一開始，她的心態就不正確。」

「也許她覺得你不愛她，她只是想得到你的愛。」

「老天，她的手段真的很過分。」

「你是不是沒有真的愛過她？那就是你對不起她。」

「我又能怎樣？每當我開始想去愛她，她總會把我整得慘兮兮。算了，我們不要談這個了。這是我的劫數，真的，她是個無可救藥的女人。這是最後一次，如果法律允許，我會像對付白鼬一樣把她槍斃了。她是個既瘋狂又無可救藥的女人！如果我可以殺了她，就可以結束這場悲劇！這個社會應該要容許這種事。當一個女人滿腦子只有她自己，她的意志就會與一切為敵。事情會變得很可怕，她最終就該被槍斃。」

「如果男人的腦子裡也只有他們自己，男人是否也該被槍斃？」

「是啊！……男人也一樣！但我得甩掉她，否則她又會纏著我。我想說的是，只要可以，我一定離婚，所以我們得小心行事。我們在一起的時候，不能被別人發現。要是她跑來找我們麻煩，我絕不會放過她。」

康妮思考他這番話。

「所以我們不能在一起？」她問。

「至少得分開六個月左右。我想，我離婚的案子應該會在九月開始，三月結束。」

「可是孩子可能二月底就會出生。」她說。

他默不作聲。

「我真希望克利福德和柏莎這種人統統死掉。」他說。

「這對他們太殘忍了。」她說。

「太殘忍？善待他們最好的方法，就是讓他們消失在這世上。這種人不應該活著！他們只會破壞別人的生活，他們體內藏著可怕的靈魂。死亡對他們應該是好事，人們應該允許我槍斃了他們。」

「可是你不會這麼做。」她說。

「我會！比起射殺黃鼠狼，這更讓我問心無愧。黃鼠狼起碼長相可愛，數量不多，但這種人卻是比比皆是。哦，我真該殺了他們。」

「這或許也代表你不敢下手。」

「或許吧。」

康妮現在有太多的事情需要思考。他顯然打算徹底擺脫柏莎．庫茲，她也認同他的決定。最後的戰鬥總是異常艱辛，這表示直到明年春天，她都得獨自生活。或許她可以和克利福德離婚，問題是如何進行？如果提到梅勒斯的名字，那離婚的事也就完了。真麻煩！為什麼一個人不能想走就走，逃到世界的角落，擺脫這一切？

確實不能。今日世界的角落距離查令十字路還不到五分鐘的距離。只要有無線通訊，天涯不過咫尺。無論是達荷美的國王或西藏的喇嘛，都在收聽倫敦和紐約的廣播。

忍耐！忍耐！這個遼闊的世界是一部異常複雜的機器，一個人得要十分小心，否則就會被這世界碾碎。

§

康妮向父親傾訴心事。

「爸爸，你知道嗎？雖然他是克利福德的守林人，卻曾在印度當過軍官。他就像弗羅倫斯上校，寧可再當個小兵。」

可惜馬爾科姆爵士並不認同這位知名上校，更無法接受他那套神祕主義。這位爵士看過太多謙遜人士的真面目，這看來就像他最討厭的那種自負：一種自卑下的自我吹噓。

「妳的守林人是從哪兒冒出來的？」馬爾科姆爵士氣憤地問。

「他爸爸是特弗沙爾村的礦工，不過他絕對上得了檯面。」

這位擁有爵位的藝術家聽了更是光火。

「依我看，他似乎是個淘金客，」他說：「而妳顯然就是一座很容易挖掘的金礦。」

「不！爸爸，事情不是你想的那樣。如果你看到他，你就會明白我的意思。他是個男子漢，克利福德一直很討厭他，因為他不夠謙恭。」

「這回，克利福德的直覺顯然很正確。」

馬爾科姆爵士無法忍受的是，和自己女兒傳緋聞的對象竟是個守林人。他不在乎女兒和人私通，卻無法忍受醜聞。

「我不在乎那個傢伙。他顯然把妳哄得暈頭轉向。不過，天啊，妳想想那些閒言閒語，想想妳繼母，她怎麼受得了這種事！」

「我知道！」康妮說：「人言可畏，尤其你如果還想在社會上立足。他想儘快辦好離婚，所以我想我們不會透露他是孩子的父親，而會使用另外一個男人的名字。」

「另外一個男人？哪一個男人？」

「也許是鄧肯・福布斯。他一直是我們的朋友，也是很有名的藝術家，而且他喜歡我。」

「要是我就絕不會答應！可憐的鄧肯！他這麼做有什麼好處？」

「我不知道，但他或許會很喜歡這個主意。」

「或許，是嗎？如果他喜歡這個主意，那他可真是個奇怪的男人。妳從來沒和他發生過關係，不是嗎？」

「沒有！他不是真的想和我發生關係，他只是喜歡和我在一起，卻不喜歡我碰他。」

「天啊，現在的年輕人真是奇怪！」

「他很想要我當他的模特兒，只是我一直不想。」

「可憐的傢伙！他似乎被欺負慣了！」

「不過，如果和我傳緋聞的人是他，你就不會那麼介意了吧？」

「老天，康妮，這種詭計真的很要命！」

「我知道！這的確很過分！可是我還能怎麼做？」

「都是陰謀詭計，陰謀詭計！這讓我覺得自己活太久了。」

「別這樣嘛，爸爸，你罵人前得先想想自己這輩子是否也使過一些陰謀詭計。」

「但我可以保證，這不一樣。」

「每個人**都**這麼想。」

希爾達來了。她一聽到這個新發展，同樣大發雷霆。她也無法忍受妹妹和守林人的私通發展成一件醜聞，這實在太丟臉了！

「我們乾脆銷聲匿跡，分別前往英屬哥倫比亞，這樣就不會有醜聞了。」康妮說。

然而這麼做無濟於事，這件醜聞還是會被掀開。依照希爾達的看法，倘若康妮打算跟著那個男人，那最好能嫁給他。馬爾科姆爵士還在猶豫。這段婚外情還是有結束的可能。

「爸爸，你想看看他嗎？」

可憐的馬爾科姆爵士！他一點也不想見梅勒斯。可憐的梅勒斯，他更不想見馬爾科姆爵士。不過兩人終究約定見面，在俱樂部的一間包廂共進午餐，彼此打量。

馬爾科姆爵士喝了好些威士忌，梅勒斯也喝。兩人一直在談論印度，因為梅勒斯十分了解那個地方。

直到用完午餐，侍者端來咖啡並離開後，馬爾科姆爵士點了根菸，親切地問：

「我說，年輕人，你覺得我女兒怎麼樣？」

梅勒斯笑了一下。

「呃，爵士，什麼怎麼樣？」

「你已經把她的肚子搞大了。」

「這是我的榮幸！」梅勒斯微笑著說。

「榮幸，老天！」馬爾科姆爵士笑了，差點噴出嘴裡的咖啡。接著，他改用蘇格蘭人那種猥褻的言詞。「榮幸！這是什麼意思？年輕人，是很棒還是什麼？」

「很棒！」

「我想也是！哈哈！她可是我女兒！就拿我來說，我始終維持著良好的性生活。雖然她母親，哦，上帝保佑她！」他仰頭。「不過，你挑起了她的熱情。哦，我看得出來，是你讓她變得熱情。哈哈！她身上帶有我的基因！而你則是那個點火的人。哈，哈，哈！我老實告訴你，這件事讓我很高興，她需要的就是這個。哦，她是個好女孩，她的確是個好女孩。我知道她早就準備好了，她需要的只是一個可以點燃她熱情的男人！哈，哈，哈！一個守林人，呃，年輕人！如果你問我，我會說你是個一流的盜獵者。哈，哈！可是現在，聽著，說真的，我們現在該怎麼處理這件事？說真的，你知道我的意思！」

說真的，他們的確還沒談到任何正經事。梅勒斯雖然有點醉，還是比爵士清醒多了。他盡可能讓彼此的對話保持理性，也就是少說為妙。

「這麼說來，你是個守林人！哦，你幹得好！這種獵物確實值得男人多花點時間，呃，對吧？判斷女人的方法就是捏她的屁股。光從女人的屁股，你就可以知道她能否達成你的期望。哈，哈！我真羨慕你，年輕人。你多大了？」

「三十九歲。」

爵士睜大眼。

「那麼大了！不過，你看起來還會有二十年的好光景。哦，不管你是守林人或什麼，我看得出來你是個好情人。不像那個該死的克利福德！一隻既膽小又娘娘腔的獵狗。我喜歡你，年輕人。我敢說你這傢伙絕對很帶勁。哦，我看得出來，你是隻鬥雞，是個戰士。守林人！哈哈，哎呦，我可不放心把自己的獵物交給你！可是說真的，我們現在該怎麼處理這件事？這世上可是有著一大堆該死的老太婆。」

說真的，兩人根本沒談出個什麼，只在互相建立起那種古老男性情慾的同盟之誼。

「聽著，年輕人，你可以相信我，我會盡量幫你。守林人！老天，不過這真有意思！我喜歡這件事！哦，我真是喜歡！這表示我女兒擁有過人的勇氣，不是嗎？畢竟，你知道，她有自己的收入，不多，不多，但足夠填飽肚子。將來我也會把自己的財產留給她。我發誓，我一定會留給她。這是她應得的，因為她在這老女人掌權的世界裡展現了勇氣。七十年來，我一直想擺脫這些老女人的牽制，但始終無法稱心如意。不過我看得出來，你可以。」

「很高興你這麼認為，別人常拐彎抹角地說我像隻猴子。」

「哦，他們是會這麼說！小兄弟，對於那些老女人來說，你除了是猴子，還能是什麼？」

兩人愉快地道別，梅勒斯為此高興了一整天。

隔天，他、康妮和希爾達，三人挑了間小餐館共進午餐。

「真是遺憾，事情變得一團遭。」希爾達說。

「我倒是覺得很有趣。」他說。

「依我看，你們最好等恢復單身，可以結婚生子時再來生孩子比較好。」

「上帝太早點火了。」他說。

「這和上帝沒有關係。當然，康妮有足夠的錢讓你們兩人維持生活，但這種情況實在很糟糕。」

「可是妳需要忍受的不多，不是嗎？」他說。

「如果你和她屬於同一階級就好了。」

「或者是我生活在動物園的籠子裡。」

一陣沉默。

「依我看，」希爾達說：「最好讓康妮找另一個男人來頂替你，讓你可以完全置身事外。」

「可是我以為我已經無法置身事外了。」

「我是指在離婚訴訟期間。」

他疑惑地看著她。康妮還不敢跟他提及找鄧肯幫忙的事。

「我不懂妳的意思。」他說。

「我們有個朋友，他應該會願意扮演你的角色，這樣我們就可以不用提到你的名字。」希爾達說。

「妳是指一個男人？」

「當然！」

「可是她沒有別的男人啊！」

他訝異地看向康妮。

「沒有，沒有！」她急忙說：「他只是個老朋友，關係單純，沒有愛情。」

「那麼，那傢伙為什麼要頂下這個罪名？如果他無法從妳身上得到任何好處？」

「有些男人很有紳士風度，他們不會一味指望從女人身上得到好處。」希爾達說。

「讓他來頂替我，是嗎？這傢伙是什麼身分？」

「他是我們從小在蘇格蘭時就認識的朋友，一位藝術家。」

「鄧肯．福布斯！」梅勒斯立即說出他的名字，因為康妮曾提起他。「妳打算如何把這個罪名轉嫁到他身上？」

「他們可以一起待在某間飯店，甚至可以讓她住進他的公寓。」

「在我看來，這只會白忙一場。」他說。

「那你有什麼好主意？」希爾達說：「一旦洩露你的名字，你就無法和你妻子離婚。她顯然是個很難纏的女人。」

「沒錯！」他悶悶不樂地說。

一陣長久的沉默。

「我們可以一走了之。」他說。

「康妮不行，」希爾達說：「克利福德的名聲太響亮了。」

沮喪讓三人再度陷入沉默。

「這世界就是這樣，如果你們想不受干擾地一起生活，那你們就得先結婚。而要結婚，你們就得先辦好離婚手續。所以，你們兩個打算怎麼做？」

他沉默良久。

「妳打算怎麼替我們安排？」他問。

「我們先問鄧肯願不願意頂替你的身分，然後我們得讓克利福德同意和康妮離婚，你則是去辦好你的離婚手續。另外，在你們兩個都恢復單身前，你們不能見面。」

「感覺就像進了瘋人院。」

「或許吧！世人會把你們當成瘋子，甚至更糟。」

「更糟的狀況是什麼？」

「你們可能會被當成罪犯。」

「真希望能多用幾次我的匕首。」他笑著說。隨後，他不再說話，生著悶氣。

「好吧！」他最後說：「我什麼都答應。這個世界真是愚蠢至極，又沒人有辦法毀了它。雖然我會盡力與這個世界對抗，不過妳是對的，我們得先想辦法救自己。」

他以夾雜著屈辱、憤怒、厭倦和痛苦的眼神看向康妮。

「親愛的！」他說：「這個世界正等著逮住我們。」

「只要我們小心行事就不會有問題。」她說。

她不像他這麼排斥這個欺世盜名的計畫。

她們徵詢鄧肯時，他同樣堅持要看看這個不道德的守林人。因此四人約好共進晚餐，地點在鄧肯的公寓。鄧肯身形矮壯，膚色黝黑，有如頂著一頭黑色直髮的沉默哈姆雷特，同時又具有凱爾特人的自負性格。他的畫作盡是管子、閥門、螺旋狀物，用色獨特，畫風新潮，即使只透過一些簡單的結構與色彩的搭配，也能傳達出一定的力量。不過，梅勒斯卻認為這些畫作既冷酷又令人反感。他沒有貿然說出自己的看法，因為鄧肯對自己的作品幾近痴狂，這是他的個人崇拜與信仰。

一行人在畫室看畫，鄧肯始終瞇著那雙棕色的小眼，打量著另一個男人。他已經聽過康妮和希爾達對這些畫的評語，如今他也想聽聽這位守林人會怎麼說。

「這有點像謀殺。」梅勒斯終於開口。鄧肯萬萬想不到這番話是出自一個守林人。

「誰被殺了？」希爾達的口氣冷漠並且帶著揶揄。

「我！這種作品謀殺了人類的同情心。」

藝術家從另一個男人的聲音裡聽見厭惡與鄙視的語氣，他的心裡湧起一股恨意。他討厭對方提起同情心。令人作嘔的多愁善感！

梅勒斯站在那裡，修長清瘦，面容憔悴，他的眼神像隻舞動的飛蛾在那些畫作上飄移。

「或許被謀殺的是愚蠢，多愁善感的愚蠢。」藝術家諷刺。

「你這麼認為嗎？比起其他東西，我覺得這些管子和波紋狀物顯得更愚蠢和多愁善感。在我看來，它們只是一種極度自憐和狂妄自大的表現。」

另一股恨意讓藝術家氣得臉色發黃，但他還是保持著高傲的姿態，一聲不吭地把畫作翻轉面向牆壁。

「我想我們可以去用餐了。」他說。

四人魚貫而出，氣氛沉悶。

喝過咖啡後，鄧肯說：

「我不在意冒充康妮孩子的父親，不過我有個條件，她得來當我的模特兒。多年來，我一直希望她來當我的模特兒，但她始終不肯答應。」他的語氣果決而低沉，有如一位在宣判火刑的審判者。

「哦！」梅勒斯說：「也就是說，只有答應這個條件，你才肯幫忙？」

「沒錯！只有在這個條件下，我才同意做這件事。」藝術家試圖在言語中傳達他對另一個人的藐視，但他表現得過分了點。

「你最好同時邀請我當你的模特兒，」梅勒斯說：「把我們畫在一起，藝術之網下的伏爾坎和維納斯。我在當守林人前，做過鐵匠。」

「謝了！」藝術家說：「我想伏爾坎的身材引不起我的興趣。」

「即使把他打扮成管子也沒興趣？」

藝術家沒答話。他氣得不想再說話了。

晚餐的氣氛相當沉悶，藝術家自此不再搭理另一個男人，對兩個女人也只簡短應酬，彷彿他在那種陰鬱的裝腔作勢下只能硬擠出三言兩語。

「你不喜歡他，但他其實沒那麼壞。真的，他是個好人。」康妮在三人從鄧肯家出來後解釋。

「他像條染上犬瘟熱的小黑狗。」梅勒斯說。

「嗯，他今天的態度是不大好。」

「妳會去當他的模特兒嗎？」

「哦，我不在乎去當他的模特兒。他不會碰我。只要這麼做有助於我們未來的生活，我不在乎去做這件事。」

「但他只會在畫布上惡搞妳的形象。」

「我不在乎。他畫的只是他對我的感覺。我不在意他這麼做，不過我不會讓他碰我。如果他認為自己可以透過藝術家的莊嚴目光為所欲為，那就讓他看吧。他可以把我畫成各式各樣的空管和波紋，隨便他想怎麼畫就怎麼畫。他討厭你是因為你說他的管子藝術是無病呻吟、自以為是。不過，你的評論倒也是事實。」

第十九章

親愛的克利福德，恐怕你的預言成真了。我確實愛上了另一個男人，並且希望你能同意和我離婚。目前，我和鄧肯一起住在他的公寓。我告訴過你，他曾經和我們在威尼斯度假。我對你感到很抱歉，但還是希望你能平靜地接受這件事。事實上，你已經不再需要我了，而我也不想再回去拉格比莊園。我真的覺得很抱歉，希望你能試著原諒我，和我離婚，找個更好的對象。我想我真的不適合你，我太過急躁和自私。可是，我實在無法再回到你的身邊。對於你，我真的感到非常抱歉，但如果你平心靜氣地思考這件事，你就會發覺這其實沒什麼。你並沒有那麼在乎我，所以請你原諒我也忘了我吧。

這封信並沒有讓克利福德感到太意外。他心裡早知道她會離開，只是在表面上拒絕承認。因此，從表面上看來，他受到了極大的衝擊與震撼，因為他始終表現出對她的信任。

這就是我們面對衝擊的方式。我們運用意志力阻絕內在的意識和外在的認知，但隨之而來的恐懼與焦慮卻使得日後的衝擊產生十倍的後果。

克利福德像個歇斯底里的小孩。他坐在床上，面如死灰，一臉茫然，這把博爾頓太太給嚇壞了。

「哎喲，克利福德爵士，你怎麼了？」

沒有反應！她生怕他中風了，趕緊上前摸摸他的臉，壓壓他的脈搏。

「你是不是哪裡痛？你千萬得告訴我，你哪裡不舒服。拜託！」

沒有反應！

「哦，天哪！哦，天哪！那我打電話去謝菲爾德找卡林頓醫師，最好把萊基醫師也找來。」

她走向門外時，聽到他用空洞的聲音說：

「不用！」

她停下腳步，轉頭盯著他。他的臉色蠟黃，眼神呆滯，表情像個白痴。

「你的意思是不要我去請醫師？」

「對！我不需要醫師。」他的聲音顯得死氣沉沉。

「噢！克利福德爵士，可是你生病了，我擔不起這責任。我**一定**得請醫師過來，不然人家會怪我。」

短暫停頓後，那道空洞的聲音繼續說：

「我沒病。我太太不回來了。」這些聲音彷彿出自一座雕像。

「不回來了？你是指爵士夫人？」博爾頓太太往床邊走近幾步。「哦，你別相信這種事，夫人一定會回來的。」

床上的雕像沒有出聲，只是把一封信推過床單。

「妳看！」那道沉悶的聲音說。

「哎呀，克利福德爵士，這要是夫人的來信，我相信她不會想讓我看她寫給你的信。你願意的話，可以告訴我夫人說了什麼。」

「妳看！」那道聲音重複。

「呃，克利福德爵士，如果你非要我看這封信，那我也只好聽命行事。」她說。

她讀了那封信。

「唉呀，真想不到夫人會這樣！」她說：「她之前還那麼斬釘截鐵地說她會回來！」

床上的雕像依舊呆若木雞，只是臉上的神色似乎變得更加瘋狂。博爾頓太太忐忑不安地看著這具雕像，她知道自己面臨的是什麼：男人的歇斯底里。她照顧過軍人，對這種麻煩的病症略知一二。

克利福德爵士讓她有點厭煩，任何腦筋清楚的男人都會**曉得**自己的妻子已經愛上別人，而且就要離開他了。她相信克利福德爵士其實心知肚明，只是不肯接受這件事。如果他早點認清現實，做好心理準備，或者積極行動阻止這件事發生，那麼他的表現至少會比較像個男人。但事實不然！雖然他心裡明白，卻一直哄騙自己沒這回事。他察覺到惡魔在扯他的後腿，卻假裝是天使在微笑。他一味逃避的心態終於導致這種壓抑和錯亂的歇斯底里，甚至接近瘋狂。「時候到了，」她有點不滿地想著。「因為他總是只想著自己。他太過沉溺於那種頑固的自我，以致一旦遭到打擊，就會像個木乃伊把自己裹在繃帶裡。看看他那副德行！」

可是歇斯底里很危險，既然她是一名護士，就有責任把他拉出來。但試圖喚醒他的男子氣概和自尊心只會讓情況變得更糟，因為他的男子氣概已經蕩然無存，就算不是永久消失，也暫時找不回來了。他只會像條蟲似的蠕動，愈來愈軟，愈來愈失常。

唯一的辦法就是讓他釋放出自憐的情緒，像丁尼生*筆下的貴婦，他必須哭出來，否則就完了。

---

* 丁尼生（Alfred Tennyson, 1809-1892），是華茲華斯之後的英國桂冠詩人，也是英國著名的詩人之一。

所以博爾頓太太開始哭了起來。她一手摀著臉，嗚咽著：「我真想不到夫人會做出這種事。我真是不敢相信！」她抽泣著，一時間新愁舊恨全湧上心頭，不由得難過地掉下眼淚。隨後，她更是淚如雨下，因為她確實擁有一些辛酸的理由。

克利福德想到自己是如何被康妮這個女人所欺騙，又感染到博爾頓太太的悲傷情緒，他淚水盈眶，滑落兩頰。他是為自己而哭。博爾頓太太一看到他面無表情地滴下淚水，急忙拿起小手帕擦乾自己的臉龐，湊近他。

「好了，別難過了，克利福德爵士！」她的語氣充滿感情。「你別難過了。你這樣只會傷了自己的身體！」

他倒吸一口氣，忍住嗚咽，但淚水卻隨著身體的顫抖流得更加洶湧。她攬住他的臂膀，陪著他一起落淚。他的身體如同抽搐般再次泛起一陣顫慄。她摟著他的肩膀，一邊流淚，一邊輕聲地對他說：「好了！好了！別難過了！別難過了！」她摟著他，兩手環抱他寬闊的肩膀，他則是把臉埋進她的胸膛，不停抽泣。當他那厚實的肩膀不斷地顫抖，她輕柔地撫摸他深金色的頭髮，說：「好了！好了！好了！好了！想開一點！想開一點！」

他像個孩子似的摟著她，她硬挺的白色圍裙上半部和淡藍色連衣裙的胸襟處，全讓他的淚水給沾溼了。他終於徹底釋放出自己的情緒。

過了一會兒，她親吻他，把他摟在胸前搖晃，心裡想著：「哦，克利福德爵士！哦，高高在上的查泰萊家族！你們終於也有今天！」最後，他甚至像個孩子似的睡著了。她覺得累壞了，回到自己房間後歇斯底里地又哭又笑。真是荒謬！真是可怕！這麼落魄！這麼丟臉！卻也讓人心情變得如此沉重。

此後，克利福德只要和博爾頓太太在一起，就變得像小孩一樣。他會拉她的手，把頭靠在她的胸膛。有一次，她親了他一下後，他說：「是的！親我吧！親我吧！」她用海綿刷洗他白皙的龐大身軀時，他也會說：「親我吧！」她則會半開玩笑地輕吻他身軀的任意部位。

他躺在床上，像個孩子似的露出茫然的古怪表情，眼神帶著一點好奇。在一種對聖母的崇拜下，他放鬆身體睜大孩子氣的雙眼盯著她。他徹底卸下防衛，拋下男人的尊嚴，變回一個任性的孩童。然後，他會把手探進她的胸口，撫摸她的乳房，興高采烈地親吻它們，沉溺在一種從男人變成男孩的邪惡快感。

博爾頓太太既喜且羞，又愛又恨，卻又從不拒絕他或責備他。兩人在肉體上變得愈來愈親密，一種任性的親密。他變成一個受到天真與好奇折磨的孩子，幾乎像是一種宗教狂熱，一種對「除非你再次變回嬰兒」的刻意誤解。她則變成偉大的聖母瑪利亞，充滿力量與魅力，讓這個金髮大男孩徹底臣服在她的意志和愛撫下。

經過多年的蛻變，克利福德終於變成今日的大男孩。奇怪的是，他出現在這個社會時，反倒比以往那個男人更加敏銳和精明。這個任性的大男孩如今成了**真正**的生意人。在商場上，他絕對是個精明又果決的硬漢。出門談生意時，為了達成目的、提升礦場業務，他總會展現不可思議的幹練、強硬與果決。對聖母的獻身與百依百順，彷彿讓他獲得在商場上的敏銳觀察力，以及非凡的強大力量。他沉溺在個人的情緒裡，他的男子氣概遭到徹底貶抑，這似乎讓他發展出第二天性，變得既精明又冷酷，幾乎是個完美的生意人。在商場上，他的表現相當不近人情。

對此，博爾頓太太頗為得意。「瞧他現在表現得多麼出色！」她驕傲地對自己說：「這全是我的功勞！老天，查泰萊夫人在時，他可不是這個樣子。她不是那種會把男人擺在前面的女人。她太會為自己打算了。」

然而在她那奇怪的女性心靈的某個角落，她卻又是那麼鄙視他，厭惡他！對她而言，他只是被摺倒的野獸，不斷扭動的怪物。她竭盡所能地幫助他，鼓勵他，但在她那既健全又傳統的女性內心深處，卻又是多麼輕蔑他，鄙棄他，就連最卑微的流浪漢都強過他。

他對康妮的態度令人不解。他堅持再見她一面，堅持她得來一趟拉格比，毫無商量的餘地。因為康妮曾滿口答應自己會回到拉格比

「可是這麼做又有什麼用？」博爾頓太太說：「你就不能讓她走，不要她了？」

「不行！她說她會回來，她就得回來。」

博爾頓太太不再勸他。她了解他的脾氣。

他寫信到倫敦給康妮。

我想妳應該很清楚自己的來信所帶給我的傷害。只要妳站在我的角度想一下，應該就能了解我遭受的傷害，但妳肯定不願再花時間替我設想。

我只想強調一件事：在妳回拉格比以前，我不會做出任何決定。妳答應回拉格比，就得遵守自己的承諾。除非我看到妳回來這裡，否則我不會相信或理解任何事。我相信妳明白，家裡的人都不曾懷疑過什麼，因此妳返家自然是天經地義。在我們談過後，如果妳依舊不願改變心意，那麼我們會找到解決的方法。

康妮把信拿給梅勒斯看。

「他打算對妳展開報復。」他說完，把信遞還康妮。

康妮沒說話。她驚訝地發現，自己竟然害怕起克利福德。她害怕靠近他，彷彿他是邪惡與危險的化身似的畏懼他。

「我該怎麼做？」她問。

「如果妳不想回去，就別理他。」

她回信，試著推掉這次會面。他又來信：

> 如果妳不打算現在回拉格比，我會認為妳總有一天會回來，也會等著妳回來。即使我得等上五十年，我也會一如往常繼續在家裡等妳回來。

她嚇到了，這是一記溫和的恫嚇。她相信他說到做到。他不打算和她離婚，除非她能證明孩子不是他的，否則孩子將會歸他所有。

經過一段時間的煩惱和焦慮，她決定走一趟拉格比。希爾達會陪她回去。她寫信通知克利福德。他回覆：

> 我不歡迎妳姊姊，但也不會將她拒於門外。妳的罔顧責任與義務，我相信她絕對脫不了關係，因此別指望我會歡迎她。

§

姊妹倆來到拉格比時，碰巧克利福德外出。博爾頓太太出來迎接她們。

「哦，夫人，這可不是我們所期待的高高興興地回家，不是嗎？」她說。

「是啊！」康妮說。

這麼說，這個女人知道了！還有多少僕人也知道，或是懷疑？

她踏進這棟如今讓她感覺厭惡至極的大宅。對她而言，這個格局龐大卻凌亂的地方似乎是一種邪惡的化身，威脅的源頭。她不再是它的女主人，反倒成了它的獵物。

「我沒辦法在這裡待太久。」她在恐懼下小聲地對希爾達說。

她對回到自己房間感到痛苦，也沒辦法假裝什麼事都不曾發生。她討厭待在拉格比的每一分、每一秒。

直到下樓吃晚餐時，她們才碰到克利福德。他穿著禮服，打黑領帶，彬彬有禮，一派紳士。用餐時，他的言談舉止落落大方，然而這一切卻顯得有點荒謬。

「傭人們知道多少？」當那女人走出餐廳後，康妮問。

「有關妳的打算嗎？他們什麼也不曉得。」

「但博爾頓太太知道。」

他臉色變了。

「博爾頓太太不算是個傭人。」他說。

「哦，我不在乎。」

直到喝完咖啡，希爾達上樓回自己房間前，三人間的氣氛始終很緊繃。

她上樓後，克利福德和康妮默默對坐，誰也不肯先開口。康妮很高興他沒有表現出悲情的姿態，並盡可能讓他保有原本的傲慢。她只是靜靜坐著，低頭看自己的雙手。

「我想妳一點也不在乎自己食言吧？」他最後說。

「我沒辦法。」她低聲說。

「如果妳沒辦法，那誰有辦法？」

「我想沒人了。」

他冷漠地看著她，心中無比憤怒。他習慣了她的存在，她就像融入了他的意志。她怎麼敢背棄他，破壞他的日常生活秩序？她竟敢讓他的精神變得如此錯亂？

「妳究竟為了**什麼**要選擇背叛這一切？」他追問。

「愛情！」她回答。這時最好說些陳腔濫調。

「為了鄧肯．福布斯的愛？當年我們認識時，妳根本沒把他當一回事。妳現在卻想告訴我，妳對他的愛已經勝過生活中的一切？」

「人會改變。」她說。

「或許！但也或許妳只是一時興起，妳還是得設法說服我為什麼會出現這麼大的改變。我就是不相信妳會愛上鄧肯．福布斯。」

「你**何必**相信？你不需要相信我的感情，只要跟我離婚就行了。」

「我為什麼要跟妳離婚？」

「因為我不想再住在這裡，你也不再需要我了。」

「抱歉！我不會改變我的想法。在我看來，妳還是我的妻子，我希望妳能安靜端莊地待在家裡。我跟妳保證，我已經徹底拋開感情的事。只因為妳一時興起，拉格比的生活秩序就要瓦解，好端端的日常生活就要毀了；對我而言，這和死沒什麼兩樣。」

沉默片刻後，她說：

「我沒辦法。我必須離開這裡。我想，我應該是懷孕了。」

他同樣陷入沉默。

「這就是妳堅決離開的原因？」他問。

她點點頭。

「為什麼？鄧肯．福布斯有這麼想要擁有自己的孩子嗎？」

「和你相比，他顯然比較想要擁有自己的孩子。」她說。

「是嗎？我要我的妻子，我沒理由眼睜睜讓她離開。如果她願意待在家裡生下這個孩子，只要我們能維持生活的秩序，繼續過著體面的生活，我會歡迎她，也歡迎這個孩子。但如果妳想告訴我，鄧肯．福布斯對妳的吸引力更大，這我可不相信。」

一陣沉默。

「你不明白嗎？」康妮說：「我**必須**離開你，跟我愛的人在一起。」

「不，我不明白！我不在乎妳的愛情，也不在意妳愛的男人，更不相信妳的連篇假話。」

「可是我相信。」

「妳相信？我親愛的夫人，以妳的聰明程度，我看連妳都不相信自己會愛上鄧肯．福布斯。相信我，哪怕是現在，妳還是比較喜歡我。我為什麼要相信妳那些胡言亂語！」

她知道他這番話的確有道理，也知道自己無法再繼續隱瞞真相。

「因為我**真正**愛的人其實不是鄧肯，」她抬頭看著他。「鄧肯只是塊擋箭牌，我們不想讓你難堪。」

「讓我難堪？」

「沒錯！如果我說出自己真正愛的人，你會恨我，因為那個人就是我們的守林人梅勒斯先生。」

如果他能跳，他一定會從椅子上跳起來。他的臉色發黃，雙眼暴睜，怒瞪著她。

他頹然癱在輪椅上，氣喘吁吁地看著天花板。

最後，他坐起身子。

「妳沒有騙我？」他的臉色變得很難看。

「沒有！你知道我說的是實話。」

「妳是從什麼時候開始和他在一起？」

「春天。」

他不發一語，像墜入陷阱的野獸。

「這麼說來，那個在石屋臥室裡的人**就是**妳？」

其實他早已心裡有數。

「沒錯！」

他坐在輪椅上傾身瞪著她，像頭被逼到角落的野獸。

「我的天，你們這種人真應該從這世上消失！」

「為什麼？」她有氣無力地驚喊。

但他似乎沒有聽見。

「那個人渣！那個舉止傲慢的老粗！那個卑鄙下流的無賴！當妳還住在這裡，他也還是我的傭人時，妳就開始和他調情！我的天啊！我的天啊！女人下賤起來真是沒有底線！」

他氣瘋了，她早知道會這樣。

「妳是說，妳想生下一個像那種無賴的孩子？」

「沒錯！我就要生了。」

「妳就要生了？妳確定？妳是什麼時候知道自己懷孕了？」

「六月的時候。」

他說不出話了，他臉上又浮現那種孩子似的茫然神情。

「真奇怪，」他最後說：「這世上怎麼會存在這種人。」

「哪一種人？」她問。

他沒有回答，只是用怪異的表情看著她。他顯然無法接受梅勒斯的存在，甚至和這種人扯上關係。這是一種無法形容又充滿無力感的恨意。

「妳是說，妳打算和他結婚？……冠上他那個爛姓？」他問。

「沒錯，這就是我想要的。」

他又是一副啞口無言的樣子。

「是啊！」他說：「這證實了我對妳的看法始終正確，妳不正常，神智不清。妳是那種瘋狂變態，而且自甘墮落的爛女人。」

他突然變得渴望合乎道德的生活，把自己當成是正義的化身，視梅勒斯和康妮這種人為下流與邪惡的代表。在這種聖潔的光環下，他的身影似乎變得愈來愈模糊了。

「難道你不認為最好的解決方法就是跟我離婚，把事情做個了結。」她說。

「不！妳想去哪裡，就去哪裡，但我不會和你離婚。」他的說法顯得很愚蠢。

「為什麼？」

他不發一語，顯得既愚蠢又頑固。

「難道你想讓這孩子在法律上成為你的孩子，以及你的繼承人？」她問。

「我不在乎這個孩子。」

「但如果是男孩子，他在法律上就會成為你的兒子，繼承你的爵位，擁有拉格比莊園。」

「我不在乎這些。」他說。

「可是你**必須**在乎！只要我做得到，我不會讓你在法律上擁有這個孩子。如果他無法成為梅勒斯的孩子，我寧可讓他成為私生子，在法律上擁有他。」

「妳愛怎麼做就怎麼做。」

他不為所動。

「你真的不打算和我離婚？」她問。「你可以拿鄧肯當擋箭牌！沒必要提起梅勒斯的名字，鄧肯不會介意的。」

「我絕不會和妳離婚。」他的口氣毫無轉圜餘地。

「為什麼？是不是你不想讓我稱心如意？」

「因為我不想離婚，也不打算離婚。」

多說無益。她上樓把結果告訴希爾達。

「我們最好明天就離開這裡，」希爾達說：「讓他冷靜一下。」

於是，康妮開始收拾自己的私人物品，一直忙到半夜。隔天早上，在沒有通知克利福德的情況下，她便派人把自己的行李送去火車站。她決定在午餐前便向他簡短道別。

不過她倒是找了博爾頓太太談話。

「博爾頓太太，我得和妳道別了。妳知道為什麼，但我相信妳不會說出去。」

「哦，夫人，妳可以相信我。雖然這會讓大家都很難過，不過我希望妳和那位紳士在一起能夠得到幸福。」

「那位紳士！他就是梅勒斯先生。我愛他，克利福德爵士知道這件事。不過，妳不要告訴別人。如果有一天，克利福德爵士願意和我離婚了，請務必通知我，好嗎？我希望可以名正言順地嫁給自己心愛的男人。」

「我相信妳會的，夫人。哦，妳可以相信我，我會忠於克利福德爵士，也會忠於妳，我看得出來你們都沒有錯，只是各有各的立場。」

「謝謝妳！妳看！我想把這個送給妳……好嗎？」於是，康妮再次離開拉格比，隨希爾達前往蘇格蘭。梅勒斯去了鄉下，在一處農場找了份工作。他的想法是，無論康妮是否離得了婚，他都得完成自己的離婚手續。他打算在農場工作六個月，全心全力投入工作，這樣他和康妮最終就能擁有自己的小農場。即使她拿錢給他創業，他還是得工作，就算再怎麼辛苦，他都得自食其力。

所以，他們得等到春天，等到孩子出生，等到初夏來臨。

第二十章

格蘭奇農場
奧爾德希諾
九月二十九日

我的老戰友理查茲，目前在這座農場擔任工程師。透過他的安排，我才能來到這裡。這座農場並不是個人擁有的農場，而是屬於巴特勒與史密斯礦場公司。他們在這裡種植供做礦場小馬飼料的牧草和燕麥，飼養豬牛等各種家畜。我在這裡工作的週薪是三十先令，農場經理羅利會盡量讓我接觸各種工作，如此一來，我就可以在復活節前多學點東西。我沒有柏莎的消息，也不知道她為什麼沒有出現在離婚法庭，更不曉得她人在哪兒，在做些什麼。不過，只要我在三月前保持沉默，我想我就自由了。妳不需要擔心克利福德爵士，總有一天，他會和妳分手。只要他不來煩妳，那就謝天謝地了。

我在引擎街一棟還不錯的老房子租了個房間。房東是海柏公園的火車司機，身材高大，蓄鬍，是個虔誠的教徒。房東太太很活潑，喜歡一切有格調的東西，整天說著一口標準的英語，總是把「請容許我！」這句話掛在嘴邊。兩人唯一的兒子死於戰爭，這多少成了他們人生的憾事。他們還有個身材修長卻有點笨手笨腳的女兒。她正在接受教師培訓，有時我會幫助她解答一些功課，所以我和她像兄妹一樣。他們全是一些好人，對我關懷備至。我想此刻的我應該比妳幸福多了。

我喜歡農場的工作，這裡的工作很單調，卻正好適合我。我原本就很習慣和牛馬相處，雖然牠們有著女人那種嘈雜的特性，卻可以帶給我一些慰藉。當我把頭靠在母牛的身體擠奶，這讓我感覺很平靜。這裡有六頭品種優良的赫里福德牛。燕麥剛完成收割，雖然下了大雨，我的雙手更因為收割而痠痛，我還是很喜歡這份工作。我不常和別人打交道，不過大家相處得還算融洽。人們通常不會去注意生活周遭的大多數事物。

這裡和特弗沙爾一樣是煤礦區，雖然景觀比泰弗沙爾好一點，但煤礦場的經營狀況也是很糟糕。有時，我會去惠靈頓酒吧和礦工們聊天。他們一肚子牢騷，卻不打算嘗試改變。正如大家所說的，諾丁漢和德比的礦工心地不壞，但他們顯然生錯了時代，這個世界根本沒有可以讓他們發揮所長的地方。我喜歡這些人，但和他們聊天卻無法讓我感到興奮，因為他們已經失去了往日的鬥志。他們喜歡聊起國有化、採礦權收歸國有乃至整個礦業的國有化。但總不能把礦業收歸國有，卻不理會其他工業。如同克利福德爵士的嘗試，他們也會討論煤炭的新用途。我想這在某些方面或許可行，卻很難廣泛應用。不管生產什麼東西，人們都得想辦法賣掉它們。他們變得心灰意冷，覺得整個煤業都沒希望了，他們自己也是在劫難逃，而我也這麼認為。他們因此感到絕望。有些年輕人滔滔不絕地談論著蘇維埃，但連他們自己都沒有多大的信心。他們對任何事情都缺乏信心，只知道自己深陷困境，生活一團混亂。即使在蘇維埃的政權下，煤炭還是得賣出去，這才是癥結所在。

我們擁有龐大的工業人口，這些人都需要填飽肚子，所以還是得設法維持這該死的現況。這年頭，女人的話比男人多，也比男人自大。男人變得既軟弱又悲觀，彷彿無論他們再怎麼努力也無法改變現狀。總之，年輕人因為沒錢玩樂大發脾氣，但除了不停地抱怨，沒人曉得應該做些什麼。他們的生活完全仰賴消費，然而如今的他們卻是一貧如洗。這就是我們的文明和教育，把大眾教養成完全依賴消費過日子。然而，他們現在的收入卻是少得可憐。礦坑每週只開工兩天或兩天半，即使到了冬天也沒有好轉的跡象。這代表一個男人只能賺到二十五或三十先令的工錢來養家糊口。最瘋狂的還是女人，即使在這種時候，她們的花錢方式依舊比男人瘋狂。

要是有人可以讓他們認清，生活和花錢是兩碼事就好了！問題是根本沒辦法說服他們。如果他們受到的教育是學習如何**生活**，而不是如何賺錢和花錢，那麼二十五先令就足以讓他們過著幸福的生活。如果男人像我說的那樣，穿上鮮紅的褲子，他們就不會滿腦子只想著錢；如果他們懂得唱歌跳舞，好好打扮自己並抬頭挺胸地過日子，即使手上沒什麼錢也可以過得很開心。男人要懂得取悅女人，也要懂得接受女人的取悅。他們得學會讓自己表現得直率大方，與大家一起唱歌和跳著傳統的團體舞蹈，雕刻自己坐的矮凳，繡自己的徽章，這樣他們就不再需要金錢。訓練人們懂得如何不花錢也可以過日子，甚至是生活得很快樂，是解決工業問題的唯一途徑，但這顯然是天方夜譚。現代人根本辦不到，他們只懂得單線思考，一般人甚至懶得動腦筋。他們應該過著朝氣蓬勃的生活，並且感謝偉大的畜牧神潘。只有潘才是大眾唯一且永遠的神。至於少數人，只要他們喜歡，大可支持他們心中的高等神明，但就讓大眾成為永遠的異教徒吧。

但那些礦工不算異教徒，差得遠了。他們是一群可悲的人，一群如同行屍走肉般的男人；不管是對他們的女人或生活，他們都顯得麻木不仁。年輕人一逮到機會，就騎上機車載著女孩去兜風、跳爵士舞。然而他們對生活漠不關心，而且這種生活方式需要花錢。人擁有了金錢，便會遭到金錢荼毒，一旦沒錢就會餓死。

我相信妳已經聽膩了這種老生常談，但我不想一直嘮叨自己的事，事實上我這裡也沒發生什麼事。

我不想成天想著妳，那只會讓彼此的生活變得一團糟。不過，我眼前的目標自然是為了將來可以和妳一起生活。我真的很害怕，我感覺到惡魔即將到來，他想要抓住我們。或許即將到來的不是惡魔，而是人們對金錢的貪婪，畢竟環繞我們身邊的只有人們追求金錢與厭惡生活的群體意志。總之，我感覺到空氣中有些貪婪的白色巨手，只要有人想嘗試擺脫受到金錢束縛的生活，這些白色巨手就會扼住他們的脖子，要了他們的命。厄運即將降臨。厄運即將降臨，年輕人，厄運即將降臨！對這些工業大眾來說，如果他們繼續這樣的生活，未來肯定會面臨死亡與毀滅的命運。有時，當我想到妳即將生下我的孩子，我就會感受到無比沉重的壓力。不過沒關係，這世界經歷了許多的災難，但番紅花依舊存在，女人的愛情也是。任何人都無法撲滅我對妳的渴望，以及我們之間那小小的熱情。明年，我們就可以在一起了。儘管我有點擔心，但我相信妳一定會來到我的身邊。人必須設法讓自己做到最好，並且相信某種超越自己的力量。只有相信最好的自己以及那種超越自己的力量，人才能擁有足夠的信心面對未來，所以我相信存在我倆之間的那道小火焰。在這世上，如今只有這道小火焰可以賦與我存在的意義。我沒有朋友，沒有知己，只有妳，這道小火焰就是我生活中唯一在乎的東西。孩子即將出世，但他只是副產物。妳我之間萌生出這道火焰時，那天就是我的聖靈降臨日。古老的聖靈降臨日不太合理，不知為什麼，我和上帝都有點自大。不過，那道我倆之間的小火焰，看吧！無論現在或未來，面對克利福德、柏莎、煤礦公司、政府或滿腦子金錢的大眾，我都會守護著這道小火焰。

這正是我為什麼不願想妳的原因。想妳只會讓我痛苦，對妳也毫無益處。我不希望妳離開我，但倘若我變得焦慮，這只會糟蹋了某些事情。忍耐，總是得忍耐。這是我人生中的第四十個冬天，往日已矣，但現在我會守護這道聖靈降臨的小火焰，從中獲得些許的平靜。我不會任由世人的鼻息撲滅它。我相信存在一種更高層次的神祕力量，這股力量甚至守護了番紅花。雖然妳在蘇格蘭，我在英格蘭中部，我不能伸出雙手擁抱妳，不能用雙腿纏繞妳，但我已經把某個部分的妳留在我的腦海裡。我倆的靈魂在聖靈降臨的小火焰中輕柔地搖曳，有如做愛時那種安詳的狀態。我們的性愛讓火焰化為生命，就連花朵的生命也是來自太陽與地球的交合。但這是件微妙的事，需要耐心和長久的歇息。

所以我現在喜愛禁慾，因為這是性愛所帶來的平靜。我現在喜愛禁慾，就像雪花蓮喜愛雪花。我喜愛這次的禁慾，這是我倆的性愛所帶給我的平靜與歇息，就像妳我之間有著一簇雪花蓮形狀的白色火焰。當春天來臨，妳我重聚，我們便可以透過性愛讓這道小火焰燒得更加鮮紅明亮。但不是現在，春天還沒有到來！現在是禁慾的時候。禁慾真是美妙，就像有一道清涼的河水流過我的心靈。我喜愛這條如同清泉與雨水般流過我倆之間的禁慾之河。男人為什麼會喜歡那種令人厭倦的拈花惹草？像唐璜這種男人實在可憐，無法享受性愛後的平靜和明亮的小火焰，也無法像坐在河畔般享受清涼的禁慾。

哦，無法撫摸妳讓我變得絮絮叨叨，如果我能擁著妳入眠，我就不會使用這麼多的墨水。我們可以一起禁慾，正如我們可以一起做愛，只是我們必須分開一陣子。我想只要我們有信心，這絕對是明智之舉。

別擔心，別擔心，我們不必煩惱。我們很相信那道小火焰，也相信那無名的神明會庇佑它不被人們撲滅。雖然妳不在這裡，但我的腦海裡卻充滿妳的身影。

不用在意克利福德爵士，即使沒他的消息也無所謂。事實上，他對妳無可奈何。等吧，總有一天他會想擺脫妳，拋棄妳。如果他不這麼做，我們也有辦法遠離他。不過他會的，到最後他會認為妳是個麻煩人物而想要甩掉妳。

這封寫給妳的信，我甚至寫到無法停筆。

但我們的心仍然在一起，只要堅持到底，我們很快就可以見面。約翰·托馬斯向珍夫人道晚安，雖然他有點垂頭喪氣，卻滿懷希望。

（全書完）

國家圖書館出版品預行編目（CIP）資料

查泰萊夫人的情人 / D. H. 勞倫斯(D. H. Lawrence)著
; 楊士堤譯. -- 初版. -- 臺北市 : 商周出版 : 家庭傳媒
城邦分公司發行, 2015.07
面； 公分. -- (商周經典名著 ; 51)
譯自 : Lady Chatterley's lover

ISBN 978-986-272-813-0(平裝)

873.57 104008293

商周經典名著 51

查泰萊夫人的情人

作　　者／D · H · 勞倫斯（D. H. Lawrence）
譯　　者／楊士堤
企畫選書／余筱嵐
編輯協力／蕭秀姍
責任編輯／羅珮芳

版　　權／吳亭儀、江欣瑜
行銷業務／周佑潔、林詩富、賴玉嵐、賴正祐
總 編 輯／黃靖卉
總 經 理／彭之琬
第一事業群總經理／黃淑貞
發 行 人／何飛鵬
法律顧問／元禾法律事務所王子文律師
出　　版／商周出版
115 台北市南港區昆陽街16號4樓
電話：(02) 25007008　傳真：(02)25007759
E-mail：bwp.service@cite.com.tw
發　　行／英屬蓋曼群島商家庭傳媒股份有限公司城邦分公司
115 台北市南港區昆陽街16號5樓
書虫客服服務專線：02-25007718；25007719
服務時間：週一至週五上午09:30-12:00；下午13:30-17:00
24小時傳眞專線：02-25001990；25001991
劃撥帳號：19863813；戶名：書虫股份有限公司
讀者服務信箱：service@readingclub.com.tw
城邦讀書花園：www.cite.com.tw
香港發行所／城邦（香港）出版集團有限公司
香港九龍土瓜灣土瓜灣道86號順聯工業大廈6樓A室 E-mail: hkcite@biznetvigator.com
電話：(852) 25086231　傳眞：(852) 25789337
馬新發行所／城邦（馬新）出版集團【Cite (M) Sdn Bhd】
41, Jalan Radin Anum, Bandar Baru Sri Petaling,
57000 Kuala Lumpur, Malaysia.
電話：(603) 90563833　傳眞：(603) 90576622
Email: services@cite.my

裝幀設計／廖韡
內頁排版／立全電腦印前排版有限公司
印　　刷／中原造像股份有限公司
經 銷 商　聯合發行股份有限公司
新北市231新店區寶橋路235巷6弄6號2樓
電話：(02) 2917-8022　傳眞：(02)2911-0053

■2015年8月4日初版
■2024年4月12日初版4.8刷
定價360元

Printed in Taiwan

城邦讀書花園
www.cite.com.tw

 ISBN 978-986-272-813-0

廣　告　回　函
北區郵政管理登記證
北臺字第000791號
郵資已付，免貼郵票

115　台北市南港區昆陽街16號5樓

英屬蓋曼群島商家庭傳媒股份有限公司城邦分公司　收

請沿虛線對摺，謝謝！

書號：BU6051	書名：查泰萊夫人的情人	編碼：

請於此處用膠水黏貼

商周出版

讀者回函卡

感謝您購買我們出版的書籍！請費心填寫此回函卡，我們將不定期寄上城邦集團最新的出版訊息。

線上版讀者回函卡

姓名：＿＿＿＿＿＿＿＿＿＿＿＿＿＿ 性別：□男 □女

生日：西元＿＿＿＿＿年＿＿＿＿＿月＿＿＿＿＿日

地址：＿＿＿＿＿＿＿＿＿＿＿＿＿＿＿＿＿＿＿＿

聯絡電話：＿＿＿＿＿＿＿＿＿ 傳真：＿＿＿＿＿＿＿＿＿

E-mail ：

學歷：□ 1. 小學 □ 2. 國中 □ 3. 高中 □ 4. 大學 □ 5. 研究所以上

職業：□ 1. 學生 □ 2. 軍公教 □ 3. 服務 □ 4. 金融 □ 5. 製造 □ 6. 資訊
□ 7. 傳播 □ 8. 自由業 □ 9. 農漁牧 □ 10. 家管 □ 11. 退休
□ 12. 其他＿＿＿＿＿＿＿＿＿＿＿＿＿＿

您從何種方式得知本書消息？

□ 1. 書店 □ 2. 網路 □ 3. 報紙 □ 4. 雜誌 □ 5. 廣播 □ 6. 電視
□ 7. 親友推薦 □ 8. 其他＿＿＿＿＿＿＿＿＿＿

您通常以何種方式購書？

□ 1. 書店 □ 2. 網路 □ 3. 傳真訂購 □ 4. 郵局劃撥 □ 5. 其他＿＿＿＿

您喜歡閱讀那些類別的書籍？

□ 1. 財經商業 □ 2. 自然科學 □ 3. 歷史 □ 4. 法律 □ 5. 文學
□ 6. 休閒旅遊 □ 7. 小說 □ 8. 人物傳記 □ 9. 生活、勵志 □ 10. 其他

對我們的建議：＿＿＿＿＿＿＿＿＿＿＿＿＿＿＿＿＿＿＿＿

＿＿＿＿＿＿＿＿＿＿＿＿＿＿＿＿＿＿＿＿＿＿＿＿＿＿

＿＿＿＿＿＿＿＿＿＿＿＿＿＿＿＿＿＿＿＿＿＿＿＿＿＿

【為提供訂購、行銷、客戶管理或其他合於營業登記項目或章程所定業務之目的，城邦出版人集團（即英屬蓋曼群島商家庭傳媒（股）公司城邦分公司、城邦文化事業（股）公司），於本集團之營運期間及地區內，將以電郵、傳真、電話、簡訊、郵寄或其他公告方式利用您提供之資料（資料類別：C001、C002、C003、C011 等）。利用對象除本集團外，亦可能包括相關服務的協力機構。如您有依個資法第三條或其他需服務之處，得致電本公司客服中心電話 02-25007718 請求協助。相關資料如為非必要項目，不提供亦不影響您的權益。】

1.C001 辨識個人者：如消費者之姓名、地址、電話、電子郵件等資訊。
2.C002 辨識財務者：如信用卡或轉帳帳戶資訊。
3.C003 政府資料中之辨識者：如身分證字號或護照號碼（外國人）。
4.C011 個人描述：如性別、國籍、出生年月日。

請於此處用膠水黏貼